ullstein

Das Buch

Der deutsche Rechtsmediziner Dr. Leon Ritter gewöhnt sich nach und nach in der Provence ein. Dass die Uhren hier langsamer ticken, stört ihn kaum noch, und er genießt die ruhige Zeit nach der hitzigen Sommersaison. Jetzt im Herbst beginnt rund um das Städtchen Le Lavandou die Weinlese, und zu seiner eigenen Überraschung wird Ritter selbst Besitzer eines kleinen Weinbergs. Er ist begeistert, doch die Freude darüber währt nur kurz, denn statt edler Reben wird auf dem Grundstück eine mumifizierte Frauenleiche entdeckt. Der detailversessene Ritter erkennt schnell: Die Tote wurde professionell konserviert. Als eine weitere junge Frau als vermisst gemeldet wird, findet Ritter heraus, dass beide Frauen für die Weinlese in die Provence kamen. Hängen die beiden Fälle zusammen? Um Antworten auf seine Fragen zu bekommen, muss Ritter erst weit in die Vergangenheit zurückgehen.

Der Autor

Remy Eyssen (Jahrgang 1955), geboren in Frankfurt am Main, arbeitete zunächst als Redakteur bei der *Münchner Abendzeitung*, später als freier Autor für Tageszeitungen und Magazine. Anfang der 90er Jahre entstanden die ersten Drehbücher. Bis heute folgten zahlreiche TV-Serien und Filme für alle großen deutschen Fernsehsender im Genre Krimi und Thriller.

Von Remy Eyssen sind in unserem Hause bereits erschienen:

Tödlicher Lavendel

REMY EYSSEN

SCHWARZER LAVENDEL

Kriminalroman

Ullstein

Besuchen Sie uns im Internet:
www.ullstein-taschenbuch.de

MIX
Papier aus verantwortungsvollen Quellen
FSC® C083411

Originalausgabe im Ullstein Taschenbuch
1. Auflage April 2016

Umschlaggestaltung: ZERO Werbeagentur, München
Titelabbildung: © FinePic®, München
Satz: LVD GmbH, Berlin
Gesetzt aus der Kepler Std.
Druck und Bindearbeiten: CPI books GmbH, Leck
Printed in Germany
ISBN 978-3-548-28701-0

Meiner Frau und meiner Tochter
für ihre Geduld und ihren Rat

PROLOG

Susan wollte nur noch schlafen. Schlafen, schlafen und irgendwann in ihrem gemütlichen Pensionszimmer aufwachen, mit dem Blick auf den Hafen. Und den warmen Wind in ihren Haaren spüren, der nach Meer und Sonnenöl roch. Aber die schönen Bilder wollten nicht in ihrem Kopf haftenbleiben. Sie wurden verschluckt von einem Nebel aus Schmerz. Ein scharfer Schmerz, der wie mit Nadeln von innen gegen ihre Augen stach. Bei dem Gedanken, die Augen jetzt öffnen zu müssen, wurde ihr schwindlig. Ein galliger Geschmack stieg in ihrer Kehle hoch. Susan versuchte, flach durch den Mund zu atmen, aber das ging nicht. Irgendetwas klebte an ihrem Gaumen. Sie schmeckte rauen Stoff, der gegen ihre Zunge drückte. Sie wollte stöhnen, aber nicht mal das gelang ihr. Jetzt spürte sie den Knoten des Knebels im Nacken. Panik stieg in ihr auf. Sie fing an, hektisch durch die Nase zu atmen, und jeder Atemzug schickte eine neue Schmerzwelle durch ihren Kopf.

»Du musst dich beruhigen«, sagte sie sich. Ruhig atmen, so wie sie das im Yoga gelernt hatte. Dich auf deine innere Mitte konzentrieren. Atmen, ein und aus, ein und aus. Aber Susan konnte sich nicht konzentrieren, denn da war diese Stimme in ihr, und die hämmerte und drängte. »Mach deine Augen auf, verdammt noch mal. Du bist nicht in deinem Pensionszimmer. Du bist an einem ganz beschissenen Ort. Und du musst etwas unternehmen, irgendwas, jetzt gleich.«

Susan wollte die Augen nicht öffnen, noch nicht. Bitte, nur noch einen Augenblick, dachte sie. Sie zitterte. Ihr war kalt. Ihre Mutter war von Anfang an gegen diese Reise gewesen. Aber wenn es nach ihrer Mutter ginge, würden sie und ihre Schwester Hamburg nie verlassen. In den Augen ihrer Mutter waren sie noch immer die beiden kleinen, hilflosen Mädchen und keine vierundzwanzigjährigen Studentinnen kurz vor ihrem Examen. »Wir fahren doch nicht nach Afghanistan, Mama«, hatten sie ihre Mutter beschworen. »Wir fahren in die Provence, zur Weinlese. Das Schlimmste, was man sich da holen kann, ist ein Sonnenbrand.«

Und jetzt war sie hier, und alles war falsch. Sie spürte wieder Angst in sich aufsteigen. Spürte, wie ihr Puls raste. Ruhig atmen, um Himmels willen, du musst ruhig atmen, sagte sie sich wieder und wieder. Aber ihr Körper schien ein Eigenleben entwickelt zu haben. Als wäre ihr Wille abgeschaltet worden. Das ist die Panik, sagte sie sich. »Wenn du in Panik gerätst, dann hast du verloren«, hatte ihre Schwester Anna einmal zu ihr gesagt. Damals, als sie zusammen in der Bretagne waren. Als sie trotz der roten Fahne schwimmen gegangen waren und sie die Strömung ins Meer hinausgezogen hatte. Da war sie auch in Panik geraten. Aber damals war Anna neben ihr gewesen, und die blieb ganz ruhig. »Lass dich treiben. Spar deine Kräfte.« Da hatte sie sich treiben lassen. Und nach einer halben Stunde hatte sie eine andere Strömung zurück zum Strand getragen. Aber jetzt war ihre Schwester nicht da, und sie war ganz alleine.

Warum war sie hier? Was hatte der Mann zu ihr gesagt?

Da war die fröhliche Runde in dem Bistro gewesen. Und dann war etwas auf dem Parkplatz passiert, aber was? Warum erinnerte sie sich an nichts mehr? Warum konnte sie nicht einfach aufwachen aus diesem Alptraum, aufstehen und davonlaufen?

Susan versuchte, sich zu bewegen, aber etwas hielt sie fest, spannte sich um ihre Handgelenke. Sie riss die Augen auf. Schmerz schoss ihr in den Kopf, und eine Welle der Übelkeit rollte über sie hinweg. Susan sah zu ihren Händen. Sie war gefesselt, an Händen und Füßen. Festgebunden an den Tisch, auf dem sie lag. Hartes, kaltes Resopal. Sie sah an ihrem Arm entlang, sah ihre Hüfte, ihr Bein – sie war nackt. Susan versuchte, ruckartig den Kopf zu heben. Der Schmerz war so heftig, dass sie glaubte, ihr Schädel würde platzen. Sie musste sekundenlang die Augen schließen und warten, dass die Qual nachließ und sie einen klaren Gedanken fassen konnte. Sie blinzelte. Der Raum war düster. Über ihr an der Decke flackerte eine Neonröhre und tauchte alles in mattes grünliches Licht.

Wenn sie den Kopf ganz vorsichtig nach rechts drehte, konnte sie die Wände sehen. Die Kacheln waren einmal weiß gewesen. Jetzt waren sie staubig und überzogen von schmutzigen Rissen. Der Raum hatte etwa die Größe einer Garage. In der Ecke stand ein Kühlschrank, der mit leisem Brummen ansprang. Das war das einzige Geräusch in diesem fensterlosen Verlies. Gleich neben ihr an der Wand stand ein Regal, in dem Plastikcontainer aufgereiht waren, die offenbar Flüssigkeiten enthielten. Susan versuchte, die Aufschriften zu entziffern. »Formol« stand auf den braunen Kunststoffbehältern und »Méthanol«. Unter der Schrift befanden sich Aufkleber. Susan kannte die Symbole darauf aus dem Universitätslabor: Das schwarz-gelbe

Dreieck war das Zeichen für Säure, und das rote Rechteck mit dem Totenkopf warnte vor lebensgefährlichem Gift. Wo war sie hier? Wieder kroch die Angst in ihr hoch.

Bitte, ich will hier raus, flehte sie innerlich. Sie war doch nur eine Biologie-Studentin aus Deutschland, die in ihrem Urlaub ein wenig Spaß haben wollte. Flirten, Party machen. Eine Woche in den Weinbergen arbeiten, zusammen mit ihrer Schwester und anderen Studenten. Anschließend wollten sie weiterfahren nach Arles und in die Camargue. Aber jetzt war sie hier.

Das ist alles falsch, ganz falsch. Wollte ihr jemand Angst machen? Sie musste herausfinden, wo sie war. Susan versuchte, sich aufzurichten, nur ein paar Zentimeter. In diesem Moment spürte sie einen stechenden Schmerz an der Innenseite ihres linken Arms. Sie zwang ihren Kopf höher. Nur noch ein kleines Stück nach vorn, dann sah sie den Verband. Er war um ihre linke Armbeuge geschlungen, und zwischen den Bahnen aus Gaze ragte ein kleiner Anschluss aus Plastik heraus, der mit einem blauen Ventil verschlossen war. Es dauerte ein paar Sekunden, bis Susan begriff: Das war ein Zugang zu ihrer Vene. Sie hatte so etwas schon gesehen, als sie vor Jahren mit einer Blutvergiftung in einer Klinik in Hamburg lag. Da hatte man ihr auch einen Zugang gelegt und eine Infusion nach der anderen verpasst. Aber jetzt war sie nicht krank, und das hier war auch keine Klinik.

Aber warum hatte sie dann diesen Zugang im Arm, und warum standen neben dem Tisch diese verchromten Ständer mit den Haken, die waren doch für Infusionen? In diesem Moment spürte Susan, wie eine neue Welle von Angst sie durchlief. Sie konnte die Tränen nicht zurückhalten und schluchzte tonlos, denn sie wusste plötzlich, dass sie in diesem Raum sterben würde.

In diesem Moment registrierte sie, dass sie nicht alleine war. Im Schatten neben der Tür stand ein Mann und beobachtete sie aus kalten, dunklen Augen. Er kam auf sie zu. Sie hatte diesen Mann schon gesehen. Er war so freundlich gewesen. Was wollte er jetzt von ihr? In diesem Moment legte sich ein Tuch auf ihr Gesicht. Die Welt wurde schwarz, dann spürte sie einen Stich im Arm, und Sekunden später durchlief ihre Adern etwas wie Feuer. Ihr Körper bäumte sich ein letztes Mal auf.

1. KAPITEL

Es roch schon nach Herbst, die Sonne stand jeden Tag flacher über dem Horizont, und die Nächte wurden spürbar kühler, dabei war erst Ende September. Jetzt am Vormittag schwebte über manchen Senken noch der feine Dunst der vergangenen Nacht. Die Weintrauben hingen prall und glänzend an den Reben. Eigentlich hätten sie dringend abgeerntet werden müssen, aber in der vergangenen Woche hatte es geregnet, und während des Regens die Trauben zu ernten wäre ein Frevel. Das Wasser entzog den Früchten ihre Süße. Darum hatten die Winzer noch gewartet. Eine gefährliche Wette gegen die Zeit, denn irgendwann würden die Trauben so reif werden, dass sie durch ihr Gewicht von den Stielen abfielen, und dann gab es da ja auch noch die Vögel und die Käfer. Aber heute war es so weit. Der Wetterbericht hatte Sonne und blauen Himmel für die ganze kommende Woche vorausgesagt. Und mit einem Schlag hatte überall in der Provence die Weinlese begonnen.

Dr. Leon Ritter, Rechtsmediziner aus Frankfurt, hatte die schmale Landstraße über Bormes-les-Mimosas und La Mole genommen. Und jetzt zuckelte er mit seinem Peugeot Cabriolet, Baujahr 1993, hinter einem Traktor mit Anhänger her. An Überholen war nicht zu denken. Aber Leon verspürte auch keine Lust, Gas zu geben. Er genoss die Ruhe und die Langsamkeit. Er hatte das Verdeck aufgeklappt, und in seinem Lieblingssender, *Radio Nostalgie*, sang Jacques Brel »Ne me quitte pas«.

Der Wind wehte den Geruch von warmer Erde und frischem Laub durch den Wagen. Ein Tag wie im Paradies, dachte Leon. Natürlich hätte er von Le Lavandou aus auch direkt die Autobahn nach Nizza nehmen können, aber Leon wollte unbedingt in Grimaud auf einen Café crème Station machen. An jedem anderen Tag hätte das nur einen lästigen Umweg bedeutet, aber nicht heute, nicht am 26. September. Nicht an dem Tag, an dem Sarah verschwunden war.

»Können wir nicht diese Opa-Musik abschalten?« Lilou sah vom Beifahrersitz hinüber. Die Fünfzehnjährige hatte ihre Sneakers weggekickt und die nackten Füße gegen das Handschuhfach gestemmt.

»Das ist Jacques Brel. Der beste Chansonnier, den es je gegeben hat.«

»Er jammert doch nur rum, dass sie ihn nicht verlassen soll«, sagte Lilou mit gespieltem Pathos. »Und dann will er ihr Gold und Licht auf den Körper legen – wie schräg ist das denn? Der Typ hat doch echt einen an der Klatsche.«

»Er ist schon über dreißig Jahre tot.«

»Was, so lange, na dann …«, sagte Lilou in einem Ton, als wäre der Song zu Zeiten Napoleons aufgenommen worden.

»Nimmst du bitte deine Füße da runter«, sagte Leon geduldig.

»Hilfe, Herzinfarkt, das wunderbare Auto!« Lilou wischte übertrieben mit der Hand das Armaturenbrett ab, als müsste sie ihre Spuren beseitigen. »Die Kiste ist so was von 80er«, sagte sie, und in ihrer Stimme schwang die Erkenntnis mit, dass alte Leute wie Leon irgendwie schrullig, aber harmlos sind.

»Ich mag die Achtziger.« Leon korrigierte die Position des Rückspiegels, den Lilo zu sich gedreht hatte, um ihre Augenbraue zu betrachten.

»Bist du sauer oder was?«, fragte sie.

»Nein, wieso?«

»Du machst ein Gesicht, als wäre dir dein Eis in den Sand gefallen«, meinte Lilou. Leon musste grinsen. Er hatte keine eigenen Kinder, aber Lilou war genau so, wie er sich eine Tochter gewünscht hätte. Aber er wusste auch, wie »uncool« es wäre, so einen Gedanken auszusprechen. Er sah mit einem warmen Blick zu Lilou hinüber.

Eine halbe Stunde später parkten sie den Peugeot in Grimaud am Place Neuve, gingen hinüber zum *Café de France* und setzten sich auf die Terrasse in den Schatten der Platanen. Von hier oben hatte man einen eindrucksvollen Blick über die Ebene und auf die Ausläufer des Massif des Maures und weiter nach Osten auf den Golf von Saint-Tropez. Der kleine Ort Grimaud hatte sich in den letzten Jahren stark verändert, aber dabei doch seinen speziellen Charme nicht verloren. Ein trutziges Dorf mit mittelalterlichen Wurzeln, das auf der Kuppe eines Hügels lag, von wo aus die Bewohner die Ebene bis zum Meer kontrollieren konnten. Kein Wunder, dass die Sarazenen den Ort nie erobert hatten. Aber was den Kriegern aus dem Morgenland nicht gelungen war, hatten tausend Jahre später die Touristen geschafft. Sie kauften den Einwohnern ein Haus nach dem anderen ab und verwandelten das beschauliche Örtchen in ein überlaufenes Ausflugsziel.

»*Café crème pour monsieur et le Coca pour mademoiselle*«, die Hand des Kellners zitterte leicht, als er die Getränke servierte. Leon beobachtete den großen, schmalen Mann mit den dunklen Augenringen. Raucher, dachte er, als er den leicht gelblich verfärbten Fingernagel der rechten Hand bemerkte. Die Schatten um die Augen konnten auf eine nicht ausgeheilte Hepatitis hinweisen.

In Sekunden hatte Leon den Fremden mit dem analytischen Blick des Rechtsmediziners diagnostiziert. Eine Berufskrankheit, die ihn gelegentlich daran hinderte, sich auf seine Gesprächspartner zu konzentrieren, weil er seinen Gegenüber am liebsten fragen würde, ob er mit seiner Diagnose richtiglag. Schließlich konnte er mit seinen »Patienten«, so nannte er die Toten, die er zu obduzieren hatte, nicht mehr über ihre Beschwerden reden. Bei seinen Gutachten über die Todesursachen verließ er sich gerne auf seinen Instinkt und sein Gefühl. Dabei waren es keineswegs nur Mord und Totschlag, die unsere Kulturgesellschaft dezimierten. Die größten Killer des täglichen Lebens waren Zigaretten, Alkohol, Stress und ungesunde Ernährung.

»Kannst du nicht mal mit *Maman* reden?« Lilou riss Leon aus seinen Gedanken.

»Worüber soll ich denn mit deiner Mutter reden?«

»Du weißt doch, wie sie ist in letzter Zeit.« Lilou schubste mit ihrem Finger die Eiswürfel durch die Cola. »Manchmal komm ich mir vor wie im Gefängnis, echt.« Leon sah das Mädchen an.

»Weißt du, wer mich vom Hockeyturnier in St. Claire abgeholt hat? Didier, mit dem Streifenwagen.« Sie sah zu Leon hinüber. »Das war so was von uncool. Die anderen denken schon, ich wär 'ne Koks-Dealerin oder dass ich anschaffen geh.«

»Keiner denkt so was.« Leon lächelte. Aber er wusste, dass Lilou recht hatte. Seit der Entführung war Isabelle, ihre Mutter, übervorsichtig. Das hatte sich zwar in letzter

Zeit etwas gelegt, aber gelegentlich schien die Erinnerung sie einzuholen, und dann neigte die stellvertretende Polizeichefin von Le Lavandou zu Überreaktionen. Für ihre Tochter hieß das: Kontrollen per Handy, kein spätes Nach-Hause-Kommen von Partys und Überprüfung aller neuen Freunde.

»Was soll ich tun?«, fragte Leon.

»Überrede sie, dass ich mal wieder bei Inès übernachten darf.«

»Was du aber in Wirklichkeit gar nicht vorhast ...«, sagte Leon entspannt.

»Wieso?« Lilou sah ihn unschuldig an. »Was denkst du denn?«

»Ich denke, dass es um Lucas geht. Wie alt ist er?«

»Du bist nicht mein Vater.«

»Nein. Ich bin dein Freund, und du bittest mich um Hilfe.«

Lilou beobachtete eine Frau, die einen frisierten Pudel wie ein Baby im Arm vorbeitrug und ihn dabei mit Keksen fütterte. Dann richtete sie den Blick wieder auf Leon.

»Wie alt warst du, als du deine erste Freundin hattest? Ich meine, eine richtige Freundin?«

»Du bist ganz schön neugierig.«

»Ich dachte, Erwachsene wollen ständig über Sex reden?«, sagte sie mit provozierendem Unterton.

»Wenn du es genau wissen willst: Ich war achtzehn.«

»Und sie?« Lilou sah ihn prüfend an.

»Also, ich weiß wirklich nicht, was das damit zu tun haben soll.« Was rechtfertigte er sich überhaupt vor diesem frechen Biest, dachte Leon.

»Wie, war sie so jung?«, bohrte Lilou hartnäckig nach.

»Quatsch, sie war sechzehn.«

Triumphierender Blick von Lilou. »Ich bin auch fast sechzehn. Und Lucas ist zweiundzwanzig.«

»Bring ihn mal mit.«

»Damit du ihn sezieren kannst?«

»So etwas würde ich nie tun.«

Lilou verdrehte die Augen. Die beiden beobachteten eine Weile, wie eine Gruppe chinesischer Touristen an dem Café vorbeidrängte, gegen die Stühle rempelte und wie eine Horde Schafe die Straße hinaufgetrieben wurde – zur Burgruine, von der aus man einen sensationellen Blick hatte.

Lilou unterbrach das Schweigen. »Warum wolltest du unbedingt hierher?«

»Nur so.«

»Jetzt schwindelst du aber«, sagte Lilou. »Es ist wegen ihr, stimmt's?« Leon sah sie an, sagte aber nichts. »Bist du mit ihr hier gewesen?« Leon nickte. »Wann war das?«

»Wir müssen los, sonst kommen wir zu spät zu Tante Odette nach Nizza.« Er winkte dem Kellner zu. »*L'addition s'il vous plaît.*«

2. KAPITEL

Wenn am Ende des Sommers die meisten Touristen Le Lavandou verlassen hatten, wurde auch die Arbeit für die Frauen und Männer der *Gendarmerie nationale* wieder ruhiger. Ein paar Autoaufbrüche, gestohlene Motorroller und geklaute Handtaschen auf dem Wochenmarkt gehörten schon zu den größeren Verbrechen, die es aufzuklären galt. Dazu kamen noch die Autounfälle, meistens Blechschäden, die um diese Jahreszeit allerdings signifikant anstiegen. Das wiederum hing mit der Weinlese zusammen. Denn wenn tagsüber in den Weinbergen hart gearbeitet wurde, gab es abends immer etwas zu feiern, und der Rosé der letzten Saison wartete nur darauf, getrunken zu werden.

In der Regel drückten die Flics beide Auge zu, sie wussten, dass der durchschnittliche Blutalkoholspiegel der Südfranzosen während der Weinlese höher war als an den meisten anderen Tagen des Jahres. Aber wenn sie doch mal einen Autofahrer bei einer Alkoholkontrolle erwischten, konnten die Strafen empfindlich sein. Was wiederum für ausgiebige Diskussionen in Cafés und Bistros sorgte, bei denen über die sturen und uneinsichtigen Flics hergezogen wurde.

Im Polizeirevier in der Avenue Paul André del Monte gab es an diesem Vormittag nur kleine Probleme zu lösen. Capitaine Isabelle Morell, stellvertretende Polizeichefin, legte ihre Hand beruhigend auf den Arm von Madame Auteuil.

Die pensionierte Lehrerin hatte ihr rosagefärbtes Haar auf dem Kopf so stark toupiert, dass die Frisur Isabelle an Zuckerwatte erinnerte. Madame Auteuil sah die Polizistin durch ihre großen Brillengläser zornig an. Es ging um Roger, ihren achtjährigen Siamkater, der hinter der rolligen Nachbarskatze her war. Isabelle musste die erzürnte Tierfreundin enttäuschen. Die *Gendarmerie nationale* hatte keine rechtliche Handhabe, die Katze der Nachbarin wegen Erregung öffentlichen Ärgernisses aus dem Verkehr zu ziehen.

»Mein Roger ist ein anständiger Kater«, sagte Madame im Brustton der Überzeugung und hielt Isabelle ein Foto der Katze hin. »Es ist diese Mimi von gegenüber mit ihrem lüsternen Gejaule, die macht ihn ganz verrückt. Eine ordinäre Straßenkatze, wenn Sie mich fragen. Ohne jede Klasse. Aber wen wundert's – bei der Besitzerin.«

Isabelle hatte die pensionierte Lehrerin gerade zur Tür gebracht, als sie die junge Frau entdeckte, die sich ans äußerste Ende der Besucherbank gesetzt hatte. Eine außergewöhnliche Schönheit, die ihre Attraktivität mit einer ausgewaschenen Jeans und einem braven T-Shirt zu verbergen schien. Die blonde Besucherin war Anfang zwanzig. Sie wirkte verunsichert und warf verstohlene Blicke in Richtung der vorbeigehenden Polizisten, wie jemand, der etwas Wichtiges sagen will, sich aber nicht traut. Isabelle, in blauer Uniformhose und hellblauer Bluse mit der Aufschrift »Gendarmerie« und dem Flammensignet auf dem Ärmel, hielt der Besucherin die Hand hin.

»Isabelle Morell«, sagte sie, »kann ich Ihnen irgendwie helfen?«

Die Besucherin zögerte einen Augenblick, dann ergriff sie Isabelles Hand. »Anna Winter«, sagte sie, »ich suche meine Schwester. Ich ... komme aus Deutschland, Hamburg. Verzeihen Sie, aber ich spreche nicht gut Französisch ... meine Schwester ist fort, verschwunden, verstehen Sie?«

»Kommen Sie, gehen wir in mein Büro. Gleich hier drüben.« Isabelle deutete auf eine Tür im Gang, auf der »Capitaine Isabelle Morell« stand. Anna erhob sich und folgte Isabelle. Ihnen kam ein Polizist mit nordafrikanischen Gesichtszügen entgegen, den die Schulterklappen mit den zwei Streifen als Lieutenant auswiesen.

»Moma, könntest du bitte für unseren Gast und mich einen Cappuccino besorgen«, sagte sie und wendete sich an Anna. »Sie mögen doch Cappuccino?«

»Sehr gerne, aber Sie brauchen sich nicht extra wegen mir so viel Mühe zu machen.«

Moma winkte ab. »Kein Problem. Kaffee kommt sofort, Isabelle«, sagte er mit einem breiten Lächeln.

Isabelles Büro war nicht besonders groß, und der Blick ging auf den Hof, wo das Boot des Chefs auf einem Trailer stand, aber es war ihr eigenes Büro, und das bedeutete eine Menge in Le Lavandou. Schließlich war sie die erste Frau, die es in dem Ferienort zur Stellvertreterin des Polizeichefs gebracht hatte.

Moma hatte zwei Pappbecher mit Cappuccino und eine Untertasse mit Zuckerstücken vorbeigebracht. Anna saß auf dem Besucherstuhl, und Isabelle hatte ihren Stuhl hinter dem Schreibtisch hervorgezogen, so dass die beiden Frauen sich jetzt wie im Café gegenübersaßen und nicht wie in einem Polizeibüro.

»Ihre Schwester Susan war also schon vor Ihnen hier in Le Lavandou.«

»Sie hat ein Zimmer bei den Pelletiers genommen. Das ist so ein kleiner Feinkostladen.«

»Ich kenne Pelletier«, sagte Isabelle. »Und dort hat sie auch gejobbt?«

»Nur für ein paar Tage. Wir wollten bei der Weinernte mithelfen. Aber Susan hat mir am Telefon gesagt, es würde sich alles verzögern.«

»Es hat zu viel geregnet in den letzten Wochen, aber heute fangen sie an. Wann sind Sie hier in Le Lavandou angekommen?«, fragte Isabelle.

»Vor drei Tagen. Ich war noch bei Freunden in Orange. Aber Susan ist der zuverlässigste Mensch, den ich kenne. Wenn sie eine Verabredung nicht einhält und nichts von sich hören lässt, dann ...« Sie unterbrach sich, um ihren Verdacht nicht aussprechen zu müssen.

»Aber Sie haben doch erzählt, Ihre Schwester hätte Ihnen eine Nachricht hinterlassen.«

»Nur eine einzige SMS, sonst haben wir jeden Tag miteinander telefoniert.«

»Was genau stand in der Nachricht?«

»Warten Sie«, Anna griff in ihre Handtasche und zog ihr Handy heraus. Sie tippte auf dem Display, während sie weitersprach. »Hier: Mit einem Freund nach Arles. Ich nahm das Auto. Bis dann.« Sie hielt Isabelle das Handy mit der kurzen Botschaft hin. »Das klingt irgendwie seltsam.«

»Was meinen Sie?«, fragte Isabelle.

»Die Formulierung: Ich nahm das Auto.«

»Ist das nicht richtig geschrieben?«

»Doch schon, aber es klingt irgendwie so steif. Nicht so, wie sie schreiben würde.«

»Sie haben natürlich versucht, sie anzurufen?« Es war mehr eine Feststellung als eine Frage. Isabelle gab Anna das Handy zurück.

»Es meldet sich nur die Mailbox.«

»Vielleicht möchte Ihre Schwester mit ihrem neuen Freund ein paar Tage ungestört sein.«

Anna schüttelte den Kopf. »Susan weiß, dass ich mir Sorgen mache. Und dass sie unser Auto mitnimmt. Einfach so, ohne das mit mir abzusprechen.«

»Was für ein Wagen ist es denn?«

»Ein Golf. Ist schon ein paar Jahre alt. Er ist blau«, sie griff in ihre Tasche und zog einen Zettel heraus, den sie vor Isabelle auf den Tisch legte. »Ich habe das Kennzeichen für Sie aufgeschrieben.«

Isabelle beobachtete die junge Frau genau. Sie spürte, wie Anna versuchte, ihre Angst zu unterdrücken und ruhige, vernünftige Angaben zu machen, während sie am liebsten losheulen würde. Und jetzt musste Isabelle ihr auch noch sagen, dass die Polizei im Moment nichts für sie tun konnte.

Tausende von Frauen wurden jedes Jahr in Frankreich als vermisst gemeldet. Frauen, die ihre Männer nicht mehr ertragen konnten, Frauen, die ihre Familien verließen, um in ihre Heimatländer zurückzukehren, Frauen, die vor ihren Schulden flohen, und Frauen, die sich in einen anderen verliebten. Und immer hinterließen sie fassungslose und verzweifelte Freunde und Angehörige. Aber die Statistik sagte auch, dass die allermeisten von ihnen innerhalb eines Jahres wieder auftauchten. Isabelle hatte einige solcher Fälle bearbeitet, und alle waren gut ausgegangen. Aber bei dieser jungen Frau, die so verstört und zerbrechlich wirkte, hatte sie vom ersten Moment an das Gefühl, dass sich deren dunkle Ahnungen bewahrheiten könnten.

»Es ist etwas passiert«, sagte Anna und sah aus dem Fenster, dann drehte sie sich zu Isabelle um. »Etwas sehr Schlimmes ...« Ihre Stimme versagte.

Isabelle sah, wie der jungen Frau Tränen in die Augen stiegen.

»Wie gut kennen Sie Ihre Schwester?«

»Wir sind Zwillinge. Eineiige Zwillinge.« Sie nahm ein Foto aus der Tasche und reichte es Isabelle. »Bitte, Sie müssen sie suchen. Jetzt gleich.«

»Wir können nicht einfach auf einen Verdacht hin ...« Isabelle unterbrach sich, als sie den unglücklichen Ausdruck in Annas Gesicht sah. Dann griff sie zum Hörer der Telefonanlage auf ihrem Schreibtisch und drückte einen Knopf.

»Moma, könntest du bitte mal eine Abfrage machen? Es geht um eine Touristin: Susan Winter ... ja, aus Deutschland. Verkehrsunfälle und Kliniken ... Sie wollte nach Arles ... Golf, blau ... deutsches Kennzeichen«, sie sah zu Anna, die nickte, »ja, Hamburger Nummer, danke.« Isabelle legte den Hörer auf und sah wieder ihre Besucherin an.

»Sie wollen gar nicht nach ihr suchen?« Anna klang so, als hätte sie Isabelle eben bei einer großen Lüge ertappt.

»Das können wir nicht, selbst wenn wir es wollten«, sagte Isabelle freundlich. »Ihre Schwester ist über achtzehn Jahre alt. Da dürfen wir nur tätig werden, wenn es Hinweise auf ein Verbrechen gibt. Zum Beispiel, dass sie entführt wurde, oder Spuren einer Gewalttat, verstehen Sie?«

»Sie wollen mir nicht helfen.« Das war eine Feststellung. »Aber Sie machen einen Fehler. Einen ganz großen Fehler.«

3. KAPITEL

Wenn man in Nizza die Promenade des Anglais entlangfuhr, kam einem das Hotel *Negresco* immer so vor, als wäre es aus der Zeit gefallen. Es erinnerte Leon an alte Schwarzweißfotos mit Damen in langen Sommerkleidern und großen Hüten, die mit ihren Begleitern die Seepromenade entlangflanierten, in Zeiten, als man den Autoverkehr noch nicht fürchten musste.

Um in die Empfangshalle des *Negresco* zu gelangen, musste man unter den großen goldenen Blechbuchstaben durchgehen, die aussahen, als schwebten sie über dem Eingang eines Zirkuszelts. Und eigentlich war es ja genau das: ein Zirkus der Reichen und Schönen.

Das *Negresco* war ein Grandhotel, das seinen Namen verdiente, dachte Leon. Es strahlte diesen unvergleichlich morbiden Charme der Belle Époque aus, den kein Innenarchitekt künstlich herstellen konnte. Es war diese ganz besondere Atmosphäre, die in den alten Wänden zu stecken schien. Das Flair, das von Generationen von Filmstars, Spielern, Zarentöchtern, Schriftstellern und Hochstaplern seit über hundert Jahren hier hineingetragen wurde. Das Grandhotel vermittelte ein wunderbares Gefühl der Ruhe, so als wollte dieses Haus seine Gäste vor dem grellen, lauten Leben außerhalb seiner Mauern beschützen. Ein Platz zum Entspannen und damit genau Leons Geschmack.

Nicht dass Leon je eine Nacht im *Negresco* verbracht hätte, aber seine Mutter hatte ihn, als er noch ein Kind war, gelegentlich mit hierhergenommen, um sich mit ihrer Schwester Odette auf einen Tee zu treffen. Tante Odette hatte Anthony, einen Lebemann – wie man damals sagte –, geheiratet, und der bot seiner Frau zumindest zeitweise ein ausgesprochen komfortables Leben. Anthony betrieb seine Geschäfte rund um den Globus. Geschäfte, über die manche Leute die Nase rümpften. Er handelte mit Olivenöl aus Griechenland und mit alten Schienen der Transsibirischen Eisenbahn. Und es ging das Gerücht, dass das kleine Hotel, das er in Marseille gekauft hatte, in Wahrheit ein Bordell war. Onkel Anthony war ein charismatischer Mann, dessen Charme man sich nur schwer entziehen konnte. Er war ein Mann, den die Frauen liebten. Immer aufmerksam, stets elegant gekleidet und nie um ein Kompliment verlegen. Und er verabredete sich grundsätzlich im *Negresco*. Leon mochte seinen Onkel Anthony, und er war vom ersten Moment an fasziniert von diesem Hotel.

»Sag mal, haben die hier überhaupt Internet?« Lilou hielt ihr Smartphone in die Höhe, drehte sich und warf einen kritischen Blick in die holzgetäfelte Empfangshalle.

Sie trug Cargo-Pants und ein knappes Top. Auf ihren Sandalen glitzerten Plastikblümchen. Leon ertrug diese Verkleidung mit Fassung. Es war Lilous Art, den Leuten zu zeigen, dass sie an gesellschaftlicher Etikette nicht interessiert war. Zu seiner Verwunderung hatte der Portier ihr trotzdem die Tür aufgehalten. Und der Concierge, der Leon ausrichtete, dass seine Tante ihn in der *Royal Lounge* erwartete, tat so, als hielte er Lilous Outfit für modische Extravaganz.

»Merkst du was?«, sagte Lilou zu Leon.

»Was denn?«

»Hier gibt's nur alte Leute«, sagte Lilou und erntete einen vorwurfsvollen Blick von Leon.

»Was denn? Hier ist doch keiner unter vierzig«, sagte Lilou, ohne die Stimme zu senken. »Willst du dich nicht mit deiner Tante alleine treffen? Wir können uns doch dann später wieder in der Halle sehen?«

»Tante Odette möchte dich aber gerne kennenlernen«, sagte Leon. Lilou verzog das Gesicht. »Pass auf, du sagst ihr guten Tag, und dann kannst du verschwinden.«

»Echt?« In Lilous Stimme klang Hoffnung auf.

Die beiden betraten die *Royal Lounge*, einen großen, ovalen Raum. Die Nischen mit den alten Ölgemälden wurden von Säulenpaaren getragen, und über allem wölbte sich ein Glasdach. Der Saal war in strahlendem Weiß gehalten mit goldenen Stuckapplikationen, so dass sich Leon vorkam wie im Inneren einer riesigen Sahnetorte. Der einzige Bruch in diesem noblen Ambiente war eine quietschbunte »Nana«, eine Figur der Künstlerin Niki de Saint Phalle, die dem Raum etwas Verruchtes gab.

Tante Odette saß an einem der runden Tische, vor sich einen Tee. Eine gepflegte Dame von Anfang achtzig, mit bläulich schimmerndem Haar. Elegant gekleidet und mit sympathischen Falten im Gesicht und jungen blauen Augen.

»Du bist eine Viertelstunde zu spät, mein lieber Leon«, sagte Tante Odette.

»Ich freu mich auch, dich zu sehen, Tante Odette.« Leon beugte sich zu ihr hinunter und küsste sie rechts und links auf die Wangen. »Das hier ist Lilou«, stellte er das Mädchen vor.

Lilou reichte Odette die Hand. *»Bonjour, Madame«*, sagte sie so artig, dass Leon irritiert zu ihr herübersah.

»Schicke Hose«, sagte Tante Odette, als sie dem Mädchen die Hand schüttelte. »Ich wette, da musste der Concierge ganz schön schlucken.«

»Er hat so getan, als hätte er nichts gesehen«, meinte Lilou.

»Das erinnert mich daran, wie ich hier einmal dem belgischen König begegnet bin«, sagte Tante Odette. »Damals war ich ungefähr so alt wie du, das war Ende der vierziger Jahre. Meine Schwester und ich waren mit unseren Eltern hier verabredet. Und da tauchte plötzlich König Leopold von Belgien auf. Und ich habe mit meiner Schwester gewettet, dass ich mitten in der Eingangshalle vor dem König ein Rad schlagen würde.«

»Im Kleid?«, fragte Lilou neugierig.

»Natürlich im Kleid«, sagte Odette, »wir hätten doch niemals in Hosen ins *Negresco* gehen dürfen.«

»Und?«, fragte Lilou neugierig. »Haben Sie's getan?«

»Natürlich hab ich's getan.« Die Tante grinste bei der Erinnerung. »Mitten in der Halle. Den Concierge hat fast der Schlag getroffen. Der König hat applaudiert, und die Gäste hatten Gesprächsstoff für Tage.«

»Wow«, sagte Lilou beeindruckt.

»Ich kann auch heute noch ein Rad schlagen«, sagte Odette.

»Bitte nicht«, sagte Leon schnell und war sich nicht sicher, ob sie es ernst meinte.

In diesem Moment brachte der Kellner ein Tablett mit zwei Gläsern Champagner und einer Cola.

»Du magst doch Cola«, sagte Odette zu Lilou.

»Danke, gerne.«

Der Ober stellte die beiden Champagnergläser auf den kleinen, runden Tisch.

»Bitte nicht für mich, Tante Odette«, versuchte Leon vergeblich, den Champagner abzulehnen.

»Ach, komm schon, Junge«, Odette ergriff die beiden Gläser und reichte eines ihrem Neffen. »Du kennst doch die Redensart: Wer nein zu Champagner sagt, sagt nein zum Leben.« Dann fixierte sie Leon mit ihrem Blick. »Und außerdem musst du dich stärken, denn wir haben etwas Wichtiges zu besprechen.«

4. KAPITEL

Der Mann schlich sich vorsichtig an der niedrigen Mauer entlang. Nur eine hektische Bewegung würde alles zunichtemachen. Seit über einer Stunde wartete er schon auf den richtigen Augenblick. Bei dieser Jagd kam es auf Geduld an. Auf Geduld und auf Schnelligkeit. Seine Beute würde der Mann hier in den *Murets* finden, den aus Naturstein gemauerten Stufen, die seit Jahrhunderten die Weinberge in Terrassen unterteilten. Von hier oben hatte man einen grandiosen Blick auf die Ebene, wo sich der kleine Fluss Réal Collobrier glitzernd zwischen den Feldern entlangschlängelte, auf denen die Weinlese begonnen hatte. Aber der Mann interessierte sich nicht für die Aussicht. Er interessierte sich nur für die Jagd.

Die Mauereidechse war vorsichtig. Ihre größten Feinde waren Bussarde und Marder. Darum zog sie sich nachts tief in die Spalten zwischen den Steinen zurück. Jetzt, Ende September, konnte es nach Sonnenuntergang schon empfindlich kühl werden. Und wenn ihre Körpertemperatur sank, wurden die Bewegungen der Eidechse träge. Sie war nicht in der Lage, durch Stoffwechsel für eine ausreichende Körpertemperatur zu sorgen. Was die Eidechse mehr als alles andere benötigte, war das wärmende Licht der Sonne. Die Wärme war ihr Lebenselixier. Die machte sie schnell und zu einem geschickten Jäger, der sogar eine Fliege im Vorbeiflug schnappen konnte. Aber jetzt war die

Eidechse noch nicht aufgewärmt, und darum bewegte sie sich wie in Zeitlupe. Vorsichtig schob sie sich aus der Mauerritze und kroch auf den Stein, den die Mittagssonne gerade erst erreicht hatte. Nur ein paar Minuten in der Wärme, und sie wäre bereit, nach Beute zu suchen.

Der Mann hatte die Eidechse längst entdeckt. Er schien sich selber wie ein Reptil zu bewegen. Immer wieder blieb er stehen und verharrte regungslos.

Eine Mauereidechse, genau das, wonach er gesucht hatte. Langsam schob er die Hand nach vorn, ohne die Steine zu berühren. Die Eidechse bewegte den Kopf hin und her, um ihre Umgebung zu sondieren. Für schnelle Bewegungen fehlte ihr im Moment noch die Kraft. Darum sah sie auch nicht die Hand des Mannes, die sich ihr von hinten näherte. Der Jäger achtete darauf, keinen Schatten auf das Tier zu werfen. Die Eidechse würde den Temperaturunterschied sofort bemerken und wieder zwischen den Steinen verschwinden.

Der Mann wusste, dass er schnell zupacken musste. Ein falscher Griff, und die Eidechse würde ihren Schwanz abstoßen. Ein Trick, um mögliche Angreifer zu verwirren und fliehen zu können. Aber eine Eidechse ohne Schwanz war für den Mann wertlos. Er brauchte dieses Tier in seiner ganzen vollkommenen Schönheit. Die Bewegung seiner linken Hand erfolgte so plötzlich und schnell, dass die Eidechse ihn erst bemerkte, als er sie schon gepackt hatte und ihren Kopf zwischen Daumen und Zeigefinger hielt. Er spürte die glatte, kühle Haut des Reptils auf seiner Handfläche und die scharfen kleinen Krallen, mit denen es verzweifelt versuchte, sich aus der Falle zu befreien. Für einen Moment betrachtete der Mann das Tier, wie es sich da hilflos in seiner Hand wand. Dann drückte er mit einer kurzen Bewegung des Daumens den Kopf der Eidechse über den Zeigefinger nach vorne, und mit einem leisen Knacken brach er dem Reptil das Genick.

5. KAPITEL

»Oh bitte, jetzt chill mal wieder«, Lilou hatte die Knie angezogen und es sich auf dem Beifahrersitz bequem gemacht. In der Hand hielt sie ihr Smartphone, das mit Kopfhörern verbunden war, die sie sich in die Ohren gesteckt hatte.

»Wir hatten siebzehn Uhr ausgemacht«, Leon sah zu dem Mädchen hinüber.

»Häää?«, fragte Lilou und nahm sich demonstrativ einen der beiden Stöpsel aus dem Ohr.

»Siebzehn Uhr. Wir hatten siebzehn Uhr ausgemacht.«

»Ja, Chef. Tut mir voll leid, echt.«

»Ich habe über vierzig Minuten auf dich gewartet«, sagte er. »Odette musste sogar mit dem Taxi zurück in ihr Stift fahren.«

Es war inzwischen später Nachmittag, und Leon fuhr auf der A8, die sich von Nizza aus durch das Hinterland zog. Leon mochte die Strecke. Besonders den Teil, wenn sich die Autobahn an den Felsen von Roquebrune vorbeischwang, die in der späten Nachmittagssonne dunkelrot leuchteten. Nachdem er bei Le Cannet auf die Autobahn nach Süden abgebogen war, wurde der Verkehr ruhiger. Über Kilometer schienen sie überhaupt das einzige Fahrzeug zu sein. Die Straße nahm noch eine letzte Höhe, dann konnte man kilometerweit in die Ebene von Gonfaron schauen. Überall auf den Feldern waren die Erntehelfer bei der Weinlese zu sehen. Schwerbeladene Traktoren schafften Container mit frisch geschnittenen Reben zu den Weingütern mit ihren Pressen, Filtern und Tanks. Für die Weinbauern würde es eine lange Nacht werden, dachte Leon. Ein guter Wein war wie eine schöne Frau, hatte ihm mal ein Winzer erklärt. Er brauchte Aufmerksamkeit und Zuwendung. Leon lächelte.

»Ich fand Tante Odette echt nett. Wirklich.« Lilou sah nicht auf, sondern tippte eifrig eine Nachricht in ihr Smartphone.

»Kannst du das Ding nicht mal weglegen? Schau nach draußen. Du wohnst in einer der schönsten Gegenden Europas, und du siehst nicht mal hin.« Jetzt rede ich wirklich schon wie meine Mutter, dachte Leon.

»Ja, ja, ganz toll«, sagte Lilou betont gelangweilt und starrte weiter auf das Display ihres Handys. »Bin gespannt, was du sagst, wenn du hier erst mal ein paar Jahre gewohnt hast.«

Leon brummelte vor sich hin. Vielleicht war es doch ganz gut, dass er keine Tochter hatte. Mädchen in Lilous Alter konnten wirklich anstrengend sein.

»Wer war eigentlich der Typ, der dich vorm *Negresco* abgesetzt hat?«

»Keine Ahnung. Ich hab ihn nur gefragt, wie ich zurück zum Hotel komm. Da hat er mich mitgenommen.«

»Du bist zu ihm aufs Motorrad gestiegen? Einfach so?«

»Meine Güte, er hat mich ja nicht vergewaltigt«, sagte Lilou. »Er hat mich nur vor dem Hotel abgesetzt. Ich fand's cool.«

Leon hatte sich schon Sorgen gemacht. Er fühlte sich für Lilou verantwortlich. Sicher, sie war nicht seine Tochter. Aber sie war ihm ans Herz gewachsen in dem Jahr, in dem er jetzt das Zimmer im Haus ihrer Mutter bewohnte. Er wusste auch, wie besorgt Isabelle um ihre Tochter war. Besonders nach der Entführung und dem großen Feuer im letzten Sommer.

Er hatte schon überlegt, Isabelle anzurufen, als Lilou nicht aufgetaucht war. Er wollte ihr sagen, dass sie sich wahrscheinlich verspäten würden. Aber dann hätte er erklären müssen, dass Lilou irgendwo allein in Nizza unterwegs war und nicht an ihr Handy ging, und das hätte bei Isabelle für Panik gesorgt.

Aber seine Sorge war unberechtigt gewesen. Offenbar regelten sich manche Dinge von alleine, wenn man ein hübsches Mädchen und fünfzehn Jahre alt war. Nachdem Leon fast eine Dreiviertelstunde unruhig in der Halle gewartet hatte, war plötzlich dieser Kerl mit der Harley aufgetaucht. Lederjacke, dunkle Sonnenbrille, schwarzer Helm und Vollbart. Und hinter ihm, zart wie eine Elfe, saß Lilou. In der Hand eine nachtblaue Papiertüte mit goldenem Aufdruck. Küsschen rechts und links, und dann war der Rocker davongeknattert.

Lilou löste eines ihrer bunten Bändchen vom Handgelenk und legte es Leon auf den rechten Arm.

»Was ist das?«, fragte Leon.

»Halt still«, sagte Lilou und knotete das Bändchen fest. »Das ist ein Freundschaftsband. Das tragen alle diesen Sommer. Lass mal sehn ... Sieht doch cool aus.«

»Ich weiß nicht.« Leon betrachtete skeptisch das Bändchen an seinem Handgelenk.

»Damit siehst du viel jünger aus«, meinte Lilou.

»Wirklich?« Leon betrachtete noch einmal das Bändchen. »Also cool und jünger. Hast du noch eins?« Leon lächelte und griff wieder ans Steuerrad.

Die Sonne stand jetzt flach über dem Horizont und brachte die Grün- und Rottöne in der Natur zum Leuchten. An manchen Stellen hatten die Bauern die Artischocken nicht geerntet, sondern sie ausblühen lassen. Jetzt leuchteten diese Felder in einem überirdischen Violett.

»Du hast noch gar nicht erzählt, was deine Tante von dir wollte.«

Leon lächelte geheimnisvoll. »Das erfährst du, wenn wir bei deiner Mutter sind.«

»Jetzt komm schon, Leon. Ich bin extra mitgekommen, um dir mit deiner Tante zu helfen. Da kannst du mir auch verraten, was sie von dir wollte.«

»Nein, du bist mitgekommen, weil du shoppen wolltest.«

»Du bist so doof«, sagte Lilou, steckte sich wieder den Kopfhörer ins Ohr und tippte weiter in ihr Smartphone. Leon nahm es nicht persönlich.

6. KAPITEL

Das Abendessen war improvisiert, aber lecker. Es gab Pizza von *Chez Sylvia*. Sogar Leon, der sich nicht viel aus Pizza machte, musste zugeben, dass die Pizza aus dem Steinofen der Korsin göttlich schmeckte. Eigentlich durfte Pizza bei Isabelle zu Hause nur in Notfällen gegessen werden. Zum Beispiel, wenn sie mal überraschend länger als sonst im Polizeirevier bleiben musste oder wenn sich, wie heute Abend, alles verzögerte und zum Kochen keine Zeit blieb.

»Schickes Bändchen«, hatte Isabelle gesagt, als Leon mit Lilou nach Hause kam.

»Hab ich von deiner Tochter bekommen«, sagte Leon. »Macht mich angeblich jünger.«

»Unbedingt«, sagte Isabelle mit einem Lächeln und nahm ihm den Karton mit der Pizza ab.

Leon hatte bemerkt, dass Isabelle in letzter Zeit nur noch selten kochte. Dabei liebte Lilou den Couscous ihrer Mutter. Natürlich gab es im Sommer bei der Gendarmerie immer viel zu tun, aber Leon hatte das Gefühl, dass Isabelle an manchen Tagen absichtlich länger im Büro blieb, als wollte sie ihren Erinnerungen ausweichen. Aber heute Abend war die Stimmung gut, und alle warteten darauf, dass Leon verriet, warum seine Tante ihn in Nizza unbedingt hatte sprechen wollen.

»Jetzt mach es nicht so spannend«, sagte Lilou.

»Na gut, dann werde ich euch einen kleinen Hinweis geben.« Leon sah in die Runde. Dann griff er in die Tasche seines Leinensakkos und zog etwas heraus, das er leicht in der Hand verbergen konnte.

»Es ist keine Uhr«, sagte Leon und zu Lilou gewandt. »Und mit dem Gold lagst du auch falsch.«

Vor einer Woche hatte Tante Odette Leon angerufen und Andeutungen gemacht, es gäbe da etwas, das sie ihm anvertrauen wollte. Etwas, das seinem Onkel Anthony zu Lebzeiten sehr am Herzen gelegen hatte. Isabelle und Lilou hatten sich in wilden Spekulationen übertroffen, was die Tante Leon wohl zu verschenken hätte.

Leon öffnete mit einer theatralischen Geste die Hand, und man hörte etwas auf den Tisch klappern. Es war ein alter verschrammter Schlüssel mit Bart, an dem ein Anhänger befestigt war, eine kleine Eidechse aus Kunststoff.

Lilou griff mit spitzen Fingern nach dem Schlüssel. »Wofür ist der denn?« Sie rümpfte die Nase.

»Für ein Haus bei Collobrières«, sagte Leon, »ein Haus mit einem eigenen Weinberg.«

»Im Ernst? Zeig mal.« Isabelle nahm Lilou den Schlüssel ab und drehte ihn in der Hand, als könnte sie auf diese Weise abschätzen, zu welcher Art von Haus er wohl passen würde.

»Ist bestimmt nur so 'ne verwanzte Garage«, sagte Lilou.

»Ein ganzer Weinberg – wie groß ist der?«, fragte Isabelle.

»Tante Odette hat was von einem Hektar gesagt.«

»Ist das viel?«, fragte Lilou.

»Für ein paar Flaschen Rosé sollte es reichen«, erwiderte Leon.

»Na toll, ein Weinberg mit einer Garage«, sagte Lilou.

Leon musste an Tante Odette denken. Wie sie im *Negresco* den Schlüssel bedeutungsvoll neben sein Champagnerglas gelegt hatte.

»Mein Anthony hat immer von einem eigenen Weinberg geträumt«, hatte die Tante gesagt, und ihre Augen waren dabei feucht geworden. »Jetzt kannst du diesen Traum für deinen Onkel weiterleben.«

Immer wenn Tante Odette theatralisch wurde, läuteten bei Leon die Alarmglocken. Sie hatte den Weinberg einen »einmaligen Ort« genannt, war aber selber schon zwanzig Jahre nicht mehr dort gewesen. So wie Leon es sah, war der Weinberg nur eine weitere verrückte Investition seines Onkels gewesen. Irgendwann mit Enthusiasmus in Angriff genommen und nach kürzester Zeit wieder vergessen. Aber immerhin schien es den Weinberg tatsächlich zu geben.

»Du wirst diesen Ort lieben«, hatte ihm die Tante mit entrücktem Blick erklärt, »und das kleine Haus, das dazugehört – ein Ort wie im Himmel.« Dabei hatte Odette die Augen verdreht und verzückt zur Decke der *Royal Lounge* gesehen.

Leon kannte Tante Odette, und darum klang das alles für ihn stark nach einem verwilderten Stückchen Land mit einer windschiefen Hütte darauf. Tante Odette wollte ihm dieses »Kleinod«, wie sie es nannte, überschreiben, einfach so. Sie hatte angeblich alles schon mit einem Notar in Pierrefeu besprochen. Was Leon jetzt nur noch tun musste, war unterschreiben. Was sich für ihn irgendwie nach weiteren Problemen anhörte.

Ein Weinberg war in Leons Augen etwas für Menschen mit Gärtnerambitionen. Und die hatte er gar nicht. Auf der anderen Seite fühlte es sich irgendwie gut an, wenn man sagen konnte, dass man einen Weinberg besaß.

»Da könntest du deinen eigenen Wein produzieren«, sagte Isabelle.

»Ich habe keine Ahnung, wie man Wein produziert«, entgegnete Leon, »aber es klingt nach einer Menge Arbeit.«

»Wir würden dir natürlich helfen. Stellt euch vor, die eigenen Reben ernten. Wäre das nicht fantastisch? Irgendwie so archaisch …«, schwärmte Isabelle.

»Ihr braucht mich gar nicht so anzusehen.« Lilou blickte finster zu ihrer Mutter. »Glaub bloß nicht, dass ich durch irgendeinen Weinberg krieche und Trauben aufsammle.«

»Soweit ich weiß, schneidet man die Reben mit einer Schere ab und sammelt sie in einer Trage«, meinte Isabelle.

»Fail!«, sagte Lilou und hob demonstrativ beide Hände in Abwehrhaltung.

»Was meint sie?«, fragte Leon.

»Fail and over«, wiederholte Lilou.

»Ist Computersprache«, erklärte Isabelle geduldig. »Das passiert, wenn Kinder nur noch mit ihrem Handy sprechen. Allerdings braucht man sie auch nicht mehr zu füttern. Du kannst sie direkt an die Ladestation hängen.«

»Sehr lustig«, sagte Lilou. »Die Trauben könnt ihr selber einsammeln. Ich mach euch auf keinen Fall den Ernte-Sklaven. Da mähe ich ja noch lieber unseren Rasen.«

»Du bist mein Zeuge, Leon«, sagte Isabelle, und dann zu ihrer Tochter: »Das mit dem Rasen, ist das ein Deal?«

»Warum fahren wir morgen Nachmittag nicht einfach mal rüber und sehen es uns an? Sind doch nur zwölf Kilometer«, bot Leon an.

»Tolle Idee«, meinte Isabelle begeistert. Lilou verdrehte nur genervt die Augen.

7. KAPITEL

Anna fröstelte. Es war kühl geworden auf der Terrasse des Restaurants *Galiote* in der Rue Patron Ravello. Bei zwei Gläsern Wein hatte sie ohne Appetit einen Teller Nudeln gegessen. Sie war frustriert und erschöpft. Alle ihre Bemühungen, eine Spur von ihrer Schwester Susan zu finden, waren ins Leere gelaufen. Inzwischen war Anna in das Fremdenzimmer eingezogen, das ihre Schwester bei dem Ehepaar Pelletier gemietet hatte. Hier stand immer noch Susans roter Samsonite, der einen Teil ihrer Klamotten enthielt. Darunter auch das neue Sommerkleid mit dem Blumenmuster, das sie so liebte. Warum hatte sie das nicht mitgenommen, wenn sie mit einem Kerl unterwegs war? Nur ihr kleiner Wanderrucksack fehlte.

»Susan, wo sind Sie denn gewesen?«, hatte Madame Pelletier Anna begrüßt, als sie vor drei Tagen den Delikatessenladen in der Rue Charles de Gaulle betrat.

Es passierte Anna oft, dass man sie mit ihrer Schwester verwechselte. Ein Schicksal, das sie mit den meisten eineiigen Zwillingen teilte. Wenn man ein Kind ist, macht es Spaß, Freunde und Lehrer in die Irre zu führen. Aber als Anna erwachsen wurde, fühlte es sich an, als hätte sie gar keine eigene Identität. Als würde sie von ihrer Umwelt nur noch wahrgenommen, wenn sie mit ihrer Schwester Susan zusammen auftrat. Vielleicht lag es auch gar nicht so sehr am Aussehen, dachte Anna. Vielleicht lag es ja daran, dass sie und ihre Schwester absolut unterschiedliche Charaktere waren. Susan war der Sonnenschein. Ihr strahlendes Lächeln war mitreißend, und sie schien sich völlig unbeschwert durchs Leben zu bewegen. Susan war kühn und leichtsinnig, doch die Gefahren hatten immer einen Bogen um das schöne Mädchen gemacht, das jeder mochte. Und die Männer verzehrten sich nach Susan mit den strahlend blauen Augen, den vollen Lippen und den hohen Wangenknochen, die ihrem Gesicht einen leicht orientalischen Touch gaben.

Anna fehlte die Unbeschwertheit ihrer Schwester. Sie war von Anfang an die Nachdenklichere der beiden gewesen. Und sie war es auch, die sich ständig Sorgen um ihre Schwester machte. »Du bist die Erstgeborene«, hatte ihre Mutter immer zu ihr gesagt, »darum musst du auf Susan aufpassen.« Das war natürlich nur ein Scherz, denn Anna war genau sieben Minuten vor ihrer Schwester auf die Welt gekommen. Und trotzdem fühlte sie sich bis heute für ihre »jüngere« Schwester verantwortlich.

Wahrscheinlich hatte die nette Polizistin recht, dachte Anna, und sie machte sich mal wieder unnötig Sorgen. Mit einem Jungen spontan für ein paar Tage in der Camargue zu verschwinden, war das nicht typisch Susan? Ihre Schwester hatte sich verliebt, war mit dem Auto nach Arles gefahren, und morgen oder übermorgen würde sie wieder auftauchen. Braun gebrannt mit ihrem entwaffnenden Lächeln und ohne jedes schlechte Gewissen.

Aber aus irgendeinem Grund wusste Anna, dass das nicht geschehen würde. Sie konnte nicht sagen, warum, es war so ein Gefühl. Ein Gefühl, wie sie es noch nie in ihrem Leben gespürt hatte. Als wäre die unsichtbare Verbindung zu Susan mit brutaler Gewalt zerrissen worden. Anna fühlte sich plötzlich verlassen, wie der letzte Mensch auf dem Planeten. Sie saß alleine auf der Terrasse des Restaurants, und Tränen liefen ihr über die Wangen. Der Kellner mit dem Wechselgeld sah sie besorgt an und sagte etwas auf Französisch, das Anna nicht verstand.

»Alles okay«, antwortete Anna, *»pas de problème.«* Sie setzte ihre Sonnenbrille auf, um die Tränen zu verbergen. Dann stand sie auf, ließ ein paar Euro auf dem Tisch liegen und ging.

Jetzt, Ende September, waren die Straßen und Gassen von Le Lavandou um zehn Uhr abends bereits wie leer gefegt. Als hätte es den Touristenrummel im Juli und August nie gegeben. Der Ferienort am Meer lag in tiefer Ruhe. Kein Gedränge in den Straßen, keine plärrende Musik aus den Eissalons und den Bistros. Das Riesenrad am Strand hatte längst die Beleuchtung abgeschaltet und seinen Dienst eingestellt. Sogar das kleine Karussell, vor dem sonst Eltern warteten, während sich ihre Kinder um die besten Plätze in Feuerwehrautos und fliegenden Untertassen stritten, war unter regendichten Planen verpackt. Der ganze Ort schien seinen Pulsschlag verlangsamt zu haben und sich von der Hektik des Sommers zu erholen.

Plötzlich traf es Anna wie ein eisiger Windstoß. Irgendetwas stimmte nicht. Sie blieb stehen, als wäre sie in einen Sumpf geraten, in dem jeder falsche Schritt das Ende bedeuten könnte. Anna sah sich vorsichtig um. Sie war allein in der Gasse, die nur vom Schein einer einzelnen Straßenlaterne beleuchtet wurde. In diesem Moment entdeckte sie den Mann. Das hieß, sie sah nur seinen Schatten, der sich so langsam in einen düsteren Durchgang zurückzog, als würde er schweben. Nur der Glanz eines Augenpaares, in dem sich das Licht spiegelte, war für die Dauer eines Wimpernschlags in der Dunkelheit zu erkennen. Dann hatte die Nacht den Unbekannten verschluckt.

Anna merkte, dass sie für ein paar Sekunden den Atem angehalten hatte. Sie war wie gelähmt. Sie dachte, sie hätte den Tod gesehen. Anna drehte sich um und rannte los, rannte zum Place Ernest Rayer zur *Brasserie du Centre*, dahin, wo Menschen saßen, Wein tranken und lachten, zurück ins Licht und ins Leben.

8. KAPITEL

Leon Ritter, Rechtsmediziner am Krankenhaus *Saint-Sulpice*, parkte sein Cabriolet auf seinem persönlichen Stellplatz. Die Klinik befand sich am Rand der Kleinstadt Hyères, keine zwanzig Kilometer von Le Lavandou entfernt. Hier, im Keller des neuen Anbaus, war erst kürzlich eine moderne pathologische Abteilung eingerichtet worden. Ein Prestigeprojekt von Klinikleiter Dr. Hugo Bayet, der damit seinen Ruf festigen und seine Chance auf eine Professur an der Universitätsklinik in Marseille erhöhen wollte.

Leon hatte Dr. Bayet auf einer Tagung in Toulouse kennengelernt, wo er als leitender Mitarbeiter des Rechtsmedizinischen Instituts in Frankfurt einen Gastvortrag über »Blutspurenmuster-Verteilungsanalyse« halten sollte. Bayet war beeindruckt und bot ihm den Job in seiner Klinik an. Für Leon war das Angebot die Chance, seiner Vergangenheit zu entfliehen. Mit dem Verlust seiner Frau war Leons Leben aus dem Tritt geraten. Bei dem Flugzeugabsturz war alles in einem gewaltigen Feuer verbrannt. Von seiner Frau Sarah hatte sich überhaupt keine Spur mehr gefunden. Das hatte dazu geführt, dass Leon sich eingeredet hatte, dass seine Frau vielleicht von dem Unglück verschont worden war. Fünfmal war er in den folgenden Jahren nach Thailand geflogen, um eigene Ermittlungen anzustellen, was zu einer Kette von Problemen geführt hatte. Leon zog sich schließlich völlig zurück, vernachlässigte seine Freunde und stürzte sich geradezu manisch in seine Arbeit. In das Haus im Taunus, in dem er zusammen mit Sarah gewohnt hatte, kam er nur noch gelegentlich, um zu übernachten. Meist blieb er in Frankfurt, wo er sich in der Nähe des Universitätskrankenhauses ein kleines Zwei-Zimmer-Apartment gemietet hatte. Er arbeitete jede Nacht und schließ nur noch wenige Stunden.

Da schien das Angebot, an der Klinik in der Provence zu arbeiten, wie ein Wink des Schicksals. Es war für Leon so etwas wie ein neuer Anfang gewesen. Da er bei seiner französischen Mutter und seinem deutschen Vater zweisprachig aufgewachsen war und außerdem vier Semester in Paris studiert hatte, gab es für ihn keine Verständigungsprobleme. Trotzdem war sein deutscher Akzent für Franzosen unüberhörbar. Darum war er für viele Kollegen und Bekannte der *Docteur Allemand*, und er würde es wohl auch immer bleiben.

Vor Leon glitt die automatische Glastür zur Seite, und er betrat die Empfangshalle des fünfstöckigen Klinikanbaus. Er trug eine Papiertüte der Bäckerei *Lou* wie eine Monstranz vor sich her, als er auf Schwester Monique zuging, die in der Patientenaufnahme saß und ihn anstrahlte. Die Bäckerei *Lou* in der Avenue Charles backte nicht nur das mit Abstand beste Brot von ganz Le Lavandou, sondern hatte auch eine köstliche Auswahl an hausgemachtem Gebäck zu bieten.

»Ich dachte, ich könnte Sie vielleicht für ein *Pain au chocolat* von *Lou* gewinnen«, sagte Leon. Das war natürlich eine rein rhetorische Frage, denn Schwester Monique, knapp 1,60 Meter groß und ziemlich mollig, war geradezu süchtig nach *Pain au chocolat*.

»Danke, *Docteur«*, sagte sie und ließ die Tüte blitzschnell in einer Schublade verschwinden. »Aber eigentlich bin ich im Moment auf Diät.«

Leon lächelte, er wusste, dass das Gebäck nicht mal die nächste Stunde überleben würde.

»Gab's was?«, fragte er. Normalerweise war es um diese Zeit ruhig. Da die meisten Touristen längst wieder abgereist waren, blieb für Leon wenig zu tun. Die Zahl der tödlichen Verkehrsunfälle ging im September signifikant zurück. Aber auch Schlaganfälle und Herzinfarkte wurden deutlich weniger, wenn sich übergewichtige Touristen nicht mehr in der glühenden Mittagssonne mit den Weinen der Region überforderten.

»Wir haben einen tödlichen Unfall«, erklärte Monique ungerührt. »Ein Weinbauer, wurde vom eigenen Traktor überrollt, bei Pierrefeu-du-Var.«

»Die sollen ihn uns rüberschicken, ich seh ihn mir morgen an.«

»Er ist aber schon unten und wartet auf Sie«, sagte Schwester Monique und meinte es nicht ironisch.

Für Leon waren die Toten wie »Patienten«. Und er erwartete von allen Mitarbeitern, dass sie das genauso sahen. Als Leon vor fast zwanzig Jahren in Frankfurt von der Notfallchirurgie zur Rechtsmedizin gewechselt war, hatten ihn die Kollegen gewarnt, mit zu viel Empathie an diese neue Aufgabe heranzugehen. Das würde ihn kaputtmachen. Er müsste die Opfer so betrachten, wie sie auch Staatsanwaltschaft und Richter sahen, als Beweismittel.

Doch Leon betrachtete die Toten als menschliche Wesen, die einmal Freunde, eine Familie, ein Leben gehabt hatten. Darum hatten sie ein Recht darauf, mit dem gleichen Respekt behandelt zu werden wie all die lebenden Patienten auf den Stationen im Rest der Klinik. Die Toten in der Pathologie waren Leons Verbündete bei der Aufklärung von Verbrechen. Weil sie ihm sowohl die Geschichte ihres Lebens als auch ihres Todes erzählen konnten, wenn er nur genau genug hinsah. Die Kollegen in Frankfurt hatten anfangs ihre Witze über Leon gemacht. Sie hielten ihn für einen schrulligen Eigenbrötler, der nicht lange durchhalten würde. Aber was die Aufklärung von Kapitalverbrechen betraf, waren Dr. Leon Ritters Erfolge inzwischen legendär.

»Die Polizei braucht die Blutalkoholwerte und die genaue Todesursache. Am besten noch heute, haben sie gesagt.«

»Die bekommen ihre Werte schon noch früh genug«, sagte Leon.

Als er in den Sektionsraum kam, hatte sein Assistent Olivier Rybaud bereits den Toten vorbereitet. Auf dem Tisch aus rostfreiem Stahl lag ein Mann von Mitte sechzig. Auch unter dem grünen Tuch konnte Leon erkennen, dass der Brustkorb eingedrückt war.

»*Bonjour, Docteur*«, sagte Rybaud. Er hatte einen Bericht in der Hand, der in einer abwaschbaren Klarsichtfolie steckte. »Opfer männlich, 64 Jahre alt. Größe 176 Zentimeter, Gewicht 79 Kilo. Der Mann wurde von seiner eigenen Erntemaschine überrollt.«

Leon schlug das grüne Tuch zurück und betrachtete den Brustkorb. Grobstollige Reifen hatten das feine Gewebe der Epidermis zerrissen und eine tödliche Spur hinterlassen. Leon betrachtete den Mann. Er war übergewichtig für jemanden, der hart arbeiten musste. Die Hände waren kräftig und die Haut von Sonne und Wind braun und trocken gebrannt. Rechts trug er einen schmalen goldenen Ehering, den er schon viele Jahre nicht mehr abgenommen und der sich tief in die Haut eingeschnitten hatte. Im Gesicht hatte der Mann tiefe Falten, und sein Haar war grau. Die Zähne im halbgeöffneten Mund waren vom Rauchen braun verfärbt. Leon konnte regelrecht spüren, wie dieser Mensch sein Leben lang und bei jedem Wetter in den Weinbergen geschuftet hatte. Und dann, eine kleine Unaufmerksamkeit, und das war's.

Leon fielen die Füße auf, die geschwollen waren, genau wie die Vorderseite der Unterschenkel. Das konnte ein Hinweis auf eine rechtsseitige Herzinsuffizienz sein. Das Ergebnis von Wassereinlagerungen, weil ein geschwächter Herzmuskel nicht mehr richtig arbeitete und dann der Blutstau in den Venen zu Wassereinlagerungen in den Gefäßen führte.

»Die Polizei will die Alkoholprobe schnell wegen der Kfz-Versicherung.«

»Was wollen die denn?«, fragte Leon.

»Die Erntemaschine ist ungebremst gegen die Halle gerauscht. Die Maschine ist im Eimer. Hundertfünfzigtausend Euro futsch.«

»Woher wissen Sie das denn schon wieder?«, wunderte sich Leon.

Rybaud zuckte mit den Schultern. Er stammte aus der Gegend um Pierrefeu und schien einfach jeden zu kennen.

»Das da ist Georges Matin«, sagte Rybaud und deutete auf den Toten. »Hatte ein kleines Weingut bei Pierrefeu, um das muss sich jetzt wohl seine Witwe alleine kümmern. Keine Ahnung, wie die das schaffen will, ohne die Maschine.«

»Und die Versicherung ...«, sagte Leon und ließ es wie eine Frage klingen.

»Hofft natürlich auf eine Mitschuld des Unfallopfers,

damit sie nicht den ganzen Schaden übernehmen muss. Blutsauger«, sagte Rybaud, ohne eine Emotion zu zeigen.

Rybaud war nie anzusehen, was er dachte. Seine Miene war absolut ausdruckslos. Und er schien sich völlig geräuschlos durch die Räume der Pathologie zu bewegen. Für Leon hatte sein Assistent etwas von einem Geist. Aber er war nie krank, erschien immer pünktlich und arbeitete zuverlässig.

»Machen Sie einen Bluttest und noch eine Urinprobe zum Abgleich.«

»*Oui, Docteur*, hab schon alles vorbereitet«, sagte Rybaud und machte sich an die Arbeit.

Das Erntefahrzeug hatte den Mann von rechts erwischt, wobei er auf den Rücken gefallen sein musste. Das Gewicht der schweren Maschine hatte die Rippen eingedrückt. Leon öffnete den Brustkorb, und sein Verdacht bestätigte sich. Zwei Rippen waren unter dem Druck des Reifens gesplittert, und eine davon hatte sich in den Herzbeutel gebohrt. Der Knochen hatte schließlich die Wand der rechten Herzkammer durchstoßen und die Trikuspidalklappe zerrissen, die den Rückfluss des Blutes in den Vorhof verhindern sollte. Innerhalb weniger Sekunden war der Kreislauf des Mannes kollabiert. Das Gehirn wurde nicht mehr mit Sauerstoff versorgt, und der Winzer starb.

Für einen Augenblick sah Leon den Mann zwischen seinen Weinstöcken auf dem Rücken liegen, die Spätsommersonne im Gesicht, und sein letzter Gedanke war vermutlich, dass er sterben würde. Leon gab sich einen Ruck und setzte die Untersuchung fort. Die Lunge war die eines starken Rauchers, wie es bei der Verfärbung der Zähne zu erwarten gewesen war. Aber dann entdeckte er noch etwas anderes. Eine kleine Verengung auf der Vorderseite des

Herzmuskels an der linken Kranzarterie, wo ein kleines Blutgerinnsel einen Verschluss gebildet hatte. Keine Frage, der Mann hatte einen Herzinfarkt erlitten.

»Haben Sie schon den BAK-Wert?« Leon sah zu seinem Assistenten, der die Taste eines Messgeräts drückte, das daraufhin einen Papierstreifen ausdruckte.

»Jetzt liegt er bei 0,4 Promille.« Rybaud betrachtete den Ausdruck. »Zum Unfallzeitpunkt müsste der Blutalkoholwert demnach knapp überm Limit gelegen haben, bei gut 0,6 Promille.« Rybaud reichte Leon den Papierstreifen.

»Haben Sie die Zeit auch richtig berechnet?« Leon sah seinen Assistenten fragend an.

»Natürlich, *Docteur*, im Bericht der Polizei steht Unfallzeit 8.45 Uhr. Das war vor genau vier Stunden.« Rybaud tippte demonstrativ auf seine Armbanduhr.

Auch in einem toten Körper wurde Alkohol kontinuierlich weiter abgebaut, allerdings deutlich langsamer als in einem lebenden Organismus. Beim nachträglichen Errechnen des Promillewertes zum Unfallzeitpunkt musste man verschiedene Faktoren berücksichtigen. Die wichtigsten waren dabei der möglichst minutengenaue Zeitpunkt des Unfalls und die Umgebungstemperatur, der der Tote ausgesetzt war. Bei landwirtschaftlichen Unfällen nahmen es die Beamten vor Ort mit der Zeit meist nicht so genau. Aber ausgerechnet diese Informationen wurden wichtig, wenn die Versicherung in den Fall eingeschaltet wurde.

Die Leute von der Fahrzeugversicherung griffen nach jedem Strohhalm, wenn sie die Möglichkeit sahen, eine Auszahlung zu reduzieren.

»Vielleicht haben sich die Beamten vor Ort ja auch vertan mit der Unfallzeit, dann wäre der Blutalkoholwert geringer gewesen«, sagte Leon.

»Das wäre schon gut möglich«, sagte Rybaud, der zu ahnen schien, worauf Leon hinauswollte.

»Gut, dann tragen wir 0,5 Promille ein, das scheint mir doch realistischer«, sagte Leon zu seinem Assistenten. »War es das, was die Polizei wissen wollte?«

»Und bei Todesursache, was schreiben wir da rein?« Rybaud zögerte.

»Herzinfarkt«, sagte Leon ruhig und sachlich. »Tod durch Herzinfarkt. Ein tragischer Unfall.« Sein Assistent sah kurz zu ihm herüber und füllte dann das Feld in den Papieren aus.

Warum sollte er schlafende Hunde wecken, dachte Leon. Natürlich war auch ein Blutalkoholwert von 0,5 Promille am frühen Vormittag nicht wenig. Aber für einen Winzer aus der Provence, der wahrscheinlich am Abend zuvor mit Nachbarn die gute Weinlese gefeiert hatte, auch kein beunruhigender Wert. Und vor allem lag er mit 0,5 genau unterhalb der gesetzlichen Promillegrenze. Das Untersuchungsergebnis würde dazu führen, dass die Versicherung für den gesamten Schaden an der Erntemaschine aufkam. Schließlich war der Winzer ja nicht wegen Trunkenheit verunglückt, sondern weil ihn ein Herzinfarkt an einem sonnigen Herbstmorgen wie ein Blitzschlag aus dem Leben gerissen hatte. Ein winziges, drei Millimeter großes Blutschwämmchen war in der lebenswichtigen Kranzarterie stecken geblieben – und das war es dann. Der Mann war von der Maschine gestürzt und von seinem eigenen Traktor überrollt worden. Egal, wie viel Promille er im Blut hatte.

Er hatte das Protokoll der Obduktion wahrheitsgemäß ausgefüllt und unterschrieben, dachte Leon, als er eine halbe Stunde später im offenen Auto zurück nach Lavandou fuhr. Er fühlte sich auf eine angenehme Weise zufrieden. Er spürte die warme Luft des Spätsommers im Gesicht und drehte das Radio lauter. Auf *Radio Nostalgie* sang Charles Trenet »La Mer«.

9. KAPITEL

Vielleicht sollte sie sich doch etwas Sportlicheres anziehen, dachte Isabelle. Schließlich wollten sie einen Weinberg besichtigen und nicht ins *Café Sénéquier* in Saint-Tropez. Isabelle drehte sich in ihrem gepunkteten Sommerkleid zur Seite und sah über die Schulter zum Spiegel.

Was ist los mit dir?, dachte sie im gleichen Moment. Du benimmst dich wie ein Schulmädchen beim ersten Date. Isabelle schüttelte den Kopf. Zum Teufel, warum machte sie sich überhaupt Gedanken darüber, was Leon über ihr Outfit dachte? Sie war eine selbstbewusste Frau von fünfundvierzig Jahren und außerdem stellvertretende Chefin der *Gendarmerie nationale* von Le Lavandou. Sie musste sich weiß Gott keine Gedanken darüber machen, ob dem Mann, dem sie seit fast einem Jahr das Gästezimmer in ihrem Haus vermietete, ihr Kleid gefallen würde. Oder vielleicht doch? Wenn sie ganz ehrlich mit sich war, gefiel ihr Leon.

Schließlich war sie seit der Trennung von Anthony vor drei Jahren nur wenigen interessanten Männern begegnet. Jeden Tag verbrachte sie sieben Stunden und mehr im Büro. Und den platten Anmachversuchen ihres Chefs Thierry Zerna nachzugeben – nein, so nötig hatte sie es nun auch wieder nicht. Außerdem würde sie nie etwas mit einem Kollegen anfangen, das hatte sie sich geschworen. Okay, einmal war sie schwach geworden. Das war im Sommer vor zwei Jahren gewesen. Als die seelischen Wunden der Trennung von ihrem Ex noch frisch und schmerzhaft waren und sie Trost gesucht hatte. Da hatte sie sich auf ein Verhältnis mit einem Kollegen eingelassen. Einem Lieutenant, der für vier Wochen bei ihnen auf der Wache aushalf. Er sah gut aus, war sechs Jahre jünger als sie und einen Dienstgrad unter ihr. Als sie mit ihm ins Bett gegangen war, hatte sie Angst gehabt, er würde die Schwangerschaftsstreifen an ihrem Bauch bemerken. Aber er hatte gar nichts bemerkt. Er hatte sie *Mon petit lapin*, sein kleines Häschen, genannt und war jedes Mal ziemlich schnell zur Sache gekommen. Es war wirklich nicht das Highlight ihrer Liebesbeziehungen gewesen, aber das kleine Techtelmechtel hatte ihr geholfen, heil über den Sommer zu kommen. Und dann war da noch dieser Maler aus Korsika mit den wilden Haaren und dem sanften Blick, der eine Vernissage in der Stadthalle hatte. Aber die Knutscherei auf dem Parkplatz war von der eifersüchtigen Frau des Künstlers jäh unterbrochen worden. Darum zählte die Sache eigentlich nicht. Seitdem herrschte absolute Ebbe in Isabelles Liebesleben.

Leon hatte ihr vom ersten Tag an gefallen. Natürlich hatte sie sich nichts anmerken lassen. Sie spürte, dass sie bei diesem Mann behutsam vorgehen musste. Leon war sensibel, er hatte eine verletzte Seele, das fühlte sie, auch wenn er so gut wie nie über solche Dinge sprach. Sie durfte ihn nicht bedrängen. Er würde den ersten Schritt tun müssen. Und es hatte in den letzten Monaten durchaus Augenblicke gegeben, wo sie miteinander geflirtet hatten. Ein leichtes Sommerkleid schien ihr das geeignete Signal, um an diese Augenblicke anzuknüpfen. Sie betrachtete ihr Spiegelbild. Du böses Mädchen, dachte sie und lächelte.

Isabelle hatte heute im Büro früher Schluss gemacht. Es

war den ganzen Tag ruhig geblieben auf der Wache. Die blonde Studentin aus Deutschland, die nach ihrer Schwester suchte, war noch einmal im Büro vorbeigekommen. Und wieder musste sie der jungen Frau sagen, dass ihr die Hände gebunden waren. Sie konnte für Anna nichts tun, außer im Büro für sie da zu sein, wenn sie mit jemandem reden wollte. Isabelle spürte, wie verzweifelt die junge Deutsche war. Gleich am Montag würde sie noch mal mit Zerna sprechen. Vielleicht konnten sie ja wenigstens schon mal eine Vermisstenanzeige aufnehmen. Irgendein Verdachtsmoment würde sich bestimmt als Rechtfertigung finden lassen. Aber vielleicht hatte sich das Problem bis dahin ja auch von selber gelöst. Laut Statistik tauchten fast neunzig Prozent aller Vermissten von alleine wieder auf.

Isabelle sah auf die Uhr. Leon wollte bis 15 Uhr aus Hyères zurück sein. Da blieb ihr noch eine knappe halbe Stunde. Sie würde die Zeit nutzen, um bei ihrem Gast das Bett neu zu beziehen und ihm frische Handtücher hinzulegen. Auch wenn Leon immer protestierte, dass er sich alleine um diese Dinge kümmern wollte. Aber schließlich führte sie ja keine Jugendherberge, sondern vermietete ein Gästezimmer.

Das Zimmer von Leon war wie immer penibel aufgeräumt. Isabelle ersetzte die Handtücher im Badezimmer, wo die elektrische Zahnbürste in ordentlicher Reihe neben Zahnpasta, Mundwasser und einem altmodisch grünen Glasfläschchen mit Eau de Cologne von »Acqua di Selva« stand. Sie nahm die Flasche in die Hand und schnupperte daran. Es roch nach Leon, herb zitronig, eben sympathisch, ein wenig konservativ, aber ehrlich.

Isabelle zog das Bett ab, als ihr Blick auf das Foto fiel, das auf dem Schreibtisch stand. Es zeigte Leon, etwas jünger als heute, wie er dem unsichtbaren Fotografen zulächelte. Dicht hinter ihm stand eine attraktive rothaarige Frau, die ihre Arme um ihn geschlungen und den Kopf auf seine Schulter gelegt hatte. Diese vertraute Geste strahlte so viel Wärme aus, dass Isabelle ein wenig eifersüchtig wurde. Jetzt erst fiel ihr die Aktentasche auf, die Leon immer auf dem Schreibtisch liegen hatte. Nur diesmal war sie unverschlossen. Eine schmale abgegriffene Ledertasche mit offener Lasche, aus der ein paar Unterlagen gerutscht waren. Isabelle wollte wirklich nicht schnüffeln, aber sie war nun mal Polizistin, und mit spitzen Fingern schob sie die Unterlagen ein wenig weiter aus der Tasche. Es war ein Flugplan von Thai Airways aus dem Jahr 2010. Ein Ausschnitt aus einer englischsprachigen Zeitung über einen Flugzeugabsturz in Thailand und der Aufriss eines Flugzeugs mit den Sitzplatznummern. Und dann war da noch ein einzelnes Foto zwischen den Unterlagen. Es zeigte wieder die Rothaarige, diesmal zusammen mit einer anderen Frau, der sie den Arm um die Schultern gelegt hatte, so wie man eine Freundin umarmt. Beide Frauen hatten ihre Rucksäcke lässig über die Schulter geschwungen und lachten in Richtung Kamera. Freundinnen am Gate eines großen Flughafens kurz vor ihrem Abflug, dachte Isabelle.

»Schnüffelst du in Leons Sachen?« Lilou stand plötzlich in der Zimmertür. Isabelle schreckte hoch.

»Nein, ich hab nur die Betten gemacht.« Isabelle schob die Unterlagen mit einer kleinen Handbewegung zurück in die Tasche. »Und ein bisschen aufgeräumt.« Sie griff nach der alten Bettwäsche, die sie auf einem Stuhl abgelegt hatte.

»Du hast doch geschnüffelt«, stellte Lilou kühl wie eine Polizistin fest.

»Jetzt komm aber!« Isabelle versuchte, empört zu klingen, obwohl sie wusste, dass ihre Tochter sie durchschaute.

»Du findest ihn heiß, stimmt's?«, stellte Lilou sachlich fest. »Kannst du ruhig zugeben.«

»Lilou, wirklich. Ich finde, dass Leon ein sehr netter Gast ist.« Isabelle schüttelte den Kopf und ging an ihrer Tochter vorbei aus dem Zimmer.

»Das Kleid findet er bestimmt total scharf«, rief Lilou ihrer Mutter hinterher.

In diesem Moment hörte man, wie unten die Haustür geöffnet wurde.

10. KAPITEL

Eine halbe Stunde später fuhr Leon mit Isabelle und Lilou durch die tiefe Provence. Leon war hinter La Londe nach Norden abgebogen und hatte die D88 genommen. Die schmale, einspurige Straße schlängelte sich durch die Hügel des Forêt de Pierrefeu. Hier lagen die Weingüter des *Château Pas du Cerf.* Leon hatte dort schon öfter Rosé gekauft, und er wusste, dass es gar kein Schloss gab. Aber die Franzosen waren überzeugt, dass ein guter Wein nur von einem echten *Château* stammen konnte. Also hatten die Besitzer eine kleine Anekdote aus dem 16. Jahrhundert ausgegraben, nach der König Franz I. hier auf die Hirschjagd gegangen sein sollte, um einen fetten Braten zur Heirat seines Sohnes Henri mit Catharina di Medici aufzutreiben. Mehr war eigentlich nicht geschehen, aber irgendwie hörte sich die Story nach uralter Verbindung zwischen dem Weingut und dem französischen Königshaus an, und sogleich hatte die Winzerfamilie ihre Verwaltungs- und Produktionsgebäude als »Château« bezeichnet. Der Wein des *Pas du Cerf* war allerdings unbestritten Spitzenklasse. Also machte Leon einen kurzen Abstecher zum »Château« und kaufte eine Kiste Rosé.

Die Straße führte weiter durch die Hügel und stieß bei dem Flüsschen Réal Collobrier auf die Abzweigung nach Pierrefeu. Hier drängte sich ein Weingut ans andere. Weinfelder, so weit das Auge reichte. In der Ebene arbeiteten die

Bauern mit ihren Erntemaschinen, die die in kerzengerader Linie ausgerichteten Weinstöcke zwischen ihre hohen Reifen nahmen, die Trauben vollautomatisch von den Stöcken rupften und per Förderband in Plastikcontainer schütteten. Aber dort, wo das Gelände hügelig und steil wurde, versagten die Maschinen, und die *Vendangeurs*, die Pflücker, hatten ihren Einsatz. Frauen und Männer, die die Reben mit Gartenscheren von den Stöcken schnitten und in die *Hottes*, die großen traditionellen Kiepen warfen, die längst nicht mehr aus geflochtenen Weidenruten, sondern aus buntem Plastik bestanden. Diese Kiepen konnten bis zu vierzig Kilo schwer werden und wurden in der Regel von Männern über die Terrassen der Weinberge hinabgetragen, um schließlich in die Container auf den Traktoren geschüttet zu werden. Es war eine mühsame und ungemein anstrengende Arbeit, besonders jetzt, wo sich nicht eine Wolke am Himmel zeigte und die Septembersonne herunterbrannte.

Leon musste langsam fahren. Ständig kreuzten vollbeladene Erntefahrzeuge den Weg, und die Luft war erfüllt vom süßlichen Geruch überreifer Früchte und gärenden Traubensafts.

»Da vorne müsste es nach rechts gehen«, sagte Lilou vom Rücksitz aus. Sie hielt einen Zettel mit einigen vagen Ortsangaben in der Hand.

»Da ist aber kein Weg«, wandte Isabelle ein.

»Ich sehe auch nichts.« Leon fuhr jetzt noch langsamer. Im Schatten einer mächtigen Platane saß eine Gruppe junger Leute und machte Brotzeit. Vor ihnen auf einer Kiste waren Käse, Oliven, Brot und Weinflaschen aufgebaut. Die Gruppe winkte Leon und den beiden Frauen im offenen Auto zu.

»Stopp! Hier, ist es. Halt an …«, rief in diesem Moment Lilou.

Leon trat auf die Bremse und wäre fast an einem Feldweg vorbeigefahren, der von wilden Sträuchern gesäumt war und zwischen den Weinstöcken verschwand. Der Weg wurde von zwei gemauerten Pfosten begrenzt, die einmal ein Tor gehalten hatten. An einem der Pfosten war ein verrosteter Briefkasten befestigt, den offenbar Jäger als Zielscheibe benutzt hatten. Ein verbogener Torrahmen mit Resten von Maschendraht war aus den Angeln gesprungen und lag im Graben. Über dem Briefkasten erkannte Leon ein ausgewaschenes Schild. *»Le Lézard«* hatte dort irgendwann einmal jemand mit heller Farbe geschrieben.

»Du hast gute Augen«, meinte Leon. »Genau hier wollen wir hin.«

»Hier …?« Lilou sah sich skeptisch um.

»Jetzt sei nicht so kritisch«, sagte Isabelle. »Mitten in den Weinfeldern. Ist das nicht großartig?«

»Ja, sieht wahnsinnig gemütlich aus«, meinte Lilou und sah auf ihr Smartphone. »Warum wundert es mich nicht, dass es hier keinen Empfang gibt?«

»Wenn ich jetzt hier abbiege«, sagte Leon dramatisch wie im Horrorfilm, »dann gibt es für uns alle kein Zurück mehr.«

»Über so was macht man keine Witze«, meinte Lilou.

Isabelle lächelte. »Jetzt mach's nicht so spannend. Fahr weiter.«

Leon bog in den Weg ein. Er musste Schritttempo fahren, damit der Wagen nicht mit der Unterseite auf einem der Steine aufsetzte, die zwischen den ausgewaschenen Spurrillen hervorragten. Der Weg wurde steiler und nahm mit mehreren Serpentinen eine kleine Höhe. Hoch über ihnen kreiste ein Raubvogel.

Das Haus tauchte so plötzlich zwischen den Weinstöcken auf wie der »Fliegende Holländer« aus dem Nebel, dachte Leon. Er ließ den Wagen vor dem Eingang ausrollen, wo Platanen Schatten spendeten.

Eigentlich waren es zwei Gebäude, die über Eck verbunden waren. Dort, wo sie aufeinandertrafen, war ein weiteres Stockwerk aufgesetzt worden, so dass sich eine Art eckiges Turmzimmer mit einer kleinen Dachterrasse ergab. Das Gebäude wirkte heruntergekommen. Putz war an vielen Wänden abgefallen und hatte das Mauerwerk aus den gelbbraunen Steinen der Provence freigelegt. Die Fenster waren mit Läden verschlossen, die einmal blau gewesen sein mussten, bevor Sonne und Wind die Farbe ausgebleicht und rissig hatten werden lassen. Nur das Dach schien unbeschädigt zu sein. Und obwohl das Anwesen verwahrlost und wahrscheinlich seit Jahrzehnten unbewohnt war, kam Leon *Le Lézard* vor wie ein verzauberter Ort aus einem provenzalischen Märchen. Das Haus schien mit der Landschaft regelrecht verwachsen zu sein; wilde Heckenrosen wucherten bis an die Mauern; Rosmarin und Lavendel säumten den Weg vor dem Eingang. Efeu quoll unter einem Teil des Daches hervor wie flüssiges Grün. Es war ein so ergreifender Anblick, dass man fürchtete, im nächsten Moment könnte jemand ein Zauberwort aussprechen und alles würde wieder zwischen den Weinstöcken verschwinden.

Leon, Isabelle und Lilou stiegen, ohne ein Wort zu sagen, aus dem Auto und standen für ein paar Momente sprachlos da. Sie betrachteten das Haus, das da wie eine Fata Morgana vor ihnen aufgetaucht war und von dem aus man einen Blick bis weit in die Ebene mit ihren schier endlosen Weinfeldern hatte.

»Das ... das ist unglaublich«, staunte Isabelle.

»Wie der Blick ins Paradies«, sagte Leon.

»Für mich ist das Zimmer im Turm«, stellte Lilou pragmatisch fest und drehte sich zu Leon und Isabelle um. »Irgendwelche Einwände?«

»Da kommt jemand«, sagte Isabelle.

Hinter dem Haus war ein großer Mann von etwa fünfzig Jahren aufgetaucht, der in seinem grauen Anzug so gar nicht in diese Umgebung zu passen schien. Er sah nicht aus wie ein Winzer, eher wie jemand von der Gemeindeverwaltung.

»Dr. Ritter?« Der Mann winkte Leon zu, während er näher kam. »Lavalette, ich bin der Notar. Ich hoffe, das Haus war nicht allzu schwer zu finden.«

»*Bonjour, Monsieur le Maître*«, sagte Leon höflich. »Das sind Madame Morell und ihre Tochter Lilou. Wir sind ganz beeindruckt von dem Haus.«

»Ja, es liegt ganz hübsch. Nur schade, dass sich all die Jahre niemand darum gekümmert hat. Es ist ziemlich heruntergekommen.«

»Die Weinstöcke wirken aber sehr gepflegt«, sagte Leon.

»Darum kümmert sich seit einigen Jahren Monsieur Dunelle, der Nachbar. Ein Winzer. Er und Ihre Tante haben da wohl eine Vereinbarung. Mehr weiß ich darüber nicht.«

»Können wir jetzt endlich ins Haus gehen?« Lilou fiel es schwer, ihre Neugier zu unterdrücken.

»Sie haben einen Schlüssel?«, fragte der Notar, und Leon zeigte ihm den rostigen Schlüssel mit dem Anhänger. »Ich selber war schon viele Jahre nicht mehr im Haus. Aber auf

Wunsch Ihrer Tante habe ich gelegentlich jemanden vorbeigeschickt, um nach dem Dach zu sehen oder ein Fenster auszubessern. Seien Sie also bitte vorsichtig.« Mit einer Geste wies er in Richtung Haustür. »Ich hatte Sie erst nächste Woche erwartet, sonst hätte ich das Haus gründlich durchputzen lassen.«

Leon ging voraus, das Schloss war gut geölt. Die Tür schwang auf, und man stand sofort im großen Wohnraum, der an einer Seite einen offenen Kamin besaß. Die Decke wurde von dicken, grob behauenen Holzbalken getragen. Staub schwebte in der Luft, in den die Sonnenstrahlen, die durch die verzogenen Läden drangen, helle Streifen malten. Die Räume waren vor langer Zeit weiß getüncht worden, aber die Farbe war von den Wänden geblättert und lag auf dem Boden wie Schnee. Trotzdem roch es angenehm im Raum, nach Holz und Wärme. Ein Gecko huschte über die Wand.

»Die kleinen Drachen der Provence, hat mein Vater sie immer genannt«, sagte Isabelle.

»Sie bringen Glück«, sagte Lilou und lief durch den Raum, um durch die Fensterläden nach draußen zu spähen. »Geht es hier auf die Terrasse?« Sie versuchte, die Tür zu öffnen.

»Vorsicht, Mademoiselle«, sagte der Notar.

»Ich mach das schon.« Leon schob einen kleinen Riegel zurück, und die Tür zur Terrasse ließ sich öffnen.

Die Terrasse bestand aus Steinfliesen und lag im Schatten einer Pergola, die mit wildem Wein überwuchert war. Die Kletterpflanze schien von der Terrasse regelrecht Besitz ergriffen zu haben und hatte den Platz in eine grüne Höhle verwandelt. Doch zwischen Gestrüpp und Blättern ging der Blick auch hier über die Ebene und den Fluss hinaus. Ein steiler, mit Steinplatten belegter Pfad führte von der Terrasse nach unten, wo keine zwanzig Meter entfernt die ersten Weinstöcke standen.

»Das ist fantastisch«, sagte Isabelle.

»Wenn Sie das Haus wirklich bewohnen wollen, liegt viel Arbeit vor Ihnen, sehr viel Arbeit«, meinte der Notar nüchtern.

»Das klingt so, als wären Sie der Meinung, dass sich eine Renovierung nicht lohnt«, fragte Leon erstaunt und sah den Notar an.

»Das habe ich nicht gesagt, Monsieur«, sagte Lavalette steif. »Aber erfahrungsgemäß wird alles immer teurer, als man denkt, wenn man alte Gebäude renoviert. Da tauchen ständig neue Probleme auf«, meinte Lavalette.

»Und das gehört alles dazu?« Isabelle deutete auf das grüne Meer von Weinstöcken, die sich vor ihnen auf dem Hügel aneinanderreihten.

»Nein, nein, nicht alles«, sagte der Notar, als hätte er es mit einer unaufmerksamen Schülerin zu tun, »der Grund ist etwa einen Hektar groß. Hinter dem Haus stößt das Grundstück an das Naturschutzgebiet des Forêt de Pierrefeu. Und von hier reicht es bis hinunter zu dem Weg.« Der Notar deutete auf einen Feldweg, der von Büschen gesäumt war.

»Und der Schuppen dahinten, gehört der auch noch zum Grundstück?« Lilou deutete nach links. Leon blinzelte, er hätte seine Sonnenbrille einstecken sollen. Wenn er die Augen zusammenkniff, erkannte er ein paar graue Bretter zwischen den Büschen, dort, wo die Reihen der Weinstöcke aufhörten.

»Nein, die Grundstücksgrenze liegt ein ganzes Stück davor. Sie verläuft etwa bei der letzten Terrasse. Das Land darunter gehört schon zum Nachbargrundstück. Aber da müsste man einmal den Grundstücksplan einsehen. Wenn Sie mich jetzt entschuldigen würden, ich muss zurück in meine Kanzlei.«

Leon brachte Monsieur Lavalette zur Tür. Erst jetzt bemerkte er, dass der Notar seinen dunkelblauen Peugeot Combi dicht am Haus im Schatten einer Gruppe von Korkeichen geparkt hatte.

»Auch wenn wir schon bald Oktober haben, die Sonne kann immer noch sehr stark sein«, sagte er.

»Ich komme dann in den nächsten Tagen vorbei«, sagte Leon, »wegen der Urkunden.«

»Das sollten Sie möglichst schnell tun. Bevor Sie irgendetwas verändern und Geld investieren«, sagte der Notar. »Es gibt da noch ein paar Punkte bei der Eigentumsregelung, die ich Ihnen erklären muss.«

»Das klingt aber gar nicht gut. Darf ich fragen, worum es geht?«

»Unsere Erbschaftsgesetze unterscheiden sich von Ihren in Deutschland. Aber das besprechen wir am besten in Ruhe in meinem Büro.« Er reichte Leon die Hand. »Rufen Sie mich an, wenn Sie Zeit haben. Einen schönen Tag noch.«

»Auf Wiedersehen, Maître.«

Der Notar stieg in seinen Wagen und fuhr davon. Leon sah dem Auto nachdenklich hinterher, das schnell zwischen den Weinstöcken verschwand.

11. KAPITEL

Leon und Isabelle inspizierten das Haus. Es war verstaubt, und manche der Rahmen mit den Drucken, die einmal an der Wand gehangen hatten, waren auseinandergefallen und am Boden zersplittert. Irgendwann hatte jemand Bettlaken über den Esstisch, die Stühle und das Sofa gelegt. Jetzt war der Stoff schmutzig und verschlissen. In der Küche gab es sogar einen Wasserhahn, der allerdings nicht funktionierte. Die meisten Zimmer standen leer. Im Bad befand sich eine altmodische Sitzbadewanne aus angelaufenem Emaille und eine Handbrause.

»Nicht gerade Fünf-Sterne-Standard«, sagte Leon.

»Du brauchst nur den ganzen Plunder rauszuschmeißen und die Zimmer zu streichen.« Isabelle war begeistert. »Das ist so schön hier. Du bist echt ein Glückspilz.« Sie sah Leon an, der stumm in den Raum starrte. »Was denkst du?«

»Dass es irgendeinen Haken an der Sache gibt.«

»Pessimist.« Isabelle ging wieder in den Flur.

»Du kennst meine Tante Odette nicht.«

»Hier geht noch eine Treppe nach oben«, rief sie.

»Die muss zu dem Zimmer auf dem Dach führen«, sagte Leon. Ihm ging die Bemerkung des Notars nicht aus dem Kopf. Warum hatte der so auf ein Gespräch gedrungen? Was waren das für Probleme, von denen der Mann gesprochen hatte?

»Leon«, rief Isabelle von oben, »das musst du dir ansehen.«

Leon stieg die Stufen hinauf. Die kurze gemauerte Treppe endete ohne Geländer in einem quadratischen Raum von etwa drei Metern Seitenlänge. Es gab nur ein Fenster, das Isabelle bereits geöffnet hatte und das in Richtung der Ebene wies. Jetzt, im Licht der Nachmittagssonne, wirkte der Ausblick wie das Gemälde einer provenzalischen Landschaft. Das Zimmer hatte einen Boden aus breiten Holzdielen und war leer bis auf das große Messingbett mit Matratze und einem bunten Überwurf, das mitten im Raum stand. An der Decke war eine Schnur gespannt, an der jemand Dutzende kleiner Lavendelsträuße aufgehängt hatte, die schon lange vertrocknet waren. Leon war wie verzaubert stehen geblieben, als Isabelle zu ihm kam und die Hand auf seine Schulter legte.

»Das Zimmer ist einfach unglaublich«, sagte sie, und Leon sah ihr in die Augen.

In diesem Moment kam Lilou in den Raum. Sie schien gerannt zu sein und hatte die Fäuste vor der Brust zusammengepresst, wie ein Kind, das Angst hatte.

»Mami«, sagte Lilou, und ihre Stimme war ganz klein und zitterte. Ihr Gesicht war blass, als wäre sie krank, und Tränen standen in ihren Augen. Mit zwei Schritten war Isabelle bei ihrer Tochter.

»Was ist denn, Chérie?«

»Da draußen, da liegt …« Ihr versagte die Stimme.

»Was, was ist da draußen, Lilou?« Isabelle ergriff die Hände ihrer Tochter.

»Eine tote Frau«, sagte Lilou und deutete in Richtung Weinberg. »Unten im Schuppen.«

Isabelle nahm ihre Tochter in den Arm, und das Mädchen begann, laut zu schluchzen. Leon lief die steinernen Stufen hinunter, die die Terrassen des Weinbergs miteinander verbanden. Vor ihm flog ein Schwarm Krähen auf, die sich über die reifen Trauben hergemacht hatten. Der Holzverschlag war von hier unten aus kaum zu sehen in dem dichten Gesträuch. Auf den ersten Blick schien das Unterholz undurchdringlich wie eine Mauer, aber ein paar Meter weiter gab es einen schmalen Durchlass. Als hätte jemand Äste abgebrochen, um so einen Durchgang durch Ginsterbüsche, Gestrüpp und die dornigen Zistrosen zu schaffen. Leon zwängte sich vorsichtig durch die Zweige.

Nach wenigen Schritten stand er vor dem Verschlag. Er bestand aus grob zusammengenagelten Brettern, die mit einem rostigen Stück Wellblech abgedeckt waren. Und es gab eine Tür, die lose in den Angeln hing, sich aber problemlos und ohne Geräusch öffnen ließ. Leon brauchte ein oder zwei Sekunden, bis er sich an das spärliche Licht gewöhnt hatte, das durch die fingerbreiten Spalten zwischen den Brettern fiel. Dann sah er sie. Direkt vor ihm lag die tote Frau.

Aber an dieser Leiche war alles anders, als er es gewohnt war. Als Erstes vermisste Leon das Summen der Fliegen. Fliegen gehörten zu Leichen wie das Herbstlaub zu den Bäumen. Fliegen waren seine Verbündeten, denn am Stadium ihrer Eiablage konnte Leon Rückschlüsse auf den Todeszeitpunkt ziehen. Aber hier gab es keine Fliegen, auch keine Maden noch irgendwelche anderen Insekten. Es gab auch keinen Verwesungsgeruch. Dieser Körper war nicht zerfallen oder hatte sich auf irgendeine Weise aufgelöst. Im Gegenteil, die Frau lag auf einer Art Bretterrost etwa einen Meter über dem festgestampften Erdboden und sah aus, als ob sie schliefe. Ihre Haut war trocken und in Falten zusammengeschrumpft, so dass Leon unwillkürlich an einen Ballon denken musste, aus dem die Luft entwichen war. Und trotzdem besaß die Haut noch immer eine graue wächserne Farbe. Die Haare des Opfers waren blond und voller Spinnweben und Blätter. Die Lider spannten sich über die Höhlen, wo die Augen mit der Zeit vertrocknet waren. Das deutlichste Zeichen, dass es sich bei dem Opfer um eine Frau handelte, war das Kleid, das zerschlissen an dem dürren, ausgetrockneten Körper herabhing.

Leon war fasziniert. Er hatte in all den Jahren als Rechtsmediziner schon einige mumifizierte Tote gesehen, aber noch nie eine Leiche in einem so perfekten Zustand, der beim Betrachter den Eindruck erweckte, als könnte diese Tote jeden Moment auf unheimliche Weise wieder anfangen, sich zu bewegen.

12. KAPITEL

»Die liegt hier vielleicht schon dreißig Jahre herum, oder noch länger.« Polizeichef Zerna betrachtete die Tote abschätzend, wie man einen toten Hasen betrachten würde, der zufällig zwischen den Weinstöcken verendet war.

»Freiwillig wird sie sich hier kaum hingelegt haben«, entgegnete Leon, der hinter Zerna stand.

»Was soll denn das schon wieder heißen?«, versetzte Zerna. Der leicht aggressive Unterton war für Leon nicht zu überhören.

»Jemand hat sie ganz offensichtlich hier abgelegt«, sagte Leon.

»Und woher wollen Sie das so genau wissen?«, fragte der Polizeichef trotzig.

Die beiden Männer waren allein in dem engen Verschlag. Für mehr Personen wäre auch kein Platz gewesen. Leon wusste, dass Zerna mit ihm Probleme hatte. Und das lag nicht nur daran, dass der Polizeichef mit seinen 1,72 Metern bei jeder Unterredung zu dem Rechtsmediziner hinaufsehen musste. Es hatte auch mit Isabelle zu tun. Commandant Thierry Zerna hatte seit Isabelles Scheidung vergeblich versucht, bei seiner attraktiven Stellvertreterin zu landen. Und als Leon zum ersten Mal im Polizeirevier in Le Lavandou aufgetaucht war, wusste Zerna, dass seine Chancen bei Isabelle schlagartig auf null gesunken waren.

»Vielleicht hat es geregnet, und sie wollte sich nur unterstellen. Und dann hat sie einen Herzanfall erlitten oder einen Hirnschlag.« Zerna betrachtete die Tote.

»Schon möglich, aber dann müsste sie in Krampfhaltung am Boden liegen«, widersprach Leon sachlich.

»*Mon Dieu*, dann war's eben Liebeskummer, und sie hat Tabletten geschluckt. Wer kann das schon heute noch sagen?« Zerna wurde ungeduldig.

»Sie trägt keine Schuhe«, konstatierte Leon.

»Na und? Vielleicht hat sie sie verloren, oder sie war eine fanatische Barfußgängerin. Gibt es alles.«

»Haben Sie die Umgebung absuchen lassen?«

»Warum? Denken Sie vielleicht, wir finden hier noch Spuren? Sehen Sie sich doch um«, entgegnete Zerna, der es nicht leiden konnte, wenn Leon sich mit Vorschlägen in die Polizeiarbeit einmischte.

»Hier war seit Jahrzehnten keiner mehr drin.« Mit einer Geste deutete Zerna auf die Wand, wo Rollen von verrostetem Draht hingen und eine verbeulte Werbetafel für »Pastis Ricard«, bei der die Emaille in dunklen Flecken abgeplatzt war, Relikte aus einer anderen Zeit.

Leon hatte sich seine dünnen Latexhandschuhe der Stärke 0 übergestreift. Er ging in die Knie und griff nach der rechten Hand des Opfers. Vorsichtig hob er sie ein paar Zentimeter an und bewegte damit den ganzen Körper, als handle es sich um eine steife Puppe aus vertrocknetem Pappmaché. Leon wunderte sich, wie leicht der Körper war. Er deutete auf die Hand, wo der Mittelfinger des Opfers mit einer etwa sieben Zentimeter langen Aluminiumleiste gestützt war, die über dem Finger mit zwei Halteklammern fixiert wurde. Die Schiene war mit hellblauem Schaumgummi gepolstert.

»Eine Fingerschiene aus Aluminium. Wird bei Überdehnungen der Fingergelenke oder einem Riss in der Kapsel angelegt«, meinte Leon sachlich.

»Na und, was bedeutet das?«

»Diese Schienen sind meiner Meinung nach noch keine zehn Jahre auf dem Markt«, sagte Leon. »Ich wäre dann hier fertig. Von mir aus kann jetzt der Polizeifotograf rein.«

Leon ging nach draußen. Er atmete tief ein. Ein warmer Wind wehte den Geruch frisch gepresster Maische über die Ebene. Es war der Geruch der Weinernte, und er würde für die nächsten zwei Wochen wie eine unsichtbare Wolke über der Provence schweben.

Vor dem Schuppen drängten sich mehrere Polizisten. Jeder versuchte, einen schnellen Blick auf die Mumie im Schuppen zu werfen. Isabelle gab den Beamten Anweisungen, die Büsche zu durchsuchen, was mit Murren quittiert wurde, denn die Sträucher waren dornig und hart. Aber die Polizisten machten sich trotzdem an die Arbeit.

»Wie geht es Lilou?«, fragte Leon.

»Sie ist oben im Haus. Moma ist bei ihr«, sagte Isabelle.

Lieutenant Mohamed Kadir, genannt »Moma«, verdankte seinen Job bei der Polizei vor allem der Fürsprache von Isabelle. Lilou mochte den Polizeileutnant mit den marokkanischen Wurzeln, und Moma würde der stellvertretenden Polizeichefin keinen Gefallen abschlagen.

»Ist ein Arzt bei ihr?«

»Sie wollte keinen. Sie hat gesagt, sie hätte gar nicht so genau hingesehen«, sagte Isabelle.

»Sie ist genauso eigensinnig wie ihre Mutter«, sagte Leon.

»Das will ich mal als Kompliment verstehen«, antwortete Isabelle.

In diesem Moment tauchte Lieutenant Masclau auf. Neben ihm ging ein etwa 53-jähriger Mann, der die derbe Arbeitskleidung eines Weinbauern trug. Aber Leon fielen sofort das gutgeschnittene Gesicht und die blassblauen Augen auf, mit denen der Fremde ihn aufmerksam musterte.

»Das ist der Nachbar, der Patron hat nach ihm gefragt«, sagte Masclau.

»Dunelle«, sagte der Mann und reichte Isabelle die Hand.

»Capitaine Morell«, sagte Isabelle.

»Und Sie müssen Doktor Ritter sein«, wendete sich Dunelle höflich an Leon. »Ihre Tante hat mir von Ihnen erzählt.«

Er ist definitiv kein Weinbauer, dachte Leon. »Das ist richtig.« Leon reichte dem Mann die Hand. »Tut mir leid, dass wir uns unter solchen Umständen kennenlernen.«

Der Nachbar sah zu den Büschen, die den Holzverschlag fast vollständig verbargen.

»Da drin haben Sie die Frau gefunden?«

»Waren Sie in der letzten Zeit mal in dem Schuppen?« Isabelle sah Dunelle an.

»Ehrlich gesagt, ich wusste bis vor einer halben Stunde nicht einmal, dass der Schuppen existiert.«

Zerna war aus dem Verschlag gekommen und hatte die letzten Worte der Unterhaltung mitbekommen.

»Ich dachte immer, ein guter Winzer kennt jeden einzelnen Rebstock auf seinem Land«, sagte Zerna und ließ eine Portion Skepsis mitschwingen.

»Vielleicht bin ich gar nicht so ein guter Winzer, wie Sie denken, Monsieur?«

»Das ist Commandant Zerna, der Polizeichef«, vermittelte Leon. »Monsieur Dunelle, Nachbar und Winzer.«

»Danke, habe ich auch schon mitbekommen«, sagte Zerna kurz.

»Den Weinanbau verstehe ich mehr als mein Hobby.«

»Da gratulier ich«, sagte Leon. »Ich kenne Ihren Rosé, der ist hervorragend.«

»Ein ziemlich aufwendiges Hobby, würde ich sagen.« Zerna sah über die Weinfelder, wo man in der Ferne eine Erntemaschine erkennen konnte. »Kann man sich denn so was nebenher leisten?«

»Ich besitze eine Werft westlich von Toulon«, sagte Dunelle. »Wir rüsten die großen Fährschiffe aus.«

Leon konnte sehen, wie Dunelles Antwort Zerna irritierte. Der Polizeichef, der aus bescheidenen Verhältnissen stammte, bewunderte reiche Leute. Aber dass ein echter Reeder in verschlissener Arbeitskleidung bei der Weinlese half, passte einfach nicht in sein Weltbild.

»Dieser Schuppen liegt also auf Ihrem Grund, Monsieur Dunelle?«, fragte Zerna einen Ton freundlicher.

»Nein, das da ist nicht mein Grund«, stellte Dunelle nüchtern fest und deutete in Richtung der Büsche.

»Dr. Ritter gehört er aber auch nicht.« Zerna wurde ungeduldig.

»Ich war noch nie hier«, meinte Leon zu Dunelle. »Ich habe keine Ahnung, wo die Grundstücksgrenzen verlaufen.«

»Ich weiß, dass der Grund ab der Mauer der Gemeinde von Pierrefeu-du-Var gehört. Der reicht dann runter bis zur Département-Straße.«

»Haben Sie hier in letzter Zeit Fremde gesehen?«, wollte Zerna wissen.

»Fremde gibt's hier jede Menge. Wir haben keine Zäune. Da kann jeder durchlaufen. Im Sommer und Winter ist es ruhig, aber zu den Weinlesen sind hier jede Menge Touristen unterwegs.«

»Wir müssen auch mit den übrigen Anrainern reden«, sagte Zerna zu Masclau. Dann wandte er sich an Isabelle. »Und sprechen Sie mit der Verwaltung in Pierrefeu. Irgendjemand muss doch für den verdammten Schuppen zuständig sein.« Dann sah er Leon an. »Wann können wir mit Ihrem ersten Bericht rechnen?«

»Ich werde mir die Leiche ansehen, sobald sie in der Rechtsmedizin ist«, sagte Leon.

»Wenn Sie mich jetzt entschuldigen würden«, sagte Dunelle.

»Aber selbstverständlich, Monsieur«, meinte Zerna devot.

Dunelle drehte sich noch einmal zu Leon um. »Ich bin froh, dass sich endlich wieder jemand um das Haus kümmert. Es hat richtig weh getan mitanzusehen, wie es verfällt.«

»Danke, dass Sie sich um die Weinstöcke meiner Tante gekümmert haben.«

»Wir haben da eine Vereinbarung. Warum kommen Sie nicht mal bei mir auf dem Hof vorbei, und ich zeige Ihnen alles?«

»Das mache ich sehr gerne.«

13. KAPITEL

Die Klinik *Saint-Sulpice* lag im Dunkeln. Nur im Eingang zur Notaufnahme brannte noch Licht. Der größte Teil des Personals war längst nach Hause gegangen. Die Operationsräume waren schon von Reinigungskräften geputzt und für den nächsten Tag vorbereitet worden. Die medizinischen Geräte waren abgeschaltet. Der ganze Betrieb, in dem es tagsüber brummte wie in einem Bienenstock, ruhte um elf Uhr nachts.

Für Leon war das die ideale Zeit, um zu arbeiten. Es gab nichts, was ihn ablenkte. Im Keller der Rechtsmedizin war es jetzt so still, dass man sogar das Summen der Klimaanlage hören konnte. Leon hatte die Beleuchtung im Untersuchungssaal gedimmt. Nur der Strahler über dem Sektionstisch warf mit seinen LED-Leuchten ein helles, abgezirkeltes Licht auf die Tote aus dem Weinberg. Sie lag halb aufgedeckt unter dem hellgrünen Tuch.

Es hatte noch einiges Hin und Her gegeben, bevor das Opfer aus dem Schuppen abtransportiert werden konnte. Auf Druck von Isabelle hatte Zerna doch noch die Kriminalpolizei in Toulon über den Fund informiert. Es lag dann im Ermessen der *Brigade criminelle,* einen ihrer Kommissare zu schicken. In diesem Fall hatte es die Mordkommission in der Hauptstadt des Départements vorgezogen, erst einmal den Bericht der Rechtsmedizin abzuwarten, bevor sie tätig wurde. Vielleicht hatte Commandant Zerna ja recht mit seinen Vermutungen, und es handelte sich wirklich um einen natürlichen Todesfall.

Leon war sich vom ersten Moment an sicher gewesen, dass sie es mit einem Mord zu tun hatten. Dafür sprach schon ein erster Blick auf den Fundort der Toten. Keine Frau, und schon gar nicht, wenn sie im Sommerkleid unterwegs war, würde sich freiwillig barfuß durch eine Dornenhecke zwängen, um sich in einem Schuppen auf einen Holzrost zu legen und dort zu sterben. Aber was Leon vor allem anderen an einen Mord glauben ließ, war der Zustand der Leiche.

Viele Menschen denken, mumifizierte Tote wären Relikte aus Zeiten der Pharaonen. Mumien würden nur in Gletschern gefunden, bei der Trockenlegung von Mooren, in Permafrostböden oder bei Ausgrabungen in Nordafrika. Leon wusste aus Erfahrung, dass Mumifizierungen in Wirklichkeit viel häufiger vorkamen, als man dachte. Das hing mit der Veränderung der Gesellschaft zusammen, mit der Einsamkeit vieler Menschen und der Anonymität der Großstädte. Alte Menschen starben in ihren kleinen Apartments irgendwo in den Hochhäusern am Stadtrand, und niemand merkte etwas, weil es niemanden interessierte. Oft wurden solche Todesfälle erst nach Jahren entdeckt. Leon erinnerte sich an einen Hausmeister, von dem alle glaubten, er hätte seine Frau nach 25 Jahren Ehe verlassen, ohne sich je wieder bei ihr zu melden. In Wirklichkeit hatte er sich in der hintersten Ecke des Heizungskellers erhängt und wurde dort erst 15 Jahre später gefunden, als in dem Hochhaus ein Heißwasserventil ausgetauscht werden sollte. Ein anderer Fall, den Leon zu untersuchen hatte, betraf einen Obdachlosen, der in einer kalten Winternacht in die Belüftungsanlage eines Kinos geklettert war und dort erstickte. Fast zwanzig Jahre hatte die Leiche in dem Luftschacht gelegen, bis sie bei Umbauarbeiten entdeckt worden war.

Voraussetzung dafür, dass man diese Leichen nicht gefunden hatte, war, dass sie nicht verwesten und darum auch nicht rochen. Das war nur möglich, wenn sich ein toter Körper an einem sehr gut belüfteten und trockenen Ort befand, idealerweise bei unter zehn Grad Celsius. Das war die Minimaltemperatur, unterhalb derer Fliegen keine Eier mehr auf den Leichen ablegten und damit auch keine Verwesung in Gang gesetzt wurde. Leon hatte schon einige mumifizierte Tote gesehen. Ihre Haut war braun und hart wie Sattelleder, und Zehen und Finger waren oft von Nagetieren angefressen. Aber dieser Körper hier war vollkommen anders.

Die Tote hatte zwar in einem Schuppen gelegen, der sehr gut durchlüftet war. Und der Körper hatte auch keinen Kontakt zum Boden gehabt, so dass die Luft um das Gewebe zirkulieren konnte und keine Feuchtigkeitsbrücke entstand. Aber die Fliegen hätten die Tote trotzdem entdecken müssen. Die Fliegen fanden jeden toten Körper über Entfernungen von einem halben Kilometer und mehr. Warum hatten sie sich nicht auf diesen gestürzt?

Wenn man nur einen oberflächlichen Blick auf die Arme oder Beine der Toten warf, hätte man glauben können, die Frau sei erst vor wenigen Wochen gestorben. Unter der Haut schien sich noch die Struktur von Muskeln und Sehnen abzuzeichnen. Erst bei genauerer Betrachtung erkannte man, dass die Haut eine unnatürlich grauweiße Farbe hatte, an vielen Stellen spannte und an anderen wie geschrumpft wirkte. Leon drückte mit dem Finger gegen den Oberschenkel der Frau. Das Gewebe schien zu knistern, und die Haut ließ sich eindrücken wie altes poröses Schaumgummi.

»Haben Sie so etwas schon einmal gesehen?«, fragte Rybaud.

»Nein. Wir sollten Gewebeproben nehmen und sie toxikologisch untersuchen«, sagte Leon.

»Es ist schon spät, *Docteur*«, sagte Rybaud.

Leon sah auf die Uhr. »Sie haben recht, tut mir leid. Gehen Sie ruhig, Rybaud. Die Untersuchungen haben auch bis morgen Zeit.«

Normalerweise besagte die Vorschrift, dass ein Toter innerhalb der kürzestmöglichen Zeit nach seinem Auffinden obduziert werden musste. Aber in diesem Fall hatten sie es mit einer Leiche zu tun, die offenbar schon viele Jahre in dem Verschlag gelegen hatte. Da machten ein paar Stunden mehr oder weniger keinen Unterschied.

Leons Assistent verabschiedete sich und ging. Jetzt war Leon ganz allein in der Pathologie. Aber das hatte für ihn nichts Beunruhigendes. Ganz im Gegenteil, die Ruhe hatte für ihn eher etwas Meditatives. Sie gab ihm die Möglichkeit, mit seinen »Patienten zu reden«, wie er es nannte. Als er mit Rybaud das Opfer entkleidet hatte, stellten sie fest, dass die Frau außer dem Sommerkleid nichts am Leib trug. Sie hatten auch keinen Schmuck gefunden, keine Uhr oder irgendein anderes äußerliches Erkennungsmerkmal. Das Opfer war auch nicht tätowiert. Und es gab keinerlei sichtbare Anzeichen von Gewalteinwirkung, die zum Tod hätten führen können.

Jetzt betrachtete Leon die Tote noch einmal sorgfältig und in aller Ruhe. Dabei ging er langsam um den Tisch herum. Wer war die Frau? Woher kam sie? Er schätzte ihr Alter auf 20 bis maximal 23 Jahre. Vielleicht eine Studentin? Leon zog das Vergrößerungsglas herunter, das mit einem Gelenkarm über dem Tisch befestigt war, und schaltete die Lampe an. Die Nägel der Frau waren kurz geschnitten und sorgfältig gefeilt worden. Die Hände waren zart und offensichtlich keine harte Arbeit gewohnt. Aber die Papillarleisten an den Fingerkuppen waren voller kleiner Verletzungen. Vielleicht hatte sie bei der Weinernte geholfen. Vielleicht war sie eine Fremde, die hier niemand vermisst hatte.

In jedem Fall war es eine junge Frau gewesen, die Wert auf ein gepflegtes Äußeres gelegt hatte. In jeweils zwei Zähnen in Ober- und Unterkiefer hatte sie Füllungen, und einer der Backenzähne war überkront. Die Arbeiten waren sehr professionell durchgeführt worden, und die Überkronung bestand aus teurer Keramik. Offensichtlich stammte die junge Frau aus einem Zuhause, in dem man auf eine gute medizinische Vorsorge Wert legte.

Einen genauen Todeszeitpunkt zu bestimmen war in diesem Fall schwierig, wenn nicht unmöglich. Es gab in solchen Fällen keine standardisierten Messmethoden. Es existierte zwar die Radiokarbonmessung, mit der auch sehr alte Mumien zeitlich eingeordnet wurden. Aber die Fehlertoleranz dieses Verfahrens lag bei plus/minus hundertfünfzig Jahren.

Leon betrachtete die Frau unter dem halb aufgedeckten grünen Tuch. Eine genauere Analyse ihrer inneren Organe könnte weiteren Aufschluss geben. Aber er hatte Sorge, dass mit der üblichen Methode, die bei einer Leichenöffnung angewendet wurde, zu viel zerstört werden könnte. Welches Geheimnis verbarg sich hinter dem Tod der Frau? Sie war ganz offensichtlich nicht in dem Schuppen gestorben. Für Leon sah es vielmehr so aus, als hätte jemand die

Leiche dort aufgebahrt. Jemand, der regelmäßig Zugang zu dem Versteck hatte, denn nur so ließ sich der Pfad durch die Dornensträucher erklären.

Leon setzte sich an den Arbeitstisch und holte sich die Tatortaufnahmen des Polizeifotografen, die ihm die Gendarmerie per Mail geschickt hatte, auf seinen Bildschirm. Warum würde ein Täter eine tote Frau in diesem Schuppen verstecken?

Leon spürte plötzlich, wie sich ihm die Nackenhaare aufstellten und ihm ein kleiner Schauder den Rücken hinablief. Er kannte dieses Gefühl, das ihn manchmal in den langen Nächten überkam, wenn er allein war in der Pathologie, allein mit den Opfern. Leons Blick wanderte von den Bildern zu den Kacheln der Wand hinüber, und er atmete ruhig durch – ein und aus. In diesem Moment hörte er ein leises Geräusch in dem abgedunkelten Raum. Als würde ein kleines Tier über den Boden huschen. Langsam drehte er sich um, und dann sah er es. Es war eine graubraune Mauereidechse, die über den polierten Boden krabbelte. Doch das war absolut unmöglich. Der Raum war gekühlt, mit Schleusentüren versehen und klinisch sauber. Keine Eidechse würde sich hierher verirren. Leon wusste, dass das alles nur seine Einbildung war, aber er wehrte sich nicht dagegen. Er sah, wie die Eidechse den kleinen Rollwagen mit den Instrumenten hinaufhuschte, auf den Körper der toten Frau sprang und dann unter dem grünen Tuch verschwand.

Leon tippte auf den Lichtschalter an der Wand. Mit einem Schlag wurde der Sektionsraum von blendender Helligkeit durchflutet. Leon ging zu der Leiche und nahm das Tuch zur Seite. Er wusste, dass er hier keine lebendige Eidechse finden würde, aber irgendetwas musste seinem

Unterbewusstsein aufgefallen sein. Etwas, das er bisher übersehen hatte.

Leon zog den Rollwagen heran und nahm ein kleines Spekulum aus der silbernen Nirostaschale. Wenige Minuten später hatte er eine Antwort auf seine Frage. In der Vagina des Opfers hatte jemand eine Eidechse platziert.

14. KAPITEL

»*Bonjour*, Leon, du hast aber gestern noch lange gearbeitet.« Isabelle stand am Herd und machte Rührei. Leon kam in die Küche. Er wirkte müde.

»Tut mir leid, wenn ich euch geweckt habe«, sagte er.

»Kein Problem, was hat die Untersuchung ergeben? Irgendeinen Hinweis?«

»Könnte kompliziert werden. Aber du weißt, dass ich zuerst …«

Isabelle unterbrach ihn. »Ich weiß, ich weiß, zuerst muss Monsieur mit dem Staatsanwalt reden. Du bist immer so, so schrecklich deutsch.«

Leon musste lächeln. Wahrscheinlich hatte Isabelle recht.

In diesem Moment kam Lilou in die Küche. Sie hatte ihre Haare zu einem Dutt zusammengedreht, der von einer Haarklemme in Form eines knallgrünen Papageis gehalten wurde. Außerdem hatte sie eine Strähne, die sie sich über ihr linkes Auge ins Gesicht hängen ließ, leuchtend rot gefärbt. Den Kopfhörer hatte Lilou wie üblich um den Hals geklemmt. Sie marschierte quer durch die Küche zum großen Kühlschrank und öffnete die Tür. Dabei murmelte sie ein »*Bonjour!*«, ohne ihre Mutter oder Leon anzusehen, und nahm sich einen Joghurt.

»Ich mache für alle Rührei. Mit Speck. Interessiert?«

»Weißt du, dass die Hühner, die diese Eier legen, in winzigen Käfigen gefoltert werden?« Lilou sah ihre Mutter vorwurfsvoll an.

»Gefoltert? Ich weiß nicht …« Isabelle betrachtete kurz das Ei in der Pfanne und warf noch ein wenig frische Petersilie auf den gelben Dotter.

»Die Hühner verlieren ihre Federn und bekommen schreckliche Krankheiten«, sagte Lilou. »Und depressiv werden sie auch.«

»Ich wollte eigentlich nur, dass du nicht hungrig zur Schule gehen musst.«

Leon betrachtete Lilous rote Haarsträhne. »Schicke Frisur.«

»Und so dezent«, sagte Isabelle.

»Ja, klar«, sagte Lilou genervt, »ist nur Farbpulver.«

»Mir gefällt es«, meinte Leon. »Rot steht dir echt gut.«

»Sie geht aber ins *Lycée* und nicht zu den *Pussy Riot*.«

»Du nervst, *Maman*.«

»Hast du über meinen Vorschlag nachgedacht?«, fragte Isabelle.

Ihre Tochter verdrehte die Augen. »Ich geh nicht zu der Psychotante. Ich hab doch keinen an der Klatsche.«

Isabelle sah sich hilfesuchend nach Leon um. »Es ist wegen gestern. Ich habe Lilou vorgeschlagen, dass sie zu Dr. Ballande gehen soll. Sie ist eine sehr gute Therapeutin. Nur mal mit ihr reden.«

»Vergiss es, *Maman*. Denkst du, ich hab noch nie 'ne Mumie gesehen. Im Fernsehen liegen ständig tote Leute rum.«

»Da hat sie recht.« Leon überlegte, ob Isabelle ihre Tochter nicht unterschätzte. Er selber hatte zwar keine Kinder, aber er beobachtete Lilou, und das Mädchen schien ein recht stabiles Selbstbewusstsein zu haben. Außerdem hatte sie gute Freundinnen, die sie nicht nur in der Schule traf, sondern mit denen sie auch nachmittags noch ewig am Handy quatschte. Er war überzeugt, dass diese Methode mindestens so effektiv war wie die Stunde bei einer Therapeutin. Aber das sagte er Isabelle lieber nicht.

»Danke für deine Unterstützung.« Isabelle klang sarkastisch.

»Wenn du magst«, sagte Leon zu Lilou, »dann hol ich dich morgen von der Schule ab. Wir könnten zusammen Nudeln essen im *Galiote*.«

»Würdest du das machen?« Isabelle sah Leon dankbar an.

»Okay, ich komm mit«, sagte Lilou. »Aber nur, wenn du nicht einen auf Psycho machst.«

»Wir reden nur über Haarefärben und Horrorfilme«, sagte Leon mit einem Lachen. »Versprochen.«

Lilou ging mit federnden Schritten aus der Küche. »Ciao, *Maman*, ciao, Leon.«

»Und die Rühreier?«, fragte Isabelle.

»Gib sie Leon, dem graust es vor gar nichts.« Und draußen war sie.

»Es würde mich wirklich sehr beruhigen, wenn du mit ihr reden könntest.« Isabelle stellte Leon einen Teller mit Rührei und Tomaten aus der Pfanne hin. Dazu gab es Scheiben vom frischen Baguette, das Leon bereits bei Lou geholt hatte.

»Ich glaube, du unterschätzt Lilou. Sie ist ziemlich stark«, sagte Leon.

»Das ist nur gespielt. Du kennst sie nicht so gut wie ich.«

»Und du, was ist mit dir?«

»Was meinst du?«

»Ich frag ja nur«, sagte Leon vorsichtig. Er wusste, dass er ein sensibles Thema ansprach, denn Isabelle hatte vor einigen Monaten eine Mörderin in Notwehr erschossen. »Du hast mir doch gesagt, dass die Polizeiverwaltung in Toulon dich aufgefordert hat ...«

»Ich werde nicht hingehen, fertig«, unterbrach Isabelle ihn schroff. Leon sah Isabelle ganz ruhig an. »Es hat mir nichts ausgemacht zu schießen.« Sie machte eine kurze Pause, in der sie in sich hineinzuhorchen schien. »Zumindest nicht allzu viel.«

»Ich weiß. Aber wenn du nicht mit dem psychologischen Dienst darüber sprichst, landet das als Vermerk in deiner Personalakte.«

»Ich denke darüber nach.«

In diesem Moment klingelte Isabelles Telefon. Es war die Gendarmerie. Die Unterhaltung dauerte keine halbe Minute, dann hängte Isabelle auf.

»Ich muss los. Zerna erwartet dich in einer Stunde zur Besprechung. Deine Verehrerin Lapierre wird übrigens auch da sein«, ergänzte Isabelle mit spöttischem Unterton.

Kommissarin Patricia Lapierre gehörte zur Mordkommission in Toulon. Sie war diensteifrig und völlig humorlos. Leon hatte sich schon öfter mit ihr angelegt. Offenbar rechnete der Staatsanwalt bei der Toten aus dem Weinberg mit einem komplizierten Fall, den er nicht den Beamten der Gendarmerie von Le Lavandou überlassen wollte. Die *Gendarmerie nationale* durfte nach dem Reglement nur Spuren sichern, Zeugen befragen und Festnahmen durchführen. Zeichnete sich bei einem Fall aber ein Kapitalverbrechen ab, musste sie die entsprechende Abteilung der *Brigade criminelle*, der Kriminalpolizei, mit einbeziehen. Eine Vorschrift, die Polizeichef Zerna gewaltig gegen den Strich ging. Sein Ehrgeiz war es, den Wichtigtuern von der *Brigade criminelle* einen überführten Verbrecher zu präsentieren. Vielleicht würden sie ihn ja dann endlich auch nach Toulon holen und zum Kommissar machen. Eine Chance, auf die er seit Jahren hoffte. Aber so wie es aussah, war ihm der zuständige Staatsanwalt mal wieder zuvorgekommen.

Eine gute halbe Stunde später lief Leon den Weg durch die Gärten nach Le Lavandou hinunter. Mit dem Auto wäre es zwar bedeutend schneller gegangen, aber er genoss den kleinen Fußmarsch. Der Weg führte an weiß blühenden Plumbagosträuchern vorbei, die sich an den Mauern hochrankten, und an mannshohen Oleanderbüschen. Die Bougainvilleen trugen sogar jetzt im beginnenden Herbst noch Blüten und quollen regelrecht aus den Gärten hervor. Es war angenehm, in der Sonne zu gehen, wenn sie nicht mehr so heiß brannte wie im Hochsommer. Von seinem Weg aus konnte Leon weit über das Meer sehen, das um diese Jahreszeit wie eine gewaltige Zentralheizung wirkte und jetzt am Morgen feuchte Nebel in die Hügel schickte.

Zu Leons Füßen lag Le Lavandou, ein kleiner Küstenort, dessen Bevölkerungszahl sich in den Sommermonaten durch den Strom der Touristen verzehnfachte. Aber kaum waren die Ferien zu Ende, fiel er wieder zurück in einen Dämmerschlaf.

In den achtziger Jahren hatte es so ausgesehen, als würde Le Lavandou zu seinen mondänen Nachbarn Saint-Tropez, Fréjus oder Saint-Raphaël aufschließen. Aber die Bemühungen der Stadträte zeigten nicht die erwartete Wirkung. Auch nicht als Le Lavandou beschloss, seinen Yachthafen auszubauen, damit auch große Boote im Hafen festmachen konnten. Der Jetset hatte kein Interesse gezeigt und den Ferienort links liegen lassen. Und Le Lavandou blieb, was es seit hundert Jahren war: ein gemütlicher Küstenort am Rande der Provence.

In den engen Gassen von Le Lavandou waren Lebensmittelläden und Souvenirshops noch nicht von teuren Boutiquen verdrängt worden. Der Café crème in den Bistros blieb erschwinglich, und die Pensionäre führten nach wie vor ihre *Toutous*, ihre kleinen Hündchen, auf der Uferpromenade spazieren. Man kannte sich und hatte Zeit für einen kurzen Plausch bei einem *Espress* oder *Pastis*, je nach Tageszeit. Es herrschte diese wunderbare südfranzösische Lässigkeit, die mit der schönen Bezeichnung »Laisser-faire« ziemlich treffend beschrieben war.

Sogar Leon ertappte sich dabei, dass er sich langsam an den charmanten Schlendrian des Südens gewöhnte. Das betraf natürlich nicht seine Arbeit als Rechtsmediziner, die er genauso akribisch und engagiert erledigte wie am Tag seiner Ankunft.

15. KAPITEL

Leon hatte gerade die Wache betreten, als ein Jugendlicher in Jeans und zerrissenem Hemd den Gang herunterrannte. »*Arrête-toi*«, schrie Lieutenant Masclau, der dem Flüchtigen dicht auf den Fersen war.

Der Junge dachte aber nicht daran, stehen zu bleiben, sondern kam direkt auf Leon zu. Er war gut einen Kopf kleiner als Leon, höchstens sechzehn Jahre alt und wirkte verzweifelt. Er hastete den langen Flur entlang und hatte es fast geschafft, den Flics zu entkommen. Zwischen ihm und der Tür in die Freiheit stand nur noch Leon.

»*Dégage!*«, schrie der Junge. Er war mager, aber zäh, und Leon sah ihm an, dass er wusste, wie man sich auf der Straße verteidigte. Ganz im Gegensatz zu Leon, der jede körperliche Auseinandersetzung als Zumutung empfand.

»Nicht rauslassen, *Docteur*!«, schrie Masclau.

Leon richtete sich auf, blieb direkt vor der Tür stehen und versuchte, entschlossen zu wirken. Der Junge stoppte erst im allerletzten Moment und sah Leon wütend an.

»*Casse-toi*«, sagte der Junge drohend.

Leon rührte sich nicht. »Du kannst hier nicht raus«, sagte er so ruhig wie möglich.

»*Nique ta mère*«, der Junge spuckte die Beleidigung regelrecht vor Leon aus. Im gleichen Moment traf ihn ein Schlag von Masclau gegen den Hinterkopf.

»Ist das wirklich nötig, Lieutenant?«, fragte Leon.

»Wissen Sie, was er gesagt hat? »Ich ficke deine Mutter.«

»Danke, ich spreche durchaus genug Französisch, um das zu verstehen«, sagte Leon trocken.

Masclau drehte dem Jungen einen Arm auf den Rücken und fixierte ihn mit dem anderen Arm um den Hals. Jetzt konnte er sich nicht mehr rühren.

»Verdammte Flics«, röchelte der Junge.

»Was hat er denn verbrochen?«, fragte Leon

»Hat versucht, die Kasse vom Karussell zu klauen.«

»Wie viel war drin?«

»15 Euro – Nachsaison«, Masclau zuckte mit den Schultern. »Was für ein Idiot.«

Zehn Minuten später saß Leon am großen Tisch im sogenannten »Konferenzraum«, der eigentlich nur ein enges, leer geräumtes Büro war. An der Wand hing eine Karte von Le Lavandou und Umgebung. Es gab ein Flipchart und eine Metalltafel mit farbigen Magneten. Das war alles, aber hier im »Konferenzraum« durfte sich Zerna als Leiter einer richtigen Polizeieinheit fühlen.

Auf dem Tisch standen zwei Flaschen Evian und eine Thermoskanne mit Kaffee. Die Getränke hatte Zerna nur aufbauen lassen, um Patricia Lapierre zu beeindrucken. Die Kommissarin aus Toulon saß steif und aufrecht auf ihrem Stuhl. Vor sich hatte sie den Polizeibericht und einen kleinen Stapel Fundortfotos liegen, die sie mit nervösen Bewegungen immer wieder gerade ausrichtete. Daneben lagen Handy, Spiralblock und Kugelschreiber in exakter Formation. Madame Lapierre trug Rock und Bluse. Auf dem Ärmel ihrer Jacke erkannte Leon das runde Abzeichen der *Brigade criminelle*, auf dem eine stilisierte Silberdistel abgebildet war. Die Distel stand für den Leitspruch der Kriminalpolizei: »*Qui s'y frotte s'y pique*«, was so viel hieß wie: Wer uns zu nahe kommt, sollte sich vorsehen. Leon vermutete, dass das gleichzeitig auch das Lebensmotto der Kommissarin war.

Polizeichef Zerna saß neben der Besucherin. Capitaine Morell und Lieutenant Masclau hatten rechts von ihr Platz genommen. Leon, der an der gegenüberliegenden Seite des Tisches saß, hatte für die Anwesenden die Untersuchungsergebnisse der vergangenen Nacht zusammengefasst. Alle hatten fasziniert zugehört.

»Eine Eidechse?«, fragte Masclau. »Im Ernst? Das ist so was von irre ...«

»Wir bezeichnen so etwas als abnormes Verhalten«, erwiderte Leon trocken.

»Sie sagen, das Opfer lag fünf Jahre in diesem Verschlag?«, meldete sich Zerna zu Wort.

»Eine erste grobe Schätzung«, antwortete Leon.

»Na gut, wäre es da nicht möglich, dass ...«, der Polizeichef suchte nach einer passenden Formulierung, weil er nicht recht wusste, wie er sich vor Isabelle und der Kommissarin angemessen ausdrücken sollte. »Ich meine, in dem Verschlag wimmelt es doch von diesen Viechern.«

»Ich halte es für unwahrscheinlich, dass eine Eidechse von sich aus in einen toten Körper eindringen würde.«

»Unwahrscheinlich, aber nicht unmöglich, oder?« Zerna empfand es jedes Mal als kleinen Sieg, wenn er Leon widersprechen konnte.

Leon antwortete nicht, sondern zuckte nur mit den Schultern, was so viel heißen sollte wie: Glauben Sie doch, was Sie wollen. Natürlich hatte er sich längst ein Bild vom Tod der jungen Frau gemacht. Aber er würde sich hüten, seine Theorien schon hier und jetzt auszubreiten, bevor er sie nicht mit ganz konkreten Untersuchungsergebnissen untermauern konnte. Er wollte erst einmal in Ruhe abwarten, wie Zerna sich in Theorien von Unfall oder Selbstmord des Opfers verstieg. Wenn sich die Gemüter beruhigt hatten, würden sie sowieso seine Sicht der Dinge hören wollen.

»Sie schätzen also, dass der Todeszeitpunkt fünf Jahre zurückliegt?« Patricia Lapierre sah kurz von ihren Notizen auf und warf einen Blick auf die Fundortfotos. »Für mich sieht das Opfer aus, als wäre es erst kürzlich zu Tode gekommen.«

»Richtig. Wir haben es hier mit einer ganz ungewöhnlich gut erhaltenen Leiche zu tun«, erklärte Leon.

»Wie ist so etwas möglich?« Lapierre strich sich mit dem Zeigefinger nervös über die rechte Augenbraue.

»Bei der Verwesung spielen mehrere Faktoren eine Rolle«, erläuterte Leon, »Umgebungstemperatur, Luftfeuchtigkeit, Belüftung und Lage des Opfers. Unter besonders günstigen Bedingungen kann ein Körper fast völlig dehydrieren und sich so über einen langen Zeitraum gewissermaßen selber konservieren.«

»Und Sie glauben, dass in diesem Fall solche Bedingungen vorgelegen haben?«

»Nein«, sagte Leon, »das glaube ich nicht.«

Kommissarin Lapierre sah Leon irritiert an.

»Moment, das versteh ich nicht«, sagte Zerna, »wie jetzt?«

»Ich glaube, dass jemand den Körper konserviert hat.«

»So wie bei einer Mumie?«, fragte Isabelle überrascht.

»Sie meinen, derselbe, der diese Eidechse in die Frau rein …« Masclau unterbrach sich. Er merkte, dass er sich im Ton vergriffen hatte.

»Ja, Capitaine, ganz ähnlich wie bei einer Mumie«,

sagte Leon in Richtung von Isabelle. »Wie der Körper genau konserviert wurde, wissen wir noch nicht. Aber wir lassen im Labor gerade einige Tests laufen.«

»Jetzt mal langsam, *Docteur*«, unterbrach Zerna, »Sie wollen also ausschließen, dass die Leiche durch natürliche Umgebungsbedingungen auf diese Art konserviert wurde?«

»Nein, das will ich nicht«, sagte Leon, und Zerna und Lapierre sahen ihn an. »Ich halte es nur für wenig wahrscheinlich.«

»Wir wissen also weder, wann oder wie das Opfer zu Tode kam, noch, um wen es sich handelt. Ist das richtig?« Zerna lehnte sich sichtlich zufrieden auf seinem Stuhl zurück.

»Wie gesagt, wir müssen noch weitere Tests abwarten. Beim jetzigen Stand unserer Untersuchungen würde ich empfehlen, die Vermisstenanzeigen der letzten drei bis fünf Jahre zu überprüfen.«

»Haben Sie eine Vorstellung, wie viele Vermisstenanzeigen es in Frankreich jedes Jahr gibt?«, fragte Zerna, und seine Stimme klang überheblich. »Zehntausend.«

»Aber wie viele Anzeigen davon werden wohl im Département Var aufgegeben? Sie suchen nach einer blonden Frau zwischen 20 und 23 Jahren«, antwortete Leon trocken und sah, dass Isabelle grinsen musste.

»Ach, wollen Sie jetzt auch noch unsere Arbeit übernehmen?«, fragte Zerna. Irgendwann würde er diesen Dr. Leon Ritter einmal vor allen blamieren. »Nur zu, viel Vergnügen.«

»Commandant«, sagte Lapierre mit frostiger Stimme. »Ich vermute, dass das eine sehr übersichtliche Zahl von Fällen sein wird. Und wenn Sie dann auch noch die Kriterien anlegen, die *Docteur* Ritter erwähnt hat. Was denken Sie, Madame Morell?« Der Blick von Lapierre war genervt.

»Wir haben heute Morgen schon mal angefangen, die entsprechenden Fälle herauszusuchen. Leider wurden nicht alle elektronisch erfasst.«

»Das Opfer hatte sich den Mittelfinger der rechten Hand angebrochen. Der Bruch wurde mit einer Aluminiumschiene fixiert.« Leon demonstrierte an seiner Hand, wie diese Schiene verlief.

»So was wird bei einer Vermisstenanzeige nicht erfasst«, sagte Masclau.

»Ich verstehe. Aber solche Verletzungen sind äußerst schmerzhaft. Vielleicht hat die Frau vor ihrem Verschwinden ja mit jemandem darüber gesprochen. Mit einem Familienmitglied, einer Freundin«, sagte Leon.

»Danke, aber das zu ermitteln ist nun wirklich unsere Aufgabe«, sagte Zerna, der zunehmend schlechtere Laune bekam. Dann wendete er sich an Isabelle. »Überprüfen Sie alle entsprechenden Anzeigen aus den Jahren 2010 bis heute. Lieutenant Masclau wird Ihnen dabei helfen.«

»Vielleicht ist der gebrochene Finger ja von einem hiesigen Arzt versorgt worden«, gab Isabelle zu bedenken.

»Guter Punkt«, meinte Lapierre. »Und sollten Sie auf einen Namen stoßen, informieren Sie bitte zuerst mich.« Die nächste Bemerkung ging an Zerna. »Ich möchte von gewissen Details dieser Unterredung nichts in der Presse lesen. Sind wir uns da einig?«

»Selbstverständlich, *Madame le Commissaire*«, sagte Zerna betont höflich.

Masclau betrachtete das Foto, das auf dem Tisch lag und die Tote in dem engen Verschlag im Weinberg zeigte.

»Eine Leiche konservieren«, er schüttelte den Kopf, »wie krank ist das denn?«

»In uns allen schlummert ein wildes Tier«, sagte Leon und ließ die Bemerkung so selbstverständlich klingen, als hätte er gesagt, dass heute Abend die Sonne untergeht. Masclau und Zerna sahen ihn irritiert an.

16. KAPITEL

Der Mann war sich sicher, dass ihm niemand gefolgt war. Er kannte sich aus in dieser Gegend, kannte jeden Stein. Der Platz war schwer zu finden, verflucht schwer. Wer würde ausgerechnet hier suchen? Nein, niemand kannte sein Versteck. Niemand außer ihm und der Frau natürlich, aber die würde ihn nicht verraten.

»Du weißt, was dir passiert, wenn du redest?« Er sah zu der Frau hinüber, aber sie antwortete nicht. Natürlich nicht. Wenn es hart auf hart kam, schwiegen sie, zuletzt schwiegen sie alle. Erst machten sie einen verrückt, brachten die ganze Welt durcheinander, brachten einen dazu, Dinge zu tun, schlimme Dinge. Sie begriffen einfach nicht, was für ein Privileg ihnen zuteilwurde.

»Hast du was gesagt?«, fuhr er sie an. »Willst du irgendetwas zu unserem Gespräch beitragen? Nein? Weil du weißt, dass hier niemand mehr ist, der auf dich hereinfällt. Und weil du jetzt eine Scheißangst hast. So ist es doch, oder? Du hast Angst.«

Man musste vorsichtig sein, durfte ihnen nichts glauben. Am Anfang war alles okay. Am Anfang – oh ja, da waren sie freundlich und versuchten, einen einzuwickeln. Machten Versprechungen. Planten die Zukunft. Pläne zu machen war überhaupt ihre Lieblingsbeschäftigung. Davon konnten sie gar nicht genug bekommen. Planen und Luftschlösser bauen. Alles Lügen, alles Schwindel. Ihre wirklichen Absichten waren dunkel, dunkel und brutal. Sumpfig wie eine stinkende Sickergrube voller faulender Gedanken.

»Hast du gehört?«, schrie der Mann. »Schau mich nicht so an mit deinen blauen Augen, sieh mich bloß nicht so an.«

Er würde ihr zeigen, wer hier mehr gelitten hatte. Wem haben sie denn das Herz aus dem Leib gerissen? Wem haben sie die Seele vergiftet? Wem haben sie gezeigt, dass es keine Hoffnung gibt, keine Liebe, kein gar nichts? Alles, was am Ende übrigblieb, waren Einsamkeit, Auflösung und ewige Finsternis.

»Darum bist du hier«, jetzt schrie er sie an. »Nur darum, du verdammtes Stück Dreck, du hast es gar nicht anders verdient, du miese Fotze.«

Ja, jetzt sagte sie nichts, natürlich nicht. Weil sie keine Macht mehr über ihn hatte. Weil er sich heute wehren konnte. Er hatte sie sofort erkannt. Er hatte die besondere Gabe, den besonderen Blick. Er entdeckte sie unter Hunderten, verdammte Lügnerinnen.

Sie waren gefährlich, versuchten, einen zu zerstören, zu benutzen und dann einfach zu verschwinden. Aber das alles war vorbei, wenn er sie gereinigt hatte. Die große Reinigung machte sie alle gleich.

»Willst du es sehen? Willst du sehen, was ich mit dir machen werde?«, schrie er. Er spürte, wie er die Kontrolle verlor, spürte, wie ihn die rasende Wut überkam. Es war wie ein unendlich großer Rausch.

17. KAPITEL

Wie immer herrschte auf dem Bouleplatz von Le Lavandou reger Betrieb. Sogar jetzt, außerhalb der Saison, wurden auf jeder der Bahnen die Kugeln gerollt. Auf Leon hatte Boule, das hier im Süden *»Pétanque«* genannt wurde, schon immer eine große Faszination ausgeübt. Es war wie gemacht für ihn. Boule forderte vom Spieler eine geradezu meditative Konzentration. Man brauchte Gefühl für die genaue Dosierung der eingesetzten Kraft. Und man brauchte Erfahrung, wenn man der Kugel einen *Effet* mit auf den Weg geben wollte. Darüber hinaus verlangte Boule von seinen Spielern die Fähigkeit zu antizipieren, zu erahnen, wie und wohin die Kugel laufen würde, trotz all der Hindernisse, die sie auf ihrer Bahn zu überwinden hatte.

Leon hatte das Spiel als Kind von seiner Mutter gelernt und großes Geschick darin entwickelt. Aber seit seiner Studentenzeit hatte er kaum noch gespielt. Erst nachdem er den Job in der Klinik *Saint-Sulpice* angenommen hatte, war er wieder auf den Geschmack gekommen.

»Bonjour, Docteur, ich könnte etwas Hilfe brauchen.« Véronique stand unter den Platanen und hielt eine Boulekugel in der Hand, die so verschrammt war, als hätte sie schon Marcel Pagnol benutzt. Véronique war 83 Jahre alt, Witwe, ehemalige Langustenfischerin und nach Leons Meinung die beste Boulespielerin des Départements. Bei ihr stand Michel. Wie immer in langen Leinenhosen, zuge-

knöpftem Hemd und dem obligatorischen Panamahut auf dem Kopf. Michel war 42 und der Besitzer des *Magasin du Presse*, in dem Leon jeden Morgen seine *Frankfurter Allgemeine Zeitung* kaufte. Heute sah er angeschlagen aus.

»Warum spielen Sie nicht mit, Michel?«, fragte Leon.

»Weil Michel ein müder alter Mann ist«, rief Véronique. »Ich brauche einen Mann, der mich inspiriert.«

Dabei kicherte sie und zog an ihrer Gauloise, die ihr im rechten Mundwinkel hing und die sie weder zum Sprechen und schon gar nicht zum Boulespielen aus dem Mund nahm. Sie musste über eine robuste Gesundheit verfügen, dachte Leon. Véronique hustete fast nie, stand nur da in der Sonne, hatte ihre grauen Haare zu einem festen Knoten gebunden, und in ihrem von Wind und Sonne gegerbten, faltigen Gesicht blitzten zwei wache blaugraue Augen.

»Das habe ich gehört, Véronique«, rief Michel in gespielter Empörung.

»Ertrage die Niederlage wie ein Mann.« Die Bemerkung kam von Jean-Claude, der wie immer am Rande des Bouleplatzes in seinem Rollstuhl saß und in der Hand ein Glas Rosé hielt, das ihm in regelmäßigen Abständen von Jérémy, dem Wirt vom *Chez Miou*, nachgefüllt wurde.

»Wie sieht es aus, *Docteur*?«, fragte Véronique noch einmal.

»Vorsicht«, rief Jean-Claude, »heute ist Vollmond, da ist Véronique nicht zu bremsen.«

»Sehr wahr, Jean-Claude«, Véronique drehte die Boulekugel in der Hand, »darum nehme ich auch nicht dich, sondern den *Docteur*.«

Jean-Claude war 67 Jahre alt, ehemaliger Fremdenlegionär und erklärter Deutschenhasser. Nur bei Leon machte er eine Ausnahme. Der Doktor aus Frankfurt war inzwischen so etwas wie sein Berater in allen Lebenslagen geworden, ob Leon das nun gefiel oder nicht. Seit dem Sommer war Jean-Claude Besitzer von »Henri«, einem Yorkshireterrier. Eigentlich hatte der Ex-Soldat nichts übrig für Haustiere. Aber als sein Bruder starb, hatte er dessen Hund geerbt. Leon beobachtete aus dem Augenwinkel, wie Henri zum Nachbarplatz lief und an dem hölzernen Begrenzungsbalken sein winziges Bein hob. Sofort kickte einer der Boulespieler dort mit der Schuhspitze in den Boden, so dass die Kiesel aufspritzten. Mit einem lauten Quieken sprang der Terrier zurück und verkroch sich bei seinem Herrchen unter dem Rollstuhl. Außer Leon hatte niemand den kleinen Zwischenfall beobachtet.

»Mein Partner steht da und träumt«, sagte Véronique zu Leon, »Was ist, *jeune homme*, spielen wir jetzt, oder was?«

Sie spielten drei Runden gegen den Anwalt Le Blanc und Manet, den Besitzer des Brillengeschäfts. Es war ein ungleicher Kampf. Leon und Véronique waren einfach um Klassen besser als ihre Gegner. Beim letzten Durchgang sah es vorübergehend so aus, als ginge doch noch ein Punkt an den Anwalt und Manet, aber dann gelang Leon ein perfekter *Tierrer carreau*. Ein Wurf, mit dem er nicht nur die gegnerische Kugel aus dem Weg schlug, sondern auch noch die eigene dicht neben dem *Cochonnet*, der kleinen hölzernen Zielkugel, zum Stehen brachte. Da nutzte es auch nichts mehr, dass Manet sein Zentimetermaß aus der Tasche zog und den Abstand der Kugeln überprüfte. Véronique und Leon lagen einfach dichter dran.

»Eine Runde aufs Haus!« Jérémy balancierte ein Tablett mit vier kleinen Gläsern, in denen der Rosé in der Sonne funkelte, und verteilte sie unter den Spielern.

»Was macht der Weinberg?«, rief er Leon zu.

»Ich fürchte, das ist vor allem ein Berg an Arbeit.« Leon winkte ab.

Natürlich wusste hier jeder von Tante Odette und dem großzügigen Geschenk. Nicht dass Leon ein Wort darüber verloren hätte, aber auf dem Bouleplatz gab es keine Geheimnisse. Ganz im Gegenteil, hier wurde über die Prostataprobleme des Pfarrers genauso angeregt diskutiert wie über das Verhältnis von Manet mit seiner 25-jährigen Verkäuferin – von dem seine Frau natürlich keine Ahnung hatte. Hier konnte man erfahren, ob eine Immobilie verkauft werden sollte, ob jemand bei der Bank keinen Kredit mehr bekam oder wessen Frau schwanger war. Was immer im Ort vor sich ging, die Boulespieler am Quai Gabriel Péri wussten es zuerst.

»Wer einen Weinberg besitzt, hat noch lange keinen Rosé im Glas«, sagte Michel und trank einen Schluck.

»*Santé*«, sagte Jérémy, und Michel und die anderen hoben ihre Gläser in Richtung des Spenders.

»Bis dahin kann der *Docteur* ja seine Mumie ausstellen und Eintritt verlangen«, meinte Jean-Claude. Die Runde lachte.

»So wie beim Pharao von Aix.« Michel sammelte die leeren Gläser ein.

»Welcher Pharao?« Leon war neugierig geworden.

»Ist doch egal«, Véronique winkte ab, »wer interessiert sich schon für vertrocknete alte Männer.«

»Den hat Napoleon von seinem Ägyptenfeldzug mitgebracht. Das war im Jahr 1801.« Wenn es um militärische Daten ging, machte Ex-Legionär Jean-Claude niemand etwas vor.

»So ein Quatsch, das war ein Schrumpfkopf aus dem

Medizinmuseum.« Jérémy, der die Tische abwischte, mischte sich wieder ein. »Niemand hat mehr gewusst, wo genau der herkam, so alt war der.«

In diesem Moment sah Leon, wie der Boulespieler, der kurz vorher noch nach Jean-Claudes Hund getreten hatte, einen schlaksigen jungen Mann anging, der mit dem Vorderrad seines Mofas auf den Platz geraten war. Das war zwar ungeschickt gewesen, behinderte aber niemanden. Trotzdem baute sich der Mann vor dem verschüchterten Mofafahrer auf und stieß ihm provozierend den Handballen gegen die Schulter.

»*Dégage de là*«, sagte der Mann und zeigte mit der Hand, wohin der Mopedfahrer verschwinden sollte.

»Ich fahr nicht weg, nein.« Der junge Mann schüttelte demonstrativ den Kopf. »Ich ... darf hier durch. Ja. Das ... das ist nur ein Fahrrad.«

Leon kannte den jungen Mann mit dem Moped. Frédéric war 28 und geistig zurückgeblieben. Er war groß, fast 1,90 Meter. Aber er sah aus, als hätte die Natur vergessen, ihn mit Muskeln auszustatten. Seine Schultern waren schmal und sein Kopf zu klein, als säße er auf dem falschen Körper. Er hatte einen sehnigen, dürren Hals, an dem der Adamsapfel beim Sprechen auf und ab hüpfte wie eine Maus unter einem Handtuch. Frédéric wirkte auf eine irritierende Weise unfertig und verletzlich. Aber er war zäh und immer freundlich. Er gehörte zum Ort wie die Brunnen oder die Möwen. Frédéric war mit zwölf Jahren von einem Fischerboot ins Meer gefallen. Er konnte nicht schwimmen, und so hatte es über fünf Minuten gedauert, bis sie den leblosen Jungen wieder an Bord gehievt hatten und auf den Decksplanken wiederbelebten. Frédéric kam durch, aber sein Hirn, das minutenlang ohne Sauerstoff gewesen war, blieb auf dem Stand des Zwölfjährigen stehen. Und heute benahm er sich wie ein naives Kind im Körper eines Erwachsenen.

Aber Frédéric war harmlos und half gerne, wenn er sich dadurch ein paar Euro verdienen konnte. Er lebte bei seiner Mutter, die ein Haus in Collobrières besaß. Und das Mofa durfte er nur fahren, weil die Polizei es zum Fahrrad mit Hilfsmotor erklärt hatte und die Geschwindigkeit auf 25 Stundenkilometer beschränkt war. An dem Mofa hatte Frédéric einen kleinen selbstgebauten Anhänger befestigt. Gelegentlich fuhr er darin ein Huhn spazieren. »Damit es das Land kennenlernt, wo es seine Eier legt«, hatte er Leon einmal erklärt. Heute lag ein Stapel Zeitungen in dem Anhänger.

»Du sollst dich verpissen, habe ich gesagt.« Der Fremde mit dem extra engen T-Shirt, das seinen Bizeps zur Geltung brachte, packte den Lenker und hielt das Mofa fest.

»Das darf man nicht machen. Das, das ist nicht höflich«, sagte Frédéric, »das ist nicht freundlich.«

Leon sah, wie jetzt auch der zweite Mann zu Frédéric ging. Er hatte beobachtet, wie während des Boulespiels Euroscheine zwischen den beiden Männern hin und her wechselten. Profizocker, hatte Leon gedacht. Mit denen sollte man sich möglichst nicht einlassen.

»Hau dem Idiot doch einfach auf sein blödes Maul. Oder darf ... darf ... darf man das nicht?«, imitierte der zweite Mann die Sprache von Frédéric. Leon schlenderte zu der kleinen Gruppe auf dem Nachbarplatz.

»*Bonsoir, Messieurs*«, sagte Leon freundlich. »*Salut*, Frédéric. Kann ich irgendwie helfen?«

»Klar«, sagte der zweite Mann, »wenn du verschwindest, tust du uns allen einen großen Gefallen.«

»Lassen Sie den Jungen einfach gehen«, sagte Leon bestimmt und sah dem Mann entspannt in die Augen. Er hatte an dessen Hals einen kleinen doppelten Stern bemerkt. Er kannte das Tattoo. Es war das Zeichen der Häftlinge von *Les Baumettes.* Das Gefängnis in Marseille galt als die übelste Haftanstalt in ganz Europa. Vor vierzig Jahren war in *Les Baumettes* zum letzten Mal ein Mensch mit der Guillotine hingerichtet worden. Heute herrschten hinter den Mauern angeblich apokalyptische Zustände. Immer wieder gab es Schwerverletzte und Tote in *Les Baumettes,* die gelegentlich auch in der Rechtsmedizin von Saint-Sulpice landeten. Die drei tätowierten Punkte unter dem Stern bedeuteten, dass der Mann schon dreimal in *Les Baumettes* eingesessen hatte.

»Ich glaube, Ihrem Bewährungshelfer würde das gar nicht gefallen.« Leon war einen halben Kopf größer als der Fremde.

»Was? Was wissen Sie denn schon?«, fragte der Mann aggressiv, aber Leon hatte ihn mit seiner Bemerkung irritiert.

»Les Baumettes soll eine ziemlich üble Adresse sein«, sagte Leon.

»Du willst unbedingt eine aufs Maul, oder?«

»Nein, eigentlich nicht. Ich wollte nur meinen Freund hier mitnehmen. Komm, Frédéric.« Leon deutete auf die Hand des Fremden, die noch immer den Lenker hielt. »Bitte!«, sagte er energisch, und zu seiner Verblüffung ließ der Mann los.

Inzwischen waren Leons Mitspieler aufmerksam geworden und kamen näher.

»Probleme, *Docteur*?«, fragte Jérémy.

»Nein, alles in Ordnung.« Leon legte den Arm um

Frédérics Schultern. »Ich hab Frédéric auf eine Cola ins Bistro eingeladen.«

»Eine Cola, echt? Das ist sehr gut. Ich trinke gerne Cola. Mit Eis und mit einer Zitrone«, sagte Frédéric und schob sein Mofa neben Leon in Richtung Bar.

»Sag mal, hast du schon mal ein Zimmer gestrichen?«, fragte Leon ihn.

»Oh, ich kann streichen. Ich kann sehr gut streichen. Ich streich alles, was du brauchst. Jawohl, ich streiche alles ...«

»Ich glaube, ich hätte da einen Job für dich«, sagte Leon.

»He, bleib stehn! Wir sind noch nicht fertig miteinander.« Der Mann mit dem Tattoo wollte hinter Leon herlaufen. »Ich rede mit dir, *Monsieur-je-sais-tout.*«

»Lass doch den Penner«, sagte der andere Mann und schlug seinem Kollegen freundschaftlich auf die Schulter. »Vergiss den Idioten. Spielen wir noch 'ne Runde.«

»Arschloch!«, rief der Mann Leon hinterher. Aber der drehte sich nicht mehr um.

Kurz darauf klingelte Leons Handy. Er sah aufs Display, es war Rybaud. Es musste wichtig sein, sonst würde ihn sein Assistent nicht an seinem freien Tag anrufen.

»Tut mir leid, wenn ich störe, Doktor Ritter«, sagte Rybaud, »aber wir haben im Körper der unbekannten Frau einen großen Anteil Formalin festgestellt. Ich dachte, Sie wollen sich das sicher ansehen.«

Eine Viertelstunde später saß Leon in seinem Auto und fuhr zum *Saint-Sulpice.*

18. KAPITEL

Isabelle saß in ihrem kleinen Büro und war sauer. Natürlich war mal wieder die ganze Arbeit an ihr hängengeblieben. Vielleicht hatte Leon ja recht, wenn er sagte, dass sie nicht richtig delegieren könne. Weil sie immer glaubte, allen beweisen zu müssen, dass sie die Beste im Team sei. »So was nutzen deine männlichen Kollegen sofort aus«, hatte Leon zu ihr gesagt.

Vielleicht war das ja was Genetisches, dachte Isabelle. Jedenfalls stand jetzt ein Karton mit Anzeigen aus den Jahren 2011 bis 2013 auf ihrem Schreibtisch. Das Problem war, dass es bei den meisten Vermisstenfällen mangels Verdacht auf eine Straftat auch nicht zu einer Strafverfolgung gekommen war.

Die Polizei war der Meinung, dass Frauen von Anfang zwanzig, die verschwanden, nicht zwangsläufig Opfer einer Straftat geworden sein mussten. Und damit lagen die Behörden in den allermeisten Fällen auch richtig. Natürlich gab es da immer einen verzweifelten Ehemann, Freund oder sonst jemanden, der in tiefer Sorge war, aber in der Regel kehrten die Vermissten nach absehbarer Zeit unversehrt zurück.

Wenn jedoch ein Vermisstenfall nicht weiterverfolgt und auch nicht zur Fahndung ausgeschrieben wurde, tauchte er nicht mehr im Polizeicomputer auf. Dann war Aktenstudium gefragt. Isabelle musste sich also von Akte zu Akte, von Anzeige zu Anzeige vorarbeiten. Die meisten jungen Frauen wurden in den Ferienzeiten vermisst gemeldet. In diesen Fällen konnte man fast immer davon ausgehen, dass sie sich kurz zuvor mit ihren Partnern verkracht hatten, was diese allerdings meistens vehement abstritten.

Urlaub schien überhaupt ein Beziehungskiller zu sein, dachte Isabelle. Das Problem mit den Frauen, die am Urlaubsort als vermisst gemeldet wurden, bestand darin, dass die glücklichen Partner der Polizei keine Rückmeldung gaben, wenn die Vermissten wieder aufgetaucht waren. Also musste Isabelle immer wieder zum Telefon greifen, um irgendeine Frau in Le Havre oder Toulouse anzurufen und sich zu erkundigen, ob sie vor Jahren wieder gesund nach Hause gekommen sei. Es war frustrierend.

Nach mehreren Stunden Arbeit hatten sich fast alle Fälle in Luft aufgelöst. Es gab nur einen Todesfall. Eine Frau hatte ihren Mann auf dem Campingplatz verlassen und war mit einem Jüngeren in die Camargue durchgebrannt. Dort war sie dann bei einem Badeunfall ertrunken. Sie wurde erst Wochen später bei Narbonne an den Strand gespült. Eine andere Frau tauchte sieben Monate, nachdem sie vermisst gemeldet worden war, im Polizeicomputer auf, weil sie mit ihrem neuen Freund beim Einbruch in einer Apotheke in Clermont-Ferrand geschnappt worden war.

Blieben noch die ausländischen Besucherinnen. Bei dreien gab es keine Rückmeldung über ihren Verbleib. Aber Capitaine Isabelle Morell ging davon aus, dass sich die Verwandten bestimmt wieder bei der Gendarmerie in Le Lavandou gemeldet hätten, wenn die vermissten Frauen nicht mehr zu Hause aufgetaucht wären.

So blieb zuletzt nur noch ein Fall übrig, der Isabelle Kopfzerbrechen bereitete. Nicole Savary, eine 24-jährige Studentin aus Lyon, die vor vier Jahren bei der Weinlese geholfen hatte. Sie war allerdings schon nachweislich einige Tage zuvor aus Le Lavandou abgereist, bevor sie von ihrer Familie als vermisst gemeldet worden war. Eine Zeugin hatte die junge Frau in Toulon in den TGV Richtung Genua steigen sehen. Und zwei Tage später hatte sie sich noch bei ihren Eltern per SMS aus Italien gemeldet. Danach hatte es kein Lebenszeichen mehr von ihr gegeben. Die Polizei hatte schließlich an verschiedenen Orten zwischen Le Lavandou und der italienischen Grenze gesucht, aber von der jungen Frau fehlte nach wie vor jede Spur.

Am Nachmittag klopfte es an der Tür, und bevor Isabelle antworten konnte, stand Masclau in ihrem Büro.

»Da ist eine Deutsche, sie heißt ›Winter‹«, sagte der Lieutenant.

»Ja, richtig. Die wollte sich noch mal melden.«

»Ich kann sie auch wieder wegschicken«, sagte Masclau. »Ich glaube, sie ist ein bisschen …«, Masclau wedelte mit der flachen Hand vor seinem Gesicht, um zu zeigen, was er meinte.

»Nein, schick sie rein.«

Einen Moment später betrat Anna Winter das Büro. Isabelle sah sofort, dass die junge Frau geweint hatte. Sie war blass und hatte Schatten unter den Augen wie jemand, der nicht viel geschlafen hatte.

»Wie geht es Ihnen, Anna? Ich darf doch Anna sagen?«, fragte Isabelle, die hinter ihrem Schreibtisch aufgestanden war und jetzt auf ihre Besucherin zuging. Anna nickte.

»Ich habe immer noch nichts von Susan gehört«, sagte Anna.

»Keine Mail, keine SMS?«, fragte Isabelle. Anna schüttelte den Kopf.

»Sie ist ...«, Anna schien sich einen Moment zu sammeln, bevor sie aussprechen konnte, was sie dachte. »Sie ist tot«, sagte sie dann leise, und ihre Stimme kippte.

Isabelle war alarmiert. »Wie kommen Sie darauf?«

»Ich kann sie nicht mehr spüren«, sagte Anna und zog ein Papiertaschentuch aus dem Lederbeutel, den sie umhängen hatte. »Es gibt keine Verbindung mehr.«

»Was für eine Verbindung? Wie meinen Sie das?«

»Das kann ich nicht erklären.«

»Versuchen Sie's«

»Haben Sie Kinder?«

»Eine Tochter.«

»Stellen Sie sich vor, Sie wüssten plötzlich, dass Ihre Tochter nicht mehr da ist und dass Sie ganz alleine auf der Welt wären.«

Isabelle lief eine Gänsehaut über den Rücken. Genau so hatte sie sich gefühlt, als man ihre Tochter entführt hatte. Es waren die dunkelsten drei Tage ihres Lebens gewesen.

»Aber dafür gibt es doch überhaupt keine Hinweise, Anna«, versuchte sie, die junge Frau zu trösten.

»Das ist es ja. Es gibt keine Spuren«, sagte Anna. »Es ist, als hätte die Erde meine Schwester verschluckt.« Sie starrte einen Moment vor sich hin.

»Da ist noch etwas, oder?«, hakte Isabelle nach, und Anna sah sie kurz an, wie ein Kind, das man beim Lügen ertappt hat. »Erzählen Sie es mir. Ich höre Ihnen zu.«

Anna zupfte nur stumm an dem Papiertaschentuch, und für einen Moment dachte Isabelle, ihre Besucherin würde gar nicht mehr reden. Aber nach einigen Sekunden sagte sie: »Jemand beobachtet mich.«

Isabelle griff zu dem kleinen Block und dem Bleistift, der auf ihrem Schreibtisch lag. »Ein Mann?« Anna nickte. »Gibt es einen Namen? Können Sie den Mann beschreiben?«

»Ich habe ihn noch nicht gesehen, ich meine nicht richtig gesehen.« Anna sah zu Isabelle, als wollte sie sich dafür entschuldigen. »Aber ich weiß, dass er da ist.«

»Wann hatten Sie zum letzten Mal das Gefühl, verfolgt zu werden?«

»Gestern Abend. Es ist ... ich spüre, wenn er in der Nähe ist. Ich weiß es einfach.«

»Sie hatten sehr viel Stress in den letzten Tagen, Anna«, sagte Isabelle freundlich.

»Ich wusste, dass Sie so was sagen würden«, meinte Anna, »darum wollte ich auch nicht darüber sprechen.«

»Nein, Sie müssen darüber reden. Und bitte glauben Sie mir, wir nehmen solche Dinge sehr ernst.« Isabelle reichte Anna ihre Karte. »Rufen Sie mich sofort an, wenn Sie wieder das Gefühl haben, dass der Mann in der Nähe ist. Ich komme dann sofort, oder ich werde jemanden zu Ihnen schicken.« Isabelle legte der jungen Frau die Hand auf den Arm. »Versprochen.«

»Danke.« Anna nickte, während ihr die Tränen in die Augen stiegen.

»Wohnen Sie noch unter derselben Adresse?«

»Ja, im Fremdenzimmer bei Madame Pelletier – die mit dem Feinkostladen.«

Bei der Erwähnung des Namens stutzte Isabelle. »Pelletier«, sagte sie mehr zu sich selber. Der Name löste irgendeine Erinnerung in ihr aus.

»Ja. Ich dachte, vielleicht kommt Susan ja dorthin zurück«, sagte Anna.

»Gute Idee«, sagte Isabelle. In diesem Moment fiel ihr ein, wo ihr heute der Name schon einmal begegnet war. Chantal Pelletier war die Zeugin aus dem Polizeibericht. Die Frau, die Nicole Savary als Letzte gesehen hatte, damals, als die junge Frau im Bahnhof von Toulon vor vier Jahren in den Zug gestiegen war. Nicole Savary hatte damals ebenfalls bei dem Ehepaar Pelletier das Gästezimmer gemietet. Aber das erzählte Isabelle ihrer Besucherin nicht.

19. KAPITEL

Leon betrat die Klinik durch den Haupteingang. Es war wenig Betrieb, und Schwester Monique schien schon auf ihn gewartet zu haben.

»Dr. Ritter«, rief sie ihm zu. »Hätten Sie einen Moment?«

Leon ging zum Empfang und zeigte seine leeren Handflächen. »Die *Pains au chocolats* waren leider aus«, sagte er mit einem verschwörerischen Lächeln.

Schwester Monique sah sich schnell um, ob ihre Kollegin Leons Bemerkung gehört haben konnte. »Dr. Menez sucht Sie. Er hat schon dreimal nach Ihnen gefragt.«

»Wo ist er?«

»Auf der Kinderstation.« Sie deutete mit dem Finger nach oben.

»Sagen Sie ihm, ich bin auf dem Weg«, sagte Leon und nahm die Treppe. Er fuhr nie mit dem Lift. Da Leon sich immer über seinen Bewegungsmangel sorgte und sich die verschiedenen Auswirkungen auf sein Herz-Kreislauf-System ausmalte, hatte er beschlossen, nur noch die Treppe zu benutzen. Er fand Dr. Menez in einem der Krankenzimmer auf der Kinderabteilung in der dritten Etage. Théo Menez war etwas jünger als er und Arzt in der Unfallchirurgie. Leon hatte sich gleich bei seiner Ankunft im *Saint-Sulpice* mit dem ruhigen und souveränen Kollegen angefreundet.

Der kleine Junge auf dem Behandlungstisch war erst

vierzehn Monate alt. Er schien Leon auffallend schmal für sein Alter zu sein. Das Baby lag auf einer angewärmten, gepolsterten Unterlage. Es war nackt bis auf die Windel, und der linke Arm war mit einem Verband fixiert. Neben dem Tisch stand eine Frau von Anfang zwanzig mit weißgebleichten Strähnen im pechschwarzen Haar, die dem Jungen über den Kopf strich und sanft auf ihn einredete. In Nase und Ohrläppchen trug sie je einen silbernen Ring. Das Baby lag mit großen Augen da und rührte sich kaum. Leon fielen sofort die Blutergüsse und Hautabschürfungen am Körper des Kindes auf.

»Der kleine Jules hat sich den Arm gebrochen«, erklärte Dr. Menez die Situation. »Er ist beim Krabbeln die Treppe hinuntergefallen. So war es doch, Madame Durand?«

»Ja«, sagte die Mutter leise und nickte.

»Das ist mein Kollege, Dr. Ritter. Er wird sich die anderen Verletzungen noch einmal anschauen«, sagte Dr. Menez. »Nur zur Sicherheit, damit wir nichts übersehen.«

Leon sah die Mutter an. Sie blickte nur kurz auf, konnte aber seinem Blick nicht standhalten.

»Würden Sie so nett sein«, sagte Leon mit warmer Stimme, »und uns einen kurzen Moment alleine lassen?«

»Sie werden Jules doch nicht weh tun?«

»Natürlich nicht, Madame«, sagte Menez. »Dr. Ritter schaut sich die Verletzungen nur an. Sie können gleich vor der Tür warten.«

»Aber ich würde lieber hier ...« Die Mutter versuchte noch einmal zu protestieren.

»Bitte, Madame Durand, es dauert nur ein paar Minuten.« Leon nahm das Krankenblatt, das neben dem Kind lag, und warf einen schnellen Blick darauf.

»Ihrem Sohn passiert nichts«, beruhigte Dr. Menez die

Mutter und schob sie freundlich, aber entschieden aus dem Raum.

Sowie die Mutter draußen war, untersuchte Leon vorsichtig den kleinen Körper. Dabei betrachtete er die Ränder der Blutergüsse mit einer Lupe, die ihm Dr. Menez reichte. Er hatte schon nach dem ersten Blick gewusst, dass die Mutter log, aber er musste ganz sicher sein. Die runden blauen Flecken, die zum Teil grünlich und bräunlich verfärbte Ränder hatten, stammten definitiv nicht vom Sturz über scharfkantige Treppenstufen. Das waren Spuren heftiger Schläge.

»Sehen Sie das Hämatom hier am Oberschenkel?« Leon hielt vorsichtig seine Faust daneben. Die kurze Kette blauer Flecken entsprach in etwa der Position seiner Fingerknöchel. »Eindeutig ein Faustschlag. Die gleichen Abdrücke hier über den Rippen und am linken Bein, Innenseite und Außenseite.«

»Sie hat den Kleinen jetzt schon zum zweiten Mal hierhergebracht«, sagte Dr. Menez. »Zweimal in einem Monat. Wir müssen einen Unfall absolut ausschließen können, damit ich etwas unternehmen kann.«

»Sehen Sie hier die dunkelgrüne Färbung.« Leon reichte dem Kollegen die Lupe und deutete auf einen der Flecken. »Der enzymatische Abbau des Hämoglobins braucht mehrere Tage, bis er solche Verfärbungen aufweist.«

»Das bedeutet?«

»Die Lage und die unterschiedliche Färbung der einzelnen Hämatome lassen nur einen Schluss zu: Dieses Kind wurde über einen längeren Zeitraum immer wieder schwer misshandelt.«

»Zweifel ausgeschlossen?«

»Ich würde empfehlen, das Jugendamt zu benachrichtigen. Ich schicke Ihnen jemanden, der die Verletzungen fotografiert.«

»Danke. Ich spreche mit der Mutter.«

»Wenn Sie mich noch mal brauchen: Ich bin heute noch eine Weile im Haus. Das Gutachten können Sie in den nächsten Tagen haben.«

Leon betrachtete den Jungen, der die ganze Zeit nicht einen Laut von sich gegeben hatte. Das Baby sah Leon mit seinen großen Augen an, als hätte es Angst, dass man es aus diesem sauberen und ruhigen Zimmer wieder wegschaffen könnte.

»Lassen Sie nicht zu, dass der Junge wieder nach Hause kommt«, sagte Leon und ging.

Eine Viertelstunde später war Leon bereits wieder in der Pathologie. Er trug seinen grünen Kittel. Vor ihm auf dem Seziertisch lag die unbekannte Frauenleiche. Rybaud assistierte ihm. Die Testergebnisse aus dem Labor waren eindeutig. Im Gewebe der Toten fand sich eine hohe Konzentration von Formalin. Das bedeutete, die chemische Flüssigkeit musste dem Körper in großen Mengen zugeführt worden sein. Dafür gab es nur eine Erklärung: Jemand hatte den Körper konservieren wollen.

Die ältesten mumifizierten Leichen waren in den Grabkammern Ägyptens gefunden worden. Viertausend Jahre vor Christus hatte man den Toten die Organe entnommen und die Körper mit Harz und Öl haltbar gemacht. In der Römerzeit und später in der Renaissance wurden Körper mit Hilfe von Alkohol und Arsen vor der Verwesung bewahrt. In den vergangenen zweihundert Jahren der jüngeren Geschichte kamen Mumifizierungen zwar nur noch selten vor, aber mit neuen Chemikalien wie Zinksulfat und Glyzerin konnten Körper sehr lange haltbar gemacht werden.

Die chemischen Stoffe machten es zudem überflüssig, Organe zu entnehmen. Die Verwesung ließ sich ganz einfach aufhalten, indem die Chemikalien in die Adern der Toten eingeleitet und gleichzeitig das Blut abgeleitet wurde. Ab dem späten 19. Jahrhundert benutzten die Präparatoren schließlich Formalin, um Diktatoren und Könige für die Ewigkeit zu konservieren und in gläsernen Sarkophagen auszustellen.

Das Motiv für eine Mumifizierung war über all die Jahrtausende hinweg immer das gleiche: Es waren die Sehnsucht nach Unsterblichkeit und der Wunsch nach der göttlichen Macht, die alleine Leben und Tod kontrollierte. Zu verhindern, den Körper an Fäulnis und Verwesung zu verlieren, war darüber hinaus ein Versuch, den Tod rückgängig zu machen – der menschliche Traum von der Wiederauferstehung der Toten.

Leon wusste, dass das größte Problem bei einer erfolgreichen Konservierung eines Körpers die Zeit war. Je schneller man das Blut aus den Gefäßen eines toten Körpers entfernte und durch Formalin ersetzte, umso größer war die Chance, Zellen, Gefäße und Organe haltbar zu machen. Die Methode, die seit Jahrhunderten dazu angewendet wurde, war immer die gleiche geblieben. Die Leiche wurde in eine schräge Position gebracht, so dass die Füße den tiefsten Punkt bildeten. Dann wurden die großen Beinschlagadern geöffnet, so dass das Blut abfließen konnte. Gleichzeitig wurde in einer Vene an Hals oder Arm mit Hilfe eines Zugangs den Adern Formalin zugeführt. Den Austausch der beiden Flüssigkeiten besorgte die Schwerkraft.

Aber es gab noch eine, ungleich grausamere, aber ungemein wirkungsvolle Variante dieses Verfahrens. Der Austausch des Blutes fand statt, während das Herz des Opfers noch schlug.

Es dauerte ungefähr eine Stunde, dann hatte Leon den Beweis für seine Theorie gefunden. In der Innenseite der rechten Armbeuge befand sich eine Verletzung der Vene, die zu einem Hämatom in der darüberliegenden Haut geführt hatte. Jeder Mediziner kannte den Anfängerfehler, bei dem während einer Injektion eine Vene nicht richtig getroffen wurde. Das Formalin, das den Verfall dieses Körpers aufhalten sollte, hatte auch diese kleine Verletzung konserviert. Die nächste Bestätigung fand Leon an der Innenseite der Oberschenkel des Opfers. Zwei Schnitte, jeweils bis in die »Arteria femoralis«, die große Beinschlagader, zeigten ihm, wie der Täter vorgegangen sein musste. Er hatte sein Opfer ausbluten lassen wie ein Tier beim Schlachten und gleichzeitig das hochgiftige Formalin in die Adern geleitet.

Wenn das Opfer zu diesem Zeitpunkt noch gelebt hatte, dann war es qualvoll gestorben. Nach wenigen Herzschlägen würde der Kreislauf zusammenbrechen, dann kollabierten nach und nach die Organe. Ein entsetzlicher Tod.

»Haben Sie so etwas schon mal gesehen?«, fragte Rybaud. Zum ersten Mal, seit Leon mit seinem Assistenten zusammenarbeitete, hörte er aus dessen Stimme so etwas wie Empathie heraus.

»Nein«, sagte Leon, »so etwas habe ich noch nie gesehen.«

»Glauben Sie, dass sie noch gelebt hat, als er das gemacht hat?«

»Das werden wir möglicherweise nie erfahren«, sagte Leon. Er hasste Fragen, die er nicht beantworten konnte. Erstens, weil es an seiner professionellen Ehre kratzte, und zweitens, weil er den Toten gegenüber eine Verpflichtung empfand. Nämlich herauszufinden, woran sie gestorben waren. Damit er der Polizei Hinweise auf das Profil eines Täters geben konnte, Hinweise, die es ermöglichten, den Mörder zu finden.

»Er muss sein Opfer vorher ruhiggestellt haben.«

»Vielleicht mit K. O.-Tropfen.«

»Möglich, können wir aber leider nicht mehr nachweisen.«

Vielleicht hatte der Täter sein Opfer ja auch erstickt, bevor er mit seiner grausamen Arbeit begonnen hatte, dachte Leon. Aber er konnte keinerlei Hinweise dafür finden. Keine Würgemale am Hals, keine Einblutungen in den Augen oder hinter den Ohren – die typischen Zeichen bei einer Erdrosselung.

Leon hatte das beleuchtete Vergrößerungsglas auf das rechte Handgelenk des Opfers gerichtet. Dort waren Druckspuren und Schnitte in der Oberhaut zu erkennen. Leon hatte diese Art von Verletzungen schon oft gesehen. Sie wurden durch Fesseln mit Elektrokabeln verursacht. Ähnliche Spuren befanden sich auch an den Fußgelenken. Den Druckspuren nach zu urteilen, war das Opfer bis zu seinem Tod gefesselt gewesen.

Leon sah die tote junge Frau an. »Wer hat dir das angetan?«, dachte er.

20. KAPITEL

Anna hatte sich einen kleinen Peugeot gemietet und war den ganzen Tag durch die Gegend gefahren. Sie hatte an Weinfeldern gehalten und den Leuten ein Bild ihrer Schwester gezeigt, aber niemand konnte sich an Susan erinnern. Und sie war durch Le Lavandou, Bormes und St. Claire gelaufen. Sie war in Boutiquen und Souvenirläden gegangen, in *Tabac*-Geschäfte, in Zeitungsläden sowie in Bistros und Cafés. Kurz, Anna war an all den Orten gewesen, von denen sie sich vorstellen konnte, dass ihre Schwester sie ebenfalls besucht hatte. Aber niemand hatte die schöne junge Frau mit den blonden Haaren und den strahlenden blauen Augen gesehen.

Als Anna in das Haus der Pelletiers zurückkam, wurde es bereits dunkel. Guy Pelletier und seine Frau Chantal betrieben den Feinkostladen *Épicerie des Maures* im Zentrum von Le Lavandou. Ihr Wohnhaus lag ein Stück den Hügel hinauf, auf einem Grundstück, das von Oleanderbüschen gesäumt war. Vor dem Eingang stand ein mächtiger Eukalyptusbaum. Haus und Geschäft hatte Chantal Pelletier mit in die Ehe gebracht. Ihre Eltern hatten es in Le Lavandou Anfang der siebziger Jahre gebaut. Vor zehn Jahren waren die Eltern bei einem Verkehrsunfall ums Leben gekommen. Bald darauf, etwa ein Jahr vor ihrem fünfzigsten Geburtstag, hatte Chantal, die bis dahin noch nie eine längere Beziehung eingegangen war, den sieben Jahre jüngeren Guy geheiratet. Chantal bewunderte und verehrte ihren Mann und verdrängte die schmutzigen Geschichten, die ihr über Guy zugetragen wurden. Das lag schließlich alles lange zurück, und Guys Heimat in der Bretagne war weit weg, weiter als das Ende der Welt.

Für Guy war die Heirat mit Chantal wie ein Lottogewinn. Er, der immer nur Schulden gehabt hatte, konnte plötzlich ein angenehmes und sorgenfreies Leben führen. Guy kümmerte sich um die kleine Metzgerei, die dem Feinkostladen angeschlossen war, und kontrollierte die Produktion der Wildschweinwürste, für die Pelletier seit über dreißig Jahren bekannt war. Und jeden Donnerstag baute Guy den großen Verkaufsstand der *Épicerie des Maures* auf dem Markt von Le Lavandou auf, an dem die Kunden immer Schlange standen. Guy, der den Nachnamen seiner Frau angenommen hatte, kassierte dann gerne auch mal ohne Quittung und steckte sich so einen Teil des Umsatzes in die Tasche. Seine Frau Chantal tat so, als würde sie davon nichts merken.

Anna öffnete den Seiteneingang zu dem kleinen Anbau, in dem das Fremdenzimmer der Pelletiers untergebracht war. Früher als junges Mädchen hatte Chantal den Raum bewohnt. Sie war ein Einzelkind gewesen und hatte immer von einer großen Familie mit vielen Kindern geträumt.

Anna sah sich um. Es war still in dem Haus. Offenbar waren ihre Gastgeber noch im Geschäft. Anna war müde, der Tag war anstrengend gewesen, und seit Stunden träumte sie von einer heißen Dusche. Sie legte ihre Kleidung sorgfältig aufs Bett und zog sich ihren Morgenmantel an. Das Badezimmer lag am Ende des Flurs. Anna öffnete ihre Zimmertür – und da stand Guy, wie ein böser

Geist. Für einen Moment war Anna so erschrocken, dass ihr die Luft wegblieb.

»Ich wollte dir keine Angst einjagen«, sagte Guy mit falscher Freundlichkeit.

»Ich wusste nicht, dass Sie schon zu Hause sind, Monsieur Pelletier.« Anna war die Begegnung unangenehm.

»Ich wollte doch nur hören, ob du irgendwas Neues erfahren hast.«

Anna schüttelte den Kopf. Sie spürte, wie Guy sie betrachtete. Sie fühlte sich verletzlich und ausgeliefert, wie sie jetzt vor ihm stand. Mit der rechten Hand hielt sie krampfhaft ihren Bademantel über der Brust zusammen, in der linken trug sie ihren Beauty-Bag mit den Waschsachen.

»Ich wollte gerade unter die Dusche«, sagte Anna verunsichert.

»He, Kleines. Du musst dir keine Sorgen machen.« Guy legte die Hand an Annas Oberarm, und sie spürte, wie er gleichzeitig mit den Fingern über ihren Rücken strich.

Guy war 46 Jahre alt. Er hatte große, aufgeworfene Lippen, und seine feuchte, wulstige Unterlippe hing etwas herunter, so dass es immer so aussah, als stünde sein Mund offen. Guy Pelletier hatte sich die blonden Haare nach hinten gegelt und die Ray-Ban-Sonnenbrille auf die Stirn geschoben. Das dunkelblaue Hemd war vier Knöpfe weit geöffnet und sollte den Blick auf seine sonnengebräunte, muskulöse Brust freigeben. Er trug eine silberne Kette mit einem Christophorus-Anhänger um den Hals und am Handgelenk eine Rolex.

»Deine Schwester ist mit einem Kerl unterwegs. Hat ein bisschen Spaß. Die macht's genau richtig«, sagte Guy, während sich Anna zur Seite drehte, um seine Hand loszuwerden. »Darum geht's doch im Urlaub. Alle wollen ihren Spaß haben. Versteh ich doch, ehrlich.«

Bei den letzten Worten legte Guy der jungen Frau die Hand auf die Hüfte.

»Ich würde jetzt wirklich gerne ins Bad gehen, Monsieur Pelletier.«

»He, kannst mich Guy nennen. Alle nennen mich Guy.« Er machte eine kleine Pause wie ein Schachspieler, der über seinen nächsten Zug nachdenkt. »Ich kann dir vielleicht helfen, wenn du willst.« Guy sah die junge Frau abwartend an, jetzt lag seine Hand auf ihrem Po. Anna war wie gelähmt. »Ich kenne 'ne Menge Leute. Vielleicht wissen die ja mehr als die Polizei. Interessiert?«

»Bitte, ich ...«

»Hör zu: Wir trinken ganz gemütlich einen Wein und reden mal drüber. Nur wir beide. Was denkst du?«

In diesem Moment wurde die Haustür unten aufgeschlossen. »Guy, bist du da?«, rief Madame Pelletier.

»Ihre Frau«, sagte Anna, und die Erleichterung war ihrer Stimme anzuhören.

»Wir beide sehen uns ja noch«, sagte Guy zu Anna und tätschelte ihren Po. Dann drehte er sich um und ging. »Chantal?«, rief er. »Ich bin hier unten. Hab nach der Wasserleitung gesehen. War mal wieder kein Druck da. Aber ich denke, jetzt läuft's.«

Einige Minuten später stand Anna unter der heißen Dusche. Aber erst, nachdem sie den Schlüssel im Schloss der Badezimmertür zweimal umgedreht hatte, traute sie sich, den Bademantel auszuziehen. Anna genoss es, das heiße Wasser über ihre Schultern laufen zu lassen. Dieser Guy machte ihr Angst. Es war höchste Zeit, das Zimmer bei den Pelletiers aufzugeben. Auf der anderen Seite: Was wäre, wenn Susan hier wieder auftauchen würde? Wo sollte sie Anna finden?

Anna kam unter der Dusche hervor und cremte sich mit Bodylotion ein. Durch das offene Fenster wehte eine frische Abendbrise. Anna sah hinaus in die Finsternis. Irgendetwas schien da draußen zu sein. Sie fröstelte und schloss das Fenster.

Sie konnte den Mann nicht sehen, der keine zwanzig Meter entfernt auf dem kleinen Pfad am Hügel stand und durch ein Fernglas sah. Er bewegte keinen Muskel, starrte nur zu ihr herüber und beobachtete jede ihrer Bewegungen.

21. KAPITEL

»Ist hier noch ein Platz frei für einen müden Flic?«

Leon lächelte. In der Terrassentür stand Isabelle.

»Aber natürlich, Capitaine.« Leon rutschte auf der Bank ein Stück zur Seite. »Außerdem gibt es Oliven und einen Rosé vom *Pas du Cerf* – gut gekühlt selbstverständlich.«

»Sonst hätte ich mich auch bei der Geschäftsleitung beschwert.« Isabelle ließ sich neben Leon auf der Bank nieder.

Die Terrasse von Isabelles Haus hatte sich tagsüber in der Sonne aufgewärmt. Leon setzte sich gerne abends nach seinem Job in der Klinik hierher, mit dem Rücken an die Hauswand gelehnt, über sich die Bougainvillea, und genoss den Blick über die Dächer von Le Lavandou hinaus auf das Meer, wo die Wellen im Mondlicht glänzten.

»Vollmond«, sagte Isabelle. »Hoffentlich bleibt das Wetter so schön.«

»Bestimmt.« Leon füllte Isabelle ein Glas und reichte es ihr. »Madame.«

»*Merci, Docteur.*«

»Wie bist du weitergekommen?«, fragte Leon.

»Ich denke, wir kennen jetzt die Identität der Toten«, sie hob das Glas und stieß mit Leon an. »*Santé.*«

»Wer ist sie?«

»Nicole Savary, eine Studentin aus Lyon. Das war vor vier Jahren, sie war damals 24. Ich habe heute mit ihrem

Vater telefoniert. Der hat sich sofort erinnert, dass sich seine Tochter damals den Finger verletzt hat, kurz bevor sie verschwand.«

»Bekommen wir auch DNA für den Abgleich?« Leon war sofort neugierig geworden.

»Bringt ihr Vater mit. Er kommt morgen hierher. Ich habe ihn gebeten, ihren Zahnarzt anzurufen, damit er dir den Gebissstatus mailt.«

»Perfekt. Willst du nicht bei uns in der Gerichtsmedizin anfangen?«, fragte Leon.

»Danke, aber ich arbeite lieber da, wo die Sonne scheint«, sagte Isabelle und sah Leon an. »Was denkst du, nach was für einem Täter suchen wir?«

»Nach jemandem, der ohne Hemmungen ist, der sich über alle moralischen Werte hinwegsetzt. Jemand, der machtbesessen ist und glaubt, dass für ihn keine Regeln gelten. Jemand, der in seiner eigenen Wirklichkeit lebt.«

»Einzelgänger?«

»Möglich, aber nicht zwingend. Er könnte durchaus verheiratet sein. Aber ich denke, dass er vermutlich keine Kinder hat. Oder er kümmert sich nicht um sie. Kinder bedeuten Verantwortung und fordern Einfühlungsvermögen. Aber dieser Mensch ist ein Egoist und ohne jede Empathie.«

»Warum die Eidechse?«

»Um sein Opfer auch nach dem Tod noch zu erniedrigen, um seine Macht zu demonstrieren. Ehrlich gesagt, ich weiß nicht, warum er das tut.«

»Von welchen Eidechsen redet ihr?« Lilou war plötzlich auf der Terrasse aufgetaucht.

»Leon und ich haben einen Fall besprochen.«

»Das weiß ich auch. Die Mumie vom Weinberg, stimmt's?«

»Lilou, bitte.«

»Wieso, alle nennen sie so. Also, was ist jetzt mit der Eidechse?«

»Das ist eine laufende Ermittlung«, sagte Isabelle, als würde das alles erklären.

»Ach, komm. Ich bin keine zwölf mehr. Und außerdem, wer hat denn die Frau gefunden? Ohne mich könntet ihr euch gar nicht über sie unterhalten.«

»Da hat sie recht«, sagte Leon und wechselte einen kurzen Blick mit Isabelle. »Wir haben beim Opfer eine tote Eidechse gefunden.«

»Echt, bei der Mumie? Kotz!«, sagte Lilou und schüttelte sich demonstrativ. »Wie schräg ist das denn?«

»Du wolltest es wissen.« Isabelle war Leon dankbar, dass er ihrer Tochter die Details erspart hatte.

»Ich wollte morgen mal wieder bei Inès übernachten.« Lilou versuchte, das möglichst beiläufig zu sagen. »Wir müssen unser Geschichtsreferat noch fertig machen.« Lilou sah Leon an und machte mit der Hand eine kleine Bewegung, die ihn daran erinnern sollte, dass er ihren Plan unterstützen wollte.

»Du weißt, wie ich darüber denke.«

»Es ist Wochenende. Da besuchen Freundinnen sich. Schon mal davon gehört? Ich hab schon seit Ewigkeiten nicht mehr bei Inès übernachtet.«

»Sie wohnt ja wirklich nicht weit«, versuchte Leon zu vermitteln. »Ich könnte Lilou auch hinbringen oder sie abholen, wenn sie will.«

»Oh nein ...«, Lilou verdrehte die Augen.

»Sind die Eltern von Inès zu Hause?«, fragte Isabelle.

»Ich bin bald sechzehn, *Maman.* Schon vergessen?«

»Sie sind also nicht zu Hause«, konstatierte Isabelle nüchtern.

»Weißt du, wie alt Marie Antoinette war, als sie Ludwig XVI. geheiratet hat? Gerade mal 15 Jahre.«

»Und weißt du, wie sie geendet ist: unter der Guillotine.«

»Ihr seid so doof«, sagte Lilou wütend und marschierte zurück ins Haus.

»Lass uns morgen noch mal drüber reden«, rief Isabelle ihrer Tochter hinterher. Im gleichen Moment hörte man zornige Schritte die Treppe hinaufstürmen, und im nächsten Moment wurde eine Tür zugeschlagen.

»Bist du nicht zu streng mit ihr?«, begann Leon vorsichtig.

»Du weißt, was sie vorhat?« Isabelle sah Leon an. Der versuchte, ein ahnungsloses Gesicht aufzusetzen. »Sie will mit diesem Lucas ins Bett.«

»Das vermutest du«, sagte Leon.

»Das weiß ich. Ich war auch mal fünfzehn. Ich hab auch geglaubt, alle meine Freundinnen hätten schon mal mit einem Mann geschlafen. Alle, außer mir.«

»Und so war es nicht?« Leon war überrascht.

»Mädchen lügen, wenn es um Sex geht, genauso wie Jungs. Nein, noch schlimmer ...«

Leon betrachtete Isabelle. Kindererziehung war definitiv noch komplizierter, als er sich das vorgestellt hatte.

»Ich dachte, Mädchen würden untereinander so offen reden.«

»Später vielleicht, wenn sie verheiratet sind und selber Kinder haben.«

Leon lächelte. »Ich verstehe ja, warum du so besorgt bist. Aber du musst ihr Luft zum Atmen lassen.«

»Bei Fragen der Kindererziehung bist du ja der Experte.«

»Jetzt komm, manchmal kann eine Außenansicht auch ganz nützlich sein.« Leon wusste, dass er sich auf dünnem Eis bewegte. »Wahrscheinlich kann man seine Kinder nicht vor allem beschützen.«

»Aber wenigstens vor einem dreißigjährigen sexgeilen Animateur mit Goldkettchen.«

»Er ist Anfang zwanzig, und er ist Segellehrer.«

»Weißt du, manchmal wache ich nachts auf und gehe in ihr Zimmer, nur um mich zu überzeugen, dass sie noch da ist«, sagte Isabelle.

»Das Gefühl kenne ich gut«, sagte Leon, und die beiden sahen hinaus aufs Meer.

Isabelle schwieg.

»Ich bin sicher, Lilou kommt sehr gut zurecht. Sie hat Selbstvertrauen, ein gutes Urteilsvermögen, und sie lässt sich nichts gefallen. Mehr kann man von einer Fünfzehnjährigen wirklich nicht erwarten.« Jetzt sah Isabelle ihn an und lächelte.

22. KAPITEL

Leon war am frühen Morgen aus einem Alptraum aufgewacht. Es war immer das gleiche Szenario: Es regnete in Strömen, er stand auf einer Straße irgendwo in Thailand, und ein Flugzeug stürzte aus dem Himmel und raste auf ihn zu. Es kam näher und näher, rauschte dicht über ihn hinweg und zerschellte hinter ihm in einer Feuersäule im Wald. Rauch stieg empor, und plötzlich sah er, dass es aus den Wolken Blut regnete. Es gab Zeiten, da erwachte er von seinem eigenen Schreien aus diesem Traum. Aber das war schon seit Monaten nicht mehr vorgekommen.

Es war wieder ein strahlend schöner Tag, als Leon mit dem Auto über Pierrefeu in die Ebene des Réal Collobrier mit seinen Weinfeldern fuhr. Die Weinbauern waren schon seit den frühen Morgenstunden bei der Arbeit. Leon genoss den frischen Fahrtwind, der durch das offene Cabriolet wehte. Nach der kühlen Nacht war die Luft so klar, als bestünde sie aus Glas. Die Straße führte direkt nach Osten, wo die Sonne über den Höhen des Massif des Maures aufstieg und die herbstlichen Weinfelder mit den zartblauen Bergrücken im Hintergrund in ein Gemälde wie von Cézanne verwandelte.

Leons Tag hatte früh begonnen. Er hatte von zu Hause aus mit dem Laptop seine E-Mails gecheckt. Auf seinem Klinik-Account war die Nachricht eines Zahnarztes aus Lyon eingegangen. Im Anhang eine PDF-Datei mit dem

Zahnstatus der Patientin Nicole Savary. Leon musste nur einen Blick auf die eingescannte Röntgenaufnahme werfen, die auf dem Display seines Laptops erschien, und er wusste: Das Opfer war eindeutig identifiziert. Er hatte sofort Isabelle informiert, die bereits beim Frühstück in der Küche saß.

»Bist du sicher?«, hatte Isabelle gefragt.

»Ja, Plomben, Überkronung, das entspricht exakt dem Gebiss der Frau, die wir gefunden haben.«

»Aber es gab eine Zeugin, die gesagt hat, dass sie Nicole Savary gesehen hat, wie sie in einen Zug gestiegen ist.«

»Dann muss sie danach noch einmal nach Le Lavandou zurückgekommen sein«, hatte Leon gesagt, während er sich Milchschaum in seinen Kaffee goss.

»Warum? Kann ich mir nicht vorstellen.«

»Ich auch nicht. Und darum sollten wir uns fragen, warum diese Zeugin gelogen hat.«

»Denkst du, dass Madame Pelletier die Studentin getötet hat?«

»Unwahrscheinlich. Ich frage mich eher, was Madame Pelletier verschweigt.« Leon hatte seinen Café au lait betrachtet und mit dem Löffel ein Muster in den Milchschaum gerührt.

»Worüber denkst du nach?« Isabelle hatte Leon mit einem forschenden Blick angesehen.

»Warum hat jemand die Tote in den Schuppen gelegt?«, hatte Leon mehr zu sich selber gesagt als zu Isabelle.

»Ganz einfach, um sie loszuwerden …? Niemand hat gerne eine Leiche zu Hause.«

»Jemand betreibt einen immensen Aufwand, um den Körper dieser Frau zu konservieren. Wenn sich jemand so viel Arbeit macht, dann …« Leon hatte sich unterbrochen.

»Vielleicht sollte man sich den Fundort noch einmal ansehen.«

»Du weißt, dass das Aufgabe der Polizei ist.« Isabelle hatte keine Frage gestellt, es war mehr eine Feststellung gewesen. »Und du weißt, wie empfindlich die Staatsanwaltschaft in diesem Punkt ist.«

»Natürlich. War ja nur so eine Idee«, hatte Leon gesagt und dabei versucht, seiner Stimme einen möglichst beiläufigen Ton zu geben. Natürlich war ihm klar, dass er sich von Rechts wegen aus den polizeilichen Ermittlungen heraushalten musste. Die Spurensicherung war ausschließlich Aufgabe der Polizei. Das hatte ihn schon oft genug in Schwierigkeiten gebracht. Aber Leon wollte mehr als nur rechtsmedizinische Untersuchungen im vollklimatisierten Keller der Pathologie durchführen. Er wollte die Täter verstehen. Nicht nur das »Wie«, sondern auch das »Warum« einer Tat. Und dafür musste Leon den Tatort »erleben«. Das war so, wie andere Menschen in das Geburtshaus von Rembrandt gingen oder in Napoleons Sterbezimmer auf St. Helena, um den Hauch der Geschichte zu spüren, hatte Leon einmal einem Kollegen erklärt.

Leon ließ sich von seinen eigensinnigen Methoden nicht abbringen. Auch wenn er dabei den Ermittlungsbehörden ins Gehege kam. Und genau aus diesem Grund war er jetzt mit seinem Peugeot nicht zur Klinik unterwegs, sondern auf der Straße in Richtung Collobrières.

Inzwischen wusste Leon, wo er abbiegen musste, um nach »Le Lézard« zu gelangen. Der Weg schien täglich schlechter zu werden, seit ihn auch die Erntefahrzeuge benutzten. Vor dem Haus waren mehrere Farbeimer und Anstreich-Utensilien aufgestapelt worden. Daneben lagen einige Rollen Dachpappe und eine Leiter. Offenbar hatte der

Mann vom Eisenwarengeschäft Wort gehalten und die Dinge, die Leon vor zwei Tagen gekauft hatte, zum Haus gebracht. Unter dem Eukalyptusbaum stand das Mofa von Frédéric. In dem selbstgebauten Anhänger befanden sich verklebte Pinsel. Leon fragte sich, ob es wirklich eine gute Idee gewesen war, den jungen Mann sein Haus streichen zu lassen.

»Frédéric!?«, rief er, als er die Tür zum Haus öffnete. Es war nicht abgeschlossen, also musste der Junge irgendwo in der Nähe sein.

»Frédéric, bist du da?« Leon ging durch das Wohnzimmer. Immerhin hatte Frédéric die wenigen Möbel zusammengeschoben und mit einer Plastikfolie abgedeckt. Auf einem Hocker standen eine Flasche »Evian« und ein Aschenbecher. Leon griff nach dem Rest einer selbstgedrehten Zigarette und roch daran. Es war ein Joint, keine Frage.

Als Leon auf die Terrasse trat, sah er oberhalb des Hauses, dort wo die Macchia begann, Frédéric den Hügel hinunterkommen. Eine Minute später hatte der schlaksige junge Mann das Haus erreicht.

»*Bonjour*, Monsieur Leon.«

»*Bonjour*, Frédéric.« Leon lächelte. »Ich habe dich schon gesucht.«

»Ich war nicht da. Ich war …«, sagte Frédéric, und er schien nach einer geeigneten Ausrede zu suchen. »Spazieren. Ich hab einen Spaziergang gemacht, ja. Spaziergänge sind gut für, für … alles. Da hat man eine sehr schöne Aussicht, da oben.«

»Ich wusste gar nicht, dass du rauchst.« Leon sah, wie unangenehm Frédéric diese Feststellung war.

»Ach das, das ist nichts.« Frédéric winkte ab. »Ich hab

schon angefangen mit dem Streichen. Das Zimmer oben. Immer von oben nach unten muss man streichen. Von oben nach unten.« Frédéric demonstrierte dabei die Bewegung.

»Ja, ist eine gute Methode«, sagte Leon. »Ich geh noch mal nach unten zum Schuppen. Bin gleich wieder da.«

Frédéric hob erschrocken die Hände. »Nein, das ist nicht gut. Kein guter Platz«, sagte er. Leon sah ihn erstaunt an. »Da sind die bösen Geister.« Frédéric sagte das leise und verschwörerisch und sah sich gleichzeitig um, als müsste er sich vergewissern, dass ihnen auch niemand zuhörte.

»Was denn für Geister?« Leon wurde neugierig. War es möglich, dass Frédéric irgendetwas von der Sache wusste? Er kam viel in der Gegend herum. Vielleicht hatte er etwas gesehen. Frédéric war zwar naiv und quatschte gerne mit jedem, dem er begegnete, aber er hatte auch gelernt, dass es manchmal schlauer war, nicht alles zu verraten, was man wusste. »Kanntest du die Frau aus dem Schuppen?«

Frédéric winkte ab und schüttelte energisch den Kopf. Dann legte er den Zeigefinger an die Lippen. Irgendetwas machte ihm Angst, oder war es ein schlechtes Gewissen? »Ich geh wieder nach oben, muss streichen. Von oben nach unten«, sagte er und ließ Leon im Wohnzimmer stehen.

Leon ging die Steinstufen hinunter, die die Terrassen des Weinbergs miteinander verbanden. Die roten Trauben hingen glänzend und dick an den Weinstöcken, und die Blätter hatten bereits begonnen, sich gelb zu färben und einzudrehen. Höchste Zeit, dass man mit der Ernte begann, dachte Leon. Er musste dringend mit seinem Nachbarn sprechen. An der untersten Stufe wandte er sich nach links. Am Ende der Terrasse begann ein Streifen aus Gras und niedrigen Büschen. Ungefähr zehn Meter weiter verdichtete sich die

Vegetation zu einem schier undurchdringlichen Urwald aus Ginster, Rosmarinbüschen und stacheligen Zistrosen. Dazwischen leuchtete das rotweiße Absperrband mit dem Aufdruck »*Gendarmerie nationale*«.

Leon hob das Band an und zwängte sich auf dem engen Pfad durch Büsche und Dornen. Nach wenigen Metern stand er wieder vor dem Schuppen. Die Tür war nur angelehnt. Er betrachtete die verrosteten Angeln. Jemand hatte sie mit Öl eingesprüht, das auf dem Holz eine feine Tropfenspur hinterlassen hatte. Leon öffnete die Tür, und plötzlich hatte er das Gefühl, als würde ihn irgendetwas davon abhalten, den Schuppen zu betreten. Als wäre die Luft eine feste Masse, die er nicht durchdringen konnte.

»Du wirst langsam neurotisch«, sagte er sich und betrat den Verschlag. Leon blieb direkt hinter der Schwelle stehen und ließ den düsteren Raum auf sich wirken. Das Brett, auf dem die Leiche gelegen hatte, befand sich etwa in Hüfthöhe. Es schien zu einem Regal zu gehören. Gegenüber vor der Wand, nur einen knappen Meter von dem Regal entfernt, lag ein alter Stuhl mit geflochtener Sitzfläche, die zerschlissen war. Leon war der Stuhl beim ersten Mal zwischen dem Gerümpel nicht weiter aufgefallen. Aber jetzt stellte er sich vor, dass jemand hierhergekommen war und sich auf genau diesen Stuhl gesetzt hatte, um die Tote zu betrachten. Leon wollte den Stuhl aufheben, da erstarrte er, als hätte ihn ein Stromstoß getroffen. Unter der Lehne, keine zwanzig Zentimeter von seiner Hand entfernt, lag eine zusammengerollte Schlange. Leon erkannte sofort das auffällige schwarze Zickzackband auf dem Rücken des Reptils – es war eine giftige Kreuzotter. Als Kind war Leon von einer Kreuzotter gebissen worden und hatte eine Nacht in der Klinik verbringen müssen. Seitdem hatte er Angst vor jeder Art von Schlangen. Einen Moment lang war Leon wie gelähmt.

Die empfindlichen Sensoren der Schlange hatten sofort die Wärme von Leons Hand registriert. Das Reptil zog seinen Kopf um wenige Zentimeter zurück und stieß im nächsten Augenblick nach vorne. Doch Leon hatte instinktiv seine Hand zurückgerissen. Es war eine unbewusste Reaktion, ausgelöst durch schiere Panik. Leon machte einen Schritt rückwärts, und die Schlange verschwand zwischen den Brettern. Er stürzte aus dem Verschlag. Als er ein paar Meter entfernt war, spürte er, dass sich sein Puls wieder beruhigte. Leon ging zurück zum Haus, er hatte noch einen wichtigen Besuch vor sich.

23. KAPITEL

»Halt an. Da vorne ist es«, sagte Capitaine Morell. Sie wollte nicht, dass Moma den Einsatzwagen direkt vor der *Épicerie des Maures* parkte. Wenn jemand Besuch von der Gendarmerie bekam, sprach sich das im Ort herum wie ein Lauffeuer. Kam Isabelle Morell dagegen zu Fuß, bot sie keinen Anlass für Klatsch.

»Soll ich nicht lieber mitkommen?«, fragte Moma.

»Hast du Angst, dass mich Madame Pelletier in die Wurstmaschine wirft?« Isabelle stieg aus dem Einsatzfahrzeug. »Ich bin gleich wieder da.«

Isabelle ging ein kurzes Stück die Avenue Charles de Gaulle entlang, dann stand sie vor dem Feinkostgeschäft der Pelletiers. Der Laden verkaufte alles, was lecker und teuer war. Das Angebot reichte von Savoyer Schinken über Trüffel aus dem Drôme bis hin zu Ziegenkäse und Pasteten *faits maison*. Aber bekannt war die *Épicerie* vor allem für ihre hausgemachte Wildschweinwurst.

Als Isabelle den Laden betrat, bediente Madame gerade zwei Kundinnen, während Monsieur Pelletier dabei war, die Regale neu einzusortieren, wobei ihm eine Angestellte half.

»Madame Pelletier?«, sagte Isabelle freundlich. Die Frau hinter der Theke schaute auf. Sie schien verunsichert, aber das waren die meisten Leute, wenn sie von der Polizei aufgesucht wurden. »Könnten wir uns unterhalten?«, fragte Isabelle.

»Ja, nur einen Moment«, sagte Madame Pelletier, wandte sich wieder ihrer Kundin zu und wies mit der Hand in Richtung ihres Mannes. »Wegen der Oliven fragen Sie am besten meinen Mann.«

Die Kundin ging zu Guy Pelletier, der sie mit öliger Zuvorkommenheit bediente. Isabelle beugte sich zu Madame Pelletier. »Ich muss Sie bitten, mich auf die Wache zu begleiten. Sie könnten uns da in einer bestimmten Sache helfen.«

»Sie meinen jetzt gleich?«

»Ja, jetzt gleich.« Isabelle sah, dass Guy seine Frau keine Sekunde aus den Augen ließ. Als sie die Schürze auszog und zu ihrer Handtasche griff, kam er dazu.

»Du kannst jetzt nicht weg, Chantal«, sagte er und sah Isabelle vorwurfsvoll an. »Was ist überhaupt los?«

»Wir wollen uns nur mit Ihrer Frau unterhalten. Es dauert nicht lange.«

»Was soll das? Sie können doch nicht einfach während der Geschäftszeit hier hereinkommen und ...«, begann Guy Pelletier aufgebracht. Er unterbrach sich, als er merkte, dass die Kundin neugierig wurde.

»Bitte, Guy, nicht so laut.« Madame Pelletier zwang sich, der Kundin zuzulächeln, dann sagte sie zu Isabelle: »Lassen Sie uns gehen.«

Eine Viertelstunde später saß Madame Pelletier zusammen mit Isabelle und Lieutenant Masclau im Besprechungszimmer.

Sie wirkt irgendwie verloren, dachte Isabelle, während sie die Zeugin musterte, die immer wieder kleine Schlucke Wasser aus einem Glas trank, als könnte ihr jeden Moment die Stimme versagen. Chantal Pelletier war Anfang fünfzig, und man sah ihr an, dass sie viel arbeitete. Sie hatte leichte Schatten um die Augen, und jetzt, im Kunstlicht des kleinen Raums, sah sie müde aus. Madame Pelletier hatte ihre dunkel gefärbten Haare mit einem gelben Band zurückgebunden, wie sie das bestimmt schon früher als junges Mädchen getan hatte. Sie trug einen Rock, der eindeutig zu kurz und zu eng war, und auch die Bluse spannte an den Knöpfen.

Sie möchte jünger erscheinen, als sie ist, dachte Isabelle und sah, dass sich auf der Stirn der Frau kleine Schweißperlen gebildet hatten, obwohl es in dem Raum angenehm kühl war.

»Ich kann mich an diese Nicole Savary kaum noch erinnern«, sagte Madame Pelletier.

»Aber Sie erinnern sich noch, dass die Studentin bei Ihnen ein Zimmer gemietet hatte? Und dass sie von ihren Eltern als vermisst gemeldet wurde?«

»Ja, ja natürlich. Aber wir vermieten jedes Jahr Zimmer während der Weinernte.«

»Sie haben damals bei der Polizei ausgesagt, dass Sie Nicole Savary auf dem Bahnhof von Toulon getroffen hätten. Als sie in den Zug nach Genua gestiegen ist.«

»Das ist schon so viele Jahre her«, sagte Madame Pelletier, »so genau erinnere ich mich nicht mehr daran.«

»Sie haben damals ausgesagt, dass Sie sogar noch mit Nicole Savary gesprochen hätten«, Masclau mischte sich ein. »Auf Ihre Aussage hin hat die Gendarmerie von Le Lavandou die Suche eingestellt.«

»Meine Güte, ich weiß nicht mehr, ob ich mit ihr gesprochen habe oder nicht. Ist das denn so wichtig?«

»Ja, ist es«, sagte Isabelle. »Wir haben vor zwei Tagen die Leiche von Nicole Savary gefunden. Ganz in der Nähe von Le Lavandou.« Madame Pelletier erstarrte.

»Warum haben Sie uns damals belogen?«, insistierte Masclau. Mit einer kleinen Handbewegung bremste Isabelle ihren Kollegen.

»Ich, ich versteh nicht ...«, Chantal Pelletier sah sich hilfesuchend nach Isabelle um. Die Frau war blass geworden und stützte jetzt beide Hände auf den Tisch, als hätte sie Angst, dass sie vom Stuhl kippen könnte.

»Sie haben also die Studentin im Zug gesehen, aber jetzt liegt sie tot in einem Weinberg«, bohrte Masclau nach.

»Möchten Sie uns irgendetwas erklären, Madame?«, fragte Isabelle freundlich.

Chantal Pelletier schüttelte den Kopf. Ihr standen Tränen in den Augen. In diesem Moment klopfte es kurz an der Tür, und Moma kam in den Raum. Er reichte Isabelle ein Papier, das in der linken oberen Ecke das Siegel der *Gendarmerie nationale* trug.

»Das habe ich aus der Datenbank. Ich dachte, es wäre vielleicht wichtig.«

»Danke«, Isabelle überflog den kurzen Text und schob ihn zu Masclau, der neben ihr saß. Er warf nur einen kurzen Blick darauf und sah dann Isabelle an.

»Wir haben hier eine Information aus dem Polizeicomputer, Madame Pelletier ...«, begann Masclau, als er von Isabelle unterbrochen wurde.

»Moment, Didier«, sagte Isabelle. »Könntet ihr, du und Moma, uns für ein paar Minuten alleine lassen?«

»Ich dachte, wir machen die Befragung gemeinsam?«

»Bitte«, sagte Isabelle und machte eine kleine Handbewegung in Richtung Tür.

»Natürlich, *Madame Capitaine*«, sagte Masclau gekränkt. »*Allez*, Moma.« Die beiden verschwanden aus dem Raum.

Isabelle zog das digitale Aufzeichnungsgerät zu sich heran und überzeugte sich, dass es auch lief. Dann legte sie die rechte Hand auf den Ausdruck vor sich und sah Chantal Pelletier an.

»Ihr Mann ist vorbestraft«, sagte Isabelle.

»Das, das war vor zwanzig Jahren«, sagte die Zeugin, »vor mehr als zwanzig Jahren.«

»Vergewaltigung in drei Fällen, angeklagt und verurteilt in Rennes«, las Isabelle vom Blatt ab. »Er war in psychiatrischer Behandlung.«

»Eine Auflage des Gerichts, eine reine Schikane.« Chantal Pelletier sprach wie eine Frau, die ihren Mann schon oft hatte in Schutz nehmen müssen. »Guy ist gesund. Ist er immer gewesen. Diese Frauen haben ihn reingelegt.«

»Die Gutachter waren da aber anderer Meinung.«

»Psychologen«, sagte Chantal Pelletier verächtlich, »wollen sich doch nur wichtigmachen. Werden schließlich bezahlt für ihre Gutachten.«

»Ihr Mann hat sich seit über sechs Monaten nicht mehr bei seinem vom Gericht bestellten Psychologen gemeldet. Er muss regelmäßig Tabletten nehmen, das wissen Sie doch, oder?«

»Es ist aber nicht so, wie die Ärzte sagen. Guy ist gesund.«

»Sie wissen, warum er Medikamente nehmen muss?« Isabelle sah Madame Pelletier an, aber die wich ihrem Blick aus.

»Ich will das nicht hören, bitte«, sagte Madame Pelletier.

»Wir müssen aber darüber sprechen. Ihr Mann ist krank, Madame. Er muss seinen Trieb mit den Medikamenten unterdrücken.«

»Hören Sie auf damit. Guy ist nicht aggressiv. Die Psychiater lügen doch alle.«

»Madame Pelletier, ich kann sehr gut verstehen, dass Sie Ihren Mann in Schutz nehmen«, sagte Isabelle freundlich. »Rennes ist zwar weit, aber die Leute zerreißen sich gerne das Maul, wenn sich alte Geschichten rumsprechen. Ist es nicht so?«

»Guy ist ein guter Mann.«

»Ihr Mann ist sieben Jahre jünger als Sie.« Chantal Pelletier sah aus dem Fenster. »Es ist sicher nicht immer leicht, mit einem jüngeren und so gut aussehenden Mann verheiratet zu sein.«

»Das geht Sie gar nichts an«, wehrte sich die Befragte in einer Aufwallung von Protest.

»Madame Pelletier, kann es sein, dass Sie vor fünf Jahren Nicole Savary gar nicht im Bahnhof von Toulon begegnet sind?« Isabelle sah die Frau an, die ihr gegenübersaß. Sie wirkte jetzt wie ein verängstigtes Tier, das man in die Ecke getrieben hatte.

»Sie hatten Angst, dass die Polizei Ihren Mann verdächtigen könnte, richtig? Sie hatten Angst, dass die alten Geschichten ans Licht kommen könnten. Dass Ihre Kunden davon erfahren würden.« Isabelle legte ihre Hand auf den Polizeibericht.

»Ich, ich wollte doch nur, dass sie Guy in Ruhe lassen ...« Chantal Pelletier unterbrach sich.

»Oder hatten Sie Angst, dass Ihr Mann tatsächlich etwas mit dem Verschwinden der Studentin zu tun hatte? Haben Sie deshalb gelogen?« Isabelle sah, dass Madame Pelletier Tränen über die Wangen liefen. In diesem Moment wusste sie, dass sie mit ihrem Verdacht richtiglag.

24. KAPITEL

Das Haus von Notar Alexandre Lavalette war gar nicht zu verfehlen. Da hatte der Mann an der Tankstelle, kurz vor Pierrefeu-du-Var, ganz recht gehabt. Leon war am Ende der langen Mauer durch das schmiedeeiserne Tor in den Kiesweg eingebogen, vorbei an der verwitterten Steintafel mit dem Namen der Familie: LAVALETTE. Jetzt rollte er mit seinem Cabriolet langsam durch eine alte Platanenallee auf das Haus des Notars zu. Dabei war »Haus« eigentlich das falsche Wort. Es handelte sich vielmehr um ein Anwesen, ein *Manoir*, wie man so etwas in Südfrankreich nannte. Ein großes Herrenhaus aus dem 18. Jahrhundert mit drei Etagen. Das Gebäude war aus den gelbbraunen Steinen der Provence gemauert. Nur die Ecken der Fassade und die Einfassungen der Fenster waren verputzt.

Leon parkte am Rand des Rondells, in dessen Mitte ein kleiner bemooster Springbrunnen plätscherte. Als er die drei steinernen Stufen zum Eingang hinaufging, konnte er lauten Chorgesang hören. Offenbar war der Hausherr Klassik-Liebhaber. Nur schade, dass Monsieur Lavalette seine Türglocke nicht hören würde, dachte Leon. Aber schon öffnete sich die Eingangstür, und eine unscheinbare Frau von Anfang vierzig in grauer Schürze stand vor Leon.

»*Bonjour*«, sagte Leon, »mein Name ist Ritter. Ich habe einen Termin bei Maître Lavalette.«

»Bitte kommen Sie herein.« Die Frau tat einen Schritt

zur Seite, und Leon stand in einer Eingangshalle, von der aus hohe Türen mit Glasscheiben zu weiteren Räumen nach rechts und links abgingen. »Der Maître übt noch mit dem Chor. Er hat mich gebeten, Sie in den großen Salon zu bringen«, sagte die Frau.

Leon folgte der Frau durch einen hohen Raum, an dessen Wänden alte Gemälde von Greifvögeln hingen. Dann öffnete die Haushälterin eine weitere Tür. Jetzt hörte Leon den Chor in voller Lautstärke, begleitet von Orgelmusik.

Zehn Sänger hatten sich neben dem Mann an dem elektrischen Klavier aufgebaut und intonierten aus voller Kehle *»Christ est venu«*. Dazu schien die Septembersonne durch das große Fenster des Salons, von dem man über eine Parkanlage auf die schier endlosen Weinfelder sehen konnte. Die ganze Situation hatte etwas Ergreifendes. Leon war ehrfurchtsvoll in der Tür stehen geblieben, als eine der Sängerinnen das Solo übernahm. Beim *»Christ est mort«* wurde sie von Lavalette unterstützt, der neben ihr stand. Und dessen helle Tenorstimme so gar nicht zu dem großen, schweren Mann passen wollte.

Zuletzt fiel wieder der ganze Chor mit ein, und die Stimmen brausten wie eine Welle durch den Salon und verwandelten ihn für einen Moment in eine Kirche. Dann war das Stück zu Ende, und Leon applaudierte. Die Chormitglieder lächelten stolz.

»Ah, *Docteur* Ritter, ich freue mich, dass Ihnen unsere kleine Vorstellung gefallen hat.«

Nachdem er die Chormitglieder verabschiedet hatte, nahm Alexandre Lavalette seinen Gast mit in sein Büro im ersten Stock. Der Chor singe regelmäßig am Wochenende in Saint-Trophyme, der Kirche von Bormes-les-Mimosas, erklärte der Notar. Aber sie hätten auch Auftritte auf Charity-Veranstaltungen. Mit dem Erlös unterstützten sie die neue Kinderabteilung der Klinik *Saint-Sulpice*.

Im Büro des Notars stand ein glänzender Empire-Schreibtisch mit grüner Lederauflage und einem Sessel dahinter. Außer einem altmodischen Telefon gab es keine elektronischen Geräte in dem Raum. In der Ecke befanden sich zwei weitere Sessel und ein niedriger Tisch aus poliertem Holz. An der Wand hing ein großes Gemälde, darauf war ein Raubvogel abgebildet, der ein Kaninchen fing. Durch das hohe Fenster konnte man die roten Ziegeldächer der Häuser von Pierrefeu-du-Var sehen.

Leon hatte gerade Platz genommen, als die Haushälterin in der Tür auftauchte. Sie schien außer Atem zu sein, als sei sie die Treppe hinaufgerannt.

»Maître ...«, sie unterbrach sich, um Luft zu holen, und sah zu Leon hinüber. »*Excusez moi*, aber es gibt ein Problem.«

»Was ist denn los, Colette?«

»Ihr Vater«, sagte Colette ängstlich, »es tut mir so leid.«

»Was ist mit meinem Vater? Jetzt reden Sie schon!«

»Er ist wieder weg.«

»Sie sollten doch auf ihn aufpassen«, sagte der Notar und klang wie ein verärgerter Lehrer.

»Ich versuche es ja. Aber ... aber ich kann nicht überall gleichzeitig sein.«

»Wie lange ist er fort?«, fragte der Hausherr.

»Ich weiß nicht genau, eine halbe Stunde vielleicht.«

»Sie müssen mich entschuldigen, Doktor Ritter«, sagte der Notar, »ich muss mich sofort darum kümmern.«

»Ich bitte Sie. Kann ich irgendwie helfen?«

»Danke, aber das ist nicht nötig, kommen Sie, Colette.«

»Dann ist aber niemand im Haus, wenn Ihr Vater doch zurückkommt«, sagte Colette.

»Ich komme wirklich gerne mit, Monsieur Lavalette«, wiederholte Leon.

»Na gut, gehen wir«, sagte der Notar.

»Ihr Vater ... also, seine Sachen liegen genau so auf dem Bett, wie ich sie hingelegt habe«, sagte die Haushälterin leise, als wäre ihr die Sache peinlich. »Ich glaube, Ihr Vater hat nichts an.«

Ein paar Minuten später saß Leon neben Monsieur Lavalette in dem dunklen Kombi. Der Notar steuerte den Wagen zügig einen Feldweg entlang, wobei er eine lange Staubwolke hinter sich herzog. Die Weinfelder rechts und links des Weges reichten bis zum Horizont und kamen Leon vor wie ein endloses grünes Meer. Hier hingen keine Trauben mehr an den Weinstöcken. Die Erntemaschinen hatten mit ihren Rädern tiefe Spuren in der Erde zwischen den Kolonnen von Weinstöcken hinterlassen. Und überall lagen noch einzelne Fruchtstände am Boden, die die Maschinen nicht erwischt und die Helfer übersehen hatten. Wespen und Käfer hatten sich über die liegengebliebenen Beeren hergemacht, und die Luft war erfüllt von ihrem Summen. Der Notar verlangsamte jetzt das Tempo und sah angestrengt in die Gassen zwischen den Weinstöcken.

Es war schließlich Leon, der den alten Mann entdeckte. Er kniete am Rand eines Weinfeldes auf der staubigen Erde und pflückte Kornblumen. Seine Haut war beinahe weiß, so dass Leon im ersten Moment dachte, der Mann hätte vielleicht einen hellen Regenmantel übergezogen. Aber dann sah er, dass er splitternackt war. Leon schätzte das Alter des Mannes auf über neunzig Jahre. Der Notar hielt neben seinem Vater an.

»Er wird sich vielleicht weigern mitzukommen. Das tut er meistens«, sagte der Notar, und es klang bitter, »er hat Alzheimer, also wundern Sie sich nicht.«

Der Notar ging zu seinem Vater, und Leon folgte ihm.

»Vater?!«, sagte der Notar, aber der alte Mann pflückte weiter Kornblumen und beachtete ihn gar nicht. »Wir gehen zurück ins Haus, jetzt gleich.« Das war keine freundliche Bitte, dachte Leon, sondern es klang mehr wie ein Befehl. Der Mann am Boden wandte sich um und sah seinen Sohn an.

»Wer sind Sie? Ich kenne Sie nicht«, sagte der alte Mann.

»Was soll das Theater?«, sagte der Notar ärgerlich. »Schluss jetzt. Komm schon«, dabei griff er nach dem Arm seines Vaters.

»Lassen Sie mich sofort los«, sagte der alte Mann mit einer Stimme, die es einmal gewohnt gewesen war, dass man sie respektierte. »Oder ich werde Sie verklagen.«

»Hör auf mit dem Quatsch. Was soll denn unser Mandant denken?« Dabei sah Alexandre Lavalette kurz zu Leon.

»Darf ich es mal versuchen?«, fragte Leon höflich. Lavalette ließ seinen Vater los und trat einen Schritt zurück. Eine Geste, die ausdrückte: Nur zu, ärgern Sie sich doch mit dem alten Sack rum.

»Bonsoir, Monsieur le Maître.« Leon beugte sich zu dem Mann herab. »Mein Name ist Doktor Ritter, ich bin sehr erfreut, Ihre Bekanntschaft zu machen.«

Der Alte erhob sich mühsam und schüttelte die Hand, die Leon ihm hinhielt.

»Bonsoir, Docteur«, sagte er. Leon spürte, wie der alte Mann zitterte. Es war kühl hier im Schatten der Hügel, und er war schon zu lange ohne Kleidung draußen.

»Das sind sehr schöne Blumen.« Leon wies auf den kleinen Strauß, den der Alte noch immer in der Hand hielt.

»Die sind für meine Frau«, sagte der Greis, »sie liebt Kornblumen.«

»Das kann ich gut verstehen«, erwiderte Leon.

»Deine Frau ist seit über zwanzig Jahren tot«, unterbrach der Notar brüsk. »Das weißt du genau.«

»Darf ich Ihnen meine Jacke leihen?« Leon hatte sein Jackett ausgezogen, und der Alte ließ es sich gerne umhängen.

»Warum fahren wir nicht zurück zum Haus«, sagte Leon, »mir wird langsam kühl.«

»Nur wenn der da nicht mitkommt«, sagte der alte Mann und deutete auf seinen Sohn.

Was für eine absurde Situation, dachte Leon. Da stand er mitten in der Provence und versuchte, einen nackten alten Mann dazu zu bringen, in das Auto seines Sohnes einzusteigen.

»Jetzt mach schon, verflucht noch mal, wir haben nicht ewig Zeit«, sagte Lavalette grob.

»Sie sind ein ungehobelter Mensch«, sagte der alte Mann. Die drei standen vor dem Auto. »Dann sieh doch zu, wie du nach Hause kommst«, sagte Alexandre Lavalette, setzte sich hinter das Steuer und ließ den Motor an.

Leon öffnete mit einer freundlichen Geste die hintere Tür. »Wir können ja zusammen hinten einsteigen«, sagte Leon zu Lavalettes Vater, »und Sie erzählen mir etwas über Ihr wunderschönes Haus.«

»Wie war Ihr Name noch mal?«, fragte der alte Mann. »Ich habe manchmal ein kleines Problem mit dem Gedächtnis, *la jeunesse*«, sagte er lächelnd und tippte sich mit dem Finger gegen den Kopf.

»Dr. Ritter.«

»Sehr erfreut, Doktor«, sagte der Mann, hielt Leon vor dem Einsteigen erneut die Hand hin, und Leon schüttelte sie noch einmal.

»Fahren Sie uns nach Hause«, sagte der alte Mann zu seinem Sohn, und der Wagen schaukelte langsam über den Feldweg zurück zum *Manoir*.

25. KAPITEL

Masclau war nicht so rücksichtsvoll wie seine Kollegin Isabelle Morell, und außerdem hielt er Guy Pelletier, der ihn schon mehrmals beim Boule besiegt hatte, für einen Angeber. Darum schaltete er das Blaulicht ein, als er mit Moma im Streifenwagen die enge Avenue Charles de Gaulle entlangbretterte, als müsste er einen Bankräuber verfolgen. Vor der *Charcuterie* der Pelletiers stoppte er und stürmte in den Laden, während Moma im Fahrzeug wartete und das Blaulicht abschaltete. Eine nutzlose Aktion, inzwischen hatte sowieso die gesamte Nachbarschaft mitbekommen, dass die Polizei bei den Pelletiers war. Masclau führte Guy ab wie einen Schwerverbrecher, und als er ihn auf die hintere Bank des Polizeiautos bugsierte, hielt er ihm beim Einsteigen die Hand über den Kopf. Eine Geste, die er sich im Fernsehen bei seiner Lieblingsserie *CSI Miami* abgeschaut hatte und die er für ziemlich cool hielt.

Zerna hatte die Festnahme von Guy Pelletier angeordnet. Angeblich wollte er damit einer Flucht des Feinkostladenbesitzers zuvorkommen. Aber das war natürlich nur eine Ausrede. In Wirklichkeit hatte Zerna im Moment so gut wie nichts gegen Pelletier in der Hand, aber gleichzeitig war der Mann sein einziger Verdächtiger. Auf dem Gang traf er auf Isabelle. Sie reichte ihm einen schmalen Aktenordner.

»Das ist alles, was wir über Pelletier haben«, sagte sie.

»Was ist mit seiner Frau?«, fragte Zerna.

»Sie hat Angst«, meinte Isabelle. »Sie hat Angst, dass sie ihren Mann verlieren könnte. Für ihn würde sie jede Lüge erzählen.«

»Und, das ist alles? Soll ich das dem Staatsanwalt in Toulon erzählen, dass uns eine Metzgersfrau im Klimakterium vor vier Jahren mit ihrer Aussage reingelegt hat?«

»Sie ist einsam. Sie kennt das Vorleben ihres Mannes. Und als Nicole Savary vermisst wurde, hatte sie Angst, dass ihr Mann etwas damit zu tun haben könnte.«

»Das ist mir zu wenig. Damit gebe ich mich nicht zufrieden«, meinte Zerna.

»Was wollen Sie denn hören?« Isabelle klang aufgebracht. Zerna konnte sie auf die Palme bringen, wenn er den Polizeichef raushängen ließ.

»Wie wäre es mit: Guy hat Nicole Savary umgebracht, und seine Frau hat ihm geholfen, die Spuren zu verwischen?«

»Schon möglich, allerdings habe ich bisher keinerlei Hinweise für diese Theorie gefunden.«

»Dann befragen Sie sie weiter.«

»Sie ist eine Zeugin, Commandant, keine Verdächtige. Dafür, dass sie ihren Mann deckt, können wir sie nicht hierbehalten. Es sei denn«, Isabelle wusste, wie sie sich bei Zerna durchsetzen konnte, »Sie wollen sie den Kollegen in Toulon überstellen.«

»Den Teufel werden wir«, sagte Zerna ärgerlich.

»Dann schicke ich sie jetzt nach Hause.«

Ohne ein Wort zu erwidern, ging Zerna weiter. Er hatte keine Ahnung, wie er diesen Guy knacken konnte, aber er war sicher, dass der Mann etwas mit dem Tod der Studentin zu tun hatte. Das konnte er regelrecht riechen. Allein seine Vorstrafen machten Pelletier zum potentiellen Täter. Er würde schon die Wahrheit aus diesem Typen herausholen. Danach könnten sie immer noch die Wichtigtuer von der Mordkommission in Toulon informieren.

Guy wartete in dem fensterlosen Raum am Ende des Flurs, den man zum Befragungsraum umfunktioniert hatte. Ursprünglich war das letzte Zimmer als Abstellraum vorgesehen gewesen. Hier wurden alte Akten eingelagert und die Plastikbecher für die Espressomaschine aufbewahrt.

Guy Pelletier saß an einem grauen Bürotisch. Vor ihm stand ein Glas Wasser. Der Verdächtige machte einen entspannten Eindruck. Er hatte sich in dem harten Plastikstuhl weit zurückgelehnt, die Beine ausgestreckt und betrachtete die teure Uhr an seinem Handgelenk, so dass Zerna sie sehen konnte, als er den Raum betrat. Dankbar verließ Moma, der den Zeugen die letzte halbe Stunde bewacht hatte, das Zimmer.

»Wir müssen reden, Monsieur Pelletier«, begann Zerna.

»Ich wüsste nicht, worüber, Commandant.« Guy Pelletier legte so viel Gleichgültigkeit in seine Stimme, wie es ihm in Anbetracht der Situation möglich war.

»Wie wäre es mit Mord?«, fragte Zerna.

»Keine Ahnung, wovon Sie reden.«

»Ich rede von Nicole Savary, die bei Ihnen vor vier Jahren gewohnt hat und die Ihre Frau damals auf dem Bahnhof in Toulon gesehen haben will.«

»Ja und?«

»Wir haben die Leiche von Nicole Savary gefunden.« Jetzt schien Guy Pelletier zum ersten Mal Interesse zu zeigen. »Warum hat Ihre Frau uns seinerzeit belogen?«

»Keine Ahnung. Warum fragen Sie sie nicht selber?«

»Das haben wir bereits getan.« Zerna blätterte in der Akte, die ihm Isabelle gegeben hatte. »Hier steht, Sie sind Metzger ...?«

»Ach, das. Das war damals in Rennes, aber das ist schon über zwanzig Jahre her«, wiegelte Pelletier ab. »Heute bin ich Geschäftsmann.«

»Verstehe. Diese junge Frau, Nicole Savary, wie gut kannten Sie die?«

»Ich habe *Bonjour* und *Bonsoir* gesagt, wenn ich sie gesehen habe. Sie hatte ein paar Tage in unserem Fremdenzimmer gewohnt. Meine Frau kümmert sich um die Gäste.«

»Dann frage ich Sie jetzt mal ganz direkt: Ist damals etwas gelaufen zwischen Nicole Savary und Ihnen?«

Einen Moment lang sagte Guy Pelletier gar nichts. Dann sah er Zerna an. »Was genau werfen Sie mir eigentlich vor?«

Zernas rechtes Augenlid zuckte. Ein Tic, den er nicht unterbinden konnte, wenn er nervös war. Und jetzt war er nervös, denn er hatte gar nichts gegen Pelletier in der Hand. Nichts außer der Tatsache, dass der Mann schon einmal wegen Vergewaltigung gesessen hatte. Vielleicht gab es ja überhaupt keinen Mord. Alles, was sie wussten, hatte der *Docteur* aus einer verschrumpelten Mumie herausgelesen. Was, wenn der *Docteur* sich irrte, wenn er sich mal wieder nur wichtigmachen wollte?

»Wir ermitteln im Moment noch«, sagte Zerna ausweichend. »Aber Ihr Name steht ganz oben auf der Liste der Verdächtigen.«

»War's das? Dann möchte ich nämlich gehen. Ich muss ins Geschäft. Oder ich möchte meinen Anwalt anrufen.«

Zernas Auge zuckte jetzt stärker. Dieser Kerl provozierte ihn, aber was sollte er tun? Ohne von seinem Stuhl aufzustehen, schlug er zweimal mit dem Handrücken hart gegen die Tür hinter sich. Sofort stand Moma im Raum.

»Bring ihn raus«, sagte er und machte eine Handbewegung in Richtung Guy Pelletier, als wollte er eine lästige Fliege vertreiben.

»Wie ... raus? Ich dachte ...« Moma war irritiert.

»Los, mach schon, wir sind fertig mit ihm.« Dann sah der Polizeichef Pelletier noch einmal an. »Zumindest im Augenblick.«

26. KAPITEL

Alexandre Lavalette hatte mit Leons Hilfe seinen Vater nach Hause gebracht und der Haushälterin übergeben. Jetzt saßen die beiden Männer wieder im Büro, und der Maître hatte eine schwarze Ledermappe aufgeschlagen. Darin lag eine Urkunde, die er mit seiner Unterschrift und einem Stempel versah. Dabei fiel Leon auf, dass der Maître den Zeige- und den Mittelfinger gekrümmt hielt, wie in einem Krampf. Die beiden Finger zitterten, und der Notar schien sich darauf konzentrieren zu müssen, die Hand wieder unter Kontrolle zu bringen. Das Ganze dauerte nur ein paar Sekunden, und dabei sprach Lavalette weiter und tat, als sei nichts geschehen. Vielleicht ein beginnender Parkinson, dachte Leon.

»Wie ich Ihnen eben vorgelesen habe, handelt es sich um eine Schenkung Ihrer Tante. Dabei geht der Besitz vollständig an Sie, Doktor Ritter, ohne jede Auflage. Der Grund ist schuldenfrei und in der Gemeinde Pierrefeu-du-Var beurkundet. Das wäre alles, zumindest, was die Formalitäten angeht.«

»Aber …?«, fragte Leon und sah den Notar an. »Da gibt es doch noch etwas.«

»Nun ja, bevor Sie jetzt gleich unterschreiben und das Grundstück auf sich übertragen lassen, muss ich Sie, als Ihr rechtlicher Vertreter in dieser Angelegenheit, auf eine gewisse Problematik hinweisen.«

»Sie sprechen immer nur von dem Grundstück, ist irgendwas mit dem Haus?«, fragte Leon misstrauisch.

»Da gibt es leider ein Problem mit dem Baurecht. Es gibt keine Unterlagen zum Bau des Hauses, daher lässt sich auch nicht mit Bestimmtheit sagen, wie lange es schon auf dem Grund steht.«

»Und was bedeutet das?« Leon spürte, dass ihn jetzt die schlechte Nachricht erreichen würde, die er von Anfang an befürchtet hatte.

»Das Haus gilt als Schwarzbau.«

»Das stört mich nicht.« Leon fühlte sich erleichtert, er hatte gedacht, es gäbe ein finanzielles Problem.

»Der Gemeinderat will das Gebäude abreißen lassen.«

»Wie bitte? Warum denn? Das ist doch Unsinn.«

»Da muss ich Ihnen leider widersprechen«, sagte Lavalette so steif, dass sich Leon fragte, für wen der Notar eigentlich arbeitete. »Das Gebäude steht in einem Naturschutzgebiet, und wenn Sie keine Baugenehmigung vorlegen können ...« Der Notar machte eine vielsagende Geste mit den Händen.

»Wo sollte ich denn eine Baugenehmigung herbekommen? Mein Onkel hat das Haus vor mehr als 25 Jahren gekauft, und da war es schon alt.«

»Die Bestimmungen sind in diesem Punkt eindeutig: Als Schwarzbau gelten alle Häuser, die ohne Genehmigung vor vierzig Jahren oder später errichtet worden sind. Sie müssten also nachweisen, dass das Haus schon länger als vierzig Jahre dort steht.«

»Und wie, um Himmels willen, soll ich das nachweisen?«

»Das weiß ich nicht. Ich wollte Ihnen das nur sagen, bevor Sie sich mit einer Renovierung in ein finanzielles Abenteuer stürzen.«

»Danke«, sagte Leon frustriert. »Und wie stehen meine Chancen?«

»Ihre Tante hat vor Jahren in der Sache mal einen Anwalt beauftragt. Aber der ist nicht weitergekommen.«

»Ich wusste gleich, dass da was faul ist.« Leon schob die Schenkungsurkunde ohne seine Unterschrift zum Notar zurück. »Ich will das erst klären.«

»Das ist nur allzu verständlich«, sagte der Notar und schloss die Ledermappe wieder. »Der Gemeinderat hat angedeutet, dass er sich vielleicht auf einen Kompromiss einlassen würde.«

»Und der wäre?«, fragte Leon. Es wäre auch zu schön gewesen, Besitzer eines Hauses mit Weinberg in der Provence zu sein.

»Die Gemeinde würde Ihnen ein zwanzigjähriges Wohnrecht einräumen, wenn Sie den Grund sofort der Gemeinde überschreiben.«

»Wer im Gemeinderat ist für die Sache zuständig?«

»Ein gewisser Antonio Gianelli.«

»Gibt es da nicht ein Bauunternehmen in Le Lavandou, das Gianelli heißt?«

»Richtig, Fabrizio Gianelli, und dessen Bruder Antonio ist Mitglied des Gemeinderates.«

»Nennt man so etwas nicht Nepotismus?« Leon war empört. Da sah er, dass Lavalette zum ersten Mal an diesem Nachmittag lächelte.

»Sie sind nicht von hier, Doktor Ritter. Darum muss ich Sie darauf hinweisen, dass die Baubeschränkungen im Nationalpark seit einigen Jahren rigoros durchgesetzt werden. Ihnen bleibt also nicht viel Zeit.«

27. KAPITEL

Leon fuhr zurück in die Klinik *Saint-Sulpice*. Eigentlich wollte er sich darüber ärgern, dass Tante Odette ihm nichts von den Problemen um das Haus erzählt hatte, als sie ihm ihr »großzügiges« Geschenk machte. Doch dann musste er lächeln. Er mochte seine Tante, und er mochte ihre Art, allem was geschah, eine gute Seite abzugewinnen. Schwierigkeiten wurden einfach verdrängt. »Du lebst hier und heute«, hatte sie schon zu Leon gesagt, als der noch ein kleiner Junge gewesen war, »also genieße es.«

Inzwischen war es zu spät, um noch im Gemeindeamt wegen der Auflagen vorzusprechen. Also fuhr Leon zurück in die Rechtsmedizin, wo Rybaud inzwischen weitere Proben ausgewertet hatte. Das Formalin, das dem Körper der Toten aus dem Weinberg zugesetzt worden war, hatte dafür gesorgt, dass auch der Inhalt des Magen-Darm-Traktes konserviert worden war. Leon betrachtete die einzelnen Proben unter dem Mikroskop. Einzelne Bestandteile der letzten Mahlzeit, die Nicole Savary zu sich genommen hatte, waren jetzt zu erkennen.

»Wofür halten Sie die Plättchen?« Rybaud, der hinter Leon stand, deutete auf den Schirm, auf dem sich drei fast identische, etwa drei Millimeter große, transparente Flecken abzeichneten.

»Schuppen eines Fisches, würde ich vermuten«, meinte Leon. »Zu groß für eine Pagre. Eher von einer Goldbrasse.«

»Ich habe auch Teile von Oliven, Rosmarin, Thymian und von Kartoffelstärke isolieren können«, meine Rybaud. »Außerdem Reste von Zwiebeln, Knoblauch und Zucchini.«

»Ein gepflegtes Abendessen«, sagte Leon.

»Wie kommen Sie darauf, dass es ein Abendessen war?«, fragte Rybaud.

»Eine Studentin würde sich kaum als Mittagessen in einem Restaurant Goldbrasse mit Gemüse und Oliven bestellen. Schon gar nicht, während sie bei der Weinernte hilft. Das bedeutet, dass Nicole Savary nach dem Abendessen, aber noch vor dem folgenden Frühstück getötet wurde.«

In diesem Moment tauchte Lieutenant Kadir von der Gendarmerie bei Leon im Labor auf. Er hielt eine Haarbürste in einem durchsichtigen Asservatenbeutel in der Hand. Die hatte ihm der Vater des Opfers mitgebracht, für einen DNA-Abgleich.

»Danke, Lieutenant«, sagte Leon. »Bitte richten Sie Monsieur Zerna aus, dass er den Abgleich in den nächsten 24 Stunden bekommt.«

»Ich habe ihn mitgebracht«, sagte Moma. Leon sah ihn mit fragendem Blick an. »Edmonde Savary, den Vater der Studentin. Er wartet draußen. Er möchte unbedingt die Leiche sehen. Er hat darauf bestanden.«

»Das ist keine gute Idee«, sagte Leon. Es gab bestimmte Arten von Todesfällen, bei denen Leon zu vermeiden suchte, dass die nächsten Angehörigen die Toten zu Gesicht bekamen. Nach schweren Autounfällen zum Beispiel oder wenn die Opfer verbrannt waren, besonders dann, wenn es sich dabei um Kinder handelte. Leon hatte zu oft erlebt, wie Eltern beim Anblick ihres toten Sohnes oder ihrer Tochter zusammengebrochen waren. Dabei waren es meist die Mütter, die besser mit dem Schock fertig wurden. Sie reagierten zwar emotionaler, aber erholten sich dafür auch schneller. Männer versuchten immer, stark zu sein, aber der Schmerz fraß sich so in sie hinein, dass Leon es gelegentlich regelrecht spüren konnte. Männer hatten ihr Leben lang gelernt, ihre Emotionen zu verbergen. Aber für viele war die Konfrontation mit dem Tod ihrer Kinder zu viel. Dann brachen die Dämme, mit denen sie ihre Gefühle so lange zurückgehalten hatten. Solche Männer konnten an der Begegnung mit dem Tod ihrer Kinder zerbrechen.

»Ist er alleine da?«, fragte Leon.

»Ja, er hat mir gesagt, dass seine Frau vor einem Jahr gestorben ist.« Moma sah Leon an. »Keine Sorge, *Docteur*, der Typ ist cool. Und, wie gesagt, er besteht darauf, sie zu sehen.«

Und er hatte nach dem französischen Gesetz auch das Recht dazu, dachte Leon. Aber egal, wie cool der Mann war, der Anblick der Mumie, die eine fröhliche junge Frau gewesen war, als Monsieur Savary sie zum letzten Mal gesehen hatte, würde schwer zu ertragen sein.

Leon ging in den Vorraum der Pathologie, wo es ein Sofa, zwei Sessel und einen Tisch mit einem Wasserspender gab. Eigentlich gab es hier ein Fenster zum Sektionsraum, vor dem eine elektrische Jalousie hochgefahren werden konnte, die dann den Blick auf die Opfer freigab. Aber seit Monaten gab es Probleme mit der Mechanik der Jalousie, und inzwischen ließ sie sich gar nicht mehr öffnen. Seitdem wartete die gerichtsmedizinische Abteilung auf Ersatz. Bis dahin hatte Leon entschieden, dass die Jalousie geschlossen blieb und die Identifizierung im Sektionsraum stattfand.

Monsieur Savary hatte sich einen der weißen Plastikbecher mit gekühltem Wasser gefüllt und trank einen Schluck, während er das Bild an der Wand betrachtete. Es war das gerahmte Plakat einer Miró-Ausstellung, die vor Jahren in Hyères stattgefunden hatte. Der Besucher war Ende vierzig. Er trug Jeans, ein weißes Hemd und ein dunkles Leinensakko. Er gab sich entspannt, aber er sah blass aus.

»Monsieur Savary?« Leon reichte dem Mann die Hand. »Ich bin Doktor Ritter, der Gerichtsmediziner.«

»Guten Tag, Monsieur«, sagte der Besucher. Sein Händedruck war übertrieben fest. Als bräuchte er jemanden, an dem er sich festhalten kann, dachte Leon.

»Die Polizei hat Sie ja bereits über die besonderen Umstände informiert, unter denen Ihre Tochter gefunden wurde«, sagte Leon vorsichtig und beobachtete, wie der Mann kurz schluckte, aber dann sofort wieder zu dem Gesichtsausdruck zurückfand, der zeigen sollte, dass er alles unter Kontrolle hatte.

»Ich möchte Sie noch einmal darauf hinweisen, dass wir die Identität auch nur mit Hilfe der DNA feststellen können. Wenn Sie sich also entscheiden, doch nicht ...«, wollte Leon sagen, als Savary ihn unterbrach.

»Machen Sie sich um mich keine Sorgen«, sagte er ungehalten, »ich leite eine Abteilung mit über 150 Mitarbeitern.«

»Kommen Sie bitte«, sagte Leon. Der Mann folgte ihm schweigend in den Sektionsraum, wo Rybaud neben der Bahre stand, auf der der Körper des Opfers mit einem grünen Tuch abgedeckt war. Leon nickte Rybaud zu. Der hob das Tuch, so dass das Gesicht der Toten zu sehen war. Aber die Bewegung des Assistenten war etwas zu schwungvoll, das Tuch rutschte von der Leiche und glitt zu Boden. Jetzt war die Mumie in ihrer ganzen unheimlichen Gestalt sichtbar. Sie sah nicht aus wie ein toter Mensch, dachte Leon für einen Moment, sondern eher wie eine vertrocknete Figur aus Pappmaché. Der untere Bauchbereich war geöffnet, und getrocknete Innereien quollen heraus wie Stroh bei einer Stoffpuppe, in die ein böses Kind ein Loch gerissen hatte.

Rybaud bückte sich, hob das Tuch vom Boden auf und beeilte sich, es wieder über die Tote zu legen, aber es war zu spät.

»Das ist nicht meine Tochter«, sagte der Mann, dessen bleiche Gesichtsfarbe jetzt einen grünen Schimmer angenommen hatte. »Das Ding da, das ist sie nicht, ganz bestimmt nicht.« Er schüttelte den Kopf, und Leon sah, dass der Mann schlucken musste.

Leon nahm den Arm des Vaters. »Kommen Sie«, sagte er freundlich, »gehen wir nach draußen.«

»Lassen Sie mich los!«, fuhr der Mann Leon an und riss seinen Arm zur Seite. Durch den Schwung stieß er mit dem Ellenbogen gegen den Seziertisch, so dass der Kopf der Mumie zur Seite kippte, als würde sie den Besucher aus ihren leeren Augenhöhlen anstarren. In diesem Moment ging Monsieur Savary in die Knie und erbrach sich auf den Boden der Rechtsmedizin.

Ein paar Minuten später saß Monsieur Savary auf dem Sofa im Vorraum und versuchte noch immer zu verarbeiten, was er da gerade gesehen hatte. Leon hatte den Besucher zur Toilette gebracht, wo er sich gewaschen und frisch gemacht hatte. Anschließend hatte Leon ihm ein leichtes Beruhigungsmittel gegeben. Monsieur Savary hatte sein Sakko ausgezogen und die beiden oberen Knöpfe seines durchgeschwitzten Hemdes geöffnet. Müde und in sich zusammengesunken saß er auf dem Sofa. Von der Selbstsicherheit, mit der er noch vor einer Viertelstunde aufgetreten war, war nichts geblieben. Jetzt knetete er nervös seine Hände und drehte an seinem goldenen Ehering. Seine Stimme war leise und ohne Nachdruck.

»Es ist mir wahnsinnig unangenehm, was da eben passiert ist«, sagte er.

»Machen Sie sich darüber keine Gedanken.« Leon griff nach dem Plastikbecher, der auf dem Tisch vor dem Besucher stand. »Soll ich Ihnen noch etwas Wasser holen?«

»Nein, nein danke.« Monsieur Savary zog seine Geldbörse aus der Innentasche des Sakkos und nahm einen Zwanzigeuroschein heraus. »Ich möchte das gerne wieder in Ordnung bringen. Vielleicht könnten Sie das Ihrem Assistenten ...«

Leon hob die Hände. »Nein, kommt gar nicht in Frage«, sagte er energisch.

»Nicole war so ein fröhlicher Mensch«, Savary sah Leon an und hatte Tränen in den Augen, »unbeschwert und immer positiv.« Während er sprach, hatte Savary sein Handy aus der Tasche gezogen, wischte mit dem Finger über das Display und blätterte durch immer neue Fotos von Nicole. Dann hielt er das Handy Leon hin.

»Das ist eines der letzten Fotos, die Nicole uns damals geschickt hat.«

Leon betrachtete das Foto einer lächelnden jungen Frau, die sich offenbar an Deck eines Bootes befand, das aber nur im Anschnitt zu sehen war. Die Frau war blond und hielt die Hand mit der Fingerschiene in die Höhe. Von der Position der Kamera her zu urteilen, war es ein Selfie. Im Hintergrund glitzerte das Meer.

»Wirklich sehr sympathisch«, sagte Leon, und Savary nickte. »Haben Sie das Foto der Polizei gezeigt?«

»Ja, aber die Polizei wollte damals nur Porträtaufnahmen, keine Urlaubsfotos. Wir dachten ja alle, dass Nicole nach Italien gefahren wäre. Hier in der Gegend hat die Polizei ja nie gesucht.«

»Wussten Sie, dass Ihre Tochter sich verletzt hatte?«

»Ja, deswegen konnte Nicole ja auch bei der Weinernte nicht mehr weitermachen.« Der Vater betrachtete das Bild. »Aber ich glaube, sie war gar nicht so unglücklich darüber. Der Arzt muss sich sehr nett gekümmert haben. Das hat sie uns in einer SMS geschrieben. Ich glaube, er hieß Dr. Ravier.«

»Sie sollten das Foto unbedingt Capitaine Morell von der Gendarmerie in Le Lavandou zeigen.«

28. KAPITEL

Anna war zum Schwimmen im Meer gewesen, obwohl jetzt abends am Strand schon eine kühle Brise ging. Als sie aus dem Wasser kam, hatte sie sich unter dem Handtuch umgezogen und über ihr T-Shirt und die kurze Jeans einen dicken, weiten Pulli gestreift. Jetzt saß sie auf ihrer Decke im Sand und sah zu, wie das letzte Licht der untergehenden Sonne die Felsen rot leuchten ließ und Büsche und Bäume in sattes Grün tauchte. Anna liebte Sonnenuntergänge, und sie mochte diesen Platz am Strand. Sie hatte mit dem Smartphone ihren Facebook-Account und die E-Mails gecheckt. Vielleicht gab es ja doch ein Zeichen von Susan, aber da war nichts. Als sie jetzt von dem leuchtenden Display aufsah, fing es bereits an, dunkel zu werden, und der Strand war menschenleer. Obwohl sie auf Hunderte von Metern niemand sah, verursachte ihr diese Leere ein unangenehmes Gefühl. Anna packte rasch ihre Sachen zusammen, zog die Slipper an und lief zurück zur Avenue du Président Auriol, wo sie ihren Wagen auf dem großen Parkplatz hinter der Schule abgestellt hatte, dort, wo jeden Donnerstag der Markt stattfand.

Der Parkplatz war düster, denn die Stadtverwaltung sparte Strom, indem sie in manchen Straßen und öffentlichen Anlagen ab September nur noch einen Teil der Beleuchtung einschaltete. Als Anna den großen Parkplatz erreichte, brannten dort nur wenige Lampen. Der Platz war leer bis auf ihren hellen Peugeot, der genau am anderen Ende stand. Anna war noch keine fünfzig Meter weit über den Platz gelaufen, als sie eine Bewegung hinter ihrem Auto wahrnahm. Jemand duckte sich zwischen ihrem Wagen und dem hohen Schilf, das den Platz begrenzte. Anna blieb abrupt stehen. Sie spürte, wie sie am ganzen Körper zitterte. Sie sah zu Boden und tastete dabei mit den Händen ihre Taschen ab, so als würde sie etwas suchen. Dann drehte sie sich um und ging langsam zurück. Sie wäre am liebsten losgelaufen, aber sie wollte bei dem unheimlichen Beobachter keinen Verdacht erwecken. Nach wenigen Schritten stand sie vor einem Elektrogeschäft, das längst geschlossen hatte, aber dessen Schaufenster noch hell erleuchtet war. Anna griff nach ihrem Handy und wählte die Nummer, die die freundliche Polizistin ihr gegeben hatte. Isabelle war bereits nach dem ersten Klingelzeichen am Apparat. Sie würde sofort jemanden schicken.

Anna wartete fünf quälend lange Minuten, in denen sie versuchte, möglichst entspannt zu wirken und nicht die ganze Zeit wie gebannt nach ihrem Auto zu sehen. Endlich tauchte ein Streifenwagen neben ihr auf.

»Bonsoir«, sagte Didier Masclau aus dem offenen Fenster.

»Ein Glück, dass Sie da sind.«

»Wo steht Ihr Wagen?«

»Da vorne, der helle Peugeot.« Anna deutete in die Dunkelheit.

»Kommen Sie. Steigen Sie ein.«

Lieutenant Masclau fuhr über den Platz und stoppte neben Annas Leihwagen. Von dem unheimlichen Beobachter gab es keine Spur.

»Er war hier, ganz bestimmt«, sagte Anna. »Er war direkt hier hinter meinem Auto.«

»Ich glaub Ihnen ja. Aber jetzt ist er weg. Steigen Sie in Ihren Wagen. Ich fahre hinter Ihnen her, bis Sie sicher in Ihrer Pension sind.«

29. KAPITEL

Isabelle war an diesem Abend erst spät aus dem Büro gekommen. Während der Hauptsaison im Sommer blieb immer viel organisatorische Arbeit liegen, die warten musste, bis es Ende September wieder ruhiger wurde. Isabelle parkte vor ihrem Haus, als sie den grauen Land Rover bemerkte, der auf der gegenüberliegenden Seite unter der Straßenlaterne stand. Der Wagen hatte einige Dellen, und an manchen Stellen war der Lack abgeplatzt, aber das erregte weniger Isabelles Aufmerksamkeit als das, was im Inneren des Wagens vor sich ging. Auf der Fahrerseite erkannte sie einen jungen Mann mit wilder blonder Mähne, der ein Mädchen küsste. Als das Paar sich bewegte, erkannte Isabelle, dass das Mädchen ihre Tochter Lilou war.

Isabelle ging über die Straße und marschierte direkt auf den Wagen zu. Die beiden Insassen hatten keine Augen für das, was um sie herum passierte. Als Isabelle gegen die halbgeöffnete Scheibe klopfte, fuhr das Paar erschrocken auseinander.

»Lilou! Gehst du bitte ins Haus«, sagte Isabelle, und es klang strenger, als sie wollte.

Ihre Tochter starrte sie fassungslos an. »Was ist denn los?«

»Wir ... wir haben hier nur gesessen und uns unterhalten«, sagte der junge Mann unsicher und merkte, dass er gerade dabei war, zwischen die Fronten zu geraten.

»Unterhalten, das habe ich gesehen«, sagte Isabelle kühl.

»Mama, du bist so was von unmöglich.« Lilou stieg aus dem Auto, knallte die Tür zu und lief, ohne Isabelle noch einmal anzusehen, über die Straße.

»Und Sie fahren jetzt besser nach Hause«, sagte Isabelle im Polizeiton zu dem jungen Mann.

»Bonne soirée, Madame Morell«, sagte der Mann, startete den Motor und fuhr los.

Leon hatte es sich gerade in der Küche gemütlich gemacht. Vor ihm stand ein Glas Rotwein vom *Château de Brégançon* und daneben ein Schälchen mit den Estragon-Oliven vom Korsen auf dem Wochenmarkt. Dazu gab es eine Scheibe Ziegenkäse, von der er sich mundgerechte Stücke abschnitt und sie zusammen mit dem frischen *Fougasse* aß, das er noch in der Bäckerei Lou besorgt hatte. Das Leben konnte so angenehm sein, dachte er und griff zur *Frankfurter Allgemeinen Zeitung*, die er sich jeden Tag bei Michel im *Maison de la Presse* kaufte. Jetzt, außerhalb der Saison, war die Zeitung meist nur mit zweitägiger Verzögerung zu haben. Aber das störte Leon nicht. Ganz im Gegenteil, die Nachrichten von vorgestern zu lesen trug zu seiner Entspannung bei und ließ die Welt in einem weniger hektischen Licht erscheinen.

Isabelle kam in die Küche. *»Bonsoir«*, sagte sie kurz und ging zum Kühlschrank.

»Ist was mit Lilou?«, fragte Leon.

»Wieso?«, fragte Isabelle, während sie sich etwas Tabouleh-Salat in ein Schälchen füllte.

»Sie wirkte irgendwie verstört. Kam rein, hat sich einen Joghurt geholt und, zack, war sie wieder draußen. Sie ist nach oben in ihr Zimmer.«

Leon sah Isabelles Gesichtsausdruck und wusste, dass es Ärger gegeben hatte zwischen Mutter und Tochter. Und er wusste auch, dass es am klügsten war, sich aus der Sache herauszuhalten. Aber die beiden konnten ziemlich stur sein. Und das würde bedeuten, dass die Stimmung im Haus für die nächsten Tage im Keller sein würde.

»Magst du ein Glas Wein? Die Oliven sind vom Korsen.« Ohne Isabelles Antwort abzuwarten, schenkte Leon ein zweites Glas Rotwein ein und schob es über den Tisch zu ihr hin.

»Sie hat mit diesem Lucas rumgemacht, draußen im Auto«, sagte Isabelle und griff zum Glas. »Der Typ ist ein oberflächlicher Idiot.«

»Verstehe. Und du hast sie erwischt und den bösen Mann vertrieben.«

»Lucas ist 23. Und Lilou ... ich weiß auch nicht, was sie an dem findet.«

»Sie flirtet mit ihm. Machen das nicht alle Mädchen in dem Alter?«

»Sie hat doch noch überhaupt keine Ahnung, worauf das hinausläuft.«

»Du hast ihre Unschuld ja noch mal im letzten Augenblick gerettet.«

»Das ist nicht witzig«, sagte Isabelle knapp.

»Was haben sie gemacht? Sich etwa geküsst? Meine Güte.«

Leon sah Isabelle an, und für einen Moment erkannte er Angst in ihrem Blick.

»Er wird ihr nichts tun, Isabelle. Nichts, was sie nicht will.«

»Ich weiß, Männer sehen das anders. Aber Lilou ist noch nicht so weit.« Leon sagte nichts. »Das verstehst du nicht.

Sie sieht vielleicht aus wie eine Frau, aber in ihrer Seele ist sie noch ein fünfzehnjähriges Kind.«

Leon schwieg und nahm einen Schluck vom *Château de Brégançon*. Isabelle stocherte lustlos in ihrem Tabouleh.

»Wie alt warst du bei deinem ersten Mal?«, fragte Leon plötzlich.

»Was hat denn das damit zu tun?«

»Wieso, warst du so jung?«

»Ich war sechzehn. Es war drei Tage nach meinem Geburtstag. Und zu deiner nächsten Frage: Es war scheiße.« Leon sah sie an und lächelte leise. »Der Typ hat Gürtel verkauft und selbstgemachte Taschen, auf dem Wochenmarkt. Und abends am Strand hat er ein Feuer angezündet und Gitarre für mich gespielt.«

»Das klingt aber ziemlich romantisch.«

»Er war ein Arsch. Und es ging ganz schnell. Zwei Abende später ist er mit einer anderen an den Strand gegangen.«

»Und das möchtest du natürlich deiner Tochter ersparen.«

»Ja.«

»Die Gitarre am Lagerfeuer oder den miesen Sex?«

»Du denkst, ich bin hysterisch, nicht?«

»Ich denke, du bist eine großartige Mutter. Aber ich glaube, dass es bestimmte Erfahrungen gibt, die Kinder alleine machen müssen.«

Die beiden saßen sich einen Moment schweigend gegenüber.

»Ich sollte mit ihr reden, stimmt's?«

»Reden kann nie schaden.«

Isabelle nahm sich noch ein Glas Wein. Dann stand sie auf und ging zur Tür. Sie drehte sich noch mal um.

»Ich bin froh, dass du hier bei uns bist.«

Leon hob sein Glas in Isabelles Richtung. Dann hörte er, wie sie die Treppe hinaufging. Einen Augenblick später klopfte sie, und dann wurde eine Tür aufgemacht.

30. KAPITEL

Leon hatte wieder schlecht geträumt und wachte früh auf. Er wusste, dass er nicht mehr einschlafen würde, auch wenn es erst sechs Uhr in der Früh war. Also zog er sich an und verließ leise das Haus. Diesmal ging er nicht zu Fuß, sondern fuhr mit dem Auto in den Ort. Um diese Zeit konnte er direkt an der Promenade parken. So früh waren außer ihm nur ein paar schlaflose Pensionäre mit ihren Hunden unterwegs und der Wagen der Straßenreinigung. Leon zog Schuhe und Strümpfe aus und lief über den Strand ans Wasser. Um diese Zeit schleppten sich die Wellen noch müde an den Strand. Und wenn sie auf den Sand schwappten, machten sie ein Geräusch, als würde jemand einen feuchten Lappen ausschlagen. Das Meer war glatt wie ein Bergsee, und der Sand fühlte sich kühl an unter den Füßen. Barfuß durch den Sand zu laufen war die perfekte Methode, um seine Gedanken zu ordnen, dachte Leon. Man brauchte nichts weiter zu tun, als geradeaus zu laufen, immer weiter an der menschenleeren Bucht entlang.

Er hatte den immer gleichen Traum gehabt. Das Flugzeug, das aus dem Himmel stürzte, die Trümmer und die Schreie. Und dann stand er völlig alleine in dem leeren Flughafen, als wäre er der letzte Mensch auf dem Planeten. Und alle Flüge auf der großen Anzeigetafel wurden gestrichen. Wo war Sarah? Er wusste, wie sinnlos es war, diese Frage zu stellen, und dass er den Schmerz nicht zulassen durfte, an dem er beinahe zerbrochen wäre. Aber manchmal ließen sich die Erinnerungen nicht zurückhalten. Sie stiegen auf wie Blasen aus dem Sumpf der Vergangenheit und zerplatzten in seinem Hirn zu Alpträumen.

Je länger Leon am Strand entlangmarschierte, umso klarer wurden seine Gedanken. Er hatte hier in Südfrankreich ein neues Leben begonnen, und er war in der Nähe von Menschen, die ihm etwas bedeuteten und die langsam Teil seines Lebens wurden. War das der Grund, warum sich die Erinnerung meldete? Weil er im Begriff war, mit der Vergangenheit zu brechen? Leon atmete tief ein. Die Luft roch nach dem Treibholz und Seegras, das die Wellen an den Strand gespült hatten, und man konnte das Salz in der Luft auf der Zunge spüren. Auf dem Rückweg zum Auto kaufte er ein Baguette und für Isabelle und Lilou zwei Croissants, die mit Aprikosenmarmelade gefüllt waren und die es eigentlich sonst nur sonntags gab.

Das Frühstück war kurz wie immer. Isabelle musste sofort in die Gendarmerie, weil es in der Nacht einen Einbruch in einen Motorradladen gegeben hatte und zwei Scooter geklaut worden waren. Aber sie würde später bei der Lagebesprechung zum Fall Savary dabei sein. Lilou war etwas einsilbig und tippte ununterbrochen in ihr Smartphone. Aber wenigstens sprachen Mutter und Tochter miteinander, was Leon für ein gutes Zeichen hielt, auch wenn sich noch nicht alle dunklen Wolken verzogen hatten.

Eine Stunde später betrat Leon das Revier der *Gendarmerie nationale*. Das Meeting fand wie üblich im Besprechungsraum statt. Inzwischen hingen Fotos des Fundortes und des Opfers an der Pinnwand und dazu eine Karte der Umgebung. Leon fiel auf, dass Zerna heute seine Cowboystiefel trug. Natürlich hatte er die Schäfte unter den

Hosenbeinen der Jeans versteckt, aber die hohen Absätze waren unübersehbar. Auf diese Weise konnte Zerna die vier Zentimeter ausgleichen, die er kleiner als Madame Lapierre war. Wie üblich hatte sich der Polizeichef an das Ende des Besprechungstischs gesetzt, um zu zeigen, wer diese Wache leitete. Kommissarin Lapierre und Isabelle hatten jeweils rechts und links neben ihm Platz genommen. Außerdem hatte sich noch Masclau in den Raum gedrängt. Offenbar wollte er kein Detail dieses Falls verpassen.

Leon hatte einen kurzen Abriss der jüngsten Untersuchungen in der Rechtsmedizin gegeben. Diesmal war es die Kommissarin aus Toulon, die ihn unterbrach.

»Entschuldigen Sie, *Monsieur Médecin légiste*, aber ich habe mit den Fachleuten in unserem Dezernat gesprochen, und die waren der Meinung, dass die natürliche Konservierung einer Leiche unter den gegebenen Umständen durchaus möglich wäre.«

Leon sah, wie Zerna bei dieser Bemerkung breit lächelte.

»Das habe ich bereits bei unserer letzten Besprechung gesagt«, erinnerte Zerna die Kommissarin.

»Dann haben Ihre Spezialisten sicher auch eine Erklärung dafür, wie das Formalin in den Körper des Opfers gekommen ist. Unseren Berechnungen nach müssen es etwa drei bis vier Liter gewesen sein.« Leon sagte das ganz ruhig, wie bei einem Gespräch unter Kollegen.

»Von Formalin haben Sie aber letztes Mal nichts gesagt«, Kommissarin Lapierre konnte es nicht leiden, verbessert zu werden.

»Da lagen die entsprechenden Untersuchungsergebnisse auch noch nicht vor.«

»Was schließen Sie daraus?«, fragte Zerna.

»Der Körper von Nicole Savary wurde gezielt konserviert. Und zwar mit einer altmodischen, aber sehr wirkungsvollen Methode.«

»Ich dachte, es gibt keine Verletzung, die auf einen gewaltsamen Tod hinweisen würde«, meinte Zerna.

»Nur dann, wenn Sie das Ausbluten eines Körpers durch Schnitte in die Beinschlagadern und die intravenöse Zufuhr von vier Litern Formalin als nicht gewaltsam betrachten.« Leon sagte das betont cool, aber natürlich war es eine Spitze gegen den Polizeichef.

Zerna presste die Lippen aufeinander, und Leon sah ihm an, dass er sich beherrschen musste, um nicht laut zu werden. Andererseits brachte Leon mit diesem kleinen Manöver Madame Lapierre auf seine Seite, die Zerna für einen aufgeblasenen Provinzpolizisten hielt.

»Warum sollte jemand so etwas tun, *Docteur*?«, fragte Lapierre.

»Weil der Täter die Leiche seines Opfers möglichst lange erhalten wollte. Er stellt eine Art Puppe der Frau her, die er getötet hat. An der kann er seine Machtfantasien ausleben, noch lange nach der Tat. Und er kann sein Opfer jederzeit besuchen, auf unbestimmte Zeit.«

»Wir wissen nicht, ob jemals irgendjemand die Tote besucht hat«, hakte Zerna nach.

»Zumindest hat jemand die Türangeln am Eingang des Schuppens geölt. Und zwar in jüngster Zeit«, sagte Leon.

»Davon steht aber nichts im Bericht der Spurensicherung.« Lapierre blätterte in ihren Unterlagen.

»Ja, wie kommen Sie darauf?«, fragte Zerna.

»Ich bin noch einmal da gewesen und habe mich umgesehen.«

»Das ist ein versiegelter Tatort«, sagte Zerna empört.

»Trotzdem ist frisches Öl an den Türangeln«, antwortete Leon unbeeindruckt.

»Sie wissen, dass Sie nur in Begleitung eines Polizisten einen Tatort betreten dürfen«, sagte Lapierre und erinnerte Zerna daran, wer in diesem Raum das Sagen hatte.

»Zumal im Augenblick nicht mal sicher ist, ob Doktor Ritter in diesem Fall nicht vielleicht Zeuge ist«, preschte Zerna vor. Leon ging nicht weiter auf diese Bemerkung ein.

»Wie konnte der Täter die Leiche auf diese Art konservieren?« Diesmal war es Isabelle, die sich zu Wort meldete und so von der Zeugenfrage ablenkte. »Ist so was nicht kompliziert?«

»Nicht, wenn der Täter Erfahrung damit hatte.« Schlagartig hatte Leon die volle Aufmerksamkeit seines Publikums. Lapierre sah von ihren Unterlagen auf. »Vielleicht hat er es ja nicht zum ersten Mal getan«, sagte Leon wie nebenbei.

»Ich bitte Sie, *Docteur*, wir haben in der Vergangenheit nicht eine Tote gefunden, die auf diese Weise behandelt wurde«, wandte Zerna ein.

»Vielleicht hatte er sie bisher einfach nur besser versteckt«, mutmaßte Isabelle und erntete einen strengen Blick von Zerna.

»Das sehe ich genau so, Capitaine«, sagte Leon. »Die Leiche von Nicole Savary blieb vier Jahre unentdeckt. Und das, obwohl die Polizei nach ihr gesucht hat.«

»Moment«, unterbrach Zerna, der sich kritisiert fühlte, »wir sind keine Idioten. Wir haben nicht gesucht, weil alle davon ausgegangen sind, dass die Frau nach Italien gereist ist. Dafür gab es eine Zeugin, und wir hatten eine entsprechende SMS vom Handy des Opfers.«

»Das wissen wir ja bereits alles«, bremste die Kommissarin den Polizeichef und wendete sich an Leon. »*Docteur*, welche medizinische Ausbildung ist notwendig, um eine Leiche auf diese Weise zu konservieren?«

»Gar keine«, erklärte Leon. »Das Verfahren ist simpel. Alles, was der Täter braucht, sind ein paar Grundkenntnisse der Anatomie und natürlich genügend Hass und Menschenverachtung.«

»Wenn es tatsächlich einen solchen Täter gibt«, meldete sich Isabelle noch einmal, »wäre es dann nicht wahrscheinlich, dass er aus dieser Gegend stammt?«

»Woher sollte der *Docteur* denn das wissen?«, unterbrach Zerna seine Stellvertreterin und lehnte sich selbstgefällig zurück. »Das ist nun wirklich nicht sein Fachgebiet.«

»Mich würde trotzdem seine Meinung interessieren«, sagte Lapierre zu Zerna und dann zu Leon: »Wie sehen Sie das, Doktor Ritter, aus rechtsmedizinischer Sicht?«

»Der Mörder stand unter Zeitdruck. Ich vermute, dass er sein Opfer direkt nach der Entführung getötet hat. Je schneller er es anschließend konserviert hat, umso nachhaltiger ist das Verfahren ausgefallen. Dafür bleiben ihm nur wenige Stunden. Danach musste er sein Opfer an einem kühlen Ort lagern, bis sich das Formalin in dem toten Körper gleichmäßig verteilt hatte. Dann erst konnte er die Leiche irgendwo hinbringen, wo sie außer ihm niemand finden würde.« Leon sah die Kommissarin nachdenklich an. »Um Ihre Frage zu beantworten: Ja, ich bin sicher, dass er aus der Gegend stammt.«

31. KAPITEL

Das Rathaus von Bormes-les-Mimosas sah aus wie aus einem Bilderbuch über die Provence. Ein dreistöckiges, ockerfarbenes Gebäude, erbaut gegen Ende des 19. Jahrhunderts. Vor den Fenstern im ersten Stock gab es Balkone mit schmiedeeisernem Geländer, und darüber wehte die Trikolore. Vor dem Gebäude plätscherte ein Brunnen auf dem die Worte »*À la Gloire de la Révolution Française*« mit Buchstaben aus Bronze eingelassen waren. Von diesem Rathaus aus wurde einer der romantischsten Orte an der französischen Küste verwaltet, Bormes-les-Mimosas. Im Sommer wälzten sich ganze Heerscharen von Touristen über die endlosen Treppen und Gassen, vorbei an Durchgängen und Arkaden, die die Häuser und Plätze des mittelalterlichen Örtchens miteinander verbanden. Ende September war es ruhig, und die Besucher auf der Terrasse des Bellevue konnten entspannt ihren *Café au lait* trinken und die Aussicht genießen. Denn von hier reichte der Blick über die bunten Dächer des Ortes und die Weinberge bis hinunter auf das glitzernde Meer mit den Îles d'Or, den goldenen Inseln, am Horizont.

Leon hatte mehrere Telefonate führen müssen, bis es ihm gelang, Gemeinderat Antonio Gianelli zu erreichen. Der hatte den *Médecin légiste* gebeten, zu ihm in das alte Rathaus zu kommen. Gianelli erwartete Leon im kleinen Salon, dem Besprechungsraum im ersten Stock des Gebäudes. Es war offensichtlich, dass Gianelli diesen repräsentativen Raum mit Bedacht ausgewählt hatte, um den Gerichtsmediziner aus Deutschland zu beeindrucken. Gianelli begrüßte Leon und bat ihn, am großen Tisch Platz zu nehmen, auf dem bereits ein aufgeschlagener Geländeplan und gut sichtbar die Gemeindeverordnung lagen.

Gianelli bewegte sich mit dem watschelnden Gang eines Mannes, der mindestens 35 Kilo zu viel auf den Rippen hatte. Sein Hemd spannte über dem runden Bauch, und Leon hatte das Gefühl, dass der Mann immer leicht nach hinten gebeugt gehen musste, um nicht vornüberzukippen. Als wollte er damit seine Behäbigkeit kompensieren, redete Gianelli dafür im Tempo eines Maschinengewehrs auf Leon ein.

»Sie werden das gleich verstehen, *Docteur*«, sagte er zu seinem Gast. »Es wird sich alles aufklären. Die Dinge liegen nämlich so klar wie das Wasser in der Quelle. Da brauchen wir gar nicht zu debattieren, keine Sekunde. Das erklärt sich alles von alleine. Die Bestimmungen in diesem Fall sind eindeutig«, sagte er und griff zur Gemeindeordnung. »Mehr als eindeutig. Sie lassen keinerlei Spielraum für Interpretationen.«

Leon hörte dem leeren Gerede zu und fragte sich, wann der Gemeinderat endlich zur Sache käme. Dabei beobachtete er fasziniert Gianellis rote Nase, auf der unzählige Gläser Rosé ein feines Geflecht dunkelblauer Äderchen hinterlassen hatten. Durchblutungsstörungen, dachte Leon, möglicherweise wird den Mann vom Gemeinderat demnächst der Schlag treffen, vielleicht schon in den nächsten Minuten, wenn er sich weiter so echauffiert.

»Darum können wir als Gemeinderat auch keinerlei Ausnahmen machen, unter keinen Umständen«, sagte

Gianelli und zog ein weißes Taschentuch aus der Hosentasche, faltete es auseinander und wischte sich die Schweißperlen von der Stirn.

»Aber das Haus steht doch seit einer Ewigkeit auf diesem Weinberg«, wandte Leon ein, »und meine Tante hat nie erwähnt, dass es irgendwelche Beanstandungen gegeben hätte.«

»Ihre Tante ist eine sehr freundliche alte Dame«, sagte Gianelli, hob die Hände und spreizte die Finger, als wollte er den Segen über Tante Odette sprechen. »Da hat die Gemeinde Milde walten lassen, aber jetzt – *désolé, désolé.*«

»Vielleicht findet sich ja doch noch ein Weg«, versuchte Leon vorsichtig, die Verhandlung zu beginnen.

»Monsieur, lassen Sie es mich ganz klar sagen: Das Haus Ihrer Tante ist ein Schwarzbau, und es steht mitten in einem Naturschutzgebiet.«

»Und was soll jetzt passieren?«

»Die Mehrheit des Gemeinderates will das Gebäude abreißen lassen.«

Leon schwieg einen Moment und tat so, als würde er nachdenken. »Aber Sie hätten einen anderen Vorschlag?«, fragte er dann vorsichtig.

»Die Gemeinde wäre an dem Grundstück aus langfristigen Erwägungen interessiert. Es wurde daher der Vorschlag gemacht, Ihnen ein Nutzrecht für das Haus auf achtzehn Jahre zu gewähren. Wenn Sie im Gegenzug ab sofort das Land der Gemeinde überschreiben. Bei dieser Lösung würden für Sie natürlich auch keine Grundsteuern oder Schenkungssteuern anfallen.«

Leon war wirklich nicht leicht aus der Ruhe zu bringen, aber dieser Vorschlag des Gemeinderates war einfach nur noch dreist. Er hatte keine Ahnung, was hinter dem Manöver steckte, aber er würde es schon noch herausbekommen.

»Ich verstehe Sie richtig, Monsieur Gianelli«, sagte Leon und musste sich zwingen, weiter freundlich zu klingen. »Ich soll Ihnen das Land schenken, und nach achtzehn Jahren schmeißen Sie mich aus meinem Haus?« Leon war wütend. Dieser Mann versuchte, ihn für dumm zu verkaufen. Natürlich gab es eine Gemeindeordnung, und die Vorschriften für Naturschutzgebiete wurden nach Jahrzehnten des Schlendrians seit einiger Zeit rigoros durchgesetzt, aber irgendwie spürte er, dass der Mann ihm nicht die ganze Wahrheit gesagt hatte.

»Vielen Dank für das Angebot, Monsieur Gianelli. Aber ich bin an Ihrem Vorschlag nicht interessiert«, erklärte Leon so freundlich und ruhig, als hätte er gerade nur eine Tasse Espresso abgelehnt.

Das milde Lächeln war schlagartig aus dem Gesicht seines Gesprächspartners verschwunden. »Man wollte Ihnen entgegenkommen, Monsieur. Man wollte großzügig sein. Gewissermaßen Gnade vor Recht ergehen lassen. Sie sollten wenigstens noch schöne Jahre in dem widerrechtlich gebauten Haus genießen können. Trotz all der strengen Vorschriften und Auflagen. Aber ich kann Sie nicht zu Ihrem Glück zwingen. Sie wollen nicht – nun gut, Monsieur. Ich werde dem Gemeinderat Ihre Entscheidung übermitteln.«

»Und was geschieht danach?«, fragte Leon so höflich wie möglich.

»Der Abriss-Beschluss ist nur noch eine Formsache. Die Baubehörde wird also in Kürze die Planierraupe schicken.«

»Monsieur Gianelli, ich lege hiermit gegen das ganze Verfahren Einspruch ein und werde den Vorgang juristisch prüfen lassen.«

»Dafür wird Ihnen kaum noch Zeit bleiben«, sagte Gianelli schmallippig.

»Dann werde ich den ganzen Vorgang so lange aufhalten, bis die Fakten geprüft und neu bewertet sind«, sagte Leon, ohne auch nur die geringste Ahnung zu haben, wie er das bewerkstelligen sollte.

Die Männer sahen sich einen Augenblick schweigend an. Dann stand Leon auf. »Ich muss zurück in die Klinik, Monsieur Gianelli. *Bonne journée.*«

32. KAPITEL

Bernard Ravier war 48 Jahre alt und tat alles dafür, dass man ihn für einen dynamischen Mann hielt. Darum fuhr er sogar im Winter einmal die Woche nach Toulon und legte sich ins Sonnenstudio. Ansonsten studierte er regelmäßig die Zeitschrift *Paris Match* und informierte sich darüber, wie die Celebrities dieser Welt ihr Image aufpolierten. Er fuhr ein Porsche-911-Cabrio, das er mit abenteuerlich hohen Raten geleast hatte, trug eine »Rolex Oyster Perpetual« immer sichtbar am Handgelenk, und wenn jemand auf seinem Handy anrief, dann spielte es die ersten Takte von Wagners »Ritt der Walküren« in einer elektronischen Coverversion. Dabei wäre die ganze Show eigentlich nicht nötig gewesen, denn Monsieur Ravier hatte einen soliden Job, er war Arzt für Allgemeinmedizin. Da er aber von Höherem träumte, hatte er vor zwei Jahren seine kleine Praxis zu einem *Centre médical* ausgebaut, in dem er noch drei weitere Ärzte beschäftigte. Inzwischen brachten ihn seine finanziellen Verpflichtungen immer öfter um den Schlaf, was er aber niemals zugeben würde.

Isabelle betrachtete ihren Besucher neugierig. Kaum hatte sie Doktor Ravier angerufen, war er in ihrem Büro aufgetaucht. Natürlich würde er der Polizei helfen, hatte Doktor Ravier gesagt. Immer gerne, das sei schließlich seine Bürgerpflicht. Und er hatte die Patientenakte von Nicole Savary gleich mitgebracht.

»Madame Savary hatte sich seinerzeit einen Kapselriss zugezogen. Warten Sie ...«, der Arzt setzte seine schmale Lesebrille auf und studierte die Einträge in der Akte. Die Brille war eigentlich unnötig, denn die Augen von Ravier waren tadellos, aber er glaubte, dass er mehr Eindruck machte, wenn er über die schlanken Gläser hinweg seine Gesprächspartner ansah.

»Es war der Zeigefinger der rechten Hand. Ich habe ihn versorgt und geschient«, sagte er nach einer kurzen Pause.

»Wissen Sie, ob Nicole Savary einen Unfall hatte?«, fragte Isabelle, die sich über das Interesse ihres Gegenübers an dem Fall wunderte.

»Ich habe damals ›Unfall bei der Weinlese‹ notiert. Überdehnung des Zeigefingergelenks, das ist alles.« Ravier sah von der Akte auf. »Zu dieser Jahreszeit kommen ständig Patienten mit Verletzungen an den Händen: Risse, Schnitte und gelegentlich auch Brüche. Viele unterschätzen, wie anstrengend die Arbeit in den Weinbergen ist.«

»Können Sie sich zufällig noch daran erinnern, ob die Patientin damals allein in Ihre Praxis kam oder ob sie in Begleitung war?«

»Tut mir leid, Capitaine, aber das ist einfach zu lange her. In der Regel sind die Patienten alleine bei mir im Behandlungsraum. Ich weiß natürlich nicht, wer noch im Wartezimmer sitzt.« Doktor Ravier machte eine kleine Pause. »Ich habe gelesen, dass Sie die Leiche von ... von Madame Savary gefunden haben.«

»Ja, das ist richtig. Wie oft haben Sie die Patientin gesehen, *Docteur*?«

»Nach meinen Unterlagen«, er sah in die Eintragung, »war sie zweimal da. Einmal zur Erstversorgung und drei Tage später zur Kontrolle. Aber es gab keine weiteren

Komplikationen.« Er legte die Akte wieder vor sich auf den Tisch.

»Und sonst?«

»Ich verstehe Ihre Frage nicht«, antwortete der Arzt, während er die Akte vor sich zurechtrückte. Isabelle spürte, dass ihr Gegenüber nervös wurde, und ließ ihn einen Moment zappeln. Er klappte seine Lesebrille zusammen und schob sie in ein schmales Etui, um Zeit zu gewinnen.

»Nicole Savary war eine auffallend attraktive Frau.« Isabelle sah den Doktor an. »Sie hatte ihren Eltern damals eine SMS geschickt. Darin hat sie geschrieben, dass Sie sich ganz besonders nett um sie gekümmert hätten, *Docteur.*«

»Ach das«, Ravier winkte ab. Die Geste des Samariters, der zu bescheiden ist, über seine guten Taten zu sprechen.

»Haben Sie vielleicht mal gemeinsam etwas unternommen?«

»Gemeinsam etwas unternommen, wie das gleich klingt«, wunderte sich Ravier.

»Wie klingt das denn Ihrer Meinung nach?«

»Meine Güte, ja. Ich glaube, ich habe sie mal auf einen Kaffee eingeladen.«

»Nur einen Kaffee?«

Isabelle merkte, dass Ravier die Unterhaltung zunehmend unangenehmer wurde. Aber sie wollte ihn jetzt nicht vom Haken lassen.

»Vielleicht haben wir auch vorher noch einen Snack genommen. Ja, ich meine, mich zu erinnern, dass wir im *Le Pêcheur* waren, in dem Fischlokal. Und dann hatten wir noch einen Kaffee in einem der Bistros.«

»Klingt für mich wie ein Date«, sagte Isabelle mit einem freundlichen Lächeln.

»Ich bitte Sie. Wir haben uns nur nett unterhalten.«

»Hat Nicole Savary Ihnen bei dieser ›netten Unterhaltung‹ erzählt, was sie vorhatte? Bei der Weinlese konnte sie ja nicht mehr mitmachen.«

»Daran kann ich mich wirklich nicht mehr erinnern. Das ist ja schon Jahre her.«

»Und später?« Isabelle bemerkte, wie der Doktor ihrem Blick auswich. »Haben Sie sie noch einmal gesehen? Noch ein Kaffee, vielleicht ein Abendessen …?«

»Bestimmt nicht.« Ravier griff demonstrativ zur Akte und stand auf. »Ich müsste zurück in die Praxis. Patienten warten auf mich. Wenn es sonst keine Fragen mehr gibt.«

»Im Augenblick nicht. Danke, dass Sie gekommen sind«, sagte Isabelle unverbindlich.

Sie begleitete Doktor Ravier zur Eingangstür. Auf halbem Weg begegneten sie Moma, der zwei Tassen Kaffee in der Hand hielt.

»Ihre deutsche Freundin wartet da vorne«, sagte Moma zu Isabelle und nickte mit dem Kopf in Richtung Eingang.

»Danke«, sagte Isabelle.

Anna saß auf der Besucherbank. Als sie Isabelle sah, stand sie auf und kam ihr entgegen. Aus dem Augenwinkel beobachtete Isabelle, wie Doktor Ravier beim Anblick der Besucherin zögernd stehen blieb.

»*Bonjour*«, sagte Ravier, und der Gruß klang mehr wie eine Frage.

Anna beachtete ihn nicht weiter, sondern wandte sich direkt an Isabelle. »Hätten Sie einen Moment Zeit, Capitaine?«

»Sie kennen Doktor Ravier?«, fragte Isabelle, denn ihr war der Blick des Arztes nicht entgangen.

»Nein«, sagte Anna und dann verbindlich: »*Bonjour, Monsieur.*«

»Madame Winter sucht ihre Schwester«, meinte Isabelle und sah Ravier an.

Ravier nickte nur. »Ich muss los. *Bonne soirée, Capitaine* Morell.«

Ohne sich noch einmal umzudrehen verließ der Arzt die Wache. Isabelle sah Ravier einen Moment nachdenklich hinterher. Dann wandte sie sich an Anna.

»Kommen Sie, gehen wir in mein Büro.«

33. KAPITEL

Leon hatte beschlossen, den Rest des Tages wie ein Tourist zu verbringen. Wofür hatte er schließlich den Job in der Provence angenommen, wenn er sich nicht gelegentlich eine Auszeit gönnte? Also informierte er seinen Assistenten, dass er erst morgen wieder im Büro erscheinen würde. Anschließend telefonierte Leon mit einem Anwalt und verabredete mit ihm einen Termin, um über einen Einspruch gegen den Gemeinderatsbeschluss zu reden. Jetzt saß Leon im *Miou*, und die Nachmittagssonne schien warm und versöhnlich durch die Blätter der Platanen. Vor ihm auf dem Tisch stand eine Tasse Café au lait, und daneben warteten ein frisches Croissant und ein kleines Schälchen mit Aprikosenmarmelade. Leon hatte die Zeitung aufgeschlagen und las zu seiner großen Schadenfreude, dass Hessen seit einer Woche unter Dauerregen litt und sogar schon der Main über die Ufer getreten war. Das Leben hätte in diesem Moment nicht schöner sein können.

Leon war so in seine Zeitung vertieft, dass er Jean-Claude erst bemerkte, als der mit seinem Rollstuhl gegen den Tisch stieß.

»*Bonjour, Monsieur le Docteur*«, sagte Jean-Claude.

Leon sah von seiner Zeitung auf. »Jean-Claude, wie sieht's aus? Einen Rosé für den letzten Überlebenden von Dien Bien Phu?«

»Quatsch, da war ich erst fünfzehn. Mann, du hast echt

keine Ahnung von Militärgeschichte. Aber den Rosé nehme ich trotzdem.«

Leon hob die Hand. »Einen Rosé für meinen Freund, den General, und für mich eine *Noisette*«, rief er Jérémy zu, der hinter dem Tresen stand und mit einem Handtuch die Gläser polierte. Normalerweise servierte der Besitzer des *Miou* um diese Zeit seinen Gästen Eisbecher, Kaffee und Pastis. Aber jetzt, so spät in der Saison, wurde es auch in den Cafés ruhiger. Zur Abwechslung servierte Yolande, die Ehefrau von Jérémy, die Getränke. Yolande war die Informationszentrale des Bistros. Sie hörte alles und behielt nichts für sich. Den *Docteur Allemand* hatte Yolande ganz besonders ins Herz geschlossen, und sie ließ keine Gelegenheit aus, mit ihm ein paar Worte zu wechseln. Dann beugte sie sich gerne tief über den Tisch, damit Leon auch bestimmt sah, dass sie ihre Blusen eine Nummer zu klein kaufte.

»*Bonsoir, Monsieur le Docteur*«, säuselte sie, »man sieht Sie selten in letzter Zeit. Was gibt es denn so Dringendes zu tun im *Saint-Sulpice?*«

Leon schlug einen gespielt verschwörerischen Ton an. »Keinem würde ich das lieber erzählen als Ihnen, Madame. Aber ich darf nicht, *désolé*.«

Yolande lächelte Leon an. »Ich hab gehört, die Tote vom Weinberg soll eine Prostituierte aus Algerien gewesen sein«, sagte sie leise. Aber Leon zuckte nur mit den Schultern und machte ein ahnungsloses Gesicht. »Kommen Sie. Ich erfahre es doch sowieso, *Docteur*.«

Yolande stellte Leon den Espresso mit dem Häubchen aus geschäumter Milch neben die Zeitung und drückte Jean-Claude das Glas Rosé in die Hand. Dann drehte sie sich um und ging mit staksigen Schritten zurück hinter den Tresen. In der Hoffnung, dass Leon ihren Hintern bewundern würde, den sie wie üblich in einen zu engen und viel zu kurzen Rock gezwängt hatte.

»Ihr Freund Masclau steckt in Schwierigkeiten«, sagte Jean-Claude mit ironischem Unterton und deutete mit dem Daumen über seine Schulter in Richtung Bouleplatz.

»Worum geht's denn?«, fragte Leon und sah zum Platz. Unter den Platanen erkannte er Masclau, der mit zwei Männern diskutierte, die Leon noch nie auf dem Platz gesehen hatte. Leon konnte zwar nicht hören, was gesprochen wurde, aber die energischen Gesten der Betroffenen zeigten, dass man sich uneinig war.

»Er hat sich mit den falschen Leuten eingelassen«, sagte der Ex-Legionär.

»Zocker?«, fragte Leon. Es war bekannt, dass sich zu Ferienzeiten gerne Profis unter die Touristen auf dem Bouleplatz mischten. Sie spielten mit den Ahnungslosen ein paar Runden, bei denen sie ihre potentiellen Opfer zunächst gewinnen ließen. Anfangs ging es höchstens um einen Pastis oder einen Rosé. Aber dann schlugen die Profis vor, um Geld zu spielen. Zunächst nur um zehn oder zwanzig Euro, aber die Zocker wussten genau, wie man den Einsatz steigerte. Natürlich war die ganze Sache eine hinterhältige Abzocke, aber die Polizei war machtlos. Die Profis waren nur schwer auf frischer Tat zu ertappen, und die betrogenen Touristen schämten sich meist, Anzeige zu erstatten.

»Die beiden Typen waren schon mal vor ein paar Tagen hier. Die sind aus Marseille«, sagte Jean-Claude.

Sie sahen zu den Spielern hinüber, die sich immer noch stritten. »Ich weiß, du kannst Masclau nicht leiden«, sagte Jean-Claude.

»Ach was, ich mag ihn nur nicht besonders, das ist alles.«

»Du hältst ihn für einen Idioten«, sagte Jean-Claude, »und du hast recht.«

»Er überschätzt sich gerne.« Leon zuckte mit den Schultern.

Jean-Claude drehte seinen Rollstuhl in Richtung Bouleplatz. »Ich glaube, heute reißen sie ihm echt den Arsch auf.«

»Wie steht's denn?«

»Als ich weg bin, war er mit 300 Euro in der Kreide.«

Leon stieß einen kleinen Pfiff aus.

»Und schon die konnte er nicht mehr zahlen.« Jean-Claude sah Leon an, als erwarte er eine Antwort auf eine Frage, die er nicht gestellt hatte.

»Was …? Was denkst du?«, fragte Leon misstrauisch.

»Dass du besser bist als die.«

Leon sah den Mann im Rollstuhl an. Wollte er ihm schmeicheln?

»Aber das wissen die nicht«, fuhr Jean-Claude fort. »Und du siehst nach Kohle aus.«

»Quatsch«, sagte Leon, und Jean-Claude grinste breit.

»Geh rüber, und lass den deutschen Touristen raushängen. Da springen sie bestimmt darauf an.«

»Warum sollten sie?«

»Weil sie Deutsche nicht leiden können. Niemand kann die Deutschen leiden. Die sind immer so schrecklich korrekt.« Jean-Claude schlug Leon freundschaftlich auf die Schulter.

»Danke, du machst mir Mut.«

»Masclau ist 'ne arme Sau.«

»Ist ja schon gut«, sagte Leon, »ich hab's kapiert.« Er stand auf. »Frage mich echt, warum ich das mache?«

»Weil du pathologisch neugierig bist.« Jean-Claude

reichte ihm ein Netz aus Lederriemen mit vier ziemlich neu wirkenden Boulekugeln. »*Bonne chance, Docteur Allemand.*«

Leon schlenderte zu der Dreiergruppe hinüber. Masclau hatte seine Geldbörse aus der Tasche gezogen und blätterte nervös dem kleineren der beiden Spieler ein paar Zehneuroscheine in die Hand. Der Mann war drahtig und braun gebrannt. Er hatte ein gelbes Hemd mit kurzen Ärmeln an, auf dem Surfer abgebildet waren, dazu trug er Bermudas wie die meisten Touristen auf dem Platz. Sein Partner war größer und hatte sich einen kleinen Strohhut in den Nacken geschoben. Er hatte seine Hemdsärmel hochgekrempelt, und in der Brusttasche steckte eine Packung Zigaretten.

»Das sind aber erst fünfzig«, sagte der Mann mit den Bermudashorts.

»Den Rest bring ich morgen, versprochen.« Masclau war die Sache sichtbar unangenehm, und er sprach mit gedämpfter Stimme, damit die Spieler auf den Nebenbahnen ihn nicht hören konnten.

»*Bordel de cul*«, der Ton des größeren der beiden Männer klang bösartig, »du gehst jetzt zum Geldautomaten und holst die Kohle – und zwar sofort.«

Leon war lässig herangeschlendert. »*Bonsoir, Messieurs*«, sagte er mit starkem deutschen Akzent. »Ich hätte Lust auf ein Spiel. Aber ich möchte mich natürlich nicht aufdrängen.«

»Was wollen Sie?«, fragte der Spieler mit den Bermudas knapp. Leon merkte, wie der Fremde ihn taxierte. Masclau, der Leon schon von weitem erkannt hatte, schwieg irritiert.

»Entschuldigung«, Leon hob die Hand, »ich hab gedacht, hier geht endlich mal was ab. Ein kleines Spiel, Sie verstehen schon ... Ich sag Ihnen: Zehn Tage mit der Familie am Strand, dann wissen Sie, was Langeweile ist.«

»Sie wollen um Geld spielen?«, fragte der Mann mit dem Hut und grinste listig. »Kein Problem, wenn Sie seinen Einsatz übernehmen.« Er nickte mit dem Kopf in Richtung Masclau.

»Wie viel ist denn drinnen im Topf?«, fragte Leon neugierig.

»500 Euro«, sagte der Mann mit dem Hut und gab ein Grunzen von sich wie jemand, der glaubt, einen tollen Witz gemacht zu haben.

»Verschwinden Sie einfach«, sagte der Mann mit den Bermudas zu Leon und wedelte mit der Hand, als wollte er ein lästiges Insekt vertreiben.

»500 Euro?«, tat Leon überrascht. »Bei euch geht's ja wirklich ab. Gefällt mir!« Die beiden Männer sahen ihn verblüfft an.

»Sie wollen um 500 Euro spielen, echt?«

»Haben Sie nicht gerade gesagt, das wäre der Einsatz? Tut mir leid, wenn ich da was falsch verstanden habe«, sagte Leon und registrierte genau, wie sich die beiden Männer unschlüssig ansahen.

»Nein, nein«, sagte der mit den Bermudas, »Sie haben genau richtig verstanden. Der Einsatz ist 500.«

»Okay, dann bringe ich die 500, und Sie halten dagegen?«

Die Spieler auf der nächsten Bahn ließen ihre Kugeln liegen und kamen neugierig näher. Der Mann mit den Bermudas und sein Kumpel merkten, dass sie beobachtet wurden. Ein Rückzieher wäre ein schwerer Gesichtsverlust, und diesen Deutschen plattzumachen konnte ja nun wirklich keine große Sache sein.

»Wir spielen *Doublette.* Sie brauchen also noch einen Mitspieler«, sagte der Mann mit den Bermudas.

»Zu dem da würde ich Ihnen allerdings nicht raten«, der Mann mit dem Hut zeigte mit dem Daumen auf Masclau, der sich im Hintergrund hielt.

Leon sah zur Nachbarbahn und entdeckte die alte Véronique zwischen den Spielern.

»Ich spiele mit ihr«, sagte Leon.

»Wie, mit der Alten?«, fragte der Mann mit den Bermudas fassungslos.

»Ein Deutscher, und dann spielt er auch noch mit seiner Oma.« Der Große schlug seinem Kumpel auf die Schulter und schüttelte den Kopf.

»Das ist so was von total abgefahren.« Die beiden klatschten sich mit der Hand ab und lachten.

Ein paar Minuten später waren die Bedingungen geklärt. Es würde nur eine Runde geben. Zwei Spieler, und jeder hatte zwei Kugeln. Die Münze entschied, und die Spieler aus Marseille hatten den ersten Wurf. Der Mann mit den Bermudas warf das *Cochonnet*, die kleine hölzerne Führungskugel, geschickt auf eine schmale Fläche zwischen den Kieseln. Dann rollte er mit einem sogenannten *Plombée* seine erste Kugel hinterher. Sie blieb ungefähr 20 Zentimeter neben dem *Cochonnet* liegen und blockierte so den leichtesten Weg zum Ziel.

Leon sah seine Partnerin an. Véronique nickte und überließ Leon den ersten Wurf. Sie hatte sich eine Gauloise angesteckt und in den Mundwinkel geschoben. Leon stellte sich in den Wurfkreis und analysierte die Bahn.

»Was ist, spielen wir jetzt Pétanque, oder muss ich Ihnen erst einen Plan zeichnen?« Der Mann mit den Bermudas versuchte, Leon nervös zu machen.

»Immer langsam, du kannst gleich zeigen, was du draufhast«, sagte Véronique und blies eine Rauchwolke in die warme Luft.

Leon musste einen *Raclette* versuchen, um mit der Kugel an den Kieseln vorbeizukommen. Einen flachen Wurf von oben, der knapp vor der gegnerischen Kugel aufsetzte, sie dabei nach hinten wegschlug und dann liegen blieb. Leon konzentrierte sich und spürte, wie es plötzlich um ihn herum ganz still wurde. Er hörte nur noch die Wellen an den Strand schlagen und das Rascheln des Windes in den Blättern der Platanen. Mit einer Aufwärtsbewegung seines Arms und aus den Knien heraus machte er seinen Wurf. Die Kugel beschrieb einen flachen Bogen, und mit hellem Klicken schlug sie den Gegner ins Aus und blieb etwa 15 Zentimeter neben dem *Cochonnet* liegen. Ein solidarisches, dankbares Seufzen kam von den Zuschauern. Die Männer aus Marseille waren wieder am Zug.

Die Gegner waren Profis. Leon sah, wie sie die Bahn musterten. Auf Unebenheiten, minimale Steigungen oder kleinste Gefällepassagen. Jeder Stein, jedes Blatt jede Bodenunebenheit konnte den Lauf der Kugel beeinflussen. Das Gelände richtig zu »lesen« war die hohe Kunst, die jeder gute Pétanque-Spieler beherrschen musste. In diesem Fall war offenbar der Mann in den Bermudas der Spezialist, um die Kugeln geschickt zu »legen«, wie man sagte, sie also passgenau zwischen gegnerischen Kugeln hindurchzurollen.

Der Mann mit den Bermudas rieb seine Kugel mit einem Lappen sauber, den er sich unter den Gürtel geklemmt hatte. Dann stellte er sich in den Wurfkreis und hielt die Kugel zwischen beiden Händen, während er Maß nahm. Plötzlich bückte er sich und warf die Kugel so, dass sie keine zwei Meter vor ihm auf dem Boden aufkam und in Richtung Ziel rollte. Er hatte ihr einen *Effet* mitgegeben, der sie jetzt in einem sanften Bogen auf das *Cochonnet* zutrieb, wo sie in etwa fünf Zentimetern Entfernung liegen blieb. Damit lagen die Männer aus Marseille wieder vorne. Die Enttäuschung der Zuschauer war spürbar.

Véronique machte den nächsten Wurf. Sie genoss ihren kleinen Auftritt. Die qualmende Gauloise fest im linken Mundwinkel, putzte sie die Kugel mit ihren Händen sauber. Dann stellte sie sich in den Wurfkreis und hielt den Kopf ein wenig schief, während der Rauch an ihren graublauen Augen vorbeizog. Véronique zwinkerte nicht einmal. Sie fixierte nur das Ziel.

»Jetzt aber los, Madame, oder soll ich den Rollator holen?«, rief der Mann mit den Bermudas und lachte. Auch von den Zuschauern kamen ein paar Lacher. Aber Véronique zeigte keine Reaktion. Sie ging tief in die Knie und wippte auf den Zehenspitzen, dann warf sie. Die Kugel war schnell, aber Véronique hatte ihr Gegeneffet mitgegeben, der sie abbremste und präzise auf das Ziel zurollen ließ. Der Wurf war perfekt, doch dann stieß die Eisenkugel gegen einen Kiesel, schob ihn noch ein Stück vor sich her und blieb dann endgültig an ihm hängen. Einer der Zuschauer zog ein Messband aus der Tasche. Das Ergebnis war knapp, aber eindeutig: Véronique lag um einen halben Zentimeter vorne. Ein paar Leute applaudierten. Die Männer aus Marseille hatten den nächsten Wurf.

»Gut gemacht, Madame«, sagte Leon zu seiner Partnerin.

»Hätte noch besser sein können«, meinte sie mit einem Achselzucken. Sie zog an ihrer Zigarette. »Die beiden Kerle haben echt was drauf.«

»Der Kleine ist gut«, sagte Leon. Dabei sprach er so leise, dass die Zuschauer ihn nicht hören konnten. »Aber der Große hat Angst, dass er sich blamieren könnte.«

Der Mann mit dem Hut trat in den Kreis. Er wirkte hektisch in seinen Bewegungen, und Leon konnte sehen, wie er sich nervös an seiner Wurfhand kratzte und zu seinem Partner hinübersah. Der gab ihm ein Zeichen und deutete an eine bestimmte Stelle auf dem Boden. Das Publikum wurde still und andächtig wie in der Kirche. Der Mann ging in die Knie, schwang den Arm und warf. Er versuchte, die Kugel von Véronique zu treffen, aber er hatte sich verrechnet und verfehlte sein Ziel um Längen. Seine Kugel rollte wirkungslos ins Aus. Erleichterung bei den Zuschauern.

Jetzt hielt der Mann die letzte Kugel in der Hand, die er und sein Partner noch besaßen. Dieser Wurf musste sitzen. Er würde für die beiden Männer die Entscheidung bringen. Der Kleine mit den Bermudas flüsterte seinem Partner etwas ins Ohr, und der nickte kurz, während er weiter auf das *Cochonnet* starrte.

Wieder wurde es still auf dem Bouleplatz. Diesmal nahm der Mann sorgfältiger Maß. Und ein paar Sekunden später waren die Hoffnungen von Leon und Véronique zerplatzt. Der Wurf war gut und hatte die Kugeln von Véronique und von Leon ins Abseits geschleudert.

Jetzt lagen die Männer aus Marseille sogar mit zwei Kugeln vorne. Unter den Zuschauern brach Gemurmel aus. Einige empörte Kommentare und Schimpfworte waren zu hören. Angeblich war der Mann mit dem Strohhut mit der Fußspitze über die Linie des Wurfkreises getreten. Aber Leon wusste, dass das nicht stimmte. Der verdammte Kerl hatte einfach nur einen astreinen *Tir au Fer* hingelegt, einen sogenannten »Eisenschuss«. Dass er damit gleich zwei gegnerische Kugeln in die Pampa gejagt hatte, war natürlich reines Glück gewesen. Aber so lief dieses Spiel eben, mit Können und mit einer Portion Glück. Jetzt mussten Leon und Véronique zeigen, ob sie die Nerven hatten, die Partie noch einmal umzudrehen.

Véronique ging zu Leon. Die Zigarette in ihrem Mundwinkel war schon fast bis zu den Lippen abgebrannt und hatte nur eine dünne Papierbahn stehen lassen, die jetzt wie ein Halm aus ihrem Mund ragte. Sie sah Leon kurz an, dann trat sie in den Wurfkreis und ging so tief in die Hocke, dass Leon schon überlegte, wie das ihre 84-jährigen Knie überstehen sollten und ob sie wohl jemals wieder aufstehen könnte. In diesem Moment warf sie. Besser gesagt, sie rollte die Kugel, und die bewegte sich zielstrebig auf das *Cochonnet* zu. Aber plötzlich verlor sie an Schwung und blieb stehen, als hätte eine unsichtbare Kraft sie gestoppt. Jetzt lag sie zwar neben der letzten Kugel der Gegner, aber noch immer war der erste Wurf von dem Mann mit den Bermudas näher am Ziel. Das enttäuschte Murmeln der Zuschauer klang wie ein Klagelied.

Es gab nur noch eine Kugel im Spiel, und die musste Leon werfen. Alle Augen sahen jetzt auf den *Docteur.* Leon ging zum Wurfkreis, wo Véronique immer noch stand und ihrer Kugel nachsah, die wenige Zentimeter vor dem Sieg haltgemacht hatte.

»War ein guter Wurf«, sagte Leon.

»Nein, war es nicht«, Véronique drehte sich zu Leon um. »Was machen wir jetzt?«, fragte sie.

»Ich werde mal versuchen, richtig aufzuräumen«, sagte Leon.

Véronique lächelte. »Machen Sie sie fertig, *Docteur.*«

Leon tippte mit seiner Faust gegen die Hand von Véronique, und die überließ ihm den Wurfkreis. Er musste seinen letzten Wurf so platzieren, dass er genau jene Kugel der Gegner wegsprengte, die dem *Cochonnet* am nächsten lag. Dabei müsste er allerdings ganz knapp vor Véronique auf den Boden aufkommen und beten, dass seine Kugel auf der Stelle liegen blieb. Und wenn die Sache danebenging? Leon verfolgte den Gedanken nicht weiter. Diesen Triumph würde er dem Gegner einfach nicht gönnen. Plötzlich fühlte sich die Kugel in seiner Hand bleischwer an.

Als Leon den Arm hob, hörten die Zuschauer schlagartig auf zu diskutieren. Sie schwiegen gespannt und schienen in ihren Bewegungen wie eingefroren zu sein. Leon nahm Maß und warf. Die Kugel beschrieb einen steilen, hohen Bogen durch die Luft und stieß dann wie ein Raubvogel herab. Mit einem hellen Schlag traf sie die Kugel des Gegners, sprengte sie zur Seite und blieb wie einzementiert liegen.

Einen Atemzug lang sagte niemand etwas, dann applaudierten die Zuschauer, einzelne Bravorufe waren zu hören, und die alte Véronique gab Leon einen Kuss auf die Wange. Leon ging zu den Gegnern.

»Danke für das Spiel, Messieurs«, sagte er höflich.

»Beim letzten Wurf bist du übergetreten«, sagte der Spieler mit dem Hut.

»Sie wissen, dass das nicht stimmt.« Leon blieb ganz ruhig.

»Ihr habt beschissen, du und die Alte.« Der Mann aus Marseille konnte sich nur schwer beherrschen.

»Und keiner außer Ihnen hat es gemerkt?« Leon sah demonstrativ in die Runde, wo etwa dreißig Zuschauer neugierig zu ihnen hinübersahen.

»Gib ihm schon die scheiß Kohle«, sagte der Mann mit den Bermudashorts.

Der zweite Spieler zog ein Bündel Scheine aus der Hosentasche, das von einem Gummiband zusammengehalten wurde. Dann zählte er Leon das Geld in Fünfzigern und Hundertern in die Hand.

»Irgendwann erwischen wir dich, Arschloch«, sagte er und verschwand mit seinem Kumpel durch die Zuschauermenge. Masclau hatte sich längst verdrückt.

»Ich glaube, der war ziemlich sauer«, meinte Véronique und steckte die 250 Euro ein, die Leon ihr gab.

»Darf ich Sie auf einen Rosé einladen?«

Die Rückkehr ins *Miou* gestaltete sich für Leon und Véronique zu einem kleinen Triumphzug. Im Lokal wurde noch einmal jeder Wurf heiß diskutiert, und Männer, die noch nie mit Leon gesprochen hatten, schlugen ihm anerkennend auf die Schulter. Leon bestellte eine Runde Rosé für alle. Als Jérémy das Tablett mit den Gläsern auf den Tresen stellte, nahm Leon das erste Glas und reichte es Véronique.

»Es war mir ein Vergnügen, Madame«, sagte er mit einem Kopfnicken, dann nahm er sich selber ein Glas. »*Santé.*«

»Nennen Sie mich Véronique«, sagte sie.

»Sehr gerne«, antwortete Leon. »Ich heiße Leon.«

»Vorsicht, Leon, sonst macht sie dir noch einen Heiratsantrag«, rief Jean-Claude.

Die Runde lachte, und Jérémy bat Leon um die Sieger-Kugel. Leon musste die Kugel mit einem Filzstift signieren. Dann bekam sie einen Ehrenplatz hinter der Bar. Direkt neben der beleuchteten Plastikgondel, die Jérémy und Yolande von ihrer ersten gemeinsamen Reise aus Venedig mitgebracht hatten, und den Babyschuhen ihrer Tochter. Leon bestellte die zweite Runde.

34. KAPITEL

Der Mann bewegte sich durch die Dunkelheit wie ein Gespenst. Ginsterbüsche, Rosmarinsträucher und Zistrosen stellten sich ihm in den Weg, ineinander verflochten wie eine grüne Mauer. Einzelne Kiefern und wilde Akazien stützten diese Wand aus Blättern und Dornen. Hier hatte jahrzehntelang kein Mensch eingegriffen, und die Natur war wild und ungestüm. Es gab keinen regulären Weg durch das Dickicht, aber es gab verschlungene Pfade, die die natürlichen Lücken dieser dichten Vegetation nutzten und auf denen sich Wildschweine und Dachse durch diese menschenfeindliche Flora bewegten. Und genau über diese Pfade bewegte sich auch der Mann.

Er kam nur langsam vorwärts, aber er hatte es auch nicht eilig. Im Gegenteil, er genoss es, sich seinem Opfer langsam zu nähern. Sie würde auf ihn warten. Die Taschenlampe schaltete der Mann erst auf den letzten Metern an. In den wilden Hügeln der Provence konnte ein Licht unter Umständen viele hundert Meter weit gesehen werden. Und dann wäre alles vergebens gewesen. Man konnte nicht vorsichtig genug sein. Disziplin und Beherrschung, das waren die entscheidenden Tugenden, wenn die Mission ein Erfolg werden sollte.

Der Mann erreichte eine kleine Senke, in der die Vegetation spärlicher wuchs. Es gab ein paar überwucherte Mauerreste und hinter Dornen versteckt einen steinernen

Rahmen mit einer Holztür, die direkt in den Hügel zu führen schien.

Der Mann öffnete die Tür, die auf ihren geölten Angeln leise nach innen schwang. Er griff nach rechts, wo er eine Campinglampe mit Akku an der Wand befestigt hatte, und schaltete sie ein – da war die Frau, und sie wartete auf ihn.

»Ich hatte dir doch gesagt, dass ich komme.« Der Mann legte den Kopf schief und betrachtete sie. »Hast du gedacht, ich halte mein Wort nicht? Hast du das wirklich geglaubt? Oder hast du gedacht, du hättest mich umgestimmt?« Er lachte und sah sie an.

Sie lag auf dem einfachen Holztisch, den er in den Raum gestellt hatte. Ein fensterloses Tonnengewölbe, vor über hundert Jahren in den Hang als Lagerraum gegraben und längst vergessen. Der Raum war perfekt. Er war unsichtbar, schalldicht, einsam und besaß einen versteckten Schacht zur Entlüftung. Er hätte diesen Platz schon viel früher benutzen sollen.

Hier lag sie also und wartete auf ihn. Glaubte, dass sie ihn manipulieren könnte.

»Du hast gar nicht begriffen, was du für ein Glück hast. Du hast die Erlösung erfahren. Weißt du überhaupt, was das bedeutet?«, sagte er und zog sich einen alten Stuhl heran. Er setzte sich und betrachtete sie. Vielleicht sollte er ihr die Augenbinde abnehmen. Vielleicht sollte er gnädig sein. Aber dann würde sie nur versuchen, ihn zu manipulieren mit ihren blauen Augen.

»Hör auf zu winseln«, fuhr er sie an. »Du weißt, dass mich das wütend macht, und wenn ich wütend bin, dann tu ich schmutzige Dinge, und du bist schuld. Nur du trägst die Schuld an der Sünde. Ich weiß, dass du nicht alleine bist. Aber ich werde auch sie finden. Eine nach der anderen. Ich hab sie alle gefunden ...«

Er durfte sich nicht von ihr manipulieren lassen. Sie kannte jeden Trick, und sie würde vor nichts zurückschrecken, vor gar nichts, um seine Mission aufzuhalten. Aber er durchschaute sie. Er konnte jeden ihrer hinterhältigen Winkelzüge voraussagen. Man musste immer mit dem Schlimmsten rechnen.

»Hör auf zu reden. Ich hör dir nicht zu. Wenn du weiterquatschst, muss ich wieder den Lappen holen.«

Der Lappen machte ihr Angst. Er würde ihn in ihr schmutziges Maul stopfen, wenn er die Reinigung begann. Denn dann konnte er keine Ablenkung gebrauchen, wirklich nicht.

Er stand jetzt neben ihr und hatte die Hand auf ihren Schenkel gelegt. Langsam schob er die Hand nach oben.

»Glaubst du, das macht mir Spaß? Glaubst du das, du verdammte Fotze? Ich tu es, weil ich es tun muss. Weil ich dich retten will. Damit du für immer dableiben kannst. Begreifst du das denn nicht? Ich hab dich von dem Übel befreit, das in deinem Kopf sitzt. Ja, genau das habe ich getan! Und am Schluss wirst du eine andere sein. Glücklich. Frei von bösen Träumen und Schmerzen.«

Jetzt schob er ihr das Kleid hoch, darunter war sie nackt. Er griff nach ihrem Körper.

»Halt dein Maul«, drohte er, »halt bloß dein dreckiges Maul!«

Der Mann spürte, wie die Wut in ihm aufstieg. Sie musste endlich begreifen, dass er ihre einzige Rettung war.

35. KAPITEL

Die Siegesfeier hatte sich bereits über mehrere Runden Rosé hingezogen, als Leon beschloss, zu Fuß nach Hause zu gehen. Er würde seinen Lieblingsweg durch die Gärten nehmen. Die Sonne war schon untergegangen, und es wurde langsam kühl. Leon marschierte die Avenue du Général de Gaulle entlang, in der sich während der Hauptsaison die Touristen drängten. Um diese Jahreszeit war sie menschenleer. Er wollte gerade die Treppe zur Avenue de Provence hinaufsteigen, als vor ihm ein Mann hinter einem Mauervorsprung auftauchte. Es war der kleinere der beiden Boulespieler, die Leon so glorreich besiegt hatte. Und jetzt sah es so aus, als hätte der Mann nur darauf gewartet, Leon auf dieser düsteren Straße abzufangen.

»Bonsoir«, versuchte es Leon freundlich.

»Du schuldest mir was, Arschloch«, antwortete der Mann und baute sich vor Leon auf. Leon war einen guten Kopf größer als der Mann in den Bermudas, der jetzt so dicht vor ihm stand, dass er zu ihm aufschauen musste.

»Lassen Sie's gut sein«, sagte Leon betont ruhig. »Vergessen wir die Sache einfach, einverstanden?«

Leon spürte, wie Angst in ihm aufstieg. Er war Wissenschaftler, kein Streetfighter. Er hatte keine Ahnung, wie man einen wütenden Kleinganoven aus Marseille zur Vernunft bringen konnte. Leon versuchte es mit Ignorieren. Er wollte einfach an dem Mann vorbeigehen, aber der blockierte ihm den Weg und stieß Leon mit der flachen Hand gegen die Schulter.

»He, Arschloch. Ich rede mit dir.« Jetzt klang der Mann wirklich sauer.

In diesem Moment bemerkte Leon aus dem Augenwinkel, dass auch der zweite Spieler aufgetaucht war und sich hinter ihn stellte.

»Was wollen Sie von mir, Messieurs?«, fragte Leon und hoffte, dass er die beiden Männer mit Höflichkeit beruhigen konnte.

In diesem Moment spürte er, wie der Mann mit dem Strohhut von hinten seinen rechten Arm packte, nach oben bog und mit der anderen Hand seinen linken Arm festhielt. Der Mann hatte ungefähr seine Größe und einen Griff wie ein Schraubstock. Leon konnte sich kaum noch rühren. Der Mann schob seinen Mund direkt an Leons Ohr.

»Na, immer noch der verdammte Klugscheißer?«, sagte er, und Leon konnte Pastis und Zigarettenrauch riechen.

»Nehmen Sie Ihre Hand weg, auf der Stelle!« Leon wollte es mit Autorität versuchen, aber er merkte, dass seine Stimme zitterte.

In diesem Moment schlug der Kleine zu. Leon sah den Schlag nicht kommen. Der Mann hatte nicht mal ausgeholt. Alles, was er tat, war, die Faust kurz und hart nach vorne zu rammen, genau auf Leons Solarplexus. Die Wirkung war fürchterlich. Ein heller Schmerz durchfuhr Leon, und er spürte, wie ihm die Luft wegblieb. Er wollte atmen, aber seine Lungen weigerten sich, Luft zu holen. Er konnte nicht atmen, nicht solange der scharfe Schmerz ihn lähmte. Er musste keuchen. In den Ohren hörte er ein Rauschen, schwarze Schlieren tauchten vor seinen Augen auf, und er musste plötzlich gegen einen heftigen Brechreiz ankämpfen. Einen weiteren Schlag würde er nicht verkraften. Leon wollte etwas sagen, aber die Stimme versagte ihm. Er verachtete sich dafür, dass sein Körper ihn so im Stich ließ. Und dass er diesen primitiven Idioten so hilflos ausgeliefert war.

»Wo ist unser Geld?«, fragte der Kerl in den Bermudas.

In genau diesem Moment krachte ein Schuss in der stillen Straße. Für Leon klang er wie ein Blitzschlag, der unmittelbar neben ihm in die Mauer schlug und eine kleine Staubwolke aus dem Putz riss.

»Lasst sofort den Mann los!« Jean-Claude war ganz plötzlich aufgetaucht. Jetzt saß er in seinem Rollstuhl keine fünf Meter entfernt und zielte mit einer großen automatischen Pistole auf die Männer, die ihn fassungslos ansahen. In diesem Moment krachte ein zweiter Schuss, und wieder spritzte Putz von der Mauer. Diesmal so nahe, dass Leon den Staub im Gesicht spüren konnte. Im selben Moment ließ der Mann ihn los.

»Verpisst euch, verdammte Wichser!«, brüllte Jean-Claude, und seine Stimme klang wütend und entschlossen. Die beiden Männer wechselten einen kurzen Blick. Dann liefen sie davon und verschwanden zwischen den Häusern.

»Beim nächsten Mal bring ich die Flics mit«, brüllte Jean-Claude hinter ihnen her.

Leon hatte sich vornübergebeugt und die Hände auf seine Knie gestemmt. Er atmete vorsichtig ein und aus und spürte, wie sein Körper langsam das Adrenalin abbaute und sein Puls sich wieder beruhigte. Er sah zu Jean-Claude hinüber. »Danke«, sagte er und musste husten.

»Lass dir Zeit. Dir geht's gleich wieder besser«, sagte der Ex-Legionär.

Ein Fenster am Haus gegenüber ging auf, und Jean-Claude ließ die Waffe unter seiner Decke verschwinden.

»Was ist denn los da unten?«, rief eine Frau.

»Nur ein paar junge Kerle, Madame«, rief Jean-Claude zurück. »Die hatten wohl noch Knaller vom Nationalfeiertag übrig.«

»Ich ruf lieber mal die Polizei.«

»Nicht nötig, Madame. Die sind längst weg. Und die kommen bestimmt nicht wieder.«

Das Fenster schloss sich. Leon richtete sich auf und tastete seine Rippen ab. Er atmete prüfend ein und aus.

»Lass uns verschwinden«, meinte Jean-Claude. »Oder willst du unbedingt mit den Flics reden?«

»Nein, besser nicht.«

»Na, dann schieb mal.«

Leon packte die beiden Griffe und schob den Rollstuhl des Ex-Legionärs zügig aus der Gefahrenzone.

»Hast du für das Ding überhaupt einen Waffenschein?«, fragte Leon nach einer Weile. Sein Atem ging immer noch schwer.

»Jetzt mach dir bloß nicht ins Hemd«, meinte Jean-Claude. »Das ist 'ne MAC 50, Armeewaffe. Glaub mir, ich weiß, wie man mit der umgeht.«

»Ich frag ja nur, falls die Frau doch noch die Flics informiert.«

»Vergiss es«, Jean-Luc machte eine abschätzige Handbewegung. »Du hast was gegen Waffen, stimmt's?«

»Mit Waffen werden Menschen erschossen«, sagte Leon und blieb stehen. »So einfach ist das.«

»Ich glaub's ja nicht. Ich hätte echt warten sollen, bis sie dir noch eine verpassen.« Jean-Claude grinste. »Verdammte Pazifisten.«

Leon packte wieder die Griffe und schob den Rollstuhl weiter. Die nächsten Minuten sagte keiner der beiden ein Wort.

»War gut, dass du gekommen bist«, sagte Leon nach einer Weile.

Jean-Claude hob die Hand nach hinten, ohne sich umzusehen. Leon klatschte ihn ab.

»Menschen brauchen nun mal Waffen, solange sie nicht in der Lage sind, anständig und respektvoll miteinander umzugehen«, sagte Jean-Claude.

Leon antwortete nicht. Es war sinnlos, mit einem Ex-Legionär eine Diskussion über den Sinn und Unsinn von Waffen zu beginnen.

»Du solltest die nächsten Tage vorsichtig sein, wo du hingehst«, sagte Jean-Claude.

»Denkst du, die Typen kommen noch mal zurück?« Leon warf einen kurzen Blick über die Schulter.

»Was erwartest du? Du hast sie vor allen Leuten gedemütigt. Das verzeihen die dir nie.«

»Danke, du machst mir Mut.«

»Bleib einfach die nächsten Tage in der Klinik, und schnippel an deiner Mumie rum«, sagte Jean-Claude. Leon lächelte.

»Ihr habt doch von diesem Pharao gesprochen, kürzlich, auf dem Bouleplatz?«, sagte Leon.

»Der aus Aix, aus dem Museum? Was ist mit dem?«

»Kannst du dich zufällig erinnern, wann der gefunden wurde?«

»Na klar: 7. Mai 2004.«

»Wieso weißt du das so genau?«

»Wieso, wieso? Weil das, verdammt noch mal, der 50. Jahrestag von Dien Bien Phu war.«

»Jetzt reg dich doch nicht gleich so auf!«

»Nicht aufregen? Wenn du mich an die größte Niederlage unserer glorreichen Armee in Indochina erinnerst? 3000 Tote, 4000 Verwundete, 9000 Gefangene. Ist das etwa nichts? Verdammte Schlitzaugen, wir hätten sie schon vorher alle plattmachen sollen.«

Leon schob stumm den Rollstuhl weiter.

»Von hier schaff ich's alleine«, sagte Jean-Claude nach einer Weile.

»Kommt gar nicht in Frage«, sagte Leon, »heute bringe ich meinen Lebensretter bis an seine Haustür.«

»Weißt du, was ich an euch Deutschen so mag? Dass ihr bei jedem Scheiß sofort ein schlechtes Gewissen bekommt.« Der Ex-Legionär kicherte. »Na dann, gib mal Gas, *Docteur.*«

36. KAPITEL

Der Job hatte für Isabelle schon um sieben Uhr früh mit einem Telefonanruf von Zerna begonnen. Der Polizeichef wollte sie sofort zur Einsatzbesprechung in der Dienststelle sehen. Isabelle ahnte, worum es ging. Toulon machte mal wieder Druck. Sie wollten Ergebnisse sehen im Fall Nicole Savary, aber es gab nichts Neues zu berichten.

Jetzt stand Isabelle vor dem Schreibtisch ihres Chefs, während Zerna in seinem Bürostuhl saß und die Fäuste auf der Tischplatte abstützte, was er immer tat, wenn er seinen Mitarbeitern signalisieren wollte, dass er der entschlossene Chef dieser Dienststelle war. Oder wie die Kollegen in Le Lavandou untereinander scherzten, wenn er mal wieder den »Napoleon« gab.

Neben Isabelle standen Masclau und Moma im Raum. Zerna behandelte sie wie Schüler, die ihre Hausaufgaben nicht gemacht hatten.

»Was ist mit Pelletier? Der Mann hat doch eine Vorgeschichte wie aus dem Lehrbuch«, begann Zerna.

»Sie haben ihn selber nach Hause geschickt«, erinnerte Moma.

»Ja, weil Sie nichts gefunden haben, womit wir ihn unter Druck setzen können.« Zerna klang ärgerlich.

»Wir tun, was wir können.« Isabelle hielt ein paar Papiere in der Hand. »Aber bei einem Fall, der so weit zurückliegt ...?«

»Dann finden Sie irgendwas, damit wir diesen Pelletier nächstes Mal nicht wieder nach Hause schicken müssen.«

»Wir konnten den Zeitpunkt des Todes von Nicole Savary weiter eingrenzen.« Isabelle reichte ihrem Chef den Ausdruck über den Tisch. »Offensichtlich hatte sie kurz vor ihrem Tod ein mehrgängiges Abendessen eingenommen. Das sagt zumindest der Bericht des Rechtsmediziners.«

»Zu dem Sie ja einen besonders guten Kontakt haben.« Der Tonfall in Zernas Stimme gab der Bemerkung etwas Anrüchiges. »In Zukunft erwarte ich, dass die Berichte aus der Rechtsmedizin zuerst auf meinem Tisch landen.« Er überflog das Papier, das Isabelle ihm gegeben hatte.

»Wir wissen also, was sie gegessen hat. Na toll. Soll ich das vielleicht nach Toulon weitergeben?«

»Es war ein Menü. Sicher teuer. Wahrscheinlich wurde die Studentin eingeladen.«

»Ach ja. Da können Sie mir ja bestimmt auch sagen, wer sie eingeladen hat.«

»Leider nicht. Aber wir wissen, dass Dr. Ravier sich für sie interessiert hat. Er hat sich mit ihr ein paarmal im Bistro getroffen.«

»Und, was sagt dieser Ravier dazu?«

»Er behauptet, das wäre es auch schon gewesen. Außer ein oder zwei Bistro-Besuchen war angeblich nichts.«

Von Zerna war ein abfälliges Schnauben zu vernehmen. »Sonst noch was?«

Isabelle reichte Zerna das Foto, das der Vater des Opfers Leon gezeigt hatte.

»Das war das letzte Foto, das Nicole Savary damals ihrem Vater geschickt hat. Es wurde an Deck eines Bootes gemacht.«

»Und das ist alles?«, fragte Zerna.

Masclau warf einen Blick auf das Foto.

»Könnte ein *Suncruiser* sein«, sagte Masclau. »Aber die Boote sehen alle ziemlich ähnlich aus.«

Zerna sah seinen Mitarbeiter an und hielt ihm das Foto hin. »Hat Dr. Ravier so ein Boot?«

»Kann ich nicht sagen.«

»Dann finden Sie es raus. Finden Sie dieses Boot.« Zerna gab ihm das Bild genervt zurück.

»In Le Lavandou sind über tausend Boote registriert.«

»Na, dann fangen Sie gleich mal an zu suchen, und nehmen Sie Lieutenant Kadir mit.« Zerna wandte sich an Isabelle. »Mit Ihnen muss ich noch etwas besprechen.«

Die beiden Polizisten verließen das Büro.

»Toulon hat sich bei mir gemeldet. Es geht um diesen Psychotermin.«

»Ich glaube nicht, dass das irgendjemanden etwas angeht. So etwas fällt unter die ärztliche Schweigepflicht«, sagte Isabelle und klang dabei etwas schärfer, als sie wollte.

Zerna hob beschwichtigend die Hände. »Keiner will wissen, was Sie mit dem Psychologen besprechen. Aber Sie kennen die Vorschriften: bei tödlichem Einsatz der Dienstwaffe Gespräch beim Psychologen.«

»Okay, ich habe im Dienst einen Täter erschossen. Aber deswegen brauche ich noch lange keinen Psychiater.«

»Dann tun Sie mir den Gefallen, gehen Sie hin zu dem Psychoheini, und sagen Sie ihm das. Hauptsache, ich kann diese Sache endlich abhaken.«

37. KAPITEL

Leon hatte das Dach seines Peugeot-Cabriolet aufgeklappt und genoss den frischen Wind, während er gemütlich auf der D43 durch die Provence in Richtung Brignoles rollte. Hier gab es deutlich weniger Weinfelder, dafür war die Landschaft wilder, und immer wieder schnitt die alte Landstraße durch Hügel, so dass man die rotbraunen Felsen sehen konnte, die hier die Farbe der Landschaft bestimmten. Natürlich hätte Leon die Autobahn nehmen können. Dann wäre er mindestens eine Stunde früher in Aix-en-Provence gewesen. Aber er hatte sich ganz bewusst die Zeit genommen, um über diesen merkwürdigen Fall nachzudenken.

Wahrscheinlich war es eine völlig verrückte Idee, die ihm da gekommen war. Und wenn dabei nichts herauskäme, würde er bestimmt niemandem von seinem kleinen Ausflug nach Aix erzählen. Aber die Geschichte vom toten Pharao, die Jean-Claude erzählt hatte, ging ihm einfach nicht mehr aus dem Kopf. Am Vormittag war Leon noch kurz beim *Var-Matin*, der lokalen Tageszeitung, vorbeigefahren, die auch ein Büro in Hyères unterhielt. Es war genau so, wie Jean-Claude gesagt hatte: Am 7. Mai 2004 tauchte erstmals eine Meldung in der Zeitung auf, dass in der Uni von Aix, bei Umbauarbeiten in der Medizinischen Fakultät, eine Mumie entdeckt worden sei, die man nicht genau zuordnen konnte. Es wurde darüber spekuliert, die

Mumie sei wahrscheinlich ein Beutestück aus dem Ägyptenfeldzug Napoleons, das seinerzeit der Universität überlassen wurde. Im folgenden Monat erschienen noch drei weitere kleine Artikel zu dem Fall, danach hatten die Journalisten offenbar das Interesse an der Story verloren. Das war alles – und vielleicht gerade deswegen hatte Leon das unbestimmte Gefühl, dass er unbedingt mehr über diese merkwürdige Mumie erfahren musste.

Aix-en-Provence war eine alte Universitätsstadt und schien ausschließlich aus wissenschaftlichen Instituten und Bibliotheken zu bestehen, deren Gebäude zum Teil noch aus dem 17. Jahrhundert stammten. Die Altstadt rund um die Kathedrale *Saint-Sauveur* sah aus wie die Dekoration für einen Musketier-Film. Schmale Gassen, Häuser mit Säuleneingängen und eine verwirrende Zahl kleiner Plätze und Brunnen, die im Schatten mächtiger Platanen lagen. Leon lief die Rue Jacques de la Roque entlang. Vorbei am malerischen Gebäude der alten Universität bis zum Place des Martyrs de la Résistance. Hier hatte er sich im Bistro *L'Archevêché* mit Professor Olivier Auteuil verabredet. Sein Assistent Rybaud hatte Leon den Tipp gegeben, den Professor anzurufen. Auteuil war sofort bereit gewesen, sich mit Leon zu treffen, und hatte den Platz im Herzen der Altstadt vorgeschlagen. Inzwischen war der Spezialist für Anatomie und Evolutionstheorie emeritiert, hatte jede Menge Zeit und freute sich, wenn er einem Kollegen helfen konnte. Während seiner Zeit an der Universität hatte der Professor, neben seiner Arbeit im Institut für Anatomie, auch noch ein kleines Medizinisches Museum betreut. Und während des Umbaus ebendieses Museums war die Mumie aufgetaucht.

Der Professor, dem die grauen Haare wie die Mähne

eines Löwen vom Kopf abstanden, saß Leon gegenüber. Unter einer Markise trank er entspannt ein Glas Rosé und futterte dazu Oliven und Käse. Die Männer tauschten ein paar Höflichkeiten aus, bis Leon ihn schließlich auf die Mumie des Pharaos ansprach. Der Professor erinnerte sich noch ganz genau an den ungewöhnlichen Fund.

»Die Arbeiter haben die Mumie in einem alten Abstellraum entdeckt, der eigentlich gar nicht zum Museum gehörte«, erzählte der Professor.

»Bedeutet das, dass dann auch die Mumie nicht zum Museum gehörte?«

»Das weiß ich nicht. Der Raum, in dem sie entdeckt wurde, war jedenfalls Teil eines ehemaligen Heizungskellers, der schon viele Jahre nicht mehr benutzt wurde«, sagte der Professor.

»Da hätte also jeder reinkommen können – rein theoretisch gesehen«, formulierte Leon vorsichtig.

Der Professor sah ihn neugierig an. »Wer würde denn freiwillig in einen alten Heizungskeller gehen?« Leon zuckte mit den Schultern.

»Das Museum stand nur den Studenten zur Verfügung«, fuhr der Professor fort. »Es war ein Sammelsurium medizinischer Exponate. Kuriositäten, die zum Teil weit über hundert Jahre alt waren. Ein Embryo mit zwei Köpfen und der Unterleib eines Patienten mit fünf Nieren – all die netten Dinge, mit denen man Erstsemester erschrecken konnte.« Der Professor lächelte bei der Erinnerung an die guten alten Tage.

»Sie sprechen von dem Museum in der Vergangenheit. Existiert es denn nicht mehr?« Leon rührte Zucker in seinen Café au lait.

»Es wurde vor zehn Jahren aufgegeben. Leider. Es war

zu teuer, die Exponate zu erhalten. Das meiste war in Spiritus eingelegt. Irgendwann beginnt alles Organische, sich aufzulösen. Aber das muss ich ja Ihnen nicht erzählen. Zur Erhaltung fehlte schlicht das Geld.«

»Dieser Pharao war aber nicht in Spiritus konserviert worden?« In der Frage von Leon lag Hoffnung.

»Nein, natürlich nicht. Die Mumie war auf irgendeine andere Weise konserviert worden. Aber es war kein Pharao, mit Sicherheit nicht.« Professor Auteuil kaute eine weitere Olive und spülte mit einem Schluck Wein nach.

»Aber in dem Artikel im *Var-Matin* ...«, wollte Leon sagen, als der Mediziner abwinkte und ihn unterbrach.

»Sie kennen doch die Zeitungen. Die Story vom Pharao war einfach zu schön. Wen interessierte da schon die langweilige Wahrheit? Es war schon deswegen kein Pharao, weil es sich bei der Mumie um eine Frau handelte.«

»Eine Frau?«, fragte Leon, und er konnte nur schwer seine Aufregung verbergen. »Haben Sie ihr Alter bestimmt?«

»Irgendwo zwischen 18 und 35 Jahre, würde ich sagen«, antwortete der Professor und fügte mit einem Lächeln hinzu: »Aber ich bin natürlich kein Rechtsmediziner. Ehrlich gesagt, wir waren damals nicht besonders gründlich, leider. Kaum war der Artikel in der Zeitung erschienen, behauptete plötzlich die Anthropologische Fakultät, die Mumie stamme aus ihrer Sammlung und sei polynesisch.«

»Wurde das überprüft?«

Der Professor nahm genüsslich einen weiteren Schluck Wein. »*Château Vaucouleurs* von 2014«, sagte er und hielt sein Glas mit dem hellen Rosé in die Sonne. »Sollten Sie auch mal probieren ... Wo war ich?«

»Bei den Polynesiern.«

»Richtig. Es gab damals eine Menge Spekulationen. Dann kam der Anruf vom Präfekten.«

»Vom Präfekten in Marseille?« Leon war erstaunt. Der Präfekt war der höchste Beamte eines Départements und damit eine Art Ministerpräsident, der vom französischen Präsidenten persönlich ernannt wurde. Wieso interessierte sich der Präfekt für eine alte Mumie aus einer ehemaligen französischen Kolonie?

»Frankreich hatte damals gerade Probleme mit seinen Überseegebieten. Wenn die Sache hochgekocht wäre, hätte es doch gleich geheißen, die französischen Kolonialherren hätten auch noch Gräber der Einheimischen geplündert. Man wollte keine schlafenden Hunde wecken.«

»Verstehe, da haben Sie die Mumie wieder eingemottet.«

»Sie war in einem schlechten Zustand. Es gab keine Beine, und die Mäuse hatten an ihr genagt.«

»Sie haben sie doch nicht vernichtet?«, fragte Leon besorgt.

»Mein Gott, nein«, sagte der Professor erschrocken. »Ich habe natürlich einen Bericht geschrieben und sie zu den anderen Exponaten ins Lager gelegt.«

Leons Herz schlug schneller. »Sie meinen, es gibt diese Mumie noch?«

»Natürlich. Wollen Sie sie sehen?«

Leon hätte den Professor am liebsten umarmt, aber er versuchte, sich seine Begeisterung nicht anmerken zu lassen.

»Ich würde sie gerne in die Rechtsmedizin nach Hyères mitnehmen«, sagte Leon so sachlich wie möglich. »Ich möchte sie als Vergleich heranziehen für eine andere Mumie, die wir gefunden haben. Ich würde sie Ihnen danach natürlich persönlich wieder zurückbringen.«

»Sie wollen wirklich die Mumie ausleihen?« Der Professor schüttelte verwundert den Kopf. »Kein Problem. Sie müssten nur ein paar Papiere unterschreiben.«

Eine Stunde später war Leon auf dem Rückweg nach Le Lavandou. Der Professor hatte Wort gehalten und ihn ins Kellerarchiv begleitet. Die Mumie trug die Inventarnummer 070504 und war in einem Plastiksack verpackt, der in einem Karton steckte, auf dem noch der alte Aufdruck zu lesen war – »Toilettenpapier Ultra Soft – dreilagig«. Jetzt stand dieser Karton im Kofferraum seines Wagens.

Leon war bester Laune. Er fühlte sich wie damals, als er vierzehn Jahre alt gewesen war und seine erste Forelle gefangen hatte. Voller Jagdglück, aber gleichzeitig unsicher, wie genau er mit seiner Beute umgehen sollte.

In *Radio Nostalgie* sang Françoise Hardy mit ihrer Schlafzimmerstimme »Voilà«. Leon lächelte und drehte das Radio lauter.

38. KAPITEL

Anna war entschlossen, in Le Lavandou zu bleiben, bis sie etwas von ihrer Schwester gehört hatte. Einmal am Tag ging sie zur *Gendarmerie nationale*. Jedes Mal bat sie darum, ihre Schwester zur Fahndung auszuschreiben. Aber immer lehnte die freundliche Capitaine Morell ab. Immerhin hatte die Beamtin die Autonummer durch den Computer laufen lassen. Aber der VW-Golf mit dem Hamburger Kennzeichen war bis jetzt nirgendwo aufgefallen. Und die Krankenhäuser hatten auch kein Unfallopfer mit dem Namen Susan Winter aufgenommen.

Anna hatte sich vorgenommen, an diesem Abend ein Telefonat zu führen, das sie seit Tagen vor sich herschob. Sie musste endlich ihrer Mutter sagen, dass sie nicht wusste, wo ihre Schwester war. Es würde ein schweres Telefonat werden, mit Tränen und Vorwürfen. Das wusste Anna jetzt schon. Ihr Vater war vor einigen Jahren gestorben, und ihre Mutter wohnte alleine in dem großen Haus in Hamburg und gab sich eingebildeten Krankheiten hin. Im letzten Jahr war es ein Gehirntumor gewesen, den es natürlich gar nicht gab, und im Jahr davor war es irgendeine geheimnisvolle Knochenkrankheit gewesen, über die ihre Mutter zuvor in einem ihrer Magazine gelesen hatte. Die Mutter würde Anna für das Verschwinden ihrer Schwester verantwortlich machen und ab sofort alle paar Stunden anrufen, um die immer gleichen Fragen zu stellen. Trotzdem würde Anna um den Anruf nicht herumkommen, denn sie hatte das sichere Gefühl, dass sie ihre Schwester nicht mehr wiedersehen würde.

Anna war aus dem Pensionszimmer der Pelletiers ausgezogen. Sie konnte die Anmachversuche von Guy nicht länger ertragen. Stattdessen hatte sie sich ein Zimmer in der *Auberge Provençal* genommen – einem gemütlichen, kleinen Hotel mit einem guten Restaurant, in dem abends ein Feuer im offenen Kamin brannte. Ein Versteck für Liebespaare, dachte Anna und fragte sich zum tausendsten Mal, warum eigentlich immer nur ihre Schwester die interessanten Männer bekam. Sie selbst hingegen fiel immer nur auf die Idioten rein. In der Regel begann Anna Beziehungen mit verheirateten Männern, bei denen es von vornherein klar war, dass sie sich niemals von Frau und Kindern trennen würden. Aber Anna schien von dieser Art Männer angezogen zu werden wie die Motte vom Licht.

An diesem Tag hatte Anna ein paar Stunden auf dem Wochenmarkt verbracht. Mehr um sich abzulenken, als darauf zu hoffen, eine Spur ihrer Schwester zu finden. Auf dem Markt war es brechend voll gewesen, und in den kleinen Gassen zwischen den Ständen hatten sich Besucher aus der weiten Umgebung gedrängt. Es war eng und unübersichtlich, und trotzdem hatte Anna plötzlich dieses eigenartige Gefühl gehabt, das ihr Angst einjagte. Es fühlte sich an, als wäre sie ganz alleine auf dem Markt und als gäbe es da einen, der sie die ganze Zeit beobachtete. Und dann hatte sie Guy Pelletier entdeckt, der über ein paar Stände hinweg zu ihr herübersah. Als sie zu ihm hinschaute, drehte er sich um und verschwand zwischen den Verkaufsständen. Da war sie aus Angst zu einer jungen Familie gelaufen, die mit ihren beiden kleinen Kindern

Deutsch sprach. Sie hatte die wildfremden Leute angesprochen, in ihrer Panik irgendetwas gefragt und sie dann für ein paar Minuten begleitet. Irgendwann war dieses Gefühl, beobachtet zu werden, wieder genauso plötzlich verschwunden, wie es aufgetaucht war.

Jetzt saß Anna im *Helios-Plage*, vorne, wo die Promenade zu Ende war und der lange Holzsteg am Strand entlang begann. Sie sah aufs Meer hinaus und beobachtete, wie die untergehende Sonne langsam hinter den Inseln verschwand. Sie hörte die Gespräche der anderen Gäste an den Nebentischen und fühlte sich nicht mehr alleine. Anna ging an den Tresen, um zu zahlen. Sie hatte nur ein Glas Wein getrunken und würde jetzt zu ihrem Hotel laufen und dort im Restaurant zu Abend essen. Als sie zurück an ihren Platz kam, sah sie, dass ihre blaue Strickjacke verschwunden war. Sie hatte sie über die Lehne gehängt, da war sie ganz sicher. Anna fröstelte plötzlich. Sie sah sich um. Das war eindeutig ihr Platz, den sie vor nicht einmal vier Minuten verlassen hatte. Da stand noch ihr Weinglas, und daneben lag die jüngste Ausgabe des *Var-Matin*, den sie sich im *Maison de la Presse* besorgt hatte, um ihr Französisch aufzufrischen. Anna sah unauffällig zu den Nachbartischen hinüber, aber die anderen Gäste schienen sie gar nicht wahrzunehmen. Würde tatsächlich jemand eine stinknormale blaue Strickjacke klauen? Bestimmt nicht, außer derjenige hätte einen ganz speziellen Grund. Zum Beispiel, weil er eine Trophäe haben wollte. Und weil er sie spüren lassen wollte, dass er hinter ihr her war. Damit sie Angst bekam.

Anna lief los. Sie nahm die Avenue du Président Auriol, weil hier meist mehr Verkehr war. Aber an diesem Abend lag die Straße da wie ausgestorben. Nach einer Weile hörte sie, wie von hinten ein Auto näher kam. Sie ging schneller und sah starr nach vorne. Aus dem Augenwinkel sah sie den Wagen auftauchen, langsamer werden und schließlich neben ihr ausrollen. Anna spürte Panik in sich aufsteigen. Warum war sie nicht den Strand entlang zurückgegangen?

»Bonsoir, Madame«, sagte eine höfliche Stimme, die Anna schon mal gehört hatte. Sie drehte sich um. Neben ihr war ein schwarzer Porsche Cabrio mit weißen Ledersitzen stehen geblieben. Am Steuer saß der Mann, dem sie auf der Polizeiwache begegnet war. Wie hieß er noch?

»Wir haben uns bei Capitaine Morell getroffen«, sagte der Mann in diesem Augenblick. »Ich bin Dr. Ravier.«

»Ja, richtig, ich erinnere mich.« Anna war erleichtert.

»Wenn Sie möchten, kann ich Sie gerne mit in den Ort nehmen.«

»Ich gehe ganz gerne ein Stück zu Fuß.« Irgendwie war Anna die Vorstellung unangenehm, bei dem Unbekannten einzusteigen.

»Hier draußen ist es aber ziemlich einsam. Und eine Touristenattraktion ist die Gegend auch nicht gerade.« Ravier lächelte freundlich. »Na, kommen Sie schon, steigen Sie ein.« Er beugte sich über den Beifahrersitz und hielt Anna die Tür auf.

War sie wirklich schon so hysterisch, dass sie in jedem Mann einen potentiellen Gewalttäter vermutete? Wie wäre es zum Beispiel, wenn dieser Arzt einfach nur freundlich und hilfsbereit sein wollte?

»Vielen Dank«, sagte Anna und stieg in den Wagen. »Wirklich sehr freundlich von Ihnen.«

»Wo soll ich Sie rauslassen?«

»Ich wohne in der *Auberge Provençal*.«

»In Ordnung.« Dr. Ravier fuhr los und sah zu ihr herüber. »Keinen Pulli dabei? Es kann abends um diese Jahreszeit schon kühl werden.«

Anna sah den Mann erschrocken an, während er den Porsche beschleunigte und mit ihr in die Nacht fuhr.

39. KAPITEL

Eigentlich wollte Leon an diesem Abend zu Hause essen. Isabelle hatte vorgeschlagen, dass sie Couscous kochen wollte. Und wenn die stellvertretende Polizeichefin auch keine Meisterköchin war, ihr Couscous konnte sich wirklich sehen lassen. Aber Leons Neugier war an diesem Abend größer gewesen als sein Hunger. Die Frau, die ihn jetzt am meisten interessierte, lag in Plastik verpackt in einem Karton in seinem Kofferraum. Darum hatte er Isabelle gesagt, dass es spät werden würde.

Leon glaubte so etwas wie einen Vorwurf gehört zu haben, als sie ihm »viel Erfolg« bei seiner Arbeit wünschte. Er hatte Isabelle zwar als Wiedergutmachung ein Abendessen im *La Tonnelle* in Bormes-les-Mimosas versprochen, aber sie klang enttäuscht darüber, dass er diesen Abend nicht mit ihr und ihrer Tochter verbringen würde. Er konnte es leider nicht ändern, dachte Leon, was er vorhatte, musste heute Nacht erledigt werden.

Es gab viele Möglichkeiten, um eine erfolgreiche Obduktion durchzuführen. Die klassische Methode lief in zwei Schritten ab. Da gab es zunächst die Leichenschau, dabei wurden äußerliche Veränderungen oder Verletzungen des Opfers bestimmt. Anschließend kam die Eröffnung der Körperhöhlen. Dazu gehörten das Öffnen des Brustraums und des Unterleibs und schließlich noch das Aufsägen des Schädels.

Alle diese Schritte wurden genau protokolliert, und je nach Aufgabenstellung wurden zusätzlich Proben verschiedener Organe genommen, histologisch untersucht und die Ergebnisse ebenfalls protokolliert. Gelegentlich wurden solche Proben für mögliche Rückfragen durch Polizei oder Gericht archiviert und irgendwann vernichtet. Die Toten selber ließen sich nicht so lange aufheben. Sie wurden, nach abgeschlossener Untersuchung durch den Rechtsmediziner und die Staatsanwaltschaft, zur Bestattung freigegeben.

Gelegentlich tauchten während einer Gerichtsverhandlung neue medizinische Fragen im Zusammenhang mit dem Opfer auf. Bisher mussten solche Fragen unbeantwortet bleiben, weil das Opfer in der Regel längst eingeäschert oder beerdigt worden war. Doch mittlerweile gab es eine Methode, mit der man das millimetergenaue Bild eines Toten auf unbestimmte Zeit archivieren konnte: ein Ganzkörperscan mit dem CT, dem Computertomographen.

In den letzten Jahren war die Erfassung per CT zum Standardverfahren in großen rechtsmedizinischen Instituten geworden. Aber nicht jede Abteilung konnte sich die rund 400 000 Euro teuren Anlagen leisten. Auf der anderen Seite verfügte inzwischen fast jede größere Klinik in Europa über einen oder mehrere Computertomographen. Das einzige Problem bei der Sache war, dass diese Computertomographen eigentlich zur Untersuchung von lebenden Patienten gedacht waren.

»Es ist alles ruhig, *Docteur.*« Rybaud klang wie ein Verschwörer, als er Leon auf dem nächtlichen Klinik-Parkplatz erwartete. »Keine OPs mehr, und die Putzleute sind auch schon durch.«

»Sehr gut, Rybaud«, sagte Leon.

Rybaud hatte einen Rollstuhl mitgebracht, auf den sie jetzt den Karton aus Leons Kofferraum legten und dann zum Krankenhaus schoben. Der Pförtner drückte den Türöffner, als der Doktor und sein Assistent die Klinik über die Anfahrt für Unfallopfer betraten.

»So spät noch fleißig, Monsieur Baraud?«, fragte Leon freundlich.

Der Pförtner, der mit dem Job als Nachtwächter seine schmale Pension aufbesserte, winkte Leon zu. »Was soll's?«, sagte Baraud. »Alte Männer können sowieso nicht schlafen. *Bonne nuit, Docteur.*«

Leon schob den Rollstuhl weiter, bevor Monsieur Baraud es sich anders überlegte und ihn in ein Gespräch darüber verwickeln würde, warum der Leiter der Rechtsmedizin nachts einen Karton Toilettenpapier mit dem Rollstuhl durch die Klinik schob.

»Françoise wartet schon«, sagte Rybaud und ließ die Bemerkung ein wenig anrüchig klingen.

»Beeilen wir uns«, sagte Leon, während er den Rollstuhl in den Lift schob und sein Assistent den Knopf für den ersten Stock drückte.

Françoise war die medizinisch-technische Assistentin, die den Computertomographen bediente. Natürlich war es nicht erlaubt, Tote mit dem Hightech-Röntgengerät zu durchleuchten, aber für Leon machte Françoise nur zu gerne eine Ausnahme. Françoise bewunderte den gutaussehenden Mediziner aus Deutschland, auch wenn der offenbar unempfindlich für ihre Avancen war. Françoise war 39 Jahre alt, knapp 1,80 Meter groß und mager, so dass der weiße Dienstkittel an ihren Schultern hing wie an einem Kleiderbügel. Ihre Bewegungen erschienen ungelenk. Und anfangs hatte Leon ständig Sorge, sie könnte etwas fallen lassen. Aber inzwischen hatte er gelernt, dass Françoise sich mit atemberaubendem Tempo und einer geradezu traumwandlerischen Sicherheit durch die Kommandozentrale des Computertomographen bewegte.

»Wo haben Sie denn gesteckt, *Docteur*? Oder haben Sie mich etwa vergessen?« Françoise kicherte über ihre Bemerkung wie jemand, der besorgt war, dass er falsch verstanden werden könnte. Aber Leon ging immer höflich auf ihre hilflosen Flirtversuche ein.

»Wie könnte ich Sie vergessen, Françoise? Sie sind meine Retterin aus der Radiologie.«

»Machen Sie sich nur lustig über mich.« Françoise schob ihre Unterlippe vor, als würde sie schmollen.

»Würde ich nie tun. Sie sind für mich die ungekrönte Königin des CT«, sagte Leon mit breitem Grinsen, »und ich gebe mich ganz in Ihre bewährten Hände.«

»Ach, *Docteur* Ritter ...«, sie gluckste und kicherte erneut.

»Wir haben da eine mumifizierte Tote und ich wäre Ihnen sehr dankbar, wenn Sie einen Scan des gesamten Torsos machen könnten. Am liebsten hochauflösend.«

»Aber gerne, *Docteur*«, sagte Françoise und zog eine doppelte Schicht Schutzpapier auf die Fläche, auf die sich sonst ihre Patienten legen mussten. »Dann bringen Sie Ihren Patienten mal zu mir.« Wieder kicherte sie.

Ein paar Minuten später beobachteten Leon und Rybaud vom Kontrollraum aus, wie sich die Liege mit ihrer schaurigen Fracht langsam durch den großen Ring des Röntgengeräts schob, das laut summte wie ein ferner Schwarm Hornissen. Für Leon hatte der Anblick der Mumie im Röntgengerät etwas Surreales, und er erinnerte ihn an einen Frankenstein-Film, den er als kleiner Junge gesehen hatte und in dem der Homunculus in einer Wundermaschine zum Leben erweckt wurde.

Der Scan dauerte 25 Minuten. Dann packten sie die Reste der unbekannten Toten zurück in den Karton. Françoise würde dem Doktor die Daten-CD in einer knappen Stunde vorbeibringen. Dann könnte er sich das Ergebnis in aller Ruhe auf dem Computer in seinem Büro ansehen.

Im Sektionsraum der Rechtsmedizin von *Saint-Sulpice* war es um diese Zeit totenstill. Die Mumie auf dem Untersuchungstisch wurde von einer blendfreien Lampe beleuchtet, die über einen Gelenkarm an der Decke befestigt war und ein farbneutrales, gleichmäßiges Licht abstrahlte.

Leon stand vor der Leiche. Es war schwer, das Alter der Mumie zu bestimmen. Sie war in einem bedauernswerten Zustand. Die Haut war schwarzbraun und um die Knochen geschrumpft. Das Gesicht war eingefallen, die Augenhöhlen leer. Auf der Kopfhaut befanden sich einige kleine Inseln von Haaren, die einmal blond gewesen waren. Das linke Bein fehlte völlig, vom rechten war noch ein Teil des Oberschenkels übrig, der über ausgetrocknete Bänder und Muskeln mit dem Hüftgelenk verbunden war. Die rechte Hand war verschwunden. Die Lippen der Mumie waren nur noch schmale Striche und hatten sich so weit zurückgezogen, dass die Zähne von Ober- und Unterkiefer frei lagen. Was den Eindruck erweckte, als würde die Tote die Zähne fletschen. Die Haut spannte sich um den Brustkorb, so dass sich die einzelnen Rippenbögen abzeichneten. Die Brüste waren zu zwei Hautfalten eingetrocknet, bei denen man noch die Brustwarzen als dunkle Flecken erkennen konnte. Trotz verschiedener Beschädigungen des Torsos war es offensichtlich, dass es sich bei der Mumie um die Leiche einer Frau handelte.

»Weibliche Tote«, begann Leon in das digitale Aufnahmegerät zu diktieren. »Körper stark mumifiziert und in großen Teilen beschädigt. Alter ...« Leon unterbrach sich, warf einen Blick auf die Zähne und betrachtete dann die linke Hand. »Alter zwischen zwanzig und dreißig Jahren. Rechte Hand fehlt«, diktierte er weiter und zog dabei die große, beleuchtete Lupe über den Armstumpf. »Spuren von Tierverbiss an allen Extremitäten. Abtragungen von vertrocknetem Gewebe durch Nagezähne. Möglicherweise von Ratten oder Mäusen.«

»Vielleicht hatte der Professor ja recht, und sie stammt wirklich von den Fidschiinseln.« Rybaud hatte sich neugierig neben Leon gestellt.

»Polynesien«, korrigierte Leon. »Aber ich denke, das können wir mit Sicherheit ausschließen.« Er hatte die Lupe auf das Gebiss gerichtet. »Zahnfüllungen. Vorne, oben drei und noch mindestens zwei im Unterkiefer. Ich wette, dass die Medizinmänner der Polynesier keine Amalgamfüllungen gemacht haben.«

Leon schob die Lupe langsam über den Unterleib. Dann hielt er inne, um eine Stelle genauer zu betrachten.

»Sonde«, sagte er, ohne den Blick abzuwenden. Rybaud legte seinem Chef eine dünne, etwa 15 Zentimeter lange Metallsonde in die Hand. Leon stach mit der Spitze ein paar Millimeter tief in die ledrige Haut, etwa sechs Zentimeter vom Bauchnabel entfernt.

»Schnitt, etwa zwei Zentimeter lang.« Er sah auf. »Appendektomie, würde ich vermuten. Sehr gute Arbeit. Muss in einer modernen Klinik gemacht worden sein. Höchstens 25 Jahre her.«

Leon untersuchte die Mumie weiter und diktierte seine Beobachtungen in das digitale Aufnahmegerät. Die Verletzungen des Torsos waren alle »post mortem« entstanden, daran gab es kaum Zweifel. Wahrscheinlich sogar erst Jahre nach dem Tod der Frau.

Nach weiteren zwanzig Minuten schaltete Leon das Diktiergerät ab und betrachtete den toten Körper. Er hatte keine Vorstellung, auf welche Weise die Tote präpariert worden war. Dadurch, dass die Beine fehlten, konnte Leon auch nicht nach den typischen Schnitten in den Beinarterien suchen. Vielleicht war der Körper ja auf natürliche Weise dehydriert und mumifiziert worden. Ein trockener, gut durchlüfteter Kellerraum würde ideale klimatische Bedingungen für eine solche Mumifizierung liefern. Rybaud hatte bereits Proben angesetzt, um das Gewebe auf chemische Substanzen zu analysieren.

Leon überkamen plötzlich Zweifel: Konnte es wirklich einen Zusammenhang zwischen diesem Torso und der Toten vom Weinberg geben, oder verrannte er sich da in eine fixe Idee? Leon hatte bisher absolut nichts in der Hand, was seine Theorie über einen Serientäter stützen könnte. Was sie bisher über die Tote aus Aix in Erfahrung gebracht hatten, war mehr als bescheiden. Eine junge Frau, möglicherweise eine Studentin, war an einer bisher unbekannten Todesursache gestorben, und ihre Leiche war offenbar erst viele Jahre nach ihrem Tod entdeckt worden. Nur eines war sicher: Es handelte sich weder um eine ägyptische Mumie noch um eine einbalsamierte Tote aus Polynesien.

Wenn Leon mehr über die Todesursache der Frau in Erfahrung bringen wollte, musste er den Körper öffnen, was in diesem Fall ein äußerst kompliziertes Unterfangen war. Die Haut des Opfers war trocken und hart wie Sattelleder und damit resistent gegen jede Art von Skalpell. Nur mit der Säge würde man einen Schnitt machen können, und dabei bestand natürlich immer die Gefahr, dass feine Spuren vernichtet wurden. Es war sogar möglich, dass innere Organe durch Druck oder Stoß einfach zerfielen. Leon fragte sich, ob es nicht ein Fehler gewesen war, seinem Bauchgefühl zu folgen und nach Aix-en-Provence zu fahren.

Als Françoise schließlich die DVD mit der Aufzeichnung des Computertomographen vorbeibrachte, war es bereits kurz nach Mitternacht. Leon hatte seinen Assistenten schon eine Stunde zuvor nach Hause geschickt. Er bedankte sich bei Françoise. Sie wechselten noch ein paar freundliche Worte, und dann war Leon wieder alleine im Halbdunkel des Autopsieraums. Diese Augenblicke waren ihm am liebsten. Einsamkeit und Stille, und er konnte ganz in seiner Arbeit versinken.

Leon schob die DVD in das Laufwerk seines Computers, und auf dem Bildschirm erschien in Schwarzweißbildern der horizontale Schnitt durch die Mumie. Ein virtuelles Modell des Torsos, aus Hunderten von millimeterdünnen Scheiben zusammengesetzt. Zentimeter um Zentimeter spulte Leon die Aufzeichnung vor sich ab, die vom Scheitel bis zum Oberschenkelknochen des Opfers reichte. Die richtige Beurteilung der Bilder war schwierig. Die inneren Organe waren vertrocknet und hatten sich zu Klumpen und Schlingen zusammengezogen. Immer wieder musste Leon in der Aufzeichnung ein Stück zurückfahren, um sich zu orientieren und sich dann Millimeter für Millimeter vorwärts zu tasten. Nach einer weiteren Stunde intensiver Betrachtung tränten ihm die Augen im kühlen Luftstrom der Klimaanlage, und der Kopf tat ihm weh. Leon lehnte sich zurück und massierte seine Schläfen. Er hatte keinerlei neue Erkenntnisse gewonnen. Keine Hinweise gefunden, nichts. Nur dass der Appendix des Blinddarms entfernt worden war, genau wie er es nach der Narbe neben dem Bauchnabel erwartet hatte.

Es gehörte zu Leons Prinzipien, völlig unvoreingenommen an eine Obduktion heranzugehen. Erwartungen und vorgefasste Meinungen verstellten einem leicht den Blick auf das Naheliegende. Aber an diesem Körper gab es nichts Ungewöhnliches, mal davon abgesehen, dass diese Leiche jahrelang unentdeckt in einem Keller der Uni von Aix gelegen hatte. Leon schaltete den Monitor aus.

Für ein paar Minuten starrte Leon auf den leeren Bildschirm. Manchmal ist es das Beste, abzubrechen und schlafen zu gehen, dachte er, doch in diesem Moment hörte er etwas. Es war das Geräusch, das er schon einmal gehört hatte, das irgendwo in seinem Kopf entstand, aber doch von außen zu kommen schien. Es klang, als ob sich ein kleines Tier vorwärtsschlängelte und seine trockenen Schuppen über den Boden rieb, begleitet vom Kratzen winziger Krallen. Leon wusste, dass alles sofort vorbei sein würde, er musste sich nur bewegen. Er brauchte nur aufzustehen und die große Beleuchtung anzuschalten. Aber er blieb sitzen und sah aus dem Augenwinkel, wie eine Eidechse aus dem Autopsieraum kroch und in sein Büro huschte. Sie wirkte vollkommen real, und als sie auf seinen Schuh kletterte, sprang Leon auf und sah zu Boden. Doch da war nichts außer den graugrünen Kacheln, die von der Putzabteilung auf Hochglanz gewischt worden waren. Leon spürte, wie sich sein Puls beruhigte.

»In Ordnung, dann sehen wir uns eben die Sache noch einmal an«, sagte er laut zu sich selber und schaltete den Bildschirm wieder an. Er griff in seine Tasche und holte einen der kleinen, glatten Steine hervor, die er bei seinen

Strandspaziergängen sammelte. Sie halfen ihm, sich zu konzentrieren, zumindest redete er sich das ein. Er drehte den Stein in seiner Hand und ließ die Aufzeichnung noch einmal über den Bildschirm laufen.

Es vergingen weitere dreißig Minuten, bis Leon die zwölf kleinen weißen Bögen entdeckte. Sie waren etwa einen Millimeter stark und erinnerten ihn in ihrer Form an kleine Angelhaken. Er hätte schwören können, dass sie bei der ersten Betrachtung noch nicht da gewesen waren, was natürlich unmöglich war. Die kleinen Bögen befanden sich im unteren Beckenbereich der Mumie. Leon tippte auf seine Tastatur und kippte so die Abbildungsachse um 45 Grad. Jetzt wurde die Darstellung dreidimensional, und er konnte erkennen, was er da gefunden hatte. Die Bögen waren die Rippenknochen einer kleinen Eidechse, und sie befanden sich in der Vagina des Opfers.

40. KAPITEL

Leon hatte kaum geschlafen. Jetzt, nach zehn Minuten unter der heißen Dusche, betrachtete er sich im Spiegel seines Badezimmers. Er strich sich mit den Fingerspitzen durch die Haare, die über den Schläfen einen leichten Silberschimmer zeigten, der auch dann nicht verschwand, wenn er den Kopf im Sonnenlicht drehte. Du wirst älter, finde dich damit ab, sagte er sich. Als Junge hatte er sich oft Sorgen gemacht, ob er einmal den richtigen Beruf ergreifen würde. Was wäre, wenn er eine ganz große Begabung hätte, von der er aber nichts wusste? Vielleicht würde er dann sein Leben lang das Falsche tun. Heute wusste er, dass die Rechtsmedizin genau das war, wonach er von Anfang an gesucht hatte. Darum fühlte er sich nach anstrengenden Nächten wie der vergangenen nicht müde, sondern wie neu geboren.

Leon kam in die Küche, wo Isabelle kleingeschnittene Bananen und Äpfel in eine Schale füllte und einige Löffel gehackte Nüsse dazugab.

»Sieht nach einem vorbildlich gesunden Frühstück aus«, sagte Leon.

»Guten Morgen, *Docteur*. Was gibt's Neues?«, fragte Isabelle.

»Wieso?«

»Weil du bester Laune bist, obwohl du erst heute Morgen um vier Uhr nach Hause gekommen bist.«

»Schuldig«, sagte Leon, hob die Hände und lächelte Isabelle an.

»Also?«, fragte sie. Leon zuckte mit den Schultern. »Ich weiß schon. Immer schön an die Vorschriften halten.« Sie hob die Schale mit dem Obst hoch. »Willst du was?«

»Ich möchte aber Lilou nichts wegessen.«

»Die glaubt, Müsli wäre nur was für alte Leute über dreißig.«

»Erzähl ihr, dass es schön macht«, sagte Leon.

»Wenn du fünfzehn bist, ist dir das egal. Da bist du noch unverwundbar.«

»Warum verlieren wir nur dieses Gefühl, wenn wir älter werden?«, wunderte sich Leon.

In diesem Moment tauchte Lilou in der Tür auf.

»Redet ihr über mich?«, fragte das Mädchen.

»Achtung, Leon, sie ist da«, sagte Isabelle übertrieben verschwörerisch.

Lilou trug Jeans und T-Shirt. Die Haare waren lose zusammengefasst und wurden von einer großen pinkfarbenen Erdbeere aus Plastik gehalten. In der Hand hielt Lilou einen Rucksack mit ihren Schulsachen, den sie achtlos auf den Boden fallen ließ. Auf ihrem Oberarm konnte man, halb vorm Ärmel verdeckt, das Tattoo einer Rose mit roter Blüte erkennen.

»Ist das ein Tattoo?!« Isabelle versuchte, ruhig zu bleiben.

»Jetzt chill mal wieder. Ist nur aufgeklebt.« Lilou drehte ihren Arm so, dass Leon das Tattoo aus der Nähe sehen konnte.

»Sieht toll aus«, sagte Leon. »Und es wirkt so seriös.«

Lilou überhörte die Bemerkung. »Wird das ein Müsli?« Sie deutete mit spitzem Finger auf die Schüssel, als würde sie tote Käfer enthalten.

»Klar. Willst du was?«, fragte Leon. »Gib dem ausgehungerten Kind meine Schüssel.«

»Nein danke. Wirklich nicht«, sagte Lilou mitleidig.

»Was ist falsch an Müsli?«, fragte Leon.

»Da sind Bananen drin.«

»Ist was mit den Bananen?« Isabelle sah besorgt ihre Bananen an.

»Die werden in Costa Rica von kleinen Kindern gepflückt, in der glühenden Sonne. Wusstet ihr das nicht?«

»Klingt doch vernünftig«, Isabelle betrachtete das Müsli, »dann können sich die Eltern wenigstens mal ausruhen.«

»Das ist nicht witzig«, entgegnete Lilou. Sie ging zum Tisch, brach sich ein Stück vom Baguette ab und griff nach dem Marmeladenglas. Offensichtlich war sie nicht zum Reden aufgelegt.

»Was ist los?«

»Wir haben so eine dämliche Schulaufgabe bekommen.«

»Erzähl, vielleicht kann ich dich ja beraten«, sagte Leon.

»Wir müssen den Beruf unserer Eltern vorstellen«, sie schnaubte verächtlich und sah ihre Mutter an. »Also deinen.«

»Das ist doch super«, wandte Leon ein, »also, wenn jemand hier einen interessanten Job hat, dann ist das deine Mutter.«

»Sie ist ein Flic«, sagte Lilou und klang dabei, als würde sie über eine unappetitliche Krankheit sprechen. »Entschuldige, *Maman*, aber was soll ich denn da erzählen?«

»Was haben denn die anderen Eltern für Jobs?«, fragte Leon.

»Die Mutter von Inès arbeitet in einer Boutique.«

»Wow«, sagte Leon, »das klingt natürlich spannend.«

»Da bekommt sie auf alle Nike-Schuhe dreißig Prozent.«

»Mit Rabatt auf Klamotten sieht es bei uns im Büro allerdings schlecht aus.« Isabelle füllte ein paar Löffel Joghurt in das Schälchen und reichte es Leon. »Vorsicht, politisch voll inkorrekt.«

»Schmeckt man aber gar nicht«, sagte Leon und nahm genüsslich einen Löffel.

»Was macht ihr denn schon bei der Gendarmerie?«, sagte Lilou zu ihrer Mutter. »Ihr schreibt Falschparker auf, oder ihr sucht nach geklauten Handtaschen und Fahrrädern.«

»Du vergisst die entlaufenen Teenager, die fangen wir ein und stecken sie bei Wasser und Brot in den Knast.«

»Ha, ha«, sagte Lilou.

»Warum besuchst du nicht deine Mutter einen Tag lang auf dem Revier? Und dann schreibst du darüber, was sie so macht. Eine richtige Reportage. Ich wette, keiner in deiner Klasse hat so was zu bieten.«

Lilou sah von ihrem Marmeladenbrot auf. »Darf ich denn einfach so in die Wache?«

»Na klar«, sagte Isabelle und schenkte Leon einen dankbaren Blick. »Ich rede mit Thierry. Der hat bestimmt nichts dagegen.«

Lilou schnappte sich ihren Rucksack, in der anderen Hand hielt sie ihr angebissenes Marmeladenbaguette. »Ich überleg's mir«, sagte sie und ging zur Tür.

»Au revoir, ma chérie«, sagte Isabelle.

»Viel Erfolg in der Schule«, sagte Leon.

»Salut«, antwortete Lilou und hielt kurz das Marmeladenbrot hoch, ohne sich noch einmal umzusehen.

Isabelle sah einen Moment ihrer Tochter nach. Draußen

hörte man die Haustür ins Schloss fallen. Dann setzte sie sich mit ihrem Müsli zu Leon an den Küchentisch.

»Danke«, sagte Isabelle.

»Wofür?«

»Dass du den Ruf der *Gendarmerie nationale* gerettet hast.«

»Sie liebt dich, und sie bewundert dich.« Isabelle lächelte bei Leons Bemerkung. Er sah sie an. »Geht es dir gut?«

»Wenn du fragen willst, ob ich bei dem Psychologen war ... Die Antwort ist: ja.«

»Und wie war's?«

Isabelle zuckte mit den Schultern. »Er war ungefähr zehn Jahre jünger als ich.«

»Das muss nichts heißen.«

»Als Erstes hat er einen Karton mit Kleenex auf den Tisch gestellt. Da hab ich ihn gefragt, warum er das tut.« Isabelle unterbrach sich und dachte nach.

»Was hat er gesagt?«

»Sie brauchen sich nicht zu schämen. Sie haben einen Menschen erschießen müssen. Da würde jeder weinen.« Sie ahmte eine piepsige Kinderstimme nach.

Leon schmunzelte. »Was du natürlich nicht getan hast ...?«

»Ich hab ihm gesagt: Ja, ich habe einen Menschen getötet, aber der wollte mein Kind umbringen. Das machte es leichter.«

»Aber er hat das anders gesehen?«

Isabelle imitierte wieder die Kinderstimme. »Das ist eine schrecklich schwere Last, mit der Sie leben müssen. Es ist nur natürlich, wenn Sie die Erinnerung daran verdrängen. Aber die Erinnerung will heraus ... Da hab ich ihm die Kleenex hingeschoben. Ich konnte ihm doch unmöglich die Wahrheit sagen.«

»Was ist die Wahrheit?«, fragte Leon.

»Dass es schlimm war, entsetzlich und furchteinflößend. Und manchmal träume ich davon. Aber es war auch gewaltig. Es war ein archaisches Erlebnis, und ich glaube, dass ich genau das Richtige getan habe.«

»Da bin ich mir sogar ganz sicher«, sagte Leon. »Ist vielleicht gut, dass du ihm nicht alles erzählt hast.«

In diesem Moment klingelte Leons Handy. Es war Polizeichef Zerna.

»Ich habe gehört, Sie haben gestern lange im Institut gearbeitet.«

»Worum geht es?«, fragte Leon. Er weigerte sich, blöde Spielchen zu spielen.

»Die Mordkommission in Toulon möchte wissen, was Sie da untersucht haben.«

»Dann rede ich doch am besten mit der Mordkommission.«

»Kein Problem. Kommen Sie auf die Wache. Madame Lapierre wird hier sein. Sagen wir in einer halben Stunde?!« Zerna wartete die Antwort nicht ab und legte auf. Leon ärgerte sich, dass er nicht schneller war. Zerna war ein Fuchs, der jede Gelegenheit nutzte, so zu tun, als wäre er Leon gegenüber weisungsbefugt. Da war es wichtig, dass Leon ihm immer wieder klarmachte, dass er als Rechtsmediziner von der Gendarmerie absolut unabhängig arbeitete.

41. KAPITEL

Es war ungewöhnlich warm geworden für Ende September, und Leon sah, dass sich auf der hellblauen Bluse von Madame Lapierre Schweißflecken abzeichneten. Was die Kommissarin der Mordkommission dadurch zu verbergen versuchte, dass sie die Ellenbogen fest an den Körper presste. Wodurch sie nur noch strenger und unnahbarer erschien, als sie sowieso schon war.

Die Kommissarin aus Toulon saß wie immer neben Zerna. Außerdem nahmen Isabelle, Moma und Masclau an der Besprechung in dem überhitzten Büro teil.

»Mörderisches Geheimnis: Der Pharao und die Tote von Le Lavandou«, las Kommissarin Lapierre laut vor und legte die jüngste Ausgabe von *La Provence* vor Leon auf den Tisch. »Staatsanwalt Orlandy will wissen, wer Sie autorisiert hat, eigenmächtige Ermittlungen in dieser Sache zu unternehmen.«

»Wir waren es jedenfalls nicht«, sagte Zerna zufrieden und hob abwehrend die Hände.

Leon warf noch einen konzentrierten Blick auf seine Notizen. Obwohl da nichts stand, was ihn in diesem Moment wirklich entlastet hätte. Dann sah er die Kommissarin an.

»Bitte teilen Sie doch dem verehrten Staatsanwalt mit, dass ich den Kollegen der Universität Aix-Marseille nur geholfen habe, das Alter eines Exponats aus ihrem Archiv zu bestimmen. Dabei bin ich allerdings tatsächlich auf einige überraschende Parallelen zum Fall Nicole Savary gestoßen«, fügte er wie nebenbei hinzu.

Offensichtlich hatte der nette Professor aus Aix mit einem Journalisten über ihr kleines Treffen geplaudert. Der Staatsanwalt hatte die Zeitung gelesen und sofort bei Zerna um eine Stellungnahme nachgefragt. Und der Polizeichef hatte zugeben müssen, dass die ganze Sache an ihm vorbeigelaufen war. Deswegen war er also so sauer, dachte Leon und genoss für einen Moment die kleine Kompetenzverwirrung.

»Natürlich, Sie haben nur Ihren Kollegen geholfen«, wiederholte Zerna spöttisch. »Jetzt werden Sie bloß nicht spitzfindig. Sie haben Beweismaterial unautorisiert an sich genommen.«

»Dieses Beweismaterial lagerte seit über zwanzig Jahren im Keller der Universität, und niemand hat sich dafür interessiert«, sagte Leon in provozierend ruhigem Ton.

»Wollen Sie uns nicht mitteilen, auf welche Art von Parallelen Sie gestoßen sind, *Docteur* Ritter?« Isabelle sah Leon mit einem freundlichen Lächeln an.

»Aber sehr gerne, Capitaine«, sagte er. »Bei dem sogenannten ›Pharao von Aix‹ handelt es sich in Wirklichkeit um die Leiche einer Frau.«

»Also die Frau vom Pharao«, quatschte Masclau dazwischen. Was ihm einen tadelnden Blick seines Chefs eintrug.

»Ganz so alt ist sie auch wieder nicht«, sagte Leon. »Unseren Untersuchungen zufolge ist sie wahrscheinlich nicht vor 1990 gestorben. Das lässt sich aufgrund einer endoskopischen Blinddarmoperation eingrenzen, die offenbar mit modernstem Gerät durchgeführt wurde.«

»Schön, aber was hat die ganze Sache mit dem Fall Nicole Savary zu tun?«, fragte Zerna.

»Es handelt sich bei dem Opfer ebenfalls um eine junge, blonde Frau. Alter zwischen zwanzig und dreißig Jahren.«

»Ich bitte Sie, *Docteur*«, unterbrach Zerna, »wie viele blonde junge Frauen sind wohl im Jahr 1990 in der Provence ums Leben gekommen?« Zerna hatte immer noch nicht überwunden, dass er nicht von Leon informiert worden war.

»Die Frage ist doch wohl eher: Wie viele davon liegen als Mumien in einem Heizungskeller der Universität?« Als Leon das sagte, kicherten Moma und Masclau.

»Was genau haben Sie herausgefunden, *Monsieur le Médicin légiste*?«, hakte die Kommissarin nach.

Leon sah Patricia Lapierre an, die auf ihrem Stuhl nach vorne gerutscht war. Sie war schlau, dachte er. Sie ahnte natürlich, dass er sich das Beste für den Schluss aufgehoben hatte.

»Es gibt eine eindeutige Verbindung zwischen dem Fall Nicole Savary und der Mumie aus Aix«, sagte Leon.

»Und die wäre?«, jetzt klang Zerna gereizt.

»Wir haben in ihrer Vagina ebenfalls Reste einer Eidechse gefunden.«

»Wenn die da über zwanzig Jahre lang im Keller rumgelegen hat«, sagte Masclau und sah zu Zerna. »Da kann ihr doch wer weiß was reingekrochen sein.« Alle sahen ihn an. Es herrschte peinliche Stille. »Ich sag's ja nur.«

»Aus anatomischer Sicht ist das so gut wie ausgeschlossen, das habe ich schon einmal gesagt«, antwortete Leon. »Es gibt aber noch eine weitere Parallele zum Fall Savary: Wir haben in den Gewebeproben des Opfers einen hohen

Anteil an Formalin festgestellt. Der Körper wurde also künstlich konserviert.«

»Moment. Wollen Sie damit behaupten, dass der Kerl, der Nicole Savary umgebracht hat, auch die Frau aus Aix getötet hat?«, fragte Zerna.

»Ich bin nur der Rechtsmediziner«, sagte Leon. »Das herauszufinden überlasse ich den Spezialisten der Polizei.«

»Ach, jetzt plötzlich.« Masclau konnte sich die Bemerkung nicht verkneifen.

»Lieutenant«, die knappe Zurechtweisung kam von der Kommissarin und machte Masclau klar, dass er den Mund zu halten hatte. Die Vertreterin der Mordkommission wandte sich an Leon. »Ich würde gerne Ihre Meinung hören, *Docteur.*«

»Die Übereinstimmungen zwischen den beiden Fällen sind eklatant«, sagte Leon. »Natürlich bleiben Fragen offen, da der Torso der unbekannten Frau stark beschädigt ist.« Er machte eine kleine, dramatische Pause. »Aber wenn Sie mich so direkt fragen: Ja, ich glaube, wir haben es in beiden Fällen mit ein und demselben Täter zu tun.«

Kurz darauf saß Leon bei Isabelle im Büro. Isabelle unterhielt sich mit ihm, während sie auf dem Bildschirm durch ihre Mails blätterte, was Leon irritierte.

»Angenommen, wir haben es wirklich nur mit einem Täter zu tun«, Isabelle sah von ihrem Computer auf und wandte sich an Leon. »Beim ersten Opfer hast du gesagt, der Täter hätte Erfahrung. Hast du damit gemeint, dass er vielleicht eine medizinische Ausbildung hat?«

»Natürlich wäre die Konservierung einer Toten für einen Arzt leichter zu bewerkstelligen. Aber ein Tierpfleger oder ein Metzger, oder jemand mit geschickten Händen könnte es wahrscheinlich auch genauso gut hinkriegen. Zuletzt kommt es allein auf die kriminelle Energie an.«

»Also jemand, der uns bereits aufgefallen ist?«, dachte Isabelle laut nach. »Schlägereien, Vergewaltigung, Tierquälerei – etwas in der Art?«

»Das wäre in jedem Fall ein Kriterium. Es gibt aber immer auch den braven Familienvater, der ein Doppelleben führt.«

»Dr. Jekyll und Mister Hyde?«

»In jedem Mann steckt etwas von einem Mr Hyde«, sagte Leon.

»Wu, wu, wuh«, machte Isabelle und hielt sich die Hände wie Krallen neben ihr Gesicht, als würde sie mit einem Kind »Gespenster« spielen.

In diesem Moment klopfte es an die Tür, und im gleichen Moment kam Masclau ins Zimmer.

»Pardon, ich wollte nicht stören«, sagte er.

»Tust du nicht, was gibt's?«, fragte Isabelle.

»Wir kommen mit dem Boot nicht weiter, also dem, das auf dem Foto von dieser Savary zu sehen ist. Jetzt haben wir die Aufnahme an die größten Bootshändler in der Gegend geschickt, vielleicht lässt sich ja so der genaue Typ ermitteln.«

»Gute Idee, Didier. Habt ihr gecheckt, ob Pelletier ein Boot hat?«

»Er hatte mal ein Segelboot. Ist aber schon lange verkauft.«

»Was ist mit diesem Arzt, Dr. Ravier?«

»Haben wir schon überprüft, der hat kein Boot.«

In diesem Moment erschien auch noch Moma in der Tür.

»Isabelle, die Frau aus Deutschland ist wieder da. Sie sagt, es wäre dringend.«

»In Ordnung. Schick sie rein.«

Momo und Masclau verschwanden.

»Ich lass dich besser mal allein«, sagte Leon und stand auf. In diesem Moment stand Anna in der offenen Tür. Leon zögerte, als er sie sah.

»Das ist Anna Winter aus Hamburg«, sagte Isabelle. »*Docteur* Ritter, unser Rechtsmediziner. Er kommt übrigens auch aus Deutschland.«

»Guten Tag«, sagte Leon. Anna nickte nur nervös und schien darauf zu warten, endlich mit Isabelle allein sprechen zu können. »Dann geh ich wohl besser mal«, sagte Leon. »Auf Wiedersehen, Frau Winter.«

Leon verließ das Büro.

42. KAPITEL

Niemandem fiel der Mann in seinem Auto auf. Er hatte den Wagen im Schatten einer Platane geparkt, direkt um die Ecke vom Supermarkt. Dort, wo es den großen Bootshandel und die Tankstelle gab. Hier konnte er hinter dem Steuer sitzen bleiben und über die Kreuzung hinweg direkt auf den Flachbau gegenüber sehen. Ein wenig attraktiver Flachbau, am Ortsrand von Le Lavandou, in den die *Gendarmerie nationale* erst vor kurzem umgezogen war und dessen terrakottafarbene Fassade an einigen Stellen schon wieder abbröckelte.

Der Mann musste nicht mal aussteigen, um den Eingang mit dem großen Tor im Auge zu behalten. Er hatte die blonde Frau bis hierher verfolgt, und sie würde schon bald wieder aus der Wache herauskommen. Und dann, dann würde er ... Er musste aufpassen, sich nicht in Tagträumen zu verlieren. Wenn seine Mission erfolgreich sein sollte, musste er sich an seinen Plan halten. Perfekte Vorbereitung war das Allerwichtigste. Und er war vorbereitet.

Der Mann sah, wie die Glastür des Gebäudes aufging und zwei Flics herauskamen. Sie stiegen in ihr Einsatzfahrzeug, das direkt vor dem Eingang parkte, und fuhren davon. Natürlich wusste der Mann, dass er sie aufgescheucht hatte. Das kleine Malheur am Weinberg hätte nie passieren dürfen. Aber das war jetzt nicht mehr zu ändern. Die Flics hatten trotzdem keine Ahnung, nach wem sie suchen sollten. Sie waren blind in ihrem Eifer, und sie hatten keine Fantasie, keine Vorstellung davon, mit wem sie es hier zu tun hatten. Lange hatten die Flics nicht einmal gewusst, dass es ihn gab, weil sie die Sünderinnen gar nicht vermissten. Und wenn sie sie doch fanden, wussten sie nicht, was sie tun sollten. Ihr Verstand war gar nicht in der Lage, das große Ganze zu erfassen. Sie hatten keine Ahnung, wie viel Arbeit in jeder seiner Missionen steckte. Die große Reinigung war ein kreativer Akt. Ein künstlerisches Gesamtwerk. Mehr noch, es war eine Art von Dialog mit dem Schöpfer selber. Wer das nicht verstand, der verstand gar nichts.

Nein, die Flics konnten ihm nicht gefährlich werden, aber man durfte sie auch nicht unterschätzen. Sie konnten lästig sein. So wie ein Mückenschwarm an einem heißen Sommerabend, wenn man kein Insektenspray dabeihatte. Aber mehr auch nicht. Sie konnten ihn nicht davon abhalten, das zu tun, was er tun musste. Und was er jetzt vorhatte, war vielleicht die wichtigste Mission von allen. Da konnte ihm niemand erzählen, dass das alles nicht gottgewollt war. Dass die Sünderinnen nicht zu ihm geschickt worden waren, als Prüfung seines bedingungslosen Glaubens an die gute Sache.

Er hatte die Erste von ihnen gesehen und seine Mission sofort gestartet. Sie hatte gefleht und gewinselt. Das taten sie alle. Früher, als er noch nicht so gefestigt gewesen war wie heute, da hatte er ihnen einen Knebel in den Mund gestopft, denn sie waren wie die Sirenen in ihren Schwüren und Versprechen. Und er hatte ihnen die Augen verbunden, damit sie nicht versuchten, ihn mit ihren Blicken vom rechten Weg abzubringen. Heute war das anders, heute brauchte er keine Augenbinden und keine Knebel mehr.

Das Schreien und Jammern, das Weinen und Stöhnen war Teil der Reinigung, wenn die verdorbenen Säfte ausgetauscht wurden. Eine seelische Befreiung und der Eintritt in ein neues Leben, ein Leben der inneren Einkehr.

Als hätte die Vorsehung auf diesen Augenblick gewartet, ging in diesem Moment die Tür zur Gendarmerie auf, und die blonde Frau kam heraus. Für einen Augenblick schien sie zu zögern und sah in seine Richtung. Aber sie konnte ihn nicht erkennen, ausgeschlossen. Sein Auto war nur eines von vielen, und die flache Sonne würde sich in der Windschutzscheibe spiegeln, so dass man rein gar nichts erkennen konnte. Der Mann starrte die Frau fasziniert an. Sie war das genaue Spiegelbild der anderen Hexe. Diesmal waren sie zu zweit angetreten, um ihn zu vernichten, aber das würde ihnen nicht gelingen. Er würde diese Frau zu der anderen schaffen, und zuletzt wären sie genau da, wo sie hingehörten, in ihrem neuen, tugendhafteren Leben.

Die blonde Frau stieg in einen kleinen Peugeot. Der Mann wartete, bis sie losgefahren war, dann startete er den Motor und folgte ihr in sicherem Abstand. Es war Freitag, und zwei Tage lang würden die Wochenendtouristen die Straßen mit ihren Autos verstopfen. Niemand achtete auf ihn. Er konnte sich voll und ganz seiner Jagd widmen.

43. KAPITEL

Leon bückte sich, beugte sich vor und schob die Schere an den Stiel der Weinreben. Ein kurzer Schnitt, und die Trauben fielen in seine Hand. Er drehte sich um und warf die Frucht in den Henkelkorb aus grünem Plastik, der direkt hinter ihm auf dem Boden stand. Wieder aufrichten, ein halber Schritt nach rechts, nächster Weinstock. Wieder bücken. Schnipp, in den Henkelkorb. Schweiß lief Leon in die Augen, und als er sich aufrichtete, spürte er seinen Rücken. Ein kleines Knacksen in der Wirbelsäule, irgendwo zwischen dem ersten und zweiten Lendenwirbel, fürchtete er. Dabei stand er erst seit knapp zwei Stunden hier draußen. Eine Stufe höher arbeitete eine junge Frau, die mindestens das doppelte Tempo vorlegte. Auch die anderen Erntehelfer im Weinberg waren schneller als er. Aber sie waren auch höchstens halb so alt, tröstete er sich. Gelegentlich sahen sie zu ihm herüber, und ihr Blick hatte etwas Mitleidiges. Leon zog das Tempo an. Bücken, zupacken, schneiden, weglegen.

»Wir gehen heute in Ihren Weinberg«, hatte Dunelle zu Leon am Vormittag gesagt. Leon hatte nur nach seinem Haus sehen wollen, als Dunelle plötzlich auftauchte. Der Millionär trug die derben Klamotten eines Winzers. Er hatte einen zerbeulten Strohhut auf, und aus der Brusttasche seines Hemdes ragten die Griffe einer Gartenschere.

»Ich dachte, vielleicht hätten Sie ja Lust, bei der Weinlese mitzumachen«, meinte Dunelle. Bei ihm standen die junge Frau und zwei Studenten. Sie sahen Leon mit einem herausfordernden Blick an, der aber auch sagte: »Komm aber nachher nicht und frag, ob wir dir beim Tragen helfen.«

»Sie nehmen die mittlere *Muret*«, hatte Dunelle ihn eingeteilt wie ein Feldherr und mit der Hand auf die gemauerte Geländestufe gezeigt. Kein Problem, dachte Leon. Mit der Gartenschere Trauben abschneiden und in die Trage werfen, dafür musste er nicht Botaniker sein. Sarah hatte ihn immer damit aufgezogen, dass er im Garten vor ihrem gemeinsamen Haus die Hortensie nicht vom Rittersporn unterscheiden konnte. Aber auf solche Feinheiten kam es im Weinberg nicht an. Hier war die Aufgabe eindeutig und übersichtlich, hatte er geglaubt. Das war vor zwei Stunden gewesen. Jetzt stand er mit schmerzendem Rücken vor den Weinstöcken, die sich auf der Stufe endlos hintereinanderreihten. Aber es gab für Leon kein Zurück mehr, es war ein Wettkampf gegen sich selber. Bücken, abschneiden, weglegen. Wieder das Knacksen in der Wirbelsäule. Ob die Arbeit im Weinberg die Chancen auf einen plötzlichen Bandscheibenvorfall erhöhte? Wenn er Pech hatte, würde er eine Weile gelähmt bleiben ... Leon versuchte, an etwas anderes zu denken.

»Weißt du, was dein Problem ist?«, sagte sein Internist Uwe immer zu ihm, »du grübelst zu viel. Ist ja auch kein Wunder, wenn man nur mit toten Leuten zusammen ist.«

Bücken, schnipp, abwerfen. Leon versuchte, seine Technik zu verändern. Das Hemd hochgekrempelt, stand der *Médecin légiste* zwischen den Weinstöcken und schnitt Traube um Traube. Er spürte inzwischen schmerzhaft sein Handgelenk, und der Daumen schien ihm nicht mehr gehorchen zu wollen. Natürlich könnte er einfach abbrechen. Aber das hier war sein Weinberg, es war eine Frage der Ehre. Der *Vendangeur* kam mit der schweren *Hotte* vorbei. So nannte man die großen Tragen, in die die Pflücker ihre kleinen Körbe leerten. Der *Vendangeur*, der die 40 Kilo schwere Kiepe schleppte, war klein und drahtig und turnte mit dem Gewicht auf dem Rücken über die Stufen des Weinbergs, als wäre er schwerelos. Unten am Weg wartete der Traktor mit dem Container, in den die Träger ihre Kiepen entleerten. Leon hatte von Anfang an geahnt, dass es anstrengend werden würde, aber so mühsam hatte er sich die Arbeit nicht vorgestellt. Die junge Frau blieb stehen und reichte ihm über die Reihe der Weinstöcke hinweg eine Flasche Wasser. Leon trank gierig, wenigstens würde er sich keinen Nierenschaden einhandeln.

Eigentlich hatte er gar nicht vorgehabt, bei der Ernte zu helfen. Er musste sich dringend um das Grundbuchproblem seines Hauses kümmern. Also hatte er seine Tante Odette angerufen.

»Du wirst doch nicht vor ein paar Wichtigtuern aus dem Gemeinderat einknicken«, hatte sie ihm am Telefon gesagt. »Das sind alles Dummköpfe. Alle wichtigen Unterlagen über *Le Lézard* findest du im Haus.« Danach hatte sie sich entschuldigt, weil sie zum Qi Gong musste, und hatte aufgelegt.

Leon ärgerte sich über sich selber. Er hatte von Anfang an geahnt, dass es Probleme geben würde. Mit Tante Odette gab es immer Probleme. Aber er hatte nicht auf seinen Bauch gehört, sondern sich blenden lassen, als Odette ihm in Nizza den Schlüssel in die Hand gedrückt hatte.

Also war Leon zum Haus gefahren, um Unterlagen zu

suchen, die ihm helfen könnten, das Alter des Hauses zu belegen. Aber er fand im Wohnzimmer nur ein Regal mit einigen Bänden »Kommissar Maigret« von Georges Simenon und eine Biografie über Ludwig den XIV. Im Schreibtisch entdeckte er eine Betriebsanleitung für einen verrosteten Ventilator, einige unbeschriebene Postkarten und in einem Schubfach 150 Französische Francs und ein paar ungültige Briefmarken. Von offiziellen Schreiben oder gar einem Kaufvertrag keine Spur.

Frédéric hatte in dem Haus inzwischen wahre Wunder vollbracht. Als Leon an diesem Morgen vor dem Haus geparkt hatte, war ihm Frédéric aufgeregt entgegengelaufen.

»Es ist wie in der Bibel«, hatte Frédéric gerufen.

»Was meinst du?«

»Ich muss dir was zeigen«, hatte der Junge gesagt und nach Leons Arm gegriffen. »Jetzt gleich. Ist ein Wunder, richtiges Wunder. Wie bei Moses, ja.«

Dann hatte er Leon in die Küche geführt. Hier war überhaupt nichts geschehen. Die Schranktüren standen offen, und auf den Küchengeräten lag noch immer dicker Staub. Die Spüle aus Edelstahl war in den Jahren grau angelaufen und fleckig, und vor dem Fenster hingen Spinnweben wie dichte Schleier.

»Hier«, hatte Frédéric stolz gesagt und auf das Waschbecken gedeutet.

»Was meinst du?«

»Moses schlug seinen Stab zweimal auf den Felsen«, hatte Frédéric aus der Bibel zitiert, sich zum Wasserhahn über der Spüle gebeugt und den Zulauf aufgedreht. »Und aus dem Felsen kam das Wasser heraus für Mensch und Vieh …«

Zuerst hatte es laut gezischt, dann war eine braune

Flüssigkeit aus dem Hahn geschossen, die sich nach wenigen Sekunden in klares Wasser verwandelte.

»Wie bei Moses«, hatte Frédéric stolz gesagt. »Ein Wunder.«

»Besser als Moses«, Leon war begeistert. »Wie hast du das geschafft?«

»Im Keller ist ein Rohr. Ganz alte Leitung. War abgesperrt. Jetzt ist es nicht mehr abgesperrt. Wie bei Moses.«

»Das hast du großartig gemacht«, hatte Leon gesagt und seine Hand in den Wasserstrahl gehalten, der kalt und klar war. Die Vorstellung, dass irgendeine Behörde mit einer Abrissgenehmigung hier auftauchen könnte, um dieses Haus zu zerstören, kam ihm plötzlich geradezu obszön vor. Mit dem fließenden Wasser schien das Haus aus einem tiefen Schlaf erwacht zu sein.

Inzwischen waren die Bewegungen von Leon immer langsamer geworden. Das Bücken fiel ihm schwer, und die drei Stunden zwischen den Weinstöcken kamen ihm vor wie Tage. Endlich, am Nachmittag, als die Sonne schon flach stand und das Wasser des Réal Collobrier in der Ebene wie eine silberne Schlange glitzerte, erschien Gérard Dunelle im Weinberg. Er bedankte sich bei Leon, der die letzten Reben wie in Trance geschnitten hatte, für dessen Hilfe und lobte die Arbeit. Dann fuhren die beiden zum Weingut. Der Reeder hatte sich hier einen Traum verwirklicht. Er wusste zwar, wie guter Wein schmecken musste, aber er hatte wenig Ahnung gehabt, wie man die Weinstöcke zum Wachsen brachte, als er hier vor zehn Jahren angefangen hatte. Inzwischen beschäftigte er fünf feste Mitarbeiter und einen ausgebildeten Önologen, der für die Qualität seines Weins verantwortlich war.

Dunelle führte Leon stolz durch die Anlage, die sich

rund um das alte gemütliche Stammhaus zog. Ständig kamen Traktoren und brachten die übervollen Container. Dunelle zeigte Leon die Mühle, wo die roten Trauben zu Maische zerdrückt wurden und der süßlich riechende Brei aus Saft, Stielen und der Beerenschale sich in Bottichen entwickelte, bevor er in die große Presse kam.

Wie lange die Maische stehenbleiben musste, damit der Traubensaft die richtige Menge Farbstoffe aus den roten Beeren zog, war das streng gehütete Geheimnis jedes Weinguts. Denn die Zeit bestimmte die Farbintensität des Rosés, zwischen zartrosa wie ein Sonnenaufgang über dem Meer oder kräftig rot wie die Abendwolken, wenn die Sonne hinter den Bergen bei Toulon wieder unterging. Dunelle behauptete, man müsse das Ohr an den Tank mit der Maische legen und hören, ob die Früchte »singen«. Nur so könne man den richtigen Zeitpunkt bestimmen, zu dem die Maische gepresst werden musste, damit der gereinigte Saft zum Gären in die großen Tanks aus Edelstahl gefüllt werden konnte.

Zuletzt saßen Leon und der Winzer zusammen im Schatten eines Pfefferbaums. Neben ihnen plätscherte ein kleiner Brunnen, in dem ein bemooster Neptun Wasser spuckte. Dunelle offerierte die Vorjahresernte seines Weins, der den schönen Namen *La Cigale* trug und als Signet auf dem Etikett eine Grille zeigte. Der Rosé war ein Gedicht, dachte Leon und fragte sich für einen Moment, ob er vielleicht eines Tages auch einen eigenen Wein herstellen würde.

44. KAPITEL

An diesem Tag hatte sich Isabelle für Anna mehr Zeit genommen als bei deren vorherigen Besuchen. Die mageren Ermittlungsergebnisse der letzten Tage veranlassten die stellvertretende Polizeichefin, auch dem entferntesten Hinweis zum Fall der Toten im Weinberg nachzugehen. Das Verschwinden von Annas Schwester konnte genau so ein Hinweis sein. Isabelle sah sofort, dass Anna sich seit ihrem ersten Besuch auf der Wache verändert hatte. Sie wirkte jetzt verunsichert und ängstlich. Als sie erzählte, dass sie sich verfolgt fühlte, und Isabelle immer mehr Details erfuhr, war sie alarmiert. Zum ersten Mal hatte Isabelle das Gefühl, als sei Annas Angst begründet, als könnte es da tatsächlich jemanden geben, der die junge Frau verfolgte.

»Was meinen Sie damit, wenn Sie sagen, Pelletier hätte Sie im Haus beobachtet? Sie hatten doch ein abgeschlossenes Gästezimmer.«

»Wenn ich ins Bad wollte, musste ich durch den Flur gehen«, sagte Anna. »Pelletier tauchte immer genau dann auf, wenn ich mein Zimmer verlassen hatte. Oder er stand vor der Tür, wenn ich vom Bad kam. Einmal, das war ganz am Anfang, ist er sogar reingekommen, gerade als ich unter die Dusche gehen wollte. Danach habe ich immer abgeschlossen.«

»Das haben Sie mir nie erzählt«, sagte Isabelle.

»Ich habe gedacht, dass Sie mich sonst für hysterisch halten.« Anna sah zu Boden.

»Hat Pelletier Sie angefasst?«

»Er hat es versucht.« Anna sah Isabelle an. »Immer wieder. Kaum war seine Frau im Geschäft, schon ist er bei mir aufgetaucht, als könnte er hellsehen.«

»Seit wann verfolgt er Sie?«

»Seit dem Moment, als ich das Zimmer bezogen habe. Aber seit ich ins Hotel umgezogen bin, ist es noch schlimmer geworden.«

»Aber Sie sagen, Sie sehen ihn nicht?«

»Nicht immer. Manchmal steht er nur auf der anderen Straßenseite und starrt mich an. Und dann wieder ...«, sie unterbrach sich.

»Dann können Sie seine Anwesenheit nur spüren?«

Anna nickte. »Ich weiß, dass das verrückt klingt.«

»Nein, tut es nicht«, Isabelle sah ihre Besucherin an. »Wenn Menschen besonders sensibel sind, kommt so etwas öfter vor.«

»Das heißt, Sie glauben mir?«

»Ich glaube, dass Sie eine gute Beobachterin sind. Aber um eine Vermisstenanzeige in die Wege leiten zu können, bräuchten wir mehr Anhaltspunkte.«

»Und die haben Sie jetzt?« Anna klang hoffnungsvoll. »Suchen Sie jetzt nach meiner Schwester? Ich meine, so richtig?«

»Ich denke, wir können jetzt eine Fahndung rausgeben«, sagte Isabelle. »Ich muss noch mit dem Polizeichef reden. Ich melde mich bei Ihnen, sowie ich etwas Neues weiß. Einverstanden? Und Ihnen würde ich empfehlen, im Hotel zu bleiben.« Anna nickte dankbar.

Isabelle bat Moma, Anna Winter zurück zum Hotel zu

fahren. Dann sprach sie fast eine Stunde mit Zerna. So lange dauerte es, bis sie ihn überzeugt hatte, dass Guy Pelletier tiefer in den Fall verstrickt war, als sie bisher angenommen hatten. Was Isabelle von ihrem Chef wollte, war die Erlaubnis, sich im Haus von Pelletier umzusehen. In Frankreich gab es hohe juristische Hürden vor einer regulären Hausdurchsuchung. Allerdings nicht, wenn Gefahr in Verzug war. Und eine deutsche Touristin, nach der die Polizei fahndete, wäre so eine Ausnahme.

»Du erwartest also, dass ich auf so einen dünnen Verdacht hin diese Susan Winter zur Fahndung ausschreiben lasse?«, sagte Zerna, der die ganze Zeit hinter seinem Schreibtisch gesessen und Isabelle schweigend zugehört hatte. Er stand auf und drückte den Rücken durch, um ein wenig größer zu wirken. Aber auch jetzt überragte ihn Isabelle noch mindestens um drei Zentimeter.

»Nein, Thierry. Ich erwarte, dass wir uns um eine Touristin kümmern, deren Schwester vielleicht einem Verbrechen zum Opfer gefallen ist. Und es besteht der dringende Verdacht, dass wir im Haus von diesem Pelletier Spuren finden werden, die uns genau zu dieser verschwundenen Frau führen.«

»Was wir bisher aber nur vermuten.«

»Wir suchen einen Serienmörder. Und wir haben eine Zeugin, die von unserem Hauptverdächtigen gestalkt wird«, sagte Isabelle. »Ich denke, wenn wir uns beeilen, haben wir gute Chancen, etwas zu finden, das wir Madame Lapierre präsentieren können.«

Eine Viertelstunde später stoppten zwei Fahrzeuge der *Gendarmerie nationale* vor dem Haus der Pelletiers. Isabelle war mit Masclau und Moma erschienen. Erst nach Isabelles drittem Läuten wurde die Haustür geöffnet. Vor ihnen stand Guy Pelletier in einem Hawaiihemd mit wildem Blumenmuster. Er hatte sich einen Golfsack mit Schlägern über die Schulter gehängt. Auf dem Kopf trug er eine Baseballkappe mit dem Emblem von *Olympique Marseille*, er wirkte sehr beschäftigt.

»Ja, bitte?«, fragte Guy Pelletier etwas ungehalten.

»Monsieur Pelletier, wir ermitteln im Fall der verschwundenen Susan Winter, die bei Ihnen gewohnt hat.«

»Da kann ich Ihnen nicht helfen«, sagte Pelletier und wollte an Isabelle vorbeigehen, doch in diesem Moment stellte sich Masclau ihm in den Weg.

»Wir haben Grund zu der Annahme, dass Sie die Gesuchte oder Eigentum dieser Person in Ihrem Haus verstecken«, sagte Isabelle, als sie von Pelletier empört unterbrochen wurde.

»Das ist doch nicht Ihr Ernst. Diese blöde Ziege ist verschwunden. Und sie schuldet mir noch die Miete für fünf Tage ...«, rief er.

»Immer mit der Ruhe, Pelletier«, sagte Isabelle einen Ton energischer. »Wir wissen, dass Susan Winters Schwester die offene Rechnung beglichen hat.«

»Na und?! Sie ist trotzdem nicht bei uns im Haus«, sagte Pelletier verärgert. »Ist die Polizei jetzt völlig verrückt?«

»Das will ich mal nicht gehört haben«, sagte Masclau grimmig.

»Dann können wir uns ja mal umsehen. Oder sollen wir uns erst mit dem Bewährungshelfer abstimmen?«, meinte Isabelle.

»Na, meinetwegen. Kommen Sie rein«, sagte Pelletier, plötzlich eine Spur freundlicher. »Aber machen Sie's kurz. Ich muss zum Golf. Ich bin mit meinem *Flight* verabredet.«

»Mit wem?«, fragte Masclau.

»Mit meiner Golfgruppe. Schon schade, wenn jemand so gar keine Ahnung hat«, spottete Pelletier. »Was soll's, darum ist Golf ja auch nichts für jedermann.«

»Was soll denn das jetzt wieder heißen?«, brauste Masclau auf.

»Können wir jetzt?«, sagte Isabelle scharf in Richtung Masclau und betrat das Haus. Die Polizisten folgten ihr.

Die drei Beamten durchsuchten das Haus von oben bis unten. Sie kontrollierten den Dachboden, den Anbau, die Zimmer in jedem Stockwerk. Sie öffneten Schränke und untersuchten schließlich noch den Keller. Hier hatte Pelletier einen Kühlraum, in dem er die selbstgemachte Wildschweinwurst lagerte. Isabelle spürte, dass Pelletier umso nervöser wurde, je länger sie sich in seinem Haus aufhielten. Sie war sicher, dass er irgendetwas vor ihnen verbarg.

Schließlich betraten die Beamten die große Doppelgarage. Hier standen ein goldfarbener Jeep und ein Motorboot auf einem Slipwagen. Pelletier behauptete, dass er das Boot vor Jahren von einem Freund gekauft hätte.

»Ich war mit dem Ding nur ein- oder zweimal auf dem Wasser«, sagte Pelletier.

Masclau umrundete das Boot neugierig und strich fachmännisch mit der flachen Hand über den glatten Rumpf. »Warum sind Sie nicht öfter raus damit? Ist doch ein geiles Boot.«

»Probleme mit dem Außenborder.«

»Mercury, wie viel PS hat der? 180?«, fragte Masclau neugierig und tätschelte den hochgeklappten Außenbordmotor.

»240«, korrigierte Pelletier. »Sechszylinder.«

»240 PS! Mann, was für ein Teil.«

»Der Motor ist ja das Problem. Gibt kaum noch Ersatzteile.«

»Wie war das mit Nicole Savary? Haben Sie die auch mal mit aufs Boot genommen?« Isabelle sah den Mann an.

»Ach, so läuft das? Wenn einer ein Boot hat, dann muss er natürlich auch Frauen verschwinden lassen.«

»Und? Haben Sie sie verschwinden lassen?«, fragte Isabelle ganz direkt.

»Ich muss los«, sagte Pelletier knapp. »Schätze mal, Sie haben alles gesehen, was Sie sehen wollten.«

In diesem Moment tauchte Moma an der Garagentür auf.

»Ich glaube, ich hab da was«, sagte Moma zu Isabelle.

Einen Moment später standen Isabelle, Moma und Masclau im düsteren Hausflur. Moma war auf einen Stuhl gestiegen und leuchtete mit der Taschenlampe in eine Nische über der Tür. Dort richtete er den Lichtstrahl der Taschenlampe auf einen etwa sieben Zentimeter hohen weißen Plastikzylinder mit einer runden Öffnung von der Größe eines Ein-Cent-Stücks.

»Das ist 'ne Videokamera«, sagte Moma. »Ist mit dem Internet verbunden.«

Isabelle sah Pelletier an. »Monsieur Pelletier?«

»Das ist eine Überwachungsanlage«, verteidigte sich Pelletier. »Da kann ich vom Laden aus nachsehen, ob hier eingebrochen wird. Die Polizei kümmert sich ja nicht um das Ausländergesindel.«

»Jetzt halt aber mal die Luft an«, sagte Masclau.

»Das grüne Kontrolllicht haben Sie abgeklebt«, bemerkte Moma fachmännisch.

Isabelle sah Pelletier mit fragendem Blick an.

»Na und«, sagte Pelletier. »Ist das vielleicht ein Verbrechen?«

»Ich hab mir auch die anderen Zimmer noch mal angesehen«, sagte Moma. »Da sind noch zwei weitere Kameras. Eine im Zimmer, das sie vermieten, und eine im Bad.«

»Wollten Sie den Einbrechern beim Duschen zusehen?«, fragte Masclau mit süffisantem Grinsen.

»Monsieur Pelletier, ich fordere Sie auf, uns Ihre sämtlichen Computer und Festplatten auszuhändigen, und zwar die PCs genauso wie die Laptops. Auch die in Ihrem Geschäft.«

»Was soll das? Das ist mein Haus, da kann ich so viele Kameras reinstellen, wie ich will. Und ich kann auch aufnehmen, was ich will«, Pelletier wurde immer lauter und war dabei, die Nerven zu verlieren.

»Das können Sie nicht, Monsieur«, sagte Isabelle ganz ruhig. »Sollten Sie Ihre weiblichen Gäste ohne deren Wissen aufgenommen haben, dann ist das eine Straftat.«

»Ich werde Ihnen gar nichts geben. Verlassen Sie mein Haus, sofort«, die letzten Worte hatte Pelletier regelrecht gebrüllt.

Isabelle sah zu ihren Beamten, die sich sofort neben Pelletier stellten und nach seinen Armen griffen.

»Loslassen!«, brüllte Pelletier wütend, »sofort!«

»Es gibt jetzt zwei Möglichkeiten, Pelletier«, sagte Isabelle. »Erstens, Sie händigen uns sofort Ihre Computer aus, und wir werden die gespeicherten Aufzeichnungen auswerten. Dann können wir uns morgen auf der Wache treffen und in Ruhe darüber reden. Oder …«

»Was wollen Sie mir denn vorwerfen?«, unterbrach Pelletier die Polizistin aufgebracht. »Betreiben einer Überwachungsanlage?«

»Hören Sie mir noch zu, Monsieur Pelletier?«, fragte Isabelle, und ihre Stimme hatte einen Ton angenommen, in dem man zu einem ungezogenen Kind spricht. »Wir können Sie jetzt auch festnehmen. Sie verbringen die nächsten 24 Stunden in der Untersuchungszelle in Toulon, und wir suchen uns die Computer selber.«

Pelletier gab nach und händigte Isabelle einen Laptop und einen PC aus. Er versicherte Isabelle, dass es auf dem PC im Feinkostgeschäft keine Aufzeichnungen gäbe. Allerdings bestand Isabelle darauf, dass auch dieser Computer vorübergehend konfisziert wurde. Pelletier sollte am nächsten Morgen um 8.30 Uhr auf der Wache erscheinen.

45. KAPITEL

Der linke Scheinwerfer funktionierte nicht richtig. Das Licht flackerte und fiel immer wieder ganz aus. Verdammt, er hätte das längst richten lassen sollen. Leon fuhr auf der schmalen Landstraße Richtung Bormes-les-Mimosas, auf der sich eine Kurve an die andere reihte. Es war inzwischen dunkel, und er musste sich konzentrieren, was ihm zunehmend schwerer fiel. Seine Arme und der Rücken schmerzten höllisch von der ungewohnten Arbeit im Weinberg, und er hatte bei Dunelle so einige Weine probiert. Die Straße nach Bormes kam ihm länger und kurvenreicher vor als sonst.

Es war wirklich ein netter Abend mit Dunelle gewesen. Der Winzer hatte nach und nach seine besten Flaschen geöffnet, und Leon kannte inzwischen die ganze Palette des Weinguts *La Cigalle*. Der rote *Prestige*, den Dunelle zuletzt geöffnet hatte, war himmlisch gewesen. Sanft wie ein warmer Sommerwind und mit dem Geschmack von Waldbeeren. Ein Gedicht.

Leon spürte, wie ihn hinter dem Steuer die Müdigkeit überfiel. Er fuhr rechts ran und öffnete das Verdeck des Cabrios. Eigentlich war es zu kühl, um offen zu fahren, aber die frische Nachtluft würde ihn wach halten.

Dunelle und er hatten sich prächtig unterhalten. Der Unternehmer aus Marseille kannte die Menschen der Provence, und er war ein guter Beobachter. Als Leon ihm von den Problemen mit seinem Haus erzählte, hatte Dunelle eine simple Erklärung anzubieten.

»Lassen Sie sich von Stadtrat Gianelli nichts erzählen«, hatte Dunelle gesagt und Leon noch mal von dem köstlichen Prestige nachgeschenkt. »Wussten Sie, dass Gianellis Bruder vor Jahren geplant hat, auf dem Hügel über Ihrem Haus eine Ferienanlage zu errichten?«

»Aber, das ist der *Forêt Nationale*. Da gibt es strenge Vorschriften und Umweltgesetze », antwortete Leon, und Dunelle lächelte mild.

»Hier im Süden gibt es keine Vorschrift, die sich nicht irgendwie außer Kraft setzen ließe«, meinte Dunelle verschwörerisch. »Beweisen Sie diesen Leuten, dass Ihr Haus da schon länger als vierzig Jahre steht, und fertig.«

»Und wie? Ich war auf dem Grundbuchamt, ich hab mir das Kataster angesehen. Es existieren keine Unterlagen über das Haus. Es gibt gar nichts.«

»Vielleicht doch«, sagte Dunelle. »Vor dem Krieg wurde das Land, auf dem Ihr Haus steht, noch von der Gemeinde Pierrefeu verwaltet. Im Rahmen der Flurbereinigung Anfang der fünfziger Jahre wurde die Zuständigkeit an die Gemeinde von Bormes abgetreten.«

»Sie meinen, ich sollte im Gemeindeamt von Pierrefeu nachfragen.«

»Das halte ich zumindest für eine sehr vielversprechende Idee«, sagte Dunelle verschwörerisch.

Leon fuhr erschöpft, aber beschwingt durch die Nacht. In *Radio Nostalgie* sang der unsterbliche Gilbert Bécaud »L'important c'est la rose«. Das war einer von Sarahs Lieblingschansons gewesen, dachte Leon und merkte, wie ihn sofort die Erinnerung einholte. Er drehte den Ton lauter und summte den Refrain mit.

Das entgegenkommende Auto schien aus dem Nichts aufzutauchen. Eben war noch stockdunkle Nacht, und im nächsten Augenblick rasten zwei aufgeblendete Scheinwerfer auf Leon zu. Sprangen wie zwei Blitze aus der engen Kurve. Leon trat voll auf die Bremse und riss das Steuer nach rechts. Der Peugeot schlingerte und sprang mit den Vorderrädern über einen niedrigen Erdwall, dann setzte der Wagen knirschend mit dem Bodenblech auf, blieb abrupt stehen, und das rechte Vorderrad drehte sich in der Luft.

Leon brauchte ein paar Sekunden, um wieder klar denken zu können. Er sah nach rechts, wo das Gelände fast senkrecht abfiel und er im Scheinwerferlicht unter sich die Wipfel einiger Korkeichen erkennen konnte. Der Motor war ausgegangen, und über Leon funkelten die Sterne am Nachthimmel. Gilbert Bécaud sang immer noch. Leon schaltete das Radio aus. Die Fahrerin des anderen Wagens hatte gestoppt und die Warnblinkanlage eingeschaltet. Sie kam zu Leon herübergelaufen, während sie sich ihr Handy ans Ohr hielt und irgendjemandem erklärte, wo sie sich gerade befanden und dass man dringend einen Abschleppwagen benötigen würde. Die Frau war Anfang fünfzig und trug einen weißen Hosenanzug mit goldenen Knöpfen. Offenbar kam sie von einer Abendveranstaltung. Für Leon sah sie aus wie die Chefstewardess auf einem Kreuzfahrtschiff.

»Haben Sie sich verletzt? Ich bin ja so erschrocken, wie Sie da plötzlich durch die Kurve kamen ...«, sagte die Frau mit den goldenen Knöpfen und flatterte vor Leons Auto herum wie ein Huhn. Leon hob beide Hände und winkte ab. Mir geht's gut, sollte das heißen. »Sind Sie etwa eingeklemmt? *Mon Dieu*, Sie sind eingeklemmt, *oh, mon Dieu*«, rief die Frau voller Sorge.

»Nein, mir geht's gut«, sagte Leon und versuchte, deutlich zu sprechen, was ihm nicht ganz leichtfiel. »Es ist nichts passiert. Alles in Ordnung.« Leon öffnete die Fahrertür, und das Auto schwankte ein wenig.

»Um Gottes willen, Monsieur. Sie müssen sitzen bleiben. Wenn Sie sich am Rücken verletzt haben, dürfen Sie sich auf keinen Fall bewegen. Das habe ich im Fernsehen gesehen.«

»Ich hab nichts am Rücken«, sagte Leon trotzig. »Und mir tut auch nichts weh.« Außer meine Schulter, meine Beine und meine Handgelenke, dachte Leon. Aber das würde er im Augenblick besser für sich behalten.

»Sagen Sie das nicht, Monsieur. Im Fernsehen, da war ein Mann, der ist in seinen Pool gesprungen, und dabei hat er ...«

»Ich bin Arzt«, unterbrach Leon. »Und ich sage Ihnen, es ist alles in Ordnung.« Er stieg vorsichtig aus, streckte sich und verzog vor Schmerzen das Gesicht. Jetzt erinnerte ihn auch noch sein Rücken daran, dass er den Nachmittag im Weinberg verbracht hatte. Die Frau musterte ihn, als müsste er jeden Augenblick tot zusammenbrechen.

Leon begutachtete den Wagen, der mit einem Rad über einer kleinen Schlucht hing. Er hatte wirklich Glück gehabt. Nur ein wenig mehr Schwung, und er wäre zusammen mit Gilbert Bécaud nach unten in die Korkeichen gerauscht.

»Keine Sorge«, sagte die Frau. »Ich habe die Polizei schon angerufen.«

»Die Polizei? Aber es ist doch gar nichts passiert ...?«, sagte Leon. Verflucht, jetzt würde es Probleme geben. Zu viel Rosé und ein Wagen, der von der Straße abgekommen war, wie sollte er das der Polizei erklären? Was er jetzt brauchte, war nicht die Polizei, sondern der Abschleppdienst und sein Bett. »Haben die gesagt, wann sie kommen?«, fragte er die Frau.

»*Un petite, quart d'heure,* haben sie gemeint.«

Leon winkte ab. Eine »kleine Viertelstunde« bedeutete in dieser Gegend, dass man mindestens 60 Minuten warten musste. Aber zu Leons Überraschung tauchte bereits nach 25 Minuten das Blaulicht des Einsatzfahrzeugs auf. Bis dahin hatte er sich die Lebensgeschichte der Chefstewardess anhören müssen.

»Ich kann Sie auf keinen Fall hier alleine lassen. Vielleicht haben Sie ja ein Trauma erlitten«, hatte sie gesagt.

Und dann hatte sie von ihrem Mann erzählt, der vor zwei Jahren gestorben war, nur zwei Monate nach dem Hund, und jetzt musste sie das Brillengeschäft in Hyères alleine führen. Als sie schließlich Leon auch noch um seinen fachmännischen Rat zu ihren Verdauungsproblemen bat, empfand er das Eintreffen der Polizei schon fast als Erlösung.

Der Streifenwagen wurde von Masclau gefahren, bei ihm war Moma. Außerdem hatten sie noch einen Abschleppwagen organisiert, der ihnen folgte. Die Frau in Weiß überschüttete Moma mit ihrer Schilderung der dramatischen Ereignisse. Leon hielt sich zurück, atmete hektisch ein und hoffte, auf diese Art seine Lungenbläschen von verräterischen Alkoholspuren reinigen zu können. Er unterhielt sich mit dem Mann vom Abschleppdienst. Offensichtlich war seinem Auto weiter nichts passiert. Mit dem hydraulischen Heber auf dem *Camion* würde es dem Fahrer ein Leichtes sein, das Cabriolet wieder auf die Straße zu stellen.

Während Moma weiter mit der Frau redete, kam Masclau zu Leon und nahm ihn zur Seite.

»Sie wissen, dass ich jetzt einen Alkoholtest machen muss«, er sah Leon an.

»Natürlich«, sagte Leon. »Das versteh ich. Zum Glück ist ja nichts passiert.«

»Sie hätten tot sein können«, sagte Masclau, während er einen Blick über die Kante in die Tiefe warf.

»Ich wollte dem anderen Wagen ausweichen. Da hab ich in der Dunkelheit den Erdwall nicht gesehen«, Leon konzentrierte sich auf eine Aussprache, der man die Weinprobe nicht anmerken sollte.

»Sie haben ordentlich was getrunken«, es war mehr eine Feststellung von Masclau als eine Frage. Schließlich hatte zur Weinlese so ziemlich jeder Autofahrer etwas getrunken, der um diese Zeit unterwegs war.

»Ich habe den ganzen Nachmittag bei der Ernte geholfen«, antwortete Leon diplomatisch.

»So was ist anstrengend«, kommentierte Masclau.

»Da haben Sie recht. Ich spüre jeden Muskel. Dann war ich noch kurz bei Monsieur Dunelle.«

»Und?«, fragte Masclau inquisitorisch.

»Sein Rosé ist hervorragend«, tastete sich Leon vorsichtig voran.

»Haben Sie auch den *Cuvée* probiert, den mit der Silbermedaille?«, fragte Masclau.

Zu Leons Überraschung kannte und schätzte Masclau offenbar ebenfalls die Weine von Dunelle. »Hmm, der *Cuvée* ist eine Offenbarung«, meinte Leon. »Aber der Rote ist auch nicht schlecht.«

»Der *Prestige* oder der *Réserve?«*, fragte der Polizist

»Beide ganz hervorragend«, sagte Leon.

»Sie haben also mehr als ein Glas getrunken«, kombinierte Masclau sachlich.

Er spielt mit mir, dachte Leon. Er will mir zeigen, wer hier das Sagen hat. Eine billige Retourkutsche für all die Besprechungen, bei denen Masclau ins Fettnäpfchen getreten war. Aber er ließ dem Polizisten seinen kleinen Triumph. Leon wiegte den Kopf hin und her, als könnte er sich nicht mehr so genau erinnern.

»Zwei, vielleicht auch drei Gläser«, antwortete Leon diplomatisch. »Nur die kleinen Probiergläser.«

Masclau sah sich um. Moma verabschiedete gerade die Zeugin, während der Mann vom Abschleppdienst bereits ein breites drahtverstärktes Textilband um den Vorderteil des Cabrios geschlungen hatte und es mit dem Kran vorsichtig anhob. Niemand achtete auf Leon und den Lieutenant.

»Sie fahren mit mir«, sagte Masclau. »Moma kann Ihren Wagen übernehmen«.

»Bringen Sie mein Auto zur Wache?«, fragte Leon.

»Es sieht so aus, *Docteur.* Ich weiß, dass Sie getrunken haben. Aber ich werde trotzdem keinen Alkoholtest bei Ihnen machen«, er machte eine dramatische Pause und sah Leon an, als müsste der jetzt vor ihm aus Dankbarkeit auf die Knie sinken.

»Das ist sehr rücksichtsvoll von Ihnen, Lieutenant Masclau«, sagte Leon höflich.

»Ich weiß, was Sie getan haben, kürzlich, auf dem Bouleplatz«, sagte Masclau knapp. Offenbar war es ihm unangenehm, die Sprache auf seine Niederlage und die Rettung durch Leon zu bringen.

»Ach das«, sagte Leon. »Nicht der Rede wert.«

»Nur damit das klar ist, jetzt sind wir quitt, *Monsieur le Docteur*«, damit drehte er sich zum Mann vom Abschleppdienst um. »Stellen Sie den Wagen auf die Straße. Wir bringen ihn selber zurück.«

»Aber Sie haben mich hierherbestellt. Wer zahlt mir meinen Ausfall?«

»Das mach ich schon«, sagte Leon. Er wollte nur noch nach Hause.

»Schicken Sie die Rechnung an den *Docteur*«, meinte Masclau und zeigte mit dem Daumen auf Leon. »Aber nur die Anfahrt berechnen, haben wir uns da verstanden?«

Der Mann hob schicksalsergeben die Hände. Das waren die Flics, was sollte er tun? Dann sammelte er brummelnd seine Werkzeuge ein, schaltete das Blinklicht aus und fuhr davon. Leon setzte sich zu Masclau in den Streifenwagen, und Moma fuhr mit dem Peugeot hinterher. In dem Polizeiauto roch es nach altem Schweiß und billigem Deo. Masclau sprach kein Wort. Leon schloss die Augen und atmete die frische Nachtluft, die durch den schmalen Fensterspalt in den Wagen wehte.

Die Polizisten brachten Leon bis vor das Haus von Isabelle. Moma drückte ihm seinen Autoschlüssel in die Hand, und die Beamten fuhren davon. Als Leon ins Haus kam, saß Isabelle in der Küche und aß Lasagne.

»*Bonsoir, Monsieur le Docteur*, ich habe gehört, dass du in den Bergen eine Abkürzung nehmen wolltest«, sagte Isabelle mit frechem Grinsen.

»Ich hätte es wissen müssen«, Leon sah sie verlegen an. »Miete niemals ein Zimmer von einem Flic.«

»Das weiß doch jeder. Vor uns kannst du nichts verbergen. Lust auf ein Stück Lasagne?«

»Gerne«, sagte Leon, und Isabelle legte ihm etwas Lasagne auf einen Teller. Es war ihm unangenehm, dass Isabelle bereits über den kleinen Zwischenfall Bescheid wusste.

»Heute Abend ist Masclau über seinen Schatten gesprungen«, sagte Leon.

»Er hatte wohl das Gefühl, dass er dir etwas schuldete«, antwortete Isabelle, und Leon sah sie erstaunt an. »Moma hat mich vom Auto aus angerufen.«

Leon griff nach dem Glas Wasser, das Isabelle ihm hingestellt hatte, und verzog das Gesicht. Die verflixte Schulter!

»Hast du dich bei dem Unfall verletzt?«, fragte Isabelle besorgt.

»Es gab keinen Unfall«, sagte Leon, und es klang ruppiger, als er wollte. »Entschuldige, aber alle fragen heute Abend, ob ich mich verletzt habe.«

»Die Menschen machen sich eben Sorgen um dich«, Isabelle sah ihn an. »Ist das so unangenehm?«

»Nein, natürlich nicht. Ich habe über vier Stunden im Weinberg gestanden und bei der Ernte geholfen.«

»Du bist ein Held. Und ich dachte schon, du wärst nur bei diesem Dunelle auf der Weinprobe gewesen«, sie lächelte Leon an. »Erzählst du mir von deinen Abenteuern?«

»Wenn ich dich zu einem Glas Wasser überreden kann.«

»Wasser wäre jetzt genau das Richtige«, sagte Isabelle. »Nimmst du die Gläser mit ins Wohnzimmer? Ich komme gleich nach.«

»Natürlich, gerne.«

»Bin gleich bei dir«, sagte Isabelle, und in Leons Ohren klang das vielversprechend. »Ich stell nur noch die Spülmaschine an und bringe Oliven und Käse mit.«

»Genau so habe ich mir das Leben in Frankreich immer vorgestellt«, sagte Leon und spürte plötzlich, wie müde er war.

Ein paar Minuten später kam Isabelle ins Wohnzimmer. Sie trug ein kleines Tablett, auf dem ein Stück *Chèvre* und ein Schälchen Oliven standen. Leon war auf dem Sofa gegen die Lehne gesunken und eingeschlafen. Isabelle betrachtete ihn und lächelte. Dann stellte sie das Tablett ab und beugte sich zu ihm hinunter.

»Leon?«, sagte sie sanft. »Willst du nicht lieber nach oben gehen?«

Leon atmete tief und gleichmäßig und rührte sich nicht. Isabelle nahm die Decke, die über der Sofalehne hing, und breitete sie über Leon aus. Dann streifte sie ihm die Slipper von den Füßen und legte seine Beine hoch. Leon gab ein zufriedenes Brummen von sich. Isabelle strich ihm mit dem Handrücken sanft über den Arm. Dann löschte sie das Licht und ging die Treppe hinauf in ihr Zimmer.

46. KAPITEL

Der Mann drehte den Lippenstift zu und richtete die Lampe auf das Gesicht der Frau. Ihre Augen waren geschlossen, ein schmaler Reif hielt die dichten blonden Haare zurück. Er hatte sich mit dem Schminken wirklich Mühe gegeben, aber die Frau sah aus, als wäre sie einem Alptraum entsprungen, mit den strengen Augenbrauen, den dunklen Lidschatten und den leuchtend roten Lippen in dem fahlen, wächsernen Gesicht. Der Mann schnippte mit den Fingern eine Ameise weg, die der Frau über die Wange kletterte. Dann trat er einen Schritt zurück. Sie gefiel ihm. Sie war sein Werk, seine Schöpfung, und sie würde ihn nicht verlassen.

»Komm mir bloß nicht mit Gnade«, sagte der Mann, »denn davon hast gerade du keine Ahnung.«

Die Frau lag auf dem Rücken, bewegungslos in ihrem hellen Sommerkleid. Darunter zeichnete sich deutlich ihr Körper ab, den der Mann genau betrachtete. Mit spitzen Fingern zupfte er das Kleid zurecht.

»Weißt du, für wen ich das alles mache?« Seine Hand senkte sich auf ihre Brust. »Für wen ich das alles riskiere? Für dich. Das weißt du genau. Ja, ich habe dir versprochen, dass du nicht alleine bleiben wirst. Und ein Versprechen, das muss man auch halten ... Unterbrich mich nicht, verflucht!«

Der Mann hatte sich umgedreht, ging zu dem Stuhl und

nahm eine blaue Strickjacke von der Lehne. Er hielt die Jacke über die Frau, so dass nur der Rand des Stoffs sie berührte. Langsam bewegte er die Jacke über ihren Körper und ihr Gesicht.

»Na, kannst du sie riechen?«, sagte er mit einem bösen Lächeln. »Natürlich kannst du sie riechen. Kannst ihren Gestank erkennen. Aber keine Sorge, ich werde sie genauso reinigen, wie ich dich gereinigt habe. Und dann werden wir vereint sein, in aller Ewigkeit ...« Er warf die Jacke zurück auf den Stuhl.

Der Mann griff in seine Hosentasche, zog ein Feuerzeug heraus und steckte zwei Kerzen an, die auf einem kleinen Vorsprung an der Wand standen.

»Und wir werden viele Stunden zusammen haben, ganz wunderbare Stunden. Wir werden all die Dinge erleben, die du verpasst hast.«

47. KAPITEL

Leon war mitten in der Nacht auf dem Sofa aufgewacht und nach oben in sein Zimmer geschlichen. Anschließend hatte er noch ein paar Stunden geschlafen. An diesem Morgen gönnte er sich eine ausgiebige Dusche, bei der er mehrmals den Strahl der Brause von warm nach kalt umschaltete. Er spürte den Muskelkater in den Oberschenkeln, und sein Rücken rebellierte, als er sich beim Zähneputzen über das Waschbecken beugte.

Leon betrachtete sich im Spiegel. Das tat er nur selten, und jedes Mal erschrak er, weil er sich viel jünger vorkam als der Mann, der ihn da anschaute. Da half es auch nicht, dass manche Leute ihn jünger einschätzten oder zumindest überrascht taten, wenn er ihnen sein wahres Alter verriet. Leon sah dem Spiegelbild in die Augen. Er sah genauso alt aus, wie er war: 48 Jahre. Und an diesem Morgen sah er sogar noch ein wenig älter aus.

Leon benutzte etwas von der Feuchtigkeitscreme, die er aus Sparsamkeit nur in homöopathischen Dosen verwendete, legte Eau de Toilette auf und wühlte sich mit den Fingern durch die Haare. Irgendeine Frau hatte einmal gesagt, das gäbe ihm so einen verwegenen Touch. Bei einem Rechtsmediziner konnte ein verwegener Touch nicht schaden, dachte Leon und ging nach unten.

In der Küche stand Isabelle vor dem Herd und machte Rührei. Lilou hatte sich an den Kühlschrank gelehnt und tippte konzentriert auf ihrem Smartphone. Dazu wippte sie zum Rhythmus der Musik, die aus ihren Kopfhörern drang.

»Guten Morgen«, sagte Leon, als er die Küche betrat. Er sah Isabelle an. »Tut mir echt leid wegen gestern Abend. Ich war fix und fertig.«

»Kein Problem, wir Flics haben eine Spezialausbildung zur Behandlung der Opfer von Weinproben.«

»Wie beruhigend, das zu hören«, sagte Leon.

Lilou setzte ihre Kopfhörer ab.

»Bist du gestern echt auf dem Sofa eingepennt?«, fragte sie.

»Ich bekenne mich schuldig«, antwortete Leon.

»Ist ja krass. Warst du blau?«

»Lilou, bitte«, sagte Isabelle.

»Wieso? Ich war mal auf einer Party, da war einer so blau, dass er hinters Sofa gekotzt hat.«

»Mademoiselle!«, sagte Isabelle mit tadelndem Unterton.

»Hinterm Sofa ist alles sauber«, sagte Leon.

»Wenn du nicht blau warst, dann war's auch keine richtige Party.«

»Ich war nur auf einer Weinprobe.«

»Schnarch ... Ich dachte schon, du hättest richtig was erlebt.«

»Was macht die Reportage?«, fragte Leon, »du wolltest doch über den Job deiner Mutter schreiben.«

»Ich muss los«, sagte Lilou, öffnete die Kühlschranktür und checkte den Inhalt.

»He, du hast noch gar nichts gegessen«, Isabelle hielt die Pfanne mit dem Rührei in der Hand.

»Tote Hühnerembryos«, sagte Lilou entsetzt und schüttelte sich, um ihren Ekel zu demonstrieren. »Willst du wirklich, dass ich zum Tiermörder werde?« Sie schnappte sich einen Fruchtjoghurt aus dem Kühlschrank.

»Du kannst doch nicht ohne was zu frühstücken in die Schule gehen.«

»Ich hab meinen Joghurt.«

»Aus Kuhmilch hergestellt, die war eigentlich für die süßen kleinen Kälbchen gedacht. Damit sie groß und stark werden«, sagte Isabelle mit vor Mitleid triefender Stimme.

»Vielleicht werde ich ja auch Veganerin. Muss mal sehen«, meinte Lilou.

»Ich denke, Joghurt ist in Ordnung«, sagte Leon. »Schließlich produzieren die Kühe mehr Milch, als sie zur Aufzucht ihrer Jungen brauchen.«

»Siehst du«, sagte Lilou zu ihrer Mutter. »Kann ich doch meinen Joghurt essen.«

»Ich nehme das Rührei gerne«, sagte Leon.

Lilou schnappte sich die bunte Stofftasche mit ihren Schulsachen und lief zur Tür. »Bringt ihr nur weiter Hühnerbabys um. Ich muss los.«

»Lilou!«, rief Isabelle. Doch ihre Tochter hatte bereits wieder die Kopfhörer über die Ohren gestülpt und hob die Hand zum Abschiedsgruß, ohne sich noch einmal umzudrehen. Dann hörte man die Haustür ins Schloss fallen.

»Sie ist ziemlich aufgeweckt«, sagte Leon diplomatisch.

»Aufgeweckt? Manchmal möchte ich sie zur Adoption freigeben.«

»Glaubst du, die Mädchen in diesem Alter sind alle so?«, fragte Leon vorsichtig.

»Ich rede mir ein, dass die anderen noch viel schlimmer sind und dass ich mit Lilou richtig Glück habe. Auf diese Weise halte ich mich davon ab, sie einfach irgendwo in der Provence auszusetzen.« Sie hielt Leon die Pfanne hin.

In diesem Moment läutete Leons Handy. Es dauerte einen Moment, bis er das Telefon in der Innentasche seines Sakkos gefunden hatte, das im Flur an der Garderobe hing.

»Ritter«, meldete sich Leon. Am anderen Ende hörte er die aufgeregte Stimme von Frédéric.

»Er ist da. Er will es zerstören, alles zerstören. Die Apokalypse ist da, ja, genau so, wie's in der Bibel steht.«

»Langsam, Frédéric, bitte sprich ganz langsam. Wer ist da?«

»Der Mann mit der Planierraupe. Er will zum Haus.«

Leon war vor Schreck einen Augenblick sprachlos. Er starrte den Hörer an, den er in der Hand hielt, als könnte er die böse Nachricht wieder darin verschwinden lassen. Isabelle kam besorgt zu ihm herüber.

»Gib mir den Mann. Gib ihm das Handy.«

»Er ist böse, sehr böse. Und wenn er das Telefon nicht mehr hergibt? Das Telefon gehört Frédéric.«

»Natürlich gibt er es dir zurück. Jetzt gib ihm schon das Telefon. Ich muss mit ihm reden.«

Es dauerte einen Augenblick, in dem Leon nur unverständliche Geräusche hörte. Dann meldete sich eine Männerstimme.

»Ja, was gibt's denn?«, sagte ein Mann kurz angebunden.

»Hier ist Dr. Leon Ritter. Ich bin der Besitzer des Hauses.«

»Mir egal. Ich hab hier 'nen Abrissauftrag. Ist vom Bauamt unterzeichnet und abgestempelt. Und jetzt fahr ich die Raupe vom Hänger, und dann geht's los.«

»Genau das werden Sie nicht tun. Mein Anwalt hat gegen den Abriss eine einstweilige Verfügung erwirkt. Sie wissen sicherlich, was das bedeutet …?« Leon hoffte, dass man seiner Stimme die Lüge nicht anmerkte.

Was mache ich hier bloß?, dachte er. Es gab überhaupt keine einstweilige Verfügung. Er war ja noch nicht mal der Eigentümer des Hauses. Aber irgendwie fühlte Leon sich mit diesem Haus verbunden, von dem Augenblick an, an dem er es zum ersten Mal gesehen hatte. Es hatte Träume in ihm geweckt. Träume von einer Zukunft in der Provence. Und die würde er sich nicht von einem hirnlosen Planierraupenfahrer in Trümmer legen lassen.

»Ich hab aber hier meinen Arbeitsauftrag, und der besagt ganz klar …«

»Sollten Sie auch nur einen Stein auf meinem Grund verändern«, unterbrach Leon den Mann mit einer Entschiedenheit, die ihn selber überraschte, »dann werde ich Sie dafür persönlich haftbar machen. Das bedeutet, mein Anwalt wird Sie verklagen, und Sie werden für alle entstandenen Kosten aufkommen. Das wird sehr teuer, Monsieur.«

»Aber hören Sie mal …«, sagte der Fahrer und klang jetzt schon weniger selbstsicher, als Leon ihn erneut unterbrach.

»Einen Moment, Monsieur«, sagte Leon in das Handy und sah dabei Isabelle an. »Ich verbinde Sie jetzt mit der stellvertretenden Polizeichefin, Capitaine Morell von der *Gendarmerie nationale*. Die kann Ihnen das bestätigen.«

Leon sah Isabelle hilfesuchend an, während er ihr das Telefon reichte. Sie zögerte einen Moment, dann griff sie zu dem Handy.

»Capitaine Morell«, sagte Isabelle in dienstlichem Ton. »Monsieur, der Abriss ist hiermit gestoppt. Wir werden die Sache prüfen und uns dann mit Ihrem Auftraggeber auseinandersetzen.« Leon machte ihr Zeichen mit den Händen, als wollte er Fliegen verscheuchen. »Ach ja, und sollten Sie sich bereits auf dem Grundstück von Dr. Ritter befinden, muss ich Sie auffordern, dieses umgehend zu verlassen. Und nehmen Sie Ihr Arbeitsgerät mit. Ansonsten wird Dr. Ritter Anzeige gegen Sie erstatten. Wegen Hausfriedensbruch ... Nein, nicht nötig, die Polizei hat ja Ihre Telefonnummer. Auf Wiederhören.«

Isabelle schaltete das Handy ab und reichte es Leon.

»Danke, Isabelle«, sagte Leon.

»Du weißt, dass ich gerade gegen ein Dutzend Vorschriften verstoßen habe.«

»Du hast das Haus gerettet.«

»Zerna dreht durch, wenn er das erfährt. Hast du wirklich eine einstweilige Verfügung erwirkt?«

»Leider nicht«, sagte Leon zerknirscht.

»Habe ich mir schon gedacht«, sagte Isabelle.

»Du warst unglaublich«, sagte Leon beeindruckt. Isabelle lächelte.

48. KAPITEL

Pelletier war pünktlich um 8.30 Uhr in der Gendarmerie in Le Lavandou erschienen. Zerna und Isabelle hatten ihn bereits im Besprechungsraum erwartet. Zerna war ganz scharf darauf, Pelletier zu befragen. Ein Verdächtiger mit dieser kriminellen Vorgeschichte, der heimlich Aufnahmen von Frauen machte. Das passte einfach zu gut auf das Täterprofil, das sie für den Mörder vom Weinberg erstellt hatten. Und er, Commandant Thierry Zerna, würde den Täter der Mordkommission in Toulon überstellen. Er würde ihnen diesen arroganten Kerl, den er noch nie leiden konnte, an die Wand nageln.

Pelletier sah die beiden Polizisten mit unschuldigem Blick an. Er war freiwillig hier, darauf hatte er gleich zu Beginn der Befragung hingewiesen. Außerdem musste er bald wieder im Geschäft sein.

»Wofür benutzen Sie die Kameras, Pelletier?«, fragte Zerna.

»Das habe ich gestern schon Ihrer Beamtin erklärt. Sie dienen der Überwachung des Hauses.«

»Im Gästezimmer und im Bad?«, fragte Isabelle provozierend.

»Natürlich nur, wenn die Zimmer nicht vermietet sind«, Pelletier sah die Polizistin mit einem Gesichtsausdruck an, den er für harmlos hielt.

Isabelle betrachtete die wulstigen Lippen ihres Gegenübers, die von Spucke glänzten und die er vor Aufregung immer wieder mit der Zunge leckte.

»Wenn jemand die Zimmer gemietet hatte, haben Sie also nichts aufgezeichnet?«, fragte Zerna.

»Natürlich nicht«, Pelletier wirkte erleichtert. »Sie haben die Aufzeichnungen doch angesehen. Alles ganz harmlos. Vor drei Jahren wurde bei uns eingebrochen. Danach habe ich die Kameras montiert. Wie gesagt, nur zur Sicherheit. Also, wenn Sie sonst keine Fragen mehr haben«, Pelletier sah Zerna an und tippte auf seine Uhr.

»Reden wir doch mal über die versteckten Dateien«, sagte Isabelle und klappte den Laptop auf, den sie bei Pelletier beschlagnahmt hatten. Pelletier sah erst Isabelle an, dann Zerna. Er steckte nervös die Finger zusammen und bog sie durch, bis die Gelenke knackten.

»Ich verstehe nicht, was Sie meinen«, sagte er.

»Ziemlich dilettantisch codiert«, sagte Zerna. »Das sage nicht ich, das hat unser IT-Spezialist gesagt. Dachten Sie, wir finden so was nicht?«

»Ich habe gar nichts versteckt!«

»Na, dann sehen wir uns doch mal an, was wir da gefunden haben«, sagte Isabelle und tippte auf die Tastatur des Laptops. Im nächsten Moment startete ein Videoclip, der das Badezimmer im Haus Pelletier zeigte. Man konnte Susan Winter deutlich erkennen, die sich den Bademantel auszog und unter die Dusche ging.

Isabelle drückte die Stopp-Taste.

»Von dieser Scheiße haben wir jede Menge auf Ihrem Computer gefunden«, sagte Zerna, und aufkommender Zorn schwang in seiner Stimme mit.

»Ich kann nichts dafür, da haben die Bewegungssensoren zufällig die Kameras gestartet.«

»Sie haben 260 Videoclips in verschlüsselten Dateien abgelegt. Erzählen Sie uns jetzt nicht, die wären alle nur durch Zufall entstanden«, sagte Isabelle.

Zerna stand auf und drehte den Laptop zu Pelletier.

»Diese Frau heißt Susan Winter, und sie wird seit einer Woche vermisst. Was haben Sie uns dazu zu sagen?«

»Ich weiß nichts über sie«, Pelletier merkte, dass es eng für ihn wurde. »Sie ist einfach nicht mehr aufgetaucht, das habe ich Ihnen doch schon erzählt. Die Videos, die hab ich aufgehoben. Nur so, für mich.«

»Verdammt noch mal«, Zerna rückte eng an Pelletier heran. »Jetzt kommen Sie mir bloß nicht oberschlau. Das da sind nicht einfach nur Wichsvorlagen«, der Polizeichef tippte auf den Bildschirm, »das sind eindeutige Spuren in einem Mordfall.«

Isabelle sah, dass Zerna allmählich die Nerven verlor. Sie musste aufpassen dass er nicht einen seiner cholerischen Anfälle bekam. Sie nickte Zerna unauffällig zu, was bedeuten sollte, dass sie das Gespräch übernehmen wollte. Zernas Gesicht war rot angelaufen, als er zu Isabelle herübersah. Aber er ließ sie die Befragung fortsetzen.

»Monsieur Pelletier«, sagte Isabelle sachlich. »Zwei Frauen, die bei Ihnen im Haus gewohnt haben, verschwinden. Einfach so, von heute auf morgen. Eine von ihnen, Nicole Savary, wird vier Jahre später tot in einem Schuppen gefunden. Nicht weit von Ihrem Haus entfernt.«

»Damit habe ich nichts zu tun.«

»Ach, hören Sie doch auf, hier rumzulabern«, Zerna unterbrach Isabelle und beugte sich mit dem Mund ganz nahe an Pelletiers Ohr. »Die Leiche wurde präpariert, damit sie nicht verwesen konnte. Jemand wollte in aller Ruhe seine perversen Spielchen mit der Toten treiben.«

»Ich, ich … habe niemals«, Pelletier begann vor Aufregung zu stottern.

»Was haben Sie mit der Toten angestellt, Pelletier?« Zerna hatte sichtlich Probleme, seine Wut zu beherrschen. »Sie wissen doch, wie man einen toten Körper präpariert. Natürlich wissen Sie's, Sie sind doch gelernter Metzger.«

»Monsieur Pelletier«, ging Isabelle ganz ruhig dazwischen. »Wo befindet sich Susan Winter?«

»Ich weiß es nicht«, Pelletier schüttelte so heftig den Kopf, dass seine Unterlippe hin- und herschlenkerte.

»Ist sie tot? Ja? Ist Susan Winter tot?«, fragte Isabelle eindringlich. »Dann müssen Sie es uns sagen. Bitte, lassen Sie Susans Familie nicht im Ungewissen. Sagen Sie uns, wohin Sie die junge Frau gebracht haben. Wenn Sie uns helfen, Susan Winter zu finden, wird das Gericht das strafmildernd berücksichtigen.«

Isabelle hatte Pelletier keine Sekunde aus den Augen gelassen. Jetzt sah sie, dass dem Mann Tränen in die Augen stiegen.

49. KAPITEL

Leon wartete seit zwanzig Minuten im Gemeindeamt von Pierrefeu-du-Var. Das Amt war ein schmuckloser Bau aus den frühen siebziger Jahren, in dessen Eingangshalle sich ein örtlicher Künstler mit einem Wandgemälde im Stil eines *Trompe-l'œil*-Bildes versucht hatte. Es zeigte den Blick durch ein Tor auf einen Weinberg und auf eine Frau, die auf dem Rand eines Brunnens saß, einen Wasserkrug in der Hand hielt und in die Ferne blickte.

Leon sah genervt zum Empfang, wo eine Mitarbeiterin im grauen Faltenrock in aller Seelenruhe Formulare lochte und in einem Aktenordner abheftete. Sie hatte noch eine Kollegin. Eine kleine kugelrunde Frau in weiter blauer Hose und weißer Tunika, die ihre voluminöse Figur kaschieren sollte. Diese Kollegin hatte sich vor fast einer halben Stunde ins Archiv verabschiedet. Schuld daran war Leon, denn er hatte um die Flurpläne seines Weinbergs gebeten. Leon war der einzige Besucher auf dem Amt. Trotzdem musterte die Frau am Locher ihn misstrauisch, wie einen lästigen Klienten, der nur für unnötige Arbeit sorgte.

Schließlich tauchte die Mitarbeiterin aus dem Keller wieder auf. Ihr Blick war ein einziger Vorwurf. Sie legte zwei Pläne auf den Tresen. Leon stand auf und wollte nach den Unterlagen greifen.

»Moment«, sagte die Frau, »das sind Originale. Die dürfen Sie nur hier ansehen. Wenn Sie Kopien mitnehmen wollen, dann kostet Sie das 25 Euro.«

»Ich sehe sie mir ja nur mal an«, sagte Leon.

»Bitte sehr«, antwortete die Frau spitz. »Aber in zehn Minuten machen wir Mittagspause.«

Schon ein kurzer Blick auf die Karten zeigte Leon, dass sie ihn bei der Lösung seines Problems nicht weiterbringen würden. In der oberen rechten Ecke war ein Stempel. Demnach war die Karte zum letzten Mal im Juni 1955 aktualisiert worden.

»Die Parzelle, von der Sie sprechen, ist hier …« Die mollige Angestellte hatte ihre Lesebrille aufgesetzt und tippte mit ihrem Finger auf eine grüne Fläche. Dort war nichts verzeichnet außer ein paar Höhenlinien. Etwas weiter westlich davon war ein Gebäudekomplex zu erkennen, der asus vier Häusern bestand.

»Ist das das Weingut *La Cigale*?«, fragte Leon.

»Richtig«, sagte die Angestellte des Grundbuchamts und sah betont auffällig zur Wanduhr, bei der der Zeiger auf fünf Minuten vor eins sprang.

»Und was sind diese Linien?«, fragte Leon und deutete auf einen schwarzen Strich, der mit Zahlen versehen war und sich zu dem Weingut mehrfach verzweigte.

»Das ist die Wasserleitung«, sagte die Frau. »Alle diese Gebäude waren damals an die Wasserleitung der Gemeinde angeschlossen.«

Aber natürlich, die Wasserleitung, dachte Leon. Hatte ihm Frédéric nicht vorgeführt, dass in der Küche Wasser lief, und hatte er nicht von einer alten Leitung im Keller gesprochen? Leon fühlte, dass er auf der richtigen Spur war. Diese Wasserleitung seines Hauses musste doch auch irgendwo verzeichnet sein.

»Und das ist wirklich der älteste Plan, den Sie haben?«, fragte Leon und lächelte die Frau an.

»Was Ihre Parzelle angeht, ja«, sagte die Frau kühl.

»Das heißt, es gibt ältere Pläne? Ich suche nämlich einen Plan, der die Wasserleitungen vor 1955 zeigt.«

»Sie meinen aus der Zeit vor dem Krieg?« Die Stimme klang so empört, als hätte Leon ihr einen unsittlichen Antrag gemacht.

»Madame«, sagte Leon und legte in seine Stimme so viel Timbre, wie er konnte. »Sie würden mir helfen, ein kompliziertes Familienproblem zu lösen. Und Sie würden meine alte, kranke Tante sehr glücklich machen. Sie ist schon 89 und hat vielleicht nicht mehr viel Zeit.«

Das war eine glatte Lüge, denn Tante Odette war gerade erst 82 geworden und würde wahrscheinlich ewig leben, dachte Leon. Hoffentlich würde ihm das Schicksal diese kleine Notlüge verzeihen.

»Sie meinen also, eine Karte aus der Zeit der ›Vierten Republik‹?« Bei der Angestellten klang das wie: »aus der Napoleonischen Zeit«.

»Ich bitte Sie ganz herzlich«, sagte Leon. »Denn ich denke, außer Ihnen würde hier keiner die richtige Karte finden.«

»Mal sehen, was ich für Sie tun kann«, sagte die Frau, jetzt schon eine Spur freundlicher. Leon konnte sogar ein kleines Lächeln auf ihrem Gesicht erkennen. Mehr noch, er hatte fast das Gefühl, sie würde mit ihm flirten.

»Kommen Sie nach der Mittagspause wieder«, sagte die Frau. »Sagen wir um 15 Uhr.«

50. KAPITEL

Zerna und Isabelle hatten Pelletier bereits vier Stunden verhört, aber sie kamen mit dem Mann nicht weiter. Natürlich war er verdächtig, natürlich wiesen die Spuren einer Toten und einer vermissten Frau direkt zu ihm. Aber die Polizei hatte nichts Konkretes, womit sie ihn belasten konnten.

Gegen elf Uhr hatte Pelletier erklärt, wenn diese blöden Touristinnen nicht immer in der Gegend herumvögeln würden, müsste er jetzt nicht in der Wache sitzen und sich die schwachsinnigen Beschuldigungen von Zerna anhören. Das war der Moment, wo der Polizeichef die Nerven verloren hatte. Er war aufgesprungen, hatte Pelletier am Hemd gepackt und ihn so fest gegen die Wand geknallt, dass der Mann laut aufgeschrien hatte. Wer weiß, was passiert wäre, wenn in diesem Augenblick nicht Moma in den Raum gekommen wäre und – auf ein Zeichen von Isabelle hin –, den Polizeichef wegen eines dringenden Anrufes in dessen Büro gebeten hätte. Auf dem Weg dorthin hatte sich Zerna wieder beruhigt, und Isabelle hatte den Verdächtigen noch eine weitere Stunde befragt. Ohne Ergebnis. Wenn es nach ihr gegangen wäre, hätte man Pelletier auf freien Fuß setzen müssen. Aber auf der Wache hatte nun mal Commandant Zerna das Sagen und der bestand auf einer Auslieferung Pelletiers an die Kripo in Toulon.

Reiner Aktionismus, da waren sich Isabelle und Moma

einig. In weniger als zwölf Stunden würde Pelletiers Anwalt dafür sorgen, dass sein Mandant wieder auf freiem Fuß war.

Als Isabelle erschöpft in ihr Büro zurückkam, wurde sie von Anna erwartet. Die junge Frau hatte bereits erfahren, dass Pelletier in Gewahrsam saß, und sie hatte nur eine Frage: Was hatte Pelletier über ihre Schwester erzählt?

»Wir haben Monsieur Pelletier in einem anderen Fall vernommen.«

»Aber was ist mit meiner Schwester?« Annas Stimme klang vorwurfsvoll.

»Nach Ihrer Schwester wird gefahndet. Das habe ich Ihnen doch versprochen.«

»Und was soll das bitte bringen? Überhaupt nichts. Ich suche seit einer Woche nach Susan.« Anna sah die stellvertretende Polizeichefin an. »Sie haben etwas bei diesem Pelletier gefunden, stimmt's?«

»Ich darf über die Ergebnisse einer laufenden Untersuchung nicht sprechen. Aber wenn es einen konkreten Hinweis geben würde, hätte ich Sie schon darüber informiert.«

»Susan ist tot, oder?«, sagte Anna traurig, und es klang nicht wie eine Frage, sondern wie eine Feststellung.

»Anna, wir haben bisher keinerlei Spuren gefunden, die auf ein Verbrechen hinweisen«, Isabelle sah ihre Besucherin an. »Sie dürfen die Hoffnung nicht aufgeben.«

51. KAPITEL

Leon überbrückte die Mittagspause des Gemeindeamts mit einem kleinen Spaziergang in das Zentrum von Pierrefeu. Der Ort war sehr lebendig, wie es immer so schön in den Flyern der Tourismusbüros hieß. Was natürlich nichts anderes bedeutete, als dass sich der Verkehr mitten durch den kleinen Weinort wälzte. Er setzte sich vor die Brasserie *L'Univers* und gönnte sich einen Salat und ein *Croque Monsieur*. Aus Gründen der schlechten Erfahrung der vergangenen Nacht trank er Perrier und hinterher eine *Noisette*, einen Espresso mit einem Klecks Milchschaum obendrauf.

Pünktlich um 15 Uhr stand Leon wieder vor der Glastür des Gemeindeamts, die mit zehn Minuten Verspätung geöffnet wurde. Als er in die Halle trat, wartete die Frau vom Katasteramt bereits auf ihn.

»Sie haben Glück, Monsieur«, sagte sie und strahlte vor Stolz. Dann betonte sie jedes einzelne Wort. »Ich habe etwas für Sie gefunden.«

Die Frau führte Leon an einen Tisch, auf dem sie eine alte Karte mit braunen Stockflecken ausgebreitet hatte. Die Karte war gedruckt, hatte aber viele handschriftliche Korrekturen und Eintragungen. Oben in der rechten Ecke waren verschiedene Stempel untereinander aufgebracht, der letzte stammte von August 1946. Im linken oberen Eck der Karte waren der Maßstab verzeichnet und der Vermerk: »Wasserhauptleitung und Anschlüsse der Gemarkung PIERREFEU-du-VAR – Est«.

»Sehen Sie«, die Angestellte tippte auf den Vermerk. »Die Karte der Wasserleitungen. Wurde im Sommer 46 zum letzten Mal aktualisiert.«

»Sehr gut, sehr gut«, murmelte Leon und fuhr mit der Fingerspitze über das Papier. Die Hauptwasserleitung war mit blauem Kopierstift eingetragen und deutlich zu erkennen. Beim Weingut *La Cigale* gab es eine letzte Abzweigung. Diese blaue Linie führte weiter nach Osten in Richtung Collobrières. Und beim Weinberg von Tante Odette, Leon musste zweimal hinsehen, endete sie in einem rechteckigen Umriss, der mit einem kleinen Buchstaben gekennzeichnet war.

»Für was halten Sie das hier, Madame?«, fragte Leon die Angestellte und tippte auf die Stelle. Die Angestellte griff zu einer Lupe.

»Das ist ein F. Das steht für *Ferme,* also für ein Haus oder einen Hof. Da stand 1946 eindeutig ein Gebäude, und es hatte Wasseranschluss.«

»Und daran, Madame, hat sich bis heute nichts geändert«, sagte Leon strahlend, legte der verblüfften Gemeindeangestellten den Arm um die Schultern und zog sie an sich.

»Ich verstehe nicht ...«, sagte die Frau verwirrt, aber durchaus angetan von der ungewöhnlichen Behandlung.

»Sie sind meine Heldin«, meinte Leon strahlend. »Eine wahre *Marianne.*«

Jetzt lächelte die Frau verlegen. Als Heldin der Französischen Revolution hatte sie noch nie jemand bezeichnet.

»*Mais, Monsieur*«, sagte sie und sah kokett zur Seite.

»Was ich jetzt noch dringend bräuchte, das wäre eine Kopie dieser Karte.«

»*Avec plaisir, Monsieur.* Allerdings muss das durch die Behörde genehmigt werden und dauert etwa 14 Tage«, sagte die Angestellte und sah Leons enttäuschtes Gesicht. »Normalerweise«, fügte sie schnell hinzu.

Eine Viertelstunde später saß Leon in seinem Auto. Neben sich eine zusammengerollte Kopie der Karte, die bewies, dass es das Haus der Tante bereits im Jahr 1946 gegeben hatte und dass es sogar damals schon über einen offiziellen Wasseranschluss verfügte. Damit würde er die Klugscheißer vom Gemeinderat in die Ecke treiben. Es lebe das französische Katasteramt. Es lebe die Revolution, und es lebe *Marianne.*

Leon rief Isabelle an, informierte sie über die gute Nachricht und fragte sie, ob sie nicht Lust hätte, sich nach Büroschluss mit ihm auf der Terrasse des zurückeroberten Hauses zu treffen. »Gerne«, sagte sie.

Im Radio sang Yves Montand »Les Feuilles Mortes« – ... die Erinnerungen trägt der Wind davon wie die Blätter im Herbst ... Leon lehnte sich in seinem Autositz zurück und genoss die warme Oktobersonne im Gesicht.

52. KAPITEL

Am Nachmittag wurde es auch in der Nachsaison voll in Le Lavandou. Die Besucher schlenderten durch die Gassen, tranken ihren Café crème im Bistro oder gingen mit den Kindern ins *Miou*, um eine von Jérémys neuesten Eiskreationen zu probieren. *Le Flashmob* war der Renner des Sommers gewesen. Eine süße Köstlichkeit aus fünf verschiedenen Eissorten, diversen Zuckerstreuseln und Papierschirmchen.

Anna hatte sich auf eine der Bänke gesetzt, die im Schatten der Palmen standen. Ihr letzter Besuch bei dieser Polizistin in der *Gendarmerie nationale* war mehr als frustrierend gewesen. Niemand schien sich bei der Polizei ernsthaft für das Verschwinden ihrer Schwester zu interessieren. Gut, inzwischen wurde auch offiziell nach ihr gefahndet, aber was hatte das gebracht? Nichts.

Anna hatte alles getan, um einen Hinweis auf Susan zu finden. Sogar bei Pelletier, diesem Widerling, war sie vorübergehend eingezogen. Die schleimigen Anmachversuche von diesem Kerl waren kaum zu ertragen gewesen. Aber Anna war überzeugt, wenn es jemanden gab, der etwas über das Verschwinden von Susan wusste, dann war es dieser widerliche Kotzbrocken. Alles, was sie über ihn wusste, hatte sie der Polizei erzählt. Und, hatte es die Fahndung nach ihrer Schwester auch nur einen Schritt weitergebracht? Natürlich nicht. Die Polizei hatte bei Pelletier keine

»substantiellen Hinweise« gefunden, behauptete sie jedenfalls.

Die stellvertretende Polizeichefin wollte ihr nicht alles verraten, das hatte Anna genau gespürt. Die Flics mussten noch Informationen haben, die sie bewusst zurückhielten. Wie hätten sie sonst Pelletier in Haft behalten können? Es war zum Verrücktwerden.

Und dann war da noch die Mutter in Deutschland. Anna hatte sie angerufen und versucht, ihr die Situation möglichst schonend beizubringen. Seitdem rief ihre Mutter jede Stunde an, um zu fragen, ob es etwas Neues von Susan gab. Wie es ihr, Anna, ging, hatte sie nicht ein einziges Mal gefragt. Vielleicht war es ein Fehler gewesen, ihre Mutter jetzt schon zu informieren. Anna sah auf das Meer, das in der Mittagssonne glitzerte. Wie alt musste sie eigentlich noch werden, damit sie gegenüber ihrer Mutter kein schlechtes Gewissen mehr bekam, wenn es um Susan ging? Die letzten Anrufe ihrer Mutter hatte Anna einfach weggedrückt. Die Polizistin hatte vielleicht recht: Es bestand immer noch die Chance, dass sie sich ganz umsonst Sorgen machte.

Anna stand auf und ging Richtung Hafen, um einen Blick auf die Boutiquen zu werfen, die am Kai zwischen Restaurants und Bootsausrüstern dicht an dicht standen.

»*Bonsoir, Madame*«, sagte in diesem Moment eine freundliche Männerstimme.

Anna drehte sich um und sah Dr. Ravier, der sie einholte.

»Entschuldigen Sie, wenn ich mich so anschleiche«, sagte er. »Aber ich war mir nicht sicher, ob Sie es sind.«

»*Bonsoir*, Dr. Ravier«, sagte Anna. Immerhin jemand, den sie kannte.

»Wie geht es Ihnen?«, fragte Ravier. »Haben Sie etwas

von Ihrer Schwester gehört?« Das klang nicht wirklich besorgt, dachte Anna, eher nach Smalltalk.

»Können wir bitte über etwas anderes sprechen?«

»Entschuldigen Sie, natürlich«, sagte der Arzt. »Wussten Sie, dass heute in Collobrières der wichtigste Tag des Jahres ist?«

»Wie meinen Sie das?«, fragte Anna.

»Das darf nur eine schöne junge Frau fragen, die nicht aus dieser Gegend stammt.« Ravier breitete die Arme aus und versuchte, den Entertainer zu geben. »Heute ist Weinfest in Collobrières, und aus dem alten Brunnen unter den Platanen fließt ...?« Er machte eine dramatische Pause.

»Ich tippe mal auf Wein«, sagte Anna wenig begeistert.

»Sehr gut«, erwiderte Ravier und musterte Anna einen Augenblick zu lange, dann gab er sich einen Ruck. »Wie wär's? Hätten Sie Lust, auf dem Weinfest vorbeizuschauen?«

»Also, ich weiß nicht«, zögerte Anna. Sie sah Ravier an. Gepflegte Erscheinung und voller Schwung. Alles tipptopp. Sonnengebräunt unterm weißen Poloshirt. Haare nach hinten gegelt, Slipper an den nackten Füßen. Warum war sie immer nur so misstrauisch, wenn Männer sich für sie interessierten?

»Kommen Sie, geben Sie sich einen Ruck. Es gibt Wein, es wird gegrillt, und Musik haben sie auch«, sagte Ravier. »Ich fahr mit Ihnen hin und bringe Sie später nach Le Lavandou zurück. Na, ist das ein Angebot?«

In diesem Moment fiel Anna die sonnengebräunte rechte Hand von Dr. Ravier auf, wo am Ringfinger ein verräterischer heller Streifen zu sehen war. Fang nicht schon wieder an, sagte sie sich, sei doch *ein Mal* keine Tussi.

»In Ordnung«, sagte Anna und wunderte sich, wie aufgedreht ihre Stimme plötzlich klang. »Fahren wir.«

53. KAPITEL

Leon war von Pierrefeu aus direkt zu seinem Haus gefahren. Es war wirklich bemerkenswert, was Frédéric in den letzten Tagen erreicht hatte. Der eigenartige, verschlossene junge Mann hatte sich für Leon als Glücksgriff erwiesen. Frédéric war zwar schrullig, und Leon konnte nie ganz sicher sein, ob er seine Anweisungen überhaupt verstand – oder ob er nicht lieber einen ganz anderen, eigenen Weg ging. Aber Frédéric war ein begnadeter Improvisator, wenn es um Reparaturen und Verschönerungen am Haus ging.

Die Läden mit den Holzlamellen zum Beispiel hatte Frédéric nicht lackiert, wie Leon es wollte, sondern mattviolett gestrichen. Das würde viel besser passen, hatte Frédéric erklärt, denn das sei die Farbe des Lavendels. Und die Farbe des Lavendels sei die Farbe der Provence. Und damit hatte er recht, dachte Leon.

Den geschickten Händen Frédérics verdankte Leon nicht nur, dass in Küche und Bad wieder Wasser lief, sondern auch – absolute Sensation –, dass das Haus Strom hatte. Allerdings erst, nachdem Frédéric im verrotteten Stromkasten auf der Kellertreppe auf trickreiche und zweifellos unerlaubte Weise die Plombe der Elektrizitätswerke aufgehebelt hatte. Dummerweise flogen jetzt jedes Mal die Sicherungen raus, wenn man das Licht anschalten wollte und gleichzeitig der Boiler lief. Demnächst, wenn alle Probleme mit dem Stadtrat geklärt waren, müsste er sich wohl professionelle Hilfe holen, dachte Leon.

Auch im Inneren des Hauses hatte Frédéric ein kleines Wunder vollbracht. Die alten Balken hatte er dunkelbraun gestrichen, so dass sie einen eindrucksvollen Kontrast zu den strahlend weiß getünchten Wänden darstellten. Die Böden aus groben Terrakotta-Kacheln waren sauber geschrubbt, eingeölt und glänzten jetzt warm in der Sonne. Und die Stellen an der Wohnzimmerwand, wo Putz abgebröckelt war, hatte Frédéric nicht repariert, wie ausgemacht, sondern gelassen, wie sie waren, so dass man jetzt die alten Mauern aus Naturstein erkennen konnte. Die Terrasse war inzwischen von Unkraut und Ranken befreit worden, und der wilde Wein bildete wieder ein natürliches Dach auf der Pergola, das nicht nur für Schatten, sondern auch für Kühle sorgte. Hier standen inzwischen ein fester Holztisch und ein paar bequeme gebrauchte Korbstühle, eine »Erstausstattung«, die Gérard Dunelle gebracht hatte.

Le Lézard schien in den letzten Tagen regelrecht aus seinem Dornröschenschlaf erwacht zu sein. Und gerade weil die meisten der Reparaturen unvollkommen oder bestenfalls provisorisch waren, strahlte das Haus einen urwüchsigen Charme aus.

Gegen 18 Uhr, kurz nachdem Frédéric gegangen war, tauchte Isabelle auf. Sie erschien mit einem Picknickkorb auf der Terrasse, als Leon gerade dabei war, die letzten Zweige des wilden Weins an den Balken zu befestigen.

»*Bonjour, Monsieur*, ich wollte mal einen echten Weinbauern kennenlernen«, rief Isabelle.

»Da sind Sie hier genau richtig«, antwortete Leon von der Klappleiter herunter. »Ich fürchte allerdings, dass Sie auf den Wein noch einige Monate warten müssen.«

»So etwas hatte ich befürchtet«, entgegnete Isabelle. »Darum habe ich vorgesorgt. *Voilà!*«

Schwungvoll stellte sie den Korb auf den Holztisch. Isabelle war beim *Traiteur* gewesen, bevor sie sich zu Leon auf den Weg gemacht hatte. Sie holte Pasteten, Käse, *Tapenade*, und Brot aus dem Korb und arrangierte alles auf dem Tisch. Außerdem hatte sie vom Markt Oliven mit Curry mitgebracht. Leon war von der Leiter gestiegen und nahm eine der Oliven.

»Hmmmm, so was treibt uns Weinbauern in den Wahnsinn«, sagte er und kaute genüsslich.

»Unser Lieferservice hat noch mehr zu bieten«, erklärte Isabelle und holte Papierservietten und schließlich eine gekühlte Flasche Rosé aus dem Korb, die sie in eine Zeitung eingewickelt hatte.

Leon brachte zwei Teller und einfache Wassergläser aus der Küche, und kurz darauf saßen sie beide auf der Terrasse, genossen das Überraschungspicknick und den grandiosen Blick ins Tal. Es war ein wolkenloser Tag, und die flachen Strahlen der Nachmittagssonne ließen das Land leuchten. Man konnte auf der gegenüberliegenden Talseite die Höhen des Massif des Maures sehen, und ganz im Osten lagen die fast tausend Meter hohen Barres de Cuers in geheimnisvollem Nebel. Und über allem schwebte der Gesang der Zikaden.

»Ich wäre als Bauer vollkommen ungeeignet«, sagte Leon.

»Stimmt«, bestätigte Isabelle.

»Wieso glaubst du das?« Leon hatte sich wenigstens ein bisschen Widerspruch erhofft. Wer hatte denn einen Nachmittag lang Trauben gepflückt?

»Weil du den ganzen Tag nur auf der Terrasse sitzen und ins Tal schauen würdest«, sagte Isabelle.

»Ich bekenne mich schuldig, Capitaine.«

»Was macht dein Rücken?«

»Heute Morgen, als ich aufgestanden bin, hatte ich das Gefühl, ich wäre siebzig Jahre alt.«

»Ach, bist du nicht?« Isabelle sah Leon herausfordernd mit ihren blauen Augen an, während sie gegen die Sonne blinzeln musste.

Isabelle trug ein helles Sommerkleid aus dünnem Leinen. Es hatte ein Muster aus kleinen Blumen, das Leon schon aufgefallen war, als sie die Terrasse betrat. Der Schnitt war brav, geradezu züchtig, und gerade deswegen erschien ihm das Kleid besonders sexy.

»Auf dein neues Haus«, sagte Isabelle und hob ihr Glas mit dem Rosé. Sie hatte den Rücken durchgedrückt, so dass sich ihre Figur unter dem Kleid abzeichnete, und Leon erwischte sich dabei, wie er sie einen Moment anstarrte.

»Ich ... ja. Auf das Haus«, sagte er schnell. Was war los mit ihm? »Und auf das vorbildlich geführte Katasteramt von Pierrefeu.« Leon stieß mit Isabelle an.

»Darauf, dass du hier wunderschöne Zeiten erleben wirst«, sagte Isabelle und nahm sich eine der Brombeeren, die sie als Nachtisch mitgebracht hatte.

»Ich hab Zucker in der Küche«, bot Leon mit Blick auf die Beeren an.

»Zucker wäre toll«, erwiderte Isabelle.

Leon stand auf. Dann beugte er sich plötzlich zu Isabelle hinunter und küsste sie auf den Mund. Isabelle legte die Arme um ihn und zog ihn sanft zu sich herunter. Ihr Kuss schmeckte wie ein Sommertag: nach Oliven und wilden Beeren. Er war warm und innig, und er war leidenschaftlich. Als ob sie ihn für einen Moment in ihre Seele schauen ließ, dachte Leon. Er hatte ganz vergessen, wie verheißungsvoll Küsse sein konnten. So voller Sehnsucht, wie ein wundervolles Versprechen.

Plötzlich merkte Leon, wie fest er Isabelle in den letzten Sekunden gehalten hatte. Er ließ sie los, und sie sahen sich einen Augenblick wortlos an.

»Lass mich den Zucker holen«, sagte Isabelle, »wenn du uns schon mal Wein einschenkst.«

»Klar ...« Leon blieb die Stimme weg. Er räusperte sich. »Mach ich. Soviel du willst.«

»So viel brauche ich gar nicht«, sagte sie und verschwand durch die Terrassentür.

Für einen Moment saß Leon völlig regungslos da. Als könnte schon die kleinste Bewegung den Zauber zerstören. Es war einer dieser Momente, die man für immer festhalten wollte. Um sie in irgendeiner Erinnerungsschublade abzulegen, damit man sie herausholen konnte, wenn die Welt wieder einmal grau und kalt sein würde. Gleichzeitig wusste Leon, dass dieser Augenblick irgendwann vergehen und sich auflösen würde wie der Nebel am Morgen. Und plötzlich wurde Leon klar, was er verpasst hatte in den letzten Jahren und wonach er sich heimlich gesehnt hatte.

Er schenkte den Rosé in die Gläser ein, als ihm auffiel, dass Isabelle nicht zurückkam und dass auch keine Geräusche aus der Küche zu hören waren.

»Isabelle?«, rief er, mehr neugierig als besorgt.

»Ich bin hier oben.« Isabelles Stimme kam aus dem Inneren des Hauses.

Leon nahm die beiden Gläser und ging ins Wohnzimmer. Er rief noch einmal nach ihr, aber sie antwortete ihm nicht. Leon lächelte, als er die Stufen hinaufging und das kleine Turmzimmer betrat. Dort stand Isabelle mit dem

Rücken zum offenen Fenster und wartete auf ihn. Sie war nackt.

»Wie lange wolltest du dir noch Zeit lassen?«, fragte Isabelle und sah ihn an.

Leon ging zu ihr, stellte die Gläser auf das Fensterbrett, nahm sie in den Arm und küsste sie noch einmal. Diesmal war ihr Kuss wild und fordernd, und Leon spürte, wie sie nach seinem Gürtel griff und ihn öffnete. Sie stolperten zum Bett, über dem immer noch die Sträuße von Lavendel hingen. Isabelle drückte Leon mit dem Rücken auf die Matratze. Als sie sich auf ihn setzte, spürte er die warme Feuchtigkeit ihrer Scham auf seinem Bauch. Er griff nach ihren Schultern, um sie zu sich hinunterzuziehen und sie zu küssen. Aber sie wich ihm aus und bog sich zurück. Sie wollte ihn spüren – jetzt.

Später, als die Sonne hinter den Bergen von Toulon untergegangen war, aber der Himmel im Westen noch hell leuchtete, drehte Leon sich zu Isabelle um, die erschöpft neben ihm lag, und strich ihr sanft mit dem Handrücken über das Gesicht. Da sah er, dass ihr Tränen in den Augen standen.

»Warum weinst du?«, fragte Leon.

»Weil es nie wieder so schön sein wird«, sagte Isabelle. Leon küsste sie.

Es war längst dunkel, und irgendein Geräusch hatte Leon geweckt. Neben ihm lag Isabelle und war ebenfalls eingeschlafen. Leon stand vorsichtig auf und ging zum Fenster. Es war ganz still. Sogar die Zikaden hatten aufgehört zu singen. Wieder hörte er das Geräusch. Es klang wie Schritte auf Kies. Leon starrte in die Landschaft, die durch den Vollmond in graues Licht getaucht wurde. War da jemand, der die Stufen des Weinbergs hinaufstieg? Leon spürte, wie Isabelle hinter ihn trat und sich an ihn drückte.

»Ist da was?«, fragte Isabelle.

»Ich weiß nicht, ich glaube nicht«, sagte Leon.

In diesem Moment sah man am oberen Rand des Weinbergs, dort, wo das Gelände in den Nationalpark überging, kurz ein Licht aufblitzen.

»Sieht aus wie eine Taschenlampe«, sagte Isabelle. »Wer könnte das sein?«

»Keine Ahnung«, sagte Leon und drehte sich zu Isabelle um.

»Es wird kühl«, sagte sie. »Lass uns zurückfahren.«

54. KAPITEL

Anna stolperte mehr, als sie lief. Aber sie musste hier weg, weg von dem Mann, dorthin, wo er ihr nicht folgen konnte. Sie hatte einfach zugeschlagen mit dem Stein, als er sich auf sie geworfen hatte und sie hilflos am Boden lag. Hatte sie ihn getötet? Er hatte plötzlich losgelassen, und sie konnte ihn wegstoßen, und dann war sie nur noch gerannt. Gerannt, gerannt, so schnell sie konnte, trotz der Schmerzen.

Anna war höchstens zwei oder drei Minuten unterwegs, aber ihr kam es vor wie eine Ewigkeit. Sie war einen kleinen Pfad entlanggehastet, wo die Dornen der Büsche ihre Beine aufgerissen hatten. Ihr rechter Fuß blutete, weil sie ihren Schuh verloren hatte und die scharfen Steine ihr in die Fußsohlen schnitten. Was war sie für eine verdammte Idiotin. Warum war sie überhaupt zu dem Kerl in das Scheißauto eingestiegen? Warum hatte sie nicht nein gesagt, als er sie zum Trinken animiert hatte: noch ein Glas und noch ein Glas? Tränen liefen Anna die Wangen hinunter, aber es waren nicht die Schmerzen, die sie weinen ließen, sondern das Gefühl der absoluten Hilflosigkeit und der Scham.

Ein paar quälende Sekunden lang glaubte sie, Geräusche von Schritten hinter sich zu hören und ein Keuchen. War er wirklich hinter ihr her, oder bildete sie sich das nur ein? Natürlich, er konnte sie ja nicht laufen lassen. Er wusste, dass sie ihn verraten würde, alles erzählen würde.

Warum hatte sie nur ihr Handy liegen lassen und ihre Tasche? Weil sie wegwollte, so weit weg von diesem Schwein wie möglich. Ein leichter Wind wehte durch das Tal, und Anna merkte plötzlich, dass sie fror. Wenn ein Mann gewalttätig wurde, musste man sich wehren, das wusste jede Frau. Treten, kratzen und vor allem laut schreien. Aber was, wenn der Mann stark war und einem den Mund zuhielt? Und wenn er so zuschlug, dass man nur noch helle Blitze sah?

In diesem Moment hörte Anna einen Wagen näher kommen. Gleich vor ihr musste die Straße sein! Dort könnte sie ein Auto anhalten und um Hilfe bitten. Sie drängte sich durch die letzten Büsche und stand direkt am Straßenrand. Von weitem näherte sich ein Auto. Die Leute würden anhalten, sie in Sicherheit bringen – bitte. Anna stellte sich auf die Straße und winkte. Aber was, wenn er das war? Wenn er schon hinter ihr her war, verletzt und wütend? Bevor der Wagen um die letzte Kurve bog, machte Anna einen schnellen Schritt hinter eine der Korkeichen. Im nächsten Augenblick jagte der offene Porsche vorbei. Er saß am Steuer. Annas Herz raste.

Es dauerte Minuten, bis ihr Puls sich beruhigte, das Adrenalin abflaute. Sie versuchte, ruhig zu atmen. Wieder kam ein Auto, diesmal aus der Gegenrichtung. Hatte das Schwein sie doch gesehen? Hatte er gewendet und kam zurück? Sei jetzt nicht hysterisch, sagte sie sich und kam aus ihrem Versteck. Das war kein Porsche, der da kam, sondern ein alter Citroën. Anna winkte verzweifelt. Der Wagen hielt auf ihrer Höhe an. Mit zitternden Knien wankte sie zur Beifahrertür. Das Fenster war offen. Hinter dem Steuer saß eine Frau um die sechzig.

»Was ist denn passiert, Kindchen?«, rief die Frau.

»Ich …« Anna konnte nicht weitersprechen. Sie zitterte, und ihre Knie versagten. Sie hielt sich an der Tür fest.

»Mon Dieu«, sagte die Fahrerin. »Sie sind ja ganz blass. Warten Sie, ich helfe Ihnen.«

Sie stieg aus dem Auto, öffnete die hintere Tür, nahm Anna am Arm und bugsierte sie in den Wagen. Der Schock erreichte Anna wie eine Welle, die aus weiter Ferne angerollt war, und sie sackte zusammen. Die Frau brauchte ihre ganze Kraft, um sie auf den Sitz zu schieben und den Gurt zu schließen.

»Ich fahre Sie jetzt in die Klinik«, sagte die Frau.

Anna konnte nur noch stumm nicken.

55. KAPITEL

Leon und Isabelle waren mit ihren Autos hintereinander hergefahren. Als sie schließlich nach Le Lavandou zurückkamen, war es schon fast 23 Uhr. Lilou saß auf der Couch im Wohnzimmer und sah sich die neueste Folge von *Nouvelle Star* an. Dabei aß sie Chips und chattete ununterbrochen per Handy mit Freundin Inès.

»Guten Abend, mein Schatz«, sagte Isabelle besonders liebevoll.

Normalerweise hätte Lilou nur kurz die Hand gehoben, ohne von ihrem Smartphone aufzusehen. Aber an diesem Abend klang die Stimme ihrer Mutter irgendwie anders als sonst. Sie schaute Isabelle an, dann sah sie zu Leon, der lächelte.

»Ist irgendwas?«, fragte Lilou ihre Mutter argwöhnisch. Die wechselte einen kurzen, liebevollen Blick mit Leon.

»Nee, oder ...?«, sagte Lilou, die mit einem Blick erkannte, was hier los war.

»Es ist gleich elf Uhr. Komm, ich bring dich nach oben«, sagte Isabelle freundlich.

»Ich bin bald sechzehn. Schon vergessen? Ich kann alleine in mein Zimmer gehen«, antwortete Lilou vorwurfsvoll. »Und ich will bitte nichts erklärt bekommen. Auf gar keinen Fall.«

Damit setzte Lilou die Kopfhörer auf und drehte die Musik am Handy so laut, dass auch Leon sie hören konnte.

Lilou stand auf, schaltete den Fernseher aus und ging wortlos die Treppe hinauf.

»Sie ist irgendwie sauer«, stellte Leon fest.

»Sie mag dich«, sagte Isabelle.

In diesem Moment klingelte Leons Handy. Er zog es aus der Tasche seines Leinensakkos und sah aufs Display.

»Dr. Menez«, sagte Leon überrascht. »Er ruft mich nie privat an.«

Leon drückte die Empfangstaste. »Ritter«, sagte er.

»Ich weiß, es ist schon spät«, sagte Dr. Menez, der aus der Klinik anrief. »Aber ich könnte Ihre Hilfe gebrauchen.«

»Das ist schon in Ordnung«, sagte Leon. »Worum geht es denn?«

»Bei mir wurde eine Patientin eingeliefert, die offensichtlich Opfer einer Vergewaltigung wurde. Wir brauchen eine rechtsmedizinische Begutachtung wegen der Anzeige.«

»Gut, ich kann in zwanzig Minuten bei Ihnen sein«, sagte Leon. »Bitten Sie die Patientin, dass sie sich nicht wäscht, und wir brauchen die Kleidung wegen der Spurensicherung.«

»Danke, Doktor«, sagte Menez. »Ach, noch etwas. Sie wohnen doch noch in dem Pensionszimmer bei Madame Morell von der *Gendarmerie nationale*?«

»Ja, das ist richtig.«

»Die Patientin wollte unbedingt Capitaine Morell sehen. Sie sagte, Madame Morell würde sie kennen.«

»Wie ist denn der Name der Frau?«, fragte Leon.

»Anna Winter. Eine Studentin. Sie kommt aus Hamburg.«

Eine halbe Stunde später betraten Leon und Isabelle die Eingangshalle der Klinik. Am Empfang hatte Schwester Monique Dienst. Sie warf einen kritischen Blick auf Isabelle.

»Das ist Capitaine Morell von der *Gendarmerie nationale*«, stellte Leon vor. »Die Notaufnahme ist gleich am Ende des Ganges«, sagte er zu Isabelle.

Anna Winter war übel zugerichtet worden. Schläge ins Gesicht hatten ihr linkes Auge zuschwellen lassen. Die Haut über dem rechten Jochbein war aufgeschürft, und über dem rechten Wangenknochen hatte sie ein Hämatom.

Ihre Stimme klang ängstlich und schwach, als sie Leon und Isabelle begrüßte. Leon spürte sofort, wie froh die junge Frau war, Isabelle zu sehen. Das wird es leichter machen, wenn wir die Patientin nach Details fragen müssen, dachte Leon.

»Ich war so dumm ...«, sagte Anna. »Das tut mir so leid.«

»Sie müssen sich nicht entschuldigen.« Isabelle war an die Untersuchungsliege herangetreten und hatte die Hand der jungen Frau genommen.

»Auf der Rückfahrt, in seinem Auto, da hat er mich plötzlich angefasst. Erst hab ich seine Hand weggeschoben«, sagte Anna leise. »Aber dann ... dann ist er einfach auf einen Feldweg gefahren. Ich hab nein gesagt. Ich wollte nicht, da hat er zugeschlagen.«

»Wer ...?«, fragte Isabelle eindringlich. »Wer hat das getan?«

»Der Arzt. Der aus Ihrem Büro«, sagte Anna.

Isabelle und Leon wechselten einen schnellen Blick, dann verstand Isabelle.

»Sie meinen Dr. Ravier«, sagte Isabelle. Anna Winter nickte nur.

»Wo genau ist das passiert?«, fragte Isabelle.

»Ich weiß nicht. Wir waren auf dem Weinfest, in Collobrières. Irgendwann hat er gesagt, dass er mich jetzt nach Hause fährt, aber stattdessen …« Anna unterbrach sich. Sie schloss die Augen, aus denen Tränen liefen.

»Vielleicht können wir erst die Untersuchung machen«, sagte Dr. Menez. Dann wandte er sich an Anna. »Danach können Sie duschen und sich umziehen. Vielleicht haben Sie dann mehr Ruhe, um mit Capitaine Morell über alles zu sprechen.«

»Ja natürlich, *Docteur*«, sagte Isabelle. Anna nickte.

»Das ist Dr. Ritter«, stellte der Arzt Leon vor, der neben der Tür stehen geblieben war. »Dr. Ritter ist unser Rechtsmediziner.«

»Guten Abend, Madame«, sagte Leon in seiner ruhigen Stimme. »Wir sind uns schon mal auf der Wache begegnet.«

»Ich erinnere mich«, sagte Anna leise.

»Ich würde gerne ein paar Proben nehmen für einen DNA-Abgleich. Das ist völlig schmerzlos. Außerdem würde ich gerne Ihre Verletzungen begutachten und später ein Protokoll darüber erstellen. Das ist sehr wichtig für die Polizei und die Staatsanwaltschaft.«

»Ich versteh schon«, sagte Anna.

»Eine Ärztin wird die Untersuchungen vornehmen«, er sah Anna aufmunternd an. »Ich möchte Sie noch darauf hinweisen, dass Sie diese Untersuchung auch verweigern können. Sie ist freiwillig.«

»Nein, das ist in Ordnung, ich bin einverstanden«, sagte Anna.

»Gute Entscheidung«, sagte Leon und nickte dem Kollegen zu.

»Dr. Baudain!«, rief Dr. Menez ins Nebenzimmer. Dann

sah er Isabelle an. »Könnten Sie uns jetzt bitte alleine lassen?«

»Natürlich«, sagte Isabelle.

Aus dem Nebenzimmer betrat eine etwa fünfzigjährige Ärztin den Untersuchungsraum und schloss hinter Isabelle die Tür.

Die Untersuchung dauerte eine knappe halbe Stunde. Dr. Menez hatte Leon und die Ärztin mit der Patientin alleine gelassen. Leon machte Fotos der Verletzungen, während Doktor Baudain Abstriche nach Leons Vorgaben nahm. Spermaspuren fand Leon allerdings nur auf den Oberschenkeln des Opfers, als er den Raum abgedunkelt hatte und den Körper mit einer sogenannten Wood-Lampe anleuchtete. Unter der bläulichen Ultraviolettstrahlung erschienen die Spermaflecken hellgrau. Nachdem Leon auch davon eine Probe gesichert hatte, führte eine Krankenschwester die Patientin ins Bad. Eine Viertelstunde später lag Anna, auf Anweisung von Dr. Menez, in einem Einzelzimmer. Sie war an eine Infusion angeschlossen. Isabelle war bei ihr.

»Ich will hier nicht bleiben«, sagte Anna. »Aber ich habe nicht mal mehr etwas zum Anziehen.«

»Ich weiß, es ist alles zur Untersuchung in der Rechtsmedizin«, sagte Isabelle.

»Wissen Sie, was die mir gegeben haben? Papierunterwäsche und einen OP-Kittel.« Sie schlug vorwurfsvoll die Decke ein wenig zur Seite.

»Sehr schick«, sagte Isabelle mit einem Grinsen.

»Finden Sie?« Zum ersten Mal lächelte Anna.

»Es ist ja nur bis morgen früh.« Sie strich der Patientin über die Hand. »Sie haben von Dr. Menez ein Beruhigungsmittel bekommen. Außerdem müssen Sie noch die Infusion abwarten. Das ist was für Ihren Kreislauf, um Sie wieder aufzupeppen, und gegen mögliche Entzündungen.«

»Ich hasse Krankenhäuser.«

Isabelle lächelte. »Geht mir genauso. Ich mache Ihnen einen Vorschlag: Ich fahre in Ihr Hotel und hole Ihnen für morgen früh was zum Anziehen.«

»Das würden Sie tun?«

»Natürlich.« Sie sah Anna einen Moment an. »Ich kann auch gerne jemanden für Sie anrufen. Jemanden aus der Familie vielleicht, oder eine Freundin?«

»Nein, das ist nicht nötig.« Anna schüttelte den Kopf.

»Wäre das in Ordnung für Sie, wenn ich Ihnen noch ein paar Fragen stelle?«

Anna nickte.

»Diese Stelle, wo Doktor ... also, wo der Mann angehalten hat. Wo genau war das?«

»Wir sind von Collobrières losgefahren, auf der Straße nach Pierrefeu. Dann ist er plötzlich abgebogen. Nach drei oder vier Minuten. Tut mir leid, so genau weiß ich das nicht mehr ...«, sie unterbrach sich und kämpfte einen Moment mit den Tränen.

»Nein, nein, das ist gut. Sehr gut. Das hilft uns schon.« Isabelle machte sich Notizen. Einen Moment sagte niemand etwas.

»Ich glaube, ich habe was Schlimmes getan«, sagte Anna plötzlich. Isabelle sah sie an. »Als ich auf dem Boden lag und er ... er war auf mir, da habe ich den Stein genommen.«

»Welchen Stein?«, fragte Isabelle.

»Der lag da, am Boden. Ich hab ihn gegriffen und gegen seinen Kopf geschlagen ... Da hat er losgelassen ...«, sie sprach nicht weiter und starrte gegen die Wand.

»Und was ist dann passiert?«

Anna zuckte mit den Schultern. »Ich kann mich nicht mehr erinnern. Ich bin nur noch gerannt.«

»Sie haben doch erzählt, Sie hätten den Mann später noch mal gesehen.«

»Ich weiß es nicht genau. Vielleicht, vielleicht auch nicht. Es war ja dunkel ... alles ging so schnell«, sie brach wieder ab.

»Sie haben sich verteidigt, Anna. Das ist Ihr gutes Recht. Und ich bin sicher, Sie haben ihn hinterher in seinem Auto gesehen.«

Anna sah Isabelle dankbar an.

Leon wartete im Gang der Abteilung, bis Isabelle mit der Befragung fertig war. Inzwischen war es zwei Uhr morgens. Er hatte bereits im Labor verschiedene Proben und Tests angesetzt. In etwa acht Stunden würden die Ergebnisse vorliegen. Sie fuhren mit Leons Wagen zurück nach Le Lavandou. Isabelle bat ihn, sie bei der Polizeistation abzusetzen. Leon lenkte den Wagen durch die warme Nacht, während Isabelle erst mit Zerna und dann mit Masclau telefonierte, den sie offenbar aus dem Tiefschlaf geweckt hatte. Es dauerte eine Weile, bis sie ihm erklärt hatte, was sie mitten in der Nacht von ihm wollte. Er sollte sich sofort in einen Streifenwagen setzen und die Départementstraße Nummer 14 checken. Auf einem der Nebenwege könnte ein Porsche stehen und daneben eine verletzte Person liegen.

Isabelles Ton war energisch und ihre Anweisungen präzise. Leon sah zu der Frau hinüber, die er noch vor wenigen Stunden in seinen Armen gehalten hatte. In diesem Moment schien ihm das alles eine Ewigkeit her zu sein. Und trotzdem spürte er eine ganz neue Nähe zu Isabelle. Es war schön, einfach nur neben dieser Frau zu sitzen und durch die Nacht zu fahren.

56. KAPITEL

Als sie noch etwa fünfzig Meter von der Villa entfernt waren, gab Isabelle über Funk ein Zeichen, und die beiden Polizeiwagen stoppten und löschten das Licht. Die stellvertretende Polizeichefin und drei ihrer Beamten stiegen aus und drückten leise die Autotüren ins Schloss.

Die Villa gehörte zu einer Gruppe von Häusern, die erst vor einem Jahr fertiggestellt worden waren. Sie lagen am Hang über der Bucht von St. Claire und hatten einen unverbaubaren Blick auf das Meer und die Île du Levant, was sie wahrscheinlich zur teuersten Neubausiedlung der Gegend machte.

Die Polizisten gingen auf das letzte Haus zu. Isabelle gab mit der Hand ein Zeichen, und Moma verschwand mit einem zweiten Beamten hinter dem Gebäude. Isabelle musste zwar nicht zwingend damit rechnen, dass Dr. Ravier zu fliehen versuchte, aber man konnte ja nie wissen. Auf dem perfekt gestutzten Rasen vor dem Haus standen ein Trampolin und eine Schaukel. Der Arzt hatte also Kinder, dachte Isabelle. Es tat ihr fast leid, dass sie dieses Familienidyll an einem Sonntagmorgen um halb fünf zerstören musste.

Masclau war vergeblich die Strecke zwischen Collobrières und Pierrefeu abgefahren. Es war weit und breit kein Porsche zu finden gewesen. Wie auch, er stand ja hier, nur zwanzig Meter von Isabelle entfernt in der Auffahrt des

Hauses. Wenn es stimmte, was Anna erzählt hatte, und daran bestanden für Isabelle kaum Zweifel, dann lag Ravier jetzt seelenruhig mit seiner Frau im Bett und schlief. Was ging in diesem Menschen bloß vor?

Isabelle und Masclau gingen die drei Stufen zur Eingangstür hinauf, über der sich ein kleiner Portikus erhob, der von zwei Säulen getragen wurde. Ein schwacher Trick des Architekten, um ein langweiliges Einfamilienhaus zur Villa hochzustylen. Isabelle drückte den Klingelknopf, unter dem in schwungvollen Messingbuchstaben der Name RAVIER stand. Ein zweitöniger Gong schlug im Inneren des Hauses an. Erst nach dem dritten Läuten ging in einem der oberen Fenster Licht an und kurz darauf ein weiteres Licht in der Halle hinter der Tür. Zur Sicherheit drückte Masclau gleich noch einmal auf die Klingel.

»Wer ist denn da?«, fragte eine Frauenstimme aus der Sprechanlage, über der drei kleine LED-Leuchten angingen und Licht für die Überwachungskamera lieferten, die hinter einer gläsernen Halbkugel steckte. »Wissen Sie, wie spät es ist?«

»*Gendarmerie nationale*«, sagte Isabelle in das Kameraauge. »Wir müssen mit Monsieur Ravier sprechen. Machen Sie bitte auf.«

Es klickte, als von innen aufgeschlossen wurde. Dann öffnete sich die Tür. Dahinter stand eine blonde Frau von Anfang vierzig in einem roséfarbenen Morgenmantel. Ihre Füße steckten in hellblauen Pantoffeln mit rosa Puscheln. Sie sah die Beamten verunsichert an. Isabelle hielt ihr den Polizeiausweis hin.

»Capitaine Morell, das ist Lieutenant Masclau. Sind Sie Madame Ravier?«

»Ja …?«, antwortete die Frau zögernd.

»Wir müssen Ihren Mann sprechen, Madame. Ist er zu Hause?«

Der Frau war anzumerken, dass sie von der Situation überfordert war.

»Was wollen Sie denn von meinem Mann?«, fragte sie misstrauisch.

»Das würden wir gerne mit ihm selber besprechen. Ist er da?«

In diesem Moment kam ein etwa siebenjähriges Mädchen im Schlafanzug mit Teddy im Arm die Treppe aus dem ersten Stock herunter.

»Was will denn die Polizei, *Maman*?«

»Ab ins Bett, sofort!«, rief die Frau im Kommandoton einer ungeduldigen Mutter.

»Ist was mit Papa?«, fragte das Mädchen ängstlich, während es ein paar Schritte die Treppe hinaufstieg.

»Ins Bett, habe ich gesagt«, wiederholte Madame Ravier streng.

In diesem Moment hörte man Stimmen im Garten hinter dem Haus.

»Bleiben Sie stehen!«, rief Moma.

Im nächsten Moment waren hastige Schritte zu hören, dann ein Fluchen.

»Lassen Sie mich los! Sofort. Sind Sie denn verrückt?« Das war die Stimme von Dr. Ravier.

Im nächsten Moment tauchte Moma mit einem Kollegen auf. Sie hatten Ravier in die Mitte genommen und an den Armen gepackt, wie einen betrunkenen Matrosen. Ravier trug nur Jeans und T-Shirt. Seine Füße steckten in Sneakers. Er hatte es so eilig gehabt wegzukommen, dass er nicht einmal die Schnürsenkel geschlossen hatte. An der Stirn hatte Ravier ein Pflaster.

»Was soll das?«, rief Madame Ravier aufgebracht. »Lassen Sie sofort meinen Mann los! Sehen Sie denn nicht, dass er verletzt ist?«

»Guten Abend, *Docteur*«, sagte Isabelle betont höflich. »Wo wollten Sie denn hin?«

Moma reichte Isabelle einen Autoschlüssel. »Den hatte er in der Hand. Vielleicht wollte er eine nächtliche Spritztour machen.«

»Na, und wenn schon.« Ravier sah Isabelle wütend an.

»Würden Sie uns bitte auf die Polizeiwache begleiten? Wir müssten Ihnen ein paar Fragen stellen.«

»Was denn für Fragen? Was wollen Sie überhaupt von mir?«

»Möchten Sie das wirklich hier vor Ihrer Frau und Ihrer Tochter besprechen?«

»Ich weiß zwar nicht, warum Sie hier sind, aber ich denke, es reicht auch, wenn ich nach dem Frühstück zu Ihnen auf die Wache ...«, wollte Ravier vorschlagen, als er unterbrochen wurde.

»Sie sollen eine Frau vergewaltigt haben, so sieht's aus«, sagte Masclau etwas undiplomatisch.

»Didier, bitte«, sagte Isabelle.

»Sind Sie verrückt?« Madame Ravier sah Masclau an, als wäre er der Verbrecher. »Was unterstellen Sie da meinem Mann? Er war den ganzen Abend hier. Hier im Haus. Stimmt doch, Bernard? So war es doch. Sag der Polizei, dass du bei mir warst.«

»Ich denke, es ist besser, wenn wir jetzt gehen«, sagte Isabelle kühl und gab Moma und seinem Kollegen mit einem kurzen Kopfnicken zu verstehen, dass sie Ravier zum Auto bringen sollten.

»Was reden Sie da?« Madame Ravier konnte nicht fassen, was sich da mitten in der Nacht vor ihrer Haustür abspielte. »Sie können meinen Mann doch nicht abführen wie einen Verbrecher. Mein Mann ist Arzt!« Ihre Stimme schnappte über. »Sag du doch auch mal was, Bernard. Bitte, sag ihnen, dass das alles Unsinn ist, was sie da behaupten.«

In diesem Moment gingen im Nachbarhaus die Lichter im ersten Stock an.

»Ach, lass mich doch in Ruhe, Julie«, zischte Ravier genervt. »Halt doch einfach mal deinen Mund.«

»Bernard«, sagte die Frau weinerlich.

Dr. Ravier ließ sich von den Flics zum Streifenwagen führen. Seine Frau sah ihm fassungslos hinterher.

57. KAPITEL

Zwanzig Minuten später saß Dr. Ravier am Besprechungstisch in der Polizeistation. Zerna war eigentlich sauer, weil man ihn mitten in der Nacht geweckt hatte, aber jetzt wollte er wenigstens den Mann selber vernehmen. Wer weiß, vielleicht steckte dieser Doktor ja in der Sache drin. Und Zerna hätte einen Verdächtigen, mit dem er in Toulon punkten konnte.

Zerna hatte sich gegenüber von Ravier gesetzt. Neben dem Polizeichef saß Isabelle, die mit dem Fall am besten vertraut war. Vor Ravier hatte Moma ein digitales Aufzeichnungsgerät aufgestellt, und außerdem hatte er dem Chef einen Kaffee gebracht. Schwarz mit viel Zucker, obwohl der Arzt Zerna Kaffee verboten hatte – er musste auf seinen Blutdruck achten. Die Befragung konnte eigentlich losgehen, es gab nur ein kleines Problem: Zernas Arzt war Dr. Ravier. Und irgendein oberschlauer Anwalt könnte daraus vielleicht später mal eine Befangenheit ableiten, fürchtete der Polizeichef. Und dann wäre Raviers ganze Aussage vor Gericht einen Scheiß wert. Also überließ er erst einmal Isabelle die Befragung.

Isabelle belehrte Ravier, dass er im Moment nur als Zeuge im Vernehmungszimmer saß. Der Alkoholtest hatte 1,2 Promille ergeben. Außerdem hatte die Polizei Raviers Handy beschlagnahmt, dessen gespeicherte Daten im Augenblick von Moma ausgewertet wurden. Ravier war höflich, aber wenig kooperativ. Er gab zu, dass er auf einem Weinfest in Collobrières gewesen war. Und dass er nach ein paar Gläsern zurück nach Le Lavandou gefahren sei. Und da hatte diese Deutsche ihn gebeten, sie mitzunehmen. Was sollte er tun?

»Sie hatten Frau Winter doch zuvor schon eingeladen, mit Ihnen nach Collobrières zu fahren«, sagte Isabelle.

»Nicht eingeladen, ich bin sowieso zum Weinfest gefahren. Da hab ich gefragt, ob sie mitkommen will. Und wie sie wollte.« Der Arzt schüttelte den Kopf. »Das hätte mich gleich stutzig machen sollen.«

»Wie meinen Sie das?«

»Die Frau hat sich mir doch regelrecht aufgedrängt«, sagte Ravier und erntete einen skeptischen Blick von Zerna.

»Als Sie mit Frau Winter wieder zurück nach Le Lavandou fuhren«, Isabelle sah kurz in ihre Notizen, »wie ging es dann weiter?«

»Warum fragen Sie mich das? Was für eine Story hat Ihnen denn die Kleine erzählt?«

»Beantworten Sie die Frage von Capitaine Morell«, sagte Zerna ärgerlich.

»Sie sollten den Zucker weglassen und wenigstens etwas Milch in Ihren Kaffee tun, Monsieur Zerna«, meinte der Doktor mit gespielter Sorge. »Aber am gesündesten wäre es natürlich, wenn Sie ihn koffeinfrei trinken würden. Das habe ich Ihnen schon vor Monaten geraten.« Zerna sah Ravier an, und Isabelle bemerkte, wie bei ihrem Chef die kleine Ader über seiner Schläfe zu pochen anfing.

»Also, Monsieur Ravier«, ging Isabelle schnell dazwischen, bevor Zerna die Geduld verlor, »was ist passiert? Erzählen Sie uns Ihre Version.«

»Die interessiert Sie doch gar nicht. Sie haben sich doch längst Ihre Meinung gebildet. Was ich sage, ist doch ganz unerheblich.«

»Das kann ich nicht beurteilen, solange Sie nichts erzählen.«

Ravier beugte sich zu Isabelle und Zerna über den Tisch und deutete auf das Pflaster, das etwas oberhalb der linken Schläfe auf seiner Stirn klebte.

»Sehen Sie das, ja? Wissen Sie, was das war? Ein Stein.« Ravier machte eine kleine dramatische Pause. »Nur einen Zentimeter weiter unten, und ich hätte tot sein können. Wie finden Sie das?«

»Wir warten immer noch, dass Sie endlich eine Aussage machen.« Zerna musste sich beherrschen.

»Aussage? Na bitte: Die Kleine hat mich angemacht. Ich soll mal rechts ranfahren, hat sie gesagt, dahin, wo es ruhiger ist.« Er sah Zerna an. »Jetzt sagen Sie bloß nicht, so etwas hätte Sie kaltgelassen ...«

»Die Frau hat einen Namen. Sie heißt Anna Winter und ist 25 Jahre alt«, sagte Isabelle deutlich. »Und sie liegt mit Verletzungen in der Klinik. Woher stammen die?«

»Keine Ahnung. Alles, woran ich mich erinnern kann, ist, dass sie plötzlich losgelegt hat – entschuldigen Sie bitte, Madame, wenn ich das jetzt hier so drastisch ausdrücke. Wie ein wildes, geiles Tier. Ich dachte noch, das ist ja unglaublich, wie die rangeht, und zack, bekomme ich den Stein gegen den Kopf.«

»Einfach so?«, fragte Zerna. »Erst will sie Sex, und plötzlich haut sie Ihnen den Stein gegen den Kopf, ja?«

»Wollen Sie die Wunde sehen?«

»Wollen Sie Frau Winter vielleicht wegen Körperverletzung anzeigen?«, fragte Zerna eisig.

»Solange sie mich nicht anzeigt ...«, sagte Ravier.

»Das hat sie bereits getan«, erklärte Zerna, »wegen Vergewaltigung und Körperverletzung.«

»Ich habe sie aber nicht vergewaltigt.« Ravier versuchte, empört zu klingen.

Zerna sah Ravier finster an.

»Monsieur Ravier«, sagte Isabelle. »Ich habe heute Nacht eine misshandelte und traumatisierte Frau gesehen. Eine Frau mit einem zugeschwollenen Auge und Blutergüssen am ganzen Körper, und Sie wollen uns weismachen, das alles wäre die Folge von einvernehmlichem Sex gewesen?«

»Habe ich es Ihnen nicht gesagt?« Ravier wandte sich an Zerna und deutete auf Isabelle. »Sie hat sich ihre Meinung längst gebildet. Ich bin das Schwein und die Kleine das Unschuldslamm.« Er drehte sich wieder zu Isabelle um und deutete auf seinen Kopf. »Das da, das ist Körperverletzung.«

»Monsieur Ravier«, Zerna musste jetzt seinen Zorn unterdrücken.

»Doktor Ravier, wenn ich Sie bitten dürfte«, korrigierte der Arzt.

»Doktor Ravier, ich nehme Sie vorläufig fest, wegen des Verdachts der Körperverletzung und Vergewaltigung von Anna Winter.«

»Das, das können Sie nicht. Was hab ich denn getan? Ich habe sie nicht vergewaltigt. Sie hat doch mich verletzt. Sie wissen, wer ich bin. Sie schädigen meinen guten Ruf.«

»Ihren Ruf schädigen Sie ganz alleine«, sagte Isabelle.

In diesem Moment ging die Tür auf, und Masclau erschien.

»*Patron*«, sagte Masclau zu Zerna. »Lieutenant Kadir möchte Ihnen etwas zeigen. Ihnen und Capitaine Morell.«

Einen Moment später standen sie bei Moma am Schreibtisch. Der hatte mit dem Computer ein paar Suchläufe durch die Daten in Raviers Handy gemacht.

»Und, hat es Kontakte zwischen Ravier und Winter gegeben?«, fragte Zerna.

»Ja, jede Menge. Aber nicht zu Anna Winter, sondern zu ihrer Schwester Susan.«

»Wie bitte?«, fragte Isabelle. »Bist du sicher?«

»He, ich habe die Telefonnummer dreimal gecheckt«, sagte Moma. »Ravier hat sieben SMS an das Handy von Susan Winter geschickt.«

»Worum geht es in den Mitteilungen?« Isabelle war die Spannung anzumerken.

»Er hat sie angebaggert, hat versucht, sich mit ihr zu treffen.«

»Kann ich die Nachrichten sehen?«, fragte Isabelle aufgeregt.

»Das dauert aber 'ne Weile. Ravier hatte sie alle gelöscht. Ich muss sie erst wieder rekonstruieren. Aber in Bruchstücken kann man sie jetzt schon sehen – hier«, Moma deutete auf seinen Bildschirm, der auf den ersten Blick voller ungeordneter Ziffern und Zeichen war. Aber beim genaueren Hinsehen waren dazwischen einzelne Worte und Sätze zu erkennen.

»Schon gut, sag uns, was du bisher entziffern konntest.« Isabelle sah Moma an.

»Hatte er was mit dieser Susan?« Ungeduldig drehte Zerna den Bildschirm in seine Richtung.

»Negativ«, sagte Moma trocken.

»Was heißt negativ? Du redest schon wie meine Tochter«, murrte Isabelle.

»Also erst hat er sie angegraben.« Moma sah auf den

Bildschirm. »Hat geschrieben, dass er ständig an sie denken muss, und so ein Kram. Und dass ihm das noch nie bei einer Patientin passiert ist ... Na ja, das übliche Gesülze, wenn man bei einer Frau landen will.«

»Was hat sie geantwortet?« Isabelle musste grinsen.

»Hat ihn offenbar voll abblitzen lassen.« Moma bewegte den Finger über die Tastatur. Der Cursor blieb vor einer Textpassage stehen. »Hier, das ist die letzte SMS von Susan Winter: ›Ich werde mich nicht mit Ihnen treffen. Bitte lassen Sie mich endlich in Ruhe!!!‹ Mit drei Ausrufungszeichen.«

»Das wird dem Herrn Doktor aber gar nicht gefallen haben.« Zerna betrachtete die Botschaft auf dem Bildschirm. »So eitel, wie der ist.«

»Kannst du mir sagen, wann die beiden zum letzten Mal Kontakt hatten?«, fragte Isabelle.

»Nach der SMS gab es noch ein kurzes Telefonat am selben Tag. Da hat er sie angerufen.« Moma sah auf seine Notizen. »Das war am 21. September um 17.34 Uhr.«

»21. September«, überlegte Isabelle. »An diesem Tag hat auch Anna zum letzten Mal etwas von ihrer Schwester gehört.«

»Glaubst du, Ravier hat damit etwas zu tun?«, fragte Zerna.

»Das musst du *Monsieur le Docteur* fragen.«

Kurz darauf saßen Isabelle und Zerna wieder bei Ravier im Besprechungsraum. Inzwischen war der Doktor längst nicht mehr so selbstsicher wie am Anfang. Er saß jetzt seit drei Stunden in diesem Zimmer. Er hatte noch nicht gefrühstückt und trug noch die Klamotten, die er sich übergezogen hatte, als die Polizei an seiner Haustür klingelte. Er fror, weil er es langsam mit der Angst zu tun bekam und weil es um diese Jahreszeit morgens schon empfindlich kühl war. Isabelle hatte ihm eine dünne Wolldecke bringen lassen, die er sich mit anklagender Miene über die Schultern gehängt hatte. Er sieht aus wie ein Schiffbrüchiger, dachte Isabelle.

»Da war gar nichts«, wiederholte Ravier. »Madame Winter hatte ihre Tabletten gegen Hyperthyreose vergessen und hat um ein neues Rezept gebeten.«

»Hyper was?«, unterbrach Zerna.

»Schilddrüsenüberfunktion«, erklärte Ravier. »Sie war nur eine Patientin, zum Teufel. Sonst nichts.«

»Eine Patientin, der Sie Liebes-Mails geschickt haben«, erinnerte ihn Isabelle.

»Das war doch nichts Ernstes. Ein harmloser, kleiner Flirt.« Ravier wurde die Situation zunehmend unangenehmer, er rückte unruhig auf dem Stuhl herum und schlug die Beine übereinander. »Was kann ich denn dafür, dass sie das gleich so ernst genommen hat.«

»Das sehen wir ganz anders«, meinte Isabelle. »Sie haben Ihre Patientin bedrängt, aber sie hat Sie abblitzen lassen. Daraufhin haben Sie sie noch ein letztes Mal angerufen, worum ging es in dem Gespräch?«

»Was versuchen Sie mir da zu unterstellen?«

»Sie sind an Susan Winter nicht rangekommen. Da kann man ganz schön wütend werden, wenn eine Frau einen so in die Ecke stellt«, sagte Zerna.

»Ich war aber nicht wütend.« Die Stimme von Ravier wurde lauter. »Hören Sie, ich werde keinerlei weitere Aussage mehr machen. Nicht, bevor mein Anwalt hier ist.«

»Sie glauben also, dass Sie einen Anwalt brauchen«, sagte Isabelle.

»Kommen Sie mir bloß nicht so«, sagte Ravier.

»Vorsicht, Sie bewegen sich auf dünnem Eis, Monsieur

Ravier«, mahnte Zerna. »Eine Frau ist verschwunden, und ihre Schwester liegt verletzt in der Klinik. Zu beiden hatten Sie Kontakt. Ich wette, Sie brauchen wirklich einen Anwalt.«

Isabelle sah, dass Ravier schwitzte. Zwar versuchte er noch, den souveränen Arzt zu geben, aber es war offensichtlich, dass er fix und fertig war.

»Noch einmal *Docteur* Ravier: Ich nehme Sie fest wegen des Verdachts der Körperverletzung und der Vergewaltigung von Anna Winter. Wir werden Sie im Laufe des Tages nach Toulon überstellen.«

Ravier war blass geworden. Er strich sich nervös durch die Haare.

»Bitte, Commandant, tun Sie das nicht.« Dem Arzt wurde klar, dass er gerade einen Riesenfehler gemacht hatte. »Also heute Nacht, das mit der jungen Frau, mit Anna Winter, also das ... das ist irgendwie aus dem Ruder gelaufen.«

»Ja, das kann man so sagen«, meinte Isabelle kühl.

»Ich wollte das nicht. Wirklich nicht. Und ich hab sie auch nicht vergewaltigt. Das ist alles ein tragisches Missverständnis.«

»Ein Missverständnis«, wiederholte Isabelle lakonisch.

»Ich bitte Sie. Ich habe eine Frau und eine siebenjährige Tochter. Ich habe eine Praxis. Wenn diese Sache aufkommt und falsch verstanden wird ... Sie haben keine Ahnung, was das für mich bedeuten würde.«

Isabelle sah, dass der Mann kurz davor war zu weinen. Weniger über die verletzte junge Frau in der Klinik als über sein eigenes schweres Schicksal. »Ich denke, da gibt es nicht viel falsch zu verstehen, Monsieur Ravier.«

»Sie bleiben hier. Der Richter in Toulon wird entscheiden, wie es weitergeht«, bestimmte Zerna ungerührt.

58. KAPITEL

Der Junge war noch früher als sonst aufgestanden. Denn für das, was er vorhatte, war die Jahreszeit ungünstig. Die Blödmänner von den Weingütern wimmelten oft schon ab sieben zwischen ihren Weinstöcken herum. Da konnte ja kein Mensch unauffällig vorbeifahren. Also hatte der Junge aufgepasst, dass seine Mutter und die Geschwister noch schliefen, und sich davongeschlichen, bevor die Sonne aufging. Weg aus der verschissenen Neubausiedlung, weg von den anderen Jungs, die nur darüber nachdachten, wie man die nächste Ladung Shit verticken konnte. Er hatte sich das Mofa von Maurice, ihrem Nachbarn, ausgeliehen. Okay, er hatte ihn nicht gefragt, aber der würde sowieso nichts mitbekommen. Normalerweise wurde es drei Uhr nachmittags, bis Maurice seinen Rausch ausgeschlafen hatte. Der Junge hatte sich also das Mofa geschnappt, und dann ab in den Nationalpark. Scheiße ja, natürlich war das verboten. Es war ja auch verboten, ohne Helm zu fahren, oder mit einem Mofa, das einem nicht gehörte. Alles war verboten, wenn man erst fünfzehn Jahre alt war und alle so taten, als wäre man noch ein Baby, dem man den Arsch abwischen musste. Aber nicht mit ihm. Er machte genau das, was er wollte. So und nicht anders. Darum hatte schon am Abend alles zusammengepackt. Die Angel zerlegt, in den Rucksack gesteckt und sich ein paar Sandwiches mit Käse vorbereitet und eine Flasche

Evian. Und dann war er losgezischt, in aller Frühe, ohne Licht durch die Siedlung und ab in die Hügel.

Das war die beste Zeit das Tages, wenn die Idioten noch alle schliefen und sich ganz weit hinten über den Höhen von Collobrières das erste Licht am Himmel zeigte. Und wenn die Luft noch so feucht und frisch war, dass der Junge auf seinem Mofa in der Kälte bibberte. Aber das war ihm egal, im Gegenteil, so früh am Morgen fühlte sich die ganze Welt an wie ein einziges großes Abenteuer. Der Junge fuhr mit seinem Mofa weiter hinauf in die Hügel. Eigentlich durften nur die *Pompiers*, die Feuerwehr, diese Wege benutzen, aber was hieß das schon? Verboten, verboten, verboten. Alles war verboten, was Spaß machte, selbstverständlich auch das Angeln. Zumindest, wenn man wie der Junge jetzt am Rand eines Teichs mitten im Nationalpark saß und seine Leine auswarf. Direkt unter dem großen roten Schild, auf dem mit fetten Buchstaben stand: *PÊCHE INTERDITE!*, Angeln verboten!

In den vergangenen zehn Jahren hatte die Feuerwehr eine ganze Reihe solcher Löschteiche angelegt, damit sie im Falle eines Waldbrandes schneller an Wasser kamen. Der Étang de Fé war der größte und der älteste dieser Teiche, fast schon ein kleiner Stausee. Und was das Beste war, das Wasser war hier voller Fische.

Der Junge liebte das Angeln. Weil er da seine Ruhe hatte, ganz alleine mit sich war. Und weil es immer ein bisschen unheimlich war, wenn er den Blinker auswarf und das glitzernde kleine Metallstück mit dem Haken im trüben Wasser versank. Was würde er heute erwischen? In diesem Teich gab es natürlich jede Menge Karpfen, aber die schmeckten wie aufgeweichte Eistüten, fand der Junge. Ganz egal, wie viel Mühe sich seine *Maman* bei der Zubereitung dieser fetten Mistviecher gab. Viel interessanter waren da schon die *Gardons*, die Rotaugen. Schnell wie die Torpedos, und am späten Nachmittag, wenn die Hitze die Mücken dicht über die Oberfläche drückte, sprangen sie manchmal aus dem Wasser und schleuderten dabei einen glitzernden Tropfenwirbel in die Luft. Aber die Könige des Teichs, die ungeschlagenen Stars und der eigentliche Grund, warum der Junge wieder und wieder hier seine Angel auswarf, das waren die Hechte. Er hatte in seinem Leben erst einmal Hecht gegessen, aber den Geschmack würde er nie wieder vergessen.

In diesem Moment tat es einen Ruck an der Leine, und die Rolle blockierte. Der Junge riss die Rute mit einem kurzen Schwung aus dem Handgelenk nach oben, damit sich der Haken dem Fisch ins Maul bohren würde, und war bereit für den Kampf. Denn was immer er da an der Schnur hatte, das Scheißvieh war schwer wie ein Flusspferd, und es würde nicht freiwillig aus dem Teich kommen. Der Junge sah sich schnell um, ob ihn jemand beobachtete, denn die nächsten Minuten würden seine ganze Aufmerksamkeit fordern. *Lèche mon cul*, das musste ein Mordsbrocken sein, soviel stand fest. Drei bis vier Kilo, schätzte der Junge, vielleicht sogar mehr. Er ließ einen guten Meter der mit 0,4 Millimetern extrastarken Angelschnur nach. Aber nichts geschah. Kein Kampf, kein sich windender Fischkörper, der silbern im Wasser blitzte, gar nichts. Der kostbare Blinker saß irgendwo fest. Dabei hatte der Junge das Ding unter größter Gefahr in Hyères im Angelladen geklaut.

Er starrte ins Wasser. Was immer es war, woran sich der Blinker verhakt hatte, es befand sich nicht weit vom felsigen Ufer entfernt, das hier fast senkrecht ins Wasser abfiel. Der Junge hielt den Kopf schief und schien da unten etwas schimmern zu sehen. Was soll's, er zog sich die Klamotten aus, sicherte die Angel mit einem Ast und stieg vorsichtig ins Wasser. Mit der Hand folgte er der Leine, dann holte er tief Luft und tauchte. Dann sah er es, direkt unter sich.

In etwa drei Metern Tiefe lag ein auf die Seite gekippter blauer Golf im Schlamm. Er brauchte nur ein paar Schwimmstöße, bis er das Wrack erreichte. Das Auto war leer. Der Blinker hatte sich im offenen Fenster an der Fahrertür verhakt. Der Junge löste den Haken und tauchte wieder auf.

Merde, alors! Die Flics hatten garantiert keine Ahnung, dass da jemand ein komplettes Auto im Teich versenkt hatte. Klar, so was müsste man eigentlich melden. Vielleicht gehörte das Auto ja einem Bankräuber oder, noch schlimmer, einem Terroristen. Aber wenn er zur Polizei ging, dann würden die Fragen stellen. Er kannte die Flics. Du fährst mit einem geklauten Mofa? Was wolltest du in aller Früh an dem Löschteich? So was eben. Und diese Scheiße brauchte kein Mensch.

Auf der anderen Seite, vielleicht könnte er ja helfen, irgendein richtig schlimmes Verbrechen ans Licht zu bringen, und der *Var-Matin* würde sein Bild drucken. Der Junge zog wieder Jeans und Hemd an und packte sein Angelzeug zusammen. Vor allem erst mal weg hier, sonst würden sie ihn am Ende noch mit der ganzen Scheiße in Verbindung bringen. Er würde zurück nach Pierrefeu fahren und nachdenken, irgendetwas würde ihm schon einfallen.

59. KAPITEL

Die Kirche *Saint-Trophyme* in Bormes-les-Mimosas war gut besucht. Der Pfarrer hielt die Sonntagsmesse. Leon saß in der ersten Reihe. Nicht, dass er besonders fromm gewesen wäre, und als Frankfurter war er evangelisch aufgewachsen, genauso wie sein Vater, was seine katholische Mutter immer gestört hatte. Es war nicht das Gebet, das ihn bereits um neun Uhr morgens in die kleine provenzalische Kirche aus dem 18. Jahrhundert gelockt hatte, sondern Alexandre Lavalette. Schließlich hatte er dem Notar versprochen, sich seinen Chor in der Kirche anzuhören. Und Leon musste zugeben, dass die Stimmen den Bau mit eindrucksvollen Klängen erfüllten, als die fünfzehn Frauen und Männer das »Kyrie eleison« aus Bachs h-Moll-Messe anstimmten. Nach dem gemeinsamen Vaterunser und nachdem der Priester den Segen gesprochen hatte, reichten sich die Gemeindemitglieder zu Leons Verwunderung die Hände und wünschten sich einen gesegneten Sonntag.

Auf dem kleinen Platz vor der Kirche, unter einer gewaltigen Bougainvillea, begrüßte Leon schließlich Maître Lavalette und informierte ihn, dass er im Archiv von Pierrefeu fündig geworden war. Der Notar schien überrascht. Schließlich hatte Leons Tante Jahre vergeblich nach einem Nachweis gesucht.

»Sind Sie sicher, dass die Karte auch wirklich *Le Lézard* verzeichnet?«, fragte der Notar skeptisch.

»Sie klingen fast so, als wäre Ihnen das nicht recht«, sagte Leon amüsiert.

»Aber ich bitte Sie. Ich möchte Sie nur vor falschen Hoffnungen bewahren«, antwortete der Notar. »Aber wenn die Karte wirklich zeigt, was Sie sagen, dann wäre das mit Sicherheit Beweis genug. Dann können Sie den Schenkungsvertrag unterschreiben, und ich beglaubige ihn. Warum kommen Sie nicht gleich morgen in meine Kanzlei?«

»Sehr gerne«, sagte Leon.

»Ach, was ich Sie fragen wollte«, sagte der Notar. »Ich habe heute Morgen gehört, es hätte eine Festnahme im Zusammenhang mit der Toten vom Weinberg gegeben? Einen Arzt? Ist das wahr?«

Leon wusste sofort, dass der Notar nur darauf gewartet hatte, ihm diese Frage stellen zu können.

»Sie wissen, dass ich nicht über eine laufende Untersuchung sprechen darf.«

»Ich verstehe, *Docteur.*« Der Notar hob den rechten Zeigefinger und lächelte. »Sie streiten es aber auch nicht ab. Ich habe gehört, es handle sich um Doktor Ravier?«

Leon wunderte sich nicht, dass sich die Sache bereits herumgesprochen hatte. In Le Lavandou blieb nichts geheim. Jeder kannte jeden, und in jeder Familie gab es mindestens einen, der bei der Feuerwehr, der Polizei oder irgendwo in der Verwaltung arbeitete. Jede Information fand ihren Weg nach draußen. Und gegen Mittag, wenn man sich beim Bäcker über den Weg gelaufen war oder in einem der zahllosen Bistros seinen Café crème genommen hatte, hätte sich die Sache endgültig rumgesprochen.

»Ich glaube, bei Ihrem Informationsstand kann ich leider nicht mithalten«, sagte Leon freundlich.

»Das wird sich ändern, *Docteur*«, sagte der Notar, »wenn

Sie erst einmal länger hier leben. Wir sehen uns morgen. Und vergessen Sie die Karte nicht, ich bin sehr neugierig.«

»Bonne journée«, verabschiedete sich Leon.

Der Notar wandte sich wieder dem Pfarrer zu, um ein Gemeindeproblem zu besprechen. Leon wollte zu seinem Wagen gehen, den er auf dem großen Parkplatz oberhalb des Ortes abgestellt hatte, als ihn eine blonde Frau aufhielt.

»Sie sind doch der *Docteur* aus Deutschland«, sagte die Endvierzigerin in einem Ton, der Leon an eine Quietschente erinnerte. »Der *Médecin légiste.*«

»Ja, Madame, Leon Ritter.«

»Wie aufregend, ich bin Madame Leclair«, quietschte die Dame. »Noch letzte Woche hab ich mich mit meinen Bridge-Damen über Sie unterhalten.«

»Oh, ich hoffe, es hat sich niemand über mich beschwert.« Leon lächelte freundlich.

»Oh nein, ganz im Gegenteil. Sie haben ja so einen spannenden Beruf«, sagte die Frau und kicherte verschwörerisch. »Sie müssen einfach mal in unserer kleinen Runde vorbeischauen und über Ihre Arbeit sprechen.«

»Ich weiß nicht …«, meinte Leon. Warum war er nicht Proktologe? Kein Damenkränzchen würde ihn zum Kaffee einladen, damit er über Hämorrhoiden referierte. »Im Moment ist leider sehr viel zu tun.«

»Ich weiß, ich weiß«, sagte die Blondine, »die tote Frau vom Weinberg. *Mon Dieu*, ist das eine schreckliche Geschichte.«

In diesem Moment klingelte Leons Handy, und er hatte einen Vorwand, sich zurückzuziehen. Es war Isabelle. Zerna bat darum, dass er an der heutigen Besprechung teilnahm.

60. KAPITEL

»Schön, dass Sie es doch noch möglich machen konnten, bei uns vorbeizusehen.« Der ätzende Ton in Kommissarin Lapierres Stimme war nicht zu überhören.

»Ein so wichtiges Meeting würde ich mir niemals entgehen lassen«, antwortete Leon ausgesucht höflich und sah, dass Isabelle und Moma sich anstießen und grinsten.

Leon war nach der Kirche noch in die Rechtsmedizin gefahren, um sich zusammen mit Rybaud die Untersuchungsergebnisse der letzten Proben anzusehen. Inzwischen hatte die Besprechung in der Gendarmerie von Le Lavandou ohne ihn begonnen. Ein Umstand, der Leon nicht im Geringsten beunruhigte. Schließlich arbeitete er nicht für die Polizei, sondern für die Staatsanwaltschaft. Es war ganz nützlich, die Kommissarin daran zu erinnern.

»*Docteur*«, begann die Kommissarin, »der Gendarmerie liegt eine Anzeige gegen Bernard Ravier wegen Vergewaltigung vor. Die Kriminalpolizei in Toulon hat bereits diesbezügliche Ermittlungen aufgenommen. Wir versuchen, hier festzustellen, ob es möglicherweise eine Verbindung zum Tod von Nicole Savary gibt.«

»Und ob es die gibt«, ging Zerna dazwischen und erntete einen pikierten Blick der Kommissarin. »Ich bitte Sie, die Savary war doch auch Patientin von Ravier, genauso wie Susan Winter, und jetzt hat er sich über ihre Schwester hergemacht.«

»Noch wissen wir nicht, was mit Susan Winter geschehen ist. Oder gibt es da vielleicht wieder Informationen, über die ich noch nicht unterrichtet wurde?«, fragte Kommissarin Lapierre.

Das war eine Spitze gegen die gesamte Einheit der *Gendarmerie nationale*, die noch immer keinen Hinweis auf die verschwundene Deutsche gefunden hatte. Allen Anwesenden war klar, dass Lapierre den Fall am liebsten ganz nach Toulon geholt und ausschließlich mit ihren Leuten bearbeitet hätte. Aber ihr Chef hielt sie kurz. Und wenn sie nicht bessere Indizien vorlegte, würde er kaum weitere Beamte auf diesen Fall ansetzen. Außerdem wusste Madame Lapierre genau, dass Zerna und seine Mannschaft über die besseren Kontakte verfügten, wenn es darum ging, die Leute aus der Gegend zu befragen. Und dann hatte Le Lavandou ja auch ihn, den *Médecin légiste*, zur Unterstützung.

Leon wusste natürlich, dass er einen guten Ruf genoss. Erst kürzlich hatte ihm der Oberstaatsanwalt von Toulon vorgeschlagen, seinen Vertrag in der Klinik *Saint-Sulpice* auf unbestimmte Zeit zu verlängern. Aber Leon wusste auch, dass es genau diese Erfolge waren, die Neider schafften. Und Kommissarin Lapierre war eine von ihnen.

»Gibt es neue Erkenntnisse aus der Gerichtsmedizin zu diesem Fall?«, fragte die Kommissarin.

»Ja, die gibt es, *Madame le Commisaire*. Guten Morgen, meine Damen und Herren«, begrüßte Leon förmlich die Versammlung. »Wir haben inzwischen alle Abstriche und Proben ausgewertet, und sie konnten alle der gleichen Person zugeordnet werden, Bernard Ravier. Aber das war ja auch nicht anders zu erwarten gewesen. In einem Punkt muss ich Ihnen allerdings widersprechen, Madame Lapierre. Die Untersuchungen haben ergeben: Anna Winter wurde nicht vergewaltigt.«

Für einen Augenblick sagte niemand etwas. Die Anwesenden sahen sich an, als müssten sie sich vergewissern, sich nicht verhört zu haben.

»Wie bitte?« Zernas Stimme bekam einen vorwurfsvollen Unterton. »Was soll das heißen? Die Frau hat doch Anzeige erstattet?« Er sah Isabelle an. »Sie haben doch selber mit ihr gesprochen, Capitaine Morell?«

»Es waren ausgesprochen traumatische Erlebnisse, die mir das Opfer geschildert hat. Über manche Details konnte oder wollte sie nicht sprechen.«

»Fest steht jedenfalls«, sagte Leon, »Anna Winter wurde von dem vermeintlichen Vergewaltiger verletzt, aber nicht penetriert.«

»Wie? Heißt das, er hat ihn ihr nicht reingesteckt?« Das war Masclau.

»Lieutenant, ich muss doch schon sehr bitten«, Zerna brachte Masclau mit einem Blick zum Schweigen.

»Den Verletzungen nach zu urteilen«, fuhr Leon fort, »hat Ravier versucht, den Geschlechtsverkehr zu erzwingen. Er hat dem Opfer mit der Faust mehrfach ins Gesicht geschlagen, was zu Schürfwunden und Hämatomen geführt hat. Außerdem hat er sein Opfer gegen die Oberschenkel geschlagen und wahrscheinlich auch getreten, als er versuchte, die Frau unter sich zu bringen und ihre Beine auseinanderzudrücken.«

»Fand das im Auto oder außerhalb statt?«, fragte Lapierre.

»Anna Winter hat mir gesagt, der Mann hätte sie aus dem Wagen gestoßen, dabei sei sie auf den Rücken gestürzt, und er habe sich auf sie geworfen«, erklärte Isabelle.

»Das deckt sich mit den Verletzungen, die wir gefunden haben«, sagte Leon. »Das Opfer hatte Abschürfungen am Rücken, die offenbar von Steinen am Boden stammen. Aber noch einmal: Ravier hat zwar versucht, die Frau zum Geschlechtsverkehr zu zwingen, aber es ist ihm nicht gelungen. Wir haben sein Sperma nur auf ihrem Kleid und ihren Oberschenkeln gefunden.«

»Sie wissen, was das bedeutet, *Docteur*?« Zerna sah Leon scharf an, als könnte er ihn so dazu bringen, seine Aussage zurückzunehmen. »Statt für fünfzehn Jahre ins Gefängnis zu gehen, bekommt der Kerl jetzt möglicherweise nur eine Geldstrafe.«

»Ich bin nicht der Richter«, sagte Leon, »ich analysiere nur Spuren. Und diese Spuren belegen eindeutig, dass der Angreifer sein Opfer nicht vergewaltigt hat, rein technisch gesprochen. Wenn auch alles darauf hinweist, dass er es versucht hat. Und noch etwas: Es ist nicht ungewöhnlich, dass Opfer, die solche traumatischen Erfahrungen gemacht haben, die Erinnerungen an die Einzelheiten eines so schlimmen Erlebnisses verdrängen.«

»Ich glaub's ja nicht«, sagte Masclau enttäuscht. »Jetzt kriegen wir Ravier im besten Fall noch wegen Körperverletzung dran.«

»Na großartig.« Zerna hob beide Hände in die Luft. »Der arme Ravier. Verleihen wir ihm doch gleich den *Ordre de la Santé publique*.«

»Bleiben Sie bitte sachlich, Commandant«, mahnte Lapierre.

»Ich dachte, wir reden hier über einen Gewaltverbrecher«, sagte Zerna, »der aller Wahrscheinlichkeit nach auch für einen Mord und für das Verschwinden einer jungen Frau verantwortlich ist.«

»Der Serientäter, den wir suchen, würde wohl kaum eine Frau zum Weinfest einladen, um sie anschließend in seinem Porsche zu vergewaltigen«, sagte Leon.

»Ach nein? Wieso können Sie da so sicher sein?«, meldete sich Masclau. »Sie haben doch gesagt, dass wir nach einem Täter suchen müssen, der unauffällig lebt, der vielleicht sogar Familie hat und der sich mit Anatomie auskennt? Und so, wie ich das sehe, trifft das alles hundertprozentig auf Ravier zu.«

»Genau so, wie es auf Guy Pelletier zutrifft«, sagte Isabelle.

»Den mussten wir ja wieder laufen lassen«, entgegnete Masclau. Wenn es nach ihm gegangen wäre, würden alle Verdächtigen bis zum Prozess hinter Schloss und Regel sitzen.

»Der Serientäter, den wir suchen, geht planvoll und zielgerichtet vor«, sagte Leon. »Er lauert seinen Opfern auf, er tötet sie, und er konserviert sie nach einem ganz bestimmten Ritual. Anschließend versteckt er seine Opfer an einem Ort, wo er sie regelmäßig besuchen kann. Möglicherweise über Jahre.«

»Das ist bisher aber nur Ihre Theorie«, meinte Lapierre.

»Für die wir bei unseren rechtsmedizinischen Untersuchungen der beiden Toten starke Anhaltspunkte gefunden haben.«

»Aber die schließen doch Ravier als Täter nicht aus?«, versuchte sich Masclau bei Zerna anzubiedern.

»Ravier ist meiner Ansicht nach nicht planvoll vorgegangen«, sagte Isabelle. »Er hat sich eher wie jemand benommen, bei dem die Sicherung durchgebrannt ist. Jemand, der zu viel Wein getrunken hat und eine Frau im Auto mitnimmt. Unterwegs macht er sie an. Sie will nicht, und er wird brutal.«

»Ich bitte dich«, das war wieder Masclau. »Erst stellt dieser Arzt Susan Winter nach, und unmittelbar nach seiner letzten SMS verschwindet die Frau auf unerklärliche Weise. Und jetzt geht er auf die Schwester los. Wenn das nicht zielgerichtet ist.«

»Aber das ist auch schon alles, was wir haben, oder?«, fragte Lapierre kühl.

»Wir suchen inzwischen auch über die Grenzen der *Commune* hinaus nach der Vermissten.«

»Na gut«, sagte die Kommissarin, »tun Sie das. Darüber hinaus können Sie Doktor Ravier freilassen, natürlich nur vorläufig.«

»Wie bitte?« Masclau war empört.

»Aber Madame«, rief auch Zerna erbost. »Der Mann ist wegen eines schweren Verbrechens angezeigt worden.«

»Das er aber nicht begangen hat, wie wir gerade gehört haben«, sagte Lapierre und sah Leon an, der nickte. »Eine missglückte Vergewaltigung. Er muss nicht mal mit Haft rechnen. Der Mann hat Familie, eine Praxis. Besteht da ernsthaft Fluchtgefahr?« Der Blick ging in Richtung Zerna.

»Na bitte, lassen wir ihn nach Hause«, sagte Zerna zu Masclau. »Aber er soll sich zur Verfügung halten.«

In diesem Moment ging die Tür auf, und Moma kam herein.

»Entschuldigen Sie, Patron. Wir haben gerade einen anonymen Anruf bekommen: Jemand will einen Wagen entdeckt haben. Einen blauen Golf.«

»Wo?«, fragte Zerna.

»In einem Löschwasserteich oben im *Forêt*.«

61. KAPITEL

Der Abschleppwagen der *Gendarmerie nationale* hatte Schwierigkeiten, den engen Weg bis zum Étang de Fé hinaufzufahren. Der große Kranwagen wäre hier oben in den Hügeln chancenlos gewesen. Zerna hatte auch noch zwei Taucher von der Feuerwehr ausgeliehen, die in den Teich gesprungen waren und ein Stahlseil in die Abschleppöse des Golf eingeklinkt hatten. Eigentlich lag der Wagen ja dicht am felsigen Steilufer, aber dort war der Weg nicht breit genug für den Abschleppwagen. Der konnte nur am Ostufer bis ans Wasser heranfahren. Jetzt musste die schwere Winde den Golf mit dem Stahlseil erst zwanzig Meter weit unter Wasser durch den Schlick schleifen, bis er dann das Ufer hinaufgezogen werden konnte.

»Ich protestiere aufs Schärfste gegen die Zerstörung dieses Biotops«, erklärte eine Frau um die fünfzig in Outdoor-Kleidung mit resoluter Stimme. Sie trug einen Sonnenhut aus Khakistoff, auf dem »Save the Whales« stand, und hatte sich zwischen Zerna und dem Abschleppwagen aufgebaut und die Hände in die Hüften gestemmt.

»Sie behindern die Arbeit der Polizei, Madame«, sagte Zerna in seinem verbindlichsten Ton, der aber wie eine Drohung klang.

»Und was ist mit dem Tod von Dutzenden von Schwarzmolchen?«, fragte die aufgebrachte Dame.

»Was für Molche?«, fragte Moma, der gerade dem Fahrer des Abschleppwagens Anweisungen geben wollte, die Winde zu starten.

»Schwarzmolche. Hier am Ufer lebt wahrscheinlich die letzte Population im ganzen *Forêt Nationale*. Die Tiere sind streng geschützt. Wollen Sie die jetzt alle ermorden?«

Zerna winkte genervt nach Moma.

»Lieutenant«, rief er. »Würden Sie sich bitte um diese Dame kümmern? Ich vermute, dass sie Anzeige erstatten will.«

»Und ob ich das will!«, rief die Tierschützerin. »Ich werde für die Rechte jedes einzelnen Molchs kämpfen.«

»Kommen Sie bitte«, sagte Moma freundlich, griff die Frau am Arm und führte sie zur Seite. »Gehen wir zu den Einsatzwagen.«

Der Fahrer des Abschleppwagens drückte auf den Knopf, und das Stahlseil spannte sich wieder. Die Maschine begann, den Wagen Zentimeter für Zentimeter aus dem Teich zu ziehen. Leon stand neben der Winde und beobachtete, wie etwa zwanzig Leute gespannt auf die Wasseroberfläche starrten. Polizei, Feuerwehr, Förster und ein paar ungebetene Zuschauer, die von Masclau hinter die Polizeiabsperrung zurückgetrieben wurden.

Leon war skeptisch, dass man viel finden würde. Dieses Auto lag wahrscheinlich schon seit über einer Woche am Boden des Teichs. Wasser beginnt sofort, jede organische Spur aufzulösen und einen Film von Algen auf alle Oberflächen zu legen. Wer immer den Wagen hier versenkt hatte, kannte sich gut in der Gegend aus, dachte Leon. Er hatte das Auto den gesperrten Feuerwehrweg hinaufgefahren und war dann sogar noch die dreißig Meter durch Büsche bis zu den Felsen vorgedrungen, wo das Wasser etwa vier Meter tief war. Dort hatte er den Wagen versenkt. Er wollte auf Nummer sicher gehen. Und trotzdem hatte jemand ihn entdeckt und die Polizei alarmiert.

Die Polizei wusste bereits, dass es sich um den verschwundenen Golf von Susan Winter handelte. Die Taucher hatten das Kennzeichen eindeutig identifiziert, außerdem stimmten Autotyp und Farbe mit dem verschwundenen Fahrzeug überein. Und die Taucher hatten noch etwas gemeldet. Das Fahrzeug war leer.

Als das Dach des Golfs die Wasseroberfläche des Tümpels durchbrach wie die schaumgeborene Aphrodite, ging ein Raunen durch die Menge. Die Winde holte noch ein paar Meter Stahlseil ein, dann stand der Golf am Ufer, und Wasser strömte aus dem Inneren auf den staubigen Boden.

»In Ordnung«, rief Zerna dem Mann vom Abschleppdienst zu. »Laden Sie ihn auf.« Dann wandte er sich an Masclau. »Nehmen Sie noch jemanden mit, Masclau, und sehen Sie sich mal bei den Felsen um. Vielleicht finden Sie ja doch noch was.«

»Geht klar«, sagte Masclau und zog ab.

»Ich würde mir den Wagen gerne ansehen, bevor der Abschleppwagen ihn wegschafft.« Leon war zur Kommissarin gegangen, die ebenfalls mit zum Löschteich gekommen war. Das Fahrzeug sollte nach Toulon gebracht werden, wo die Spurensicherer der Kripo sich darüber hermachen würden. Aber bis dahin konnten bereits viele wertvolle Spuren verlorengegangen sein. Wenn Leon noch irgendetwas finden wollte, dann musste er den Wagen hier und jetzt untersuchen.

»Bitte, Doktor«, sagte die Kommissarin. »Warten Sie noch!«, rief sie Zerna zu und gab mit einer großzügigen Geste den anderen zu verstehen, dass jetzt erst einmal der *Médecin légiste* an der Reihe war.

»Ich frage mich ernsthaft, wonach Sie suchen wollen.« Zerna sah Leon missbilligend an, der dabei war, sich seine Latexhandschuhe überzustreifen. Er hatte den Pilotenkoffer mit seinen Geräten neben sich gestellt, den er immer mitnahm, wenn er einen Tatort inspizierte. »Hier gibt es jedenfalls keine Leiche«, sagte Zerna mit Blick auf den tropfnassen Wagen, »so viel kann ich Ihnen jetzt schon verraten.«

»Man kann nie wissen, Commandant«, sagte Leon und ging zu dem Auto.

Leon umrundete langsam den Golf. Er spürte, wie er von den anderen beobachtet wurde. Schlamm und Wasserpflanzen hatten sich an Reifen und Kühler verfangen. Noch immer lief Wasser aus dem Inneren. Der Golf war ein zweitüriges Modell. Türen und Scheiben waren geschlossen. Als Erstes fiel Leon das schmale Notrad auf, das vorne links montiert war. Es hatte einen leuchtend gelben Ring auf der Flanke, auf dem auf Deutsch stand: »NOTRAD Höchstgeschwindigkeit max. 80 km/h«.

Offenbar hatte Susan Winter einen Platten gehabt. Durch die Heckscheibe konnte er im Gepäckraum einen Reifen mit Felge liegen sehen. Leon öffnete langsam die Beifahrertür. Ein Rest Wasser strömte aus dem Fahrgastraum. Dann öffnete er die Tür ganz. Der Innenraum wirkte auf den ersten Blick wie bei einem typischen Touristenauto. Mautaufkleber aus Österreich und der Schweiz an der Innenseite der Scheibe, eine Dose Cola steckte in der Ablage der Fahrertür, und zwischen den Sitzen klemmten eine Michelin-Karte der Provence und ein zusammengefalteter Führer der Klosteranlage *Chartreuse de la Verne*. Der Zündschlüssel steckte noch, und auf der Rückbank stand ein aufgeweichter Karton mit Flaschen des Weingutes *Châ-*

teau de Brégançon, Rosé. Die Frau wusste, was gut ist, dachte Leon. Er hob einen Pullover, der auf dem Rücksitz lag, mit spitzen Fingern an und legte ihn dann wieder genau so zurück, wie er ihn gefunden hatte. Leon saß in der Hocke neben dem Auto und betrachtete es nachdenklich.

Was war hier vorgegangen?, fragte er sich. Eine attraktive Studentin hatte offenbar einen Platten gehabt. Ein Radwechsel ist eine schmutzige und schweißtreibende Angelegenheit. Hatte ihr der Freund geholfen, mit dem sie angeblich nach Arles fahren wollte? Plötzlich sah Leon Bilder vor seinem inneren Auge. Blitzlichter, die sein Gehirn nur für Sekundenbruchteile sichtbar werden ließ wie Momente aus einem fernen Traum: ein Handgemenge im Auto. Eine Frau, die sich verzweifelt wehrte. Hände, die das Steuer packten. Jemand, der die Frau wegzerren wollte. Eine schnelle Bewegung wie ein Schlag. Die Frau zusammengesunken hinter ihrem Steuer.

»Dauert's noch lange, *Docteur*?«, rief Zerna und holte Leon zurück in die Wirklichkeit. »Wir müssen hier nämlich weitermachen.«

»Nur noch ein paar Minuten«, sagte Leon. Er griff in seinen Koffer und zog eine Lupe heraus, in die ein kleines LED-Licht eingebaut war. Dann beugte er sich in den Wagen, stützte sich dabei mit einer Hand auf dem Sitz ab, der sich wie ein nasser Schwamm anfühlte, und inspizierte mit der Lupe das mit Leder überzogene Lenkrad. An der Naht schimmerte etwas Helles. Leon nahm die Pinzette und zog ein Stück Fingernagel hervor, das er in eine Asservatentüte steckte. Als er sich wieder neben dem Wagen aufrichten wollte, fiel ihm ein kleines Plastikröhrchen auf, das halb unter die Fußmatte gerutscht war. Leon zog es vorsichtig heraus. Isabelle war zum Wagen gekommen.

»Was ist das?«, fragte sie.

Leon drehte das verdreckte Plastikröhrchen zwischen den Fingern; es hatte etwa einen halben Zentimeter Durchmesser und erinnerte an einen Kugelschreiber. Auf dem Kunststoff war eine Skalierung eingeprägt.

»Eine Einmalspritze«, sagte Leon und betrachtete die aufgedruckte Skala. »Der Kolben fehlt und auch die Nadel.« Er sah wieder in den Fußraum voller Dreck und Wasser.

»Die wirst du da kaum finden«, sagte Isabelle.

»Du hast recht.« Leon steckte die Spritze ebenfalls in eine Asservatentüte und drückte sie zu.

Isabelle sah auf den Weiher, in dem noch immer die beiden Feuerwehr-Taucher unterwegs waren, angewiesen von ihrem Einsatzleiter, der am Ufer stand.

»Glaubst du, sie finden das Mädchen da im Teich?«, fragte Isabelle.

»Nein.« Leo schüttelte den Kopf. »Ich glaube, er hat sie mitgenommen.«

62. KAPITEL

Es war heller Nachmittag, und er riskierte viel. Aber die Dinge lagen jetzt anders. Sie hatten das Auto gefunden. Natürlich nicht die Flics, die blöden Flics fanden nie etwas, es musste jemand anderes gewesen sein, der den Wagen entdeckt hatte. Egal, jetzt hatte er den Schlamassel. Jetzt wussten die Flics, dass die Frau nicht verreist war. Nicht mit ihrem Freund nach Arles und auch nicht sonst wohin. Sie hatte die Gegend nie verlassen. Sie war hier ganz in der Nähe. Die Flics würden suchen. Und sie würden Hilfe bekommen von anderen Flics. Aber würden sie den Platz finden? Der Mann musste sich überzeugen, dass alles in Ordnung war. Um diese Uhrzeit, das war extrem leichtsinnig. Er plante gerne auf Sicherheit, wollte jedes Risiko ausschließen. Und er hasste es, spontane Entscheidungen treffen zu müssen. Improvisieren setzte ihn unter Stress. Aber was sollte er tun? Er hatte die Verantwortung für die Frau, ja, die hatte er.

Der Mann entdeckte eine Gruppe *Vendangeurs*, die zwischen den Weinstöcken am Hang arbeiteten. Schnipp, Rebe in den Korb, schnipp, die nächste. Sture Arbeit in der heißen Sonne. Hatte er nie gemacht. Die Leute durften ihn auf keinen Fall sehen. Sie könnten ihn wiedererkennen. Nicht auszudenken. Niemand durfte ihn hier sehen. Er musste runter vom Weg, sofort, und sich quer durch den Wald schlagen. Der Mann drückte auf den schwarzen Knopf am

Lenker des Mofas, und der Motor ging aus. Dann schob er das Mofa tief zwischen die Sträucher. Er würde zu Fuß weitergehen müssen. Das war kein Problem. Er kannte jeden Busch, wusste, wo man am schnellsten vorwärtskommen konnte und wo die Dornen so dicht waren, dass sie einem die Haut von den Armen rissen, wenn man versuchte, sich hindurchzuzwängen.

Die Sonne schien warm in diesen letzten Septembertagen, und die wilden Brombeeren, die im Wechsel von Regen und Sonne prall geworden waren, dufteten süßlich. Insekten summten um die Früchte, angelockt von dem betörenden Geruch. Der Mann folgte einem schmalen Pfad, der von den Wildschweinen in das Dickicht getrampelt worden war. Die *Sangliers*, die Wildschweine mit ihren harten Borsten, waren die Einzigen, die auch durch das dichteste Unterholz brechen konnten und so immer wieder ihren Jägern und deren Hunden entkamen. Nachts war es gefährlich, hier entlangzugehen, besonders im Frühsommer, wenn die Bachen ihre Frischlinge geworfen hatten. Die erwachsenen Schweine konnten bis zu 160 Kilo schwer werden und hatten lange, messerscharfe Hauer. Und sie waren schnell, sehr schnell. Wenn sie nachts mit ihren Frischlingen die Straßen überquerten, kam es immer wieder zu Unfällen mit Autos. Dann tat man gut daran, sein Fahrzeug nicht zu verlassen. Es hatte schon mehrfach Angriffe auf Autofahrer gegeben, die blutig endeten.

Aber um diese Zeit war man vor den Wildschweinen relativ sicher. Der Mann lief geduckt. Er blieb immer wieder stehen und kontrollierte seine Umgebung. Du bist wie ein Luchs auf der Jagd, dachte er. Und ihm gefiel der Vergleich mit der Raubkatze. Das war seine Welt, hier galten seine Regeln. Hier konnte ihn niemand nerven mit seinen lächerlichen Problemen. Der Mann kam an eine Lichtung. Vor vielen Jahrzehnten hatte hier ein einfaches Bauernhaus gestanden. Angeblich hatten die Bewohner Kastanien zu Maronencreme verarbeitet. Auch heute wuchsen in dieser Gegend noch Hunderte der mächtigen uralten Kastanienbäume. Aber von dem Gebäude war nichts mehr zu sehen außer ein paar überwucherten Mauerresten. Den Weg, der hier einmal in die Einsamkeit führte, hatte die Vegetation längst verschlungen.

Der Mann sah sich vorsichtig um, dann bog er einen Busch zur Seite und öffnete die kleine Holztür, die direkt in den Hügel hineinzuführen schien. In dem unterirdischen Raum war es dunkel, kühl und trocken. Er zog die Tür zu und schob von innen den Riegel vor. Der Mann kannte jeden Griff auswendig.

»Ja, da bist du überrascht, dass ich dich besuche«, sagte er in die Dunkelheit hinein. »Ich hab dich gewarnt. Ich kann jederzeit zu dir kommen. Bei Tag und bei Nacht.«

Er drehte sich zu der Frau um, die da auf ihn wartete. Er sah sie an, und er musste sie einfach berühren, musste dem Drang nachgeben, der tief in ihm lauerte. Er war alleine mit ihr. Sie war jetzt nur für ihn da. Diese Frau würde ihn nie verlassen, nie hilflos zurücklassen. Das würde nie wieder geschehen. Die da draußen hatten sie nicht gefunden, und sie würden auch ihn nie finden. Nicht, weil sie dumm waren, sondern weil ihnen die Fantasie fehlte. Ihre Fantasielosigkeit war vielleicht die größte Schwäche von allen. Fantasie und Leidenschaft waren unerlässlich, um Neues zu schaffen, sich über Grenzen hinwegzusetzen. Er hatte es gewagt, die Gesetze der Natur außer Kraft zu setzen. Alleine schon bei dem Gedanken durchlief ihn ein Schauer wie ein elektrischer Schlag.

63. KAPITEL

Die Entdeckung des Autos im See hatte Le Lavandou aus seiner herbstlichen Ruhe gerissen. In der Wache der *Gendarmerie nationale* drängten sich mehr Polizisten und Besucher als am Nationalfeiertag. Commandant Zerna stand im Gang und versuchte, die Übersicht zu bewahren. Gleichzeitig wurde er vom Chef der örtlichen Feuerwehr mit Fragen gelöchert. Sechzig Mann standen bereit, um nach der verschwundenen Frau aus Deutschland zu suchen. Aber wo sollten sie anfangen? Inzwischen waren auch Bürgermeister Daniel Nortier und der Leiter der Verkehrspolizei, Hector Perez, eingetroffen.

»Lagebesprechung ist in fünf Minuten im Einsatzraum«, sagte Zerna den Männern. Dann entdeckte er Moma im Gedränge. »Lieutenant Kadir, sorgen Sie bitte dafür, dass wir genug Wasser und Kaffee auf dem Tisch haben.«

»Geht klar, Patron«, sagte Moma und verschwand.

Brigitte Menez, Journalistin beim *Var-Matin*, hatte das Durcheinander genutzt, um sich ebenfalls in die Wache zu drängen. Sie war 26, dunkelhaarig und trug immer einen zu kurzen Rock, weil sie wusste, dass sie so schneller an männliche Interviewpartner herankam. In ihrem Kielwasser folgte wie üblich Fotograf Tony. Der hatte seine schütteren blonden Haare zu einem lächerlich kleinen Pferdeschwanz zusammengezwängt. Er fotografierte in der Hauptsaison Kinder beim Eisessen oder auf dem Karussell. Die Bilder verkaufte er dann in seinem Studio zu überzogenen Preisen an die stolzen Eltern. Wenn Ende September die Touristen ausblieben, versuchte er, Bilder von Bouleturnieren, Veteranentreffen oder Verkehrsunfällen an den *Var-Matin* zu verkaufen.

»Commandant Zerna«, rief Brigitte Menez. »Warum fängt die *Gendarmerie nationale* erst heute mit der Suche nach Susan Winter an?«

Einige der Beamten stellten ihre Gespräche ein, und auch Bürgermeister Daniel Nortier drehte sich um, weil er hören wollte, was der Chef der *Gendarmerie nationale* zu dieser Frage zu sagen hatte. Tony hielt die Kamera hoch und drückte auf den Auslöser.

»Weil wir erst heute das Auto von Madame Winter gefunden haben.« Zerna merkte, dass er beobachtet wurde, und versuchte, entgegen seiner Gewohnheit, der Journalistin gegenüber höflich zu bleiben. »Bisher hatten wir keinen Grund zu der Annahme, dass Susan Winter etwas zugestoßen ist.«

»Aber Sie wussten doch schon seit Tagen, dass die Studentin vermisst wurde«, bohrte die Journalistin nach. »Haben Sie da nicht kostbare Zeit verschwendet?«

»Wer behauptet, dass wir seit einer Woche Bescheid wussten?«

»Die Schwester von Susan Winter. Sie war in den letzten Tagen mindestens ein Dutzend Mal auf der Wache«, sagte Brigitte Menez. »Aber offenbar hat sich niemand für ihre Sorgen interessiert.«

»Capitaine Morell hat sich ausführlich mit Madame Winter unterhalten«, sagte Zerna, dem diese Unterhaltung zu viel wurde. Er hasste es, in die Ecke gedrängt zu werden, und ganz besonders von so einer aufdringlichen Person wie dieser Journalistin. »Außerdem haben wir Susan Winter bereits vor zwei Tagen zur Fahndung ausgeschrieben.«

»Ausgeschrieben schon, aber mit der Suche fangen Sie erst jetzt an«, beharrte die Journalistin. »Jetzt, wo es ganz offensichtlich zu spät ist.« Flap, flap, flap machte die Kamera in Tonys Hand.

»Danke, alle weiteren Fragen werden wir gegen 18 Uhr in einer Pressekonferenz beantworten. Jetzt muss ich Sie bitten, die Wache zu verlassen und uns unsere Arbeit tun zu lassen. Das gilt auch für Sie, Tony.«

»Monsieur Commandant …«, wollte die Journalistin ihre nächste Frage stellen, als sie von Zerna schroff unterbrochen wurde.

»Masclau«, sagte Zerna scharf. »Bringen Sie Madame Menez zur Tür! Und den da auch.« Zerna machte eine Handbewegung in Richtung des Fotografen. Dann drehte er sich um und marschierte in Richtung Büro. Die anderen folgten ihm.

Fünf Minuten später und nach einem kurzen Gerangel um die richtige Sitzordnung hatten sich alle im Besprechungsraum eingefunden. Am Kopfende saß Zerna, damit von Anfang an klar war, bei wem die Fäden dieses Falls zusammenliefen. Zumal Madame Lapierre nicht erschienen war. Sie wollte telefonisch über den Stand der Suche unterrichtet werden.

Neben Zerna saß der Bürgermeister, und neben ihm hatte Perez von der Verkehrspolizei Platz genommen. Auf der anderen Seite von Zerna saßen Isabelle und Masclau. Außerdem waren da noch Leute von der Feuerwehr und ein Offizier der Küstenwache, falls Zerna Unterstützung auf dem Wasser brauchte. Außerdem besaß die Küstenwache Hubschrauber. Leon war als einer der letzten Besucher in den Besprechungsraum gekommen. Isabelle hatte ihn in der Rechtsmedizin angerufen und gebeten, an der Versammlung teilzunehmen. Möglicherweise würde sein Rat gebraucht. Leon hatte sich unauffällig zwischen die Teilnehmer gestellt, für die es keinen Sitzplatz mehr gab, und wartete ab.

Er kannte solche Suchaktionen zur Genüge. Am Anfang waren alle Beteiligten mit großem Elan bei der Sache. Aber nur in den selteneren Fällen wurde gleich etwas gefunden. Dafür konnte man aber eine Pressekonferenz abhalten, und die Medien hatten ihre Bilder. Es wurde, wie es immer so schön hieß, »alles Menschenmögliche getan«. Danach wurde es in der Regel ruhiger, und nach und nach wurden auch die Einheiten wieder abgezogen. Wenn die Suche bis dahin erfolglos geblieben war, wurde jetzt die Leitung der Nachforschungen von den Aktionisten an die Analytiker übergeben. Dieses Vorgehen brachte, statistisch gesehen, die meisten Erfolge.

Vor einer großen Karte erklärte Zerna die Aufgaben der einzelnen Einheiten. Die Feuerwehr sollte sich das Gebiet rund um den Étang de Fé vornehmen und Häuser und Gehöfte innerhalb des Forêt Nationale durchsuchen. Die Verkehrspolizei, die dem Bürgermeister unterstand, kümmerte sich um Straßen und Parkplätze, während die *Gendarmerie nationale* die Vernehmung von Zeugen übernahm. Es waren noch so viele Fragen ungeklärt: Wer hatte Susan Winter am Tag ihres Verschwindens gesehen oder gesprochen? Mit wem und wo hatte sie zuletzt gearbeitet? Und wer war der geheimnisvolle Freund, mit dem die Deutsche angeblich nach Arles wollte?

Isabelle hatte Bilder von Susan Winter drucken lassen, die an Polizei und Feuerwehr ausgeteilt wurden. Leon sah, wie die Anwesenden das Foto der Deutschen betrachteten, als könnte es die Lösung des Falles verraten. In dem Besprechungsraum war es drückend heiß geworden. Hector Perez von der *Gendarmerie municipale*, der stark übergewichtig war und darum nach Leons Einschätzung einem Herzproblem näher war, als ihm lieb sein konnte, zog ein Taschentuch heraus und wischte sich den Schweiß von der Stirn.

»Rechnet die *Gendarmerie nationale* damit, dass die Vermisste noch lebt?«, erkundigte sich der Einsatzleiter der Feuerwehr. »Ich frage nur, damit wir wissen, wo wir suchen sollen.«

»Natürlich können wir nicht ausschließen, dass die vermisste Person noch lebt«, sagte Zerna schnell. »Was das mögliche Versteck angeht, hat unser Rechtsmediziner genauere Informationen.« Zerna machte eine theatralische Handbewegung in Richtung Leon. *»Docteur!?«*

Leon war schon darauf gefasst gewesen, dass die Polizei keinen Plan hatte. Er würde den Optimismus der Runde etwas dämpfen müssen.

»Bonjour«, sagte er und trat einen Schritt nach vorne. »Wenn Susan Winter noch lebt, dann kann sie natürlich überall sein. Jedes Versteck, jedes Haus, jede Scheune, jeder Keller kommt in Frage.« Ein Gemurmel ging durch die Gruppe im Besprechungsraum. »Ich kann Ihnen nur Hinweise auf ein Versteck geben, wenn wir davon ausgehen, dass Susan Winter tot ist.«

»Wie können Sie das sagen? Wir haben keinerlei Hinweise, dass sie nicht mehr am Leben ist!« Das war Bürgermeister Nortier.

»Glauben Sie mir«, sagte Leon, »alles weist darauf hin, dass Susan Winter Opfer eines Serientäters wurde.«

»Moment mal, dieser sogenannte Serientäter ist doch nur eine Theorie von Ihnen«, rief Masclau dazwischen.

»Jetzt lass ihn doch erst mal ausreden ...« Das war Isabelle.

»Wie kommen Sie darauf, dass die Studentin getötet wurde?«, hakte Zerna nach.

»Spuren, die wir in dem Auto gefunden haben, weisen auf den Einsatz von Thiopental hin«, sagte Leon.

Zusammen mit seinem Assistenten hatte Leon Spuren des Anästhetikums in der Spritze entdeckt. Das Mittel hatte traurige Berühmtheit erlangt, nachdem es in den USA den Todeskandidaten verabreicht wurde, bevor sie die tödliche Giftspritze bekamen.

»Thiopental ist ein sehr starkes Betäubungsmittel. Offenbar wurde es mit einer Spritze verabreicht, die wir in dem Fahrzeug gefunden haben. Außerdem haben wir ein abgerissenes Stück vom Fingernagel eines Mannes gefunden. Es sieht so aus, als hätte sich das Opfer gegen seinen Angreifer gewehrt, vergeblich. Und noch etwas: Die vermisste Studentin entspricht von Größe, Alter und Haarfarbe her genau dem Beuteschema unseres Täters. Deshalb glaube ich, dass wir nach einer Toten suchen müssen.«

»Was ist mit Verdächtigen?«, fragte Hector Perez, der Leiter der *Police municipale*.

»Darum kümmert sich schon die Gendarmerie, keine Sorge«, bügelte der Bürgermeister den Polizisten ab. In Frankreich unterstand die *Police municipale* dem Bürgermeister. Aber das Sagen hatte die *Gendarmerie nationale*, die wiederum dem Innenministerium in Paris unterstand. »Reden Sie weiter, *Monsieur le Médecin légiste*.«

»*Merci, Monsieur le Maire*«, sagte Leon höflich. »Gehen wir also davon aus, dass das Opfer getötet und konserviert wurde.« Wieder setzte Gemurmel unter den Zuhörern ein. »Unter diesen Umständen müsste der Platz, an dem die Leiche versteckt wurde, drei Bedingungen erfüllen: Er muss kühl sein, er muss trocken sein, und er muss gut durchlüftet sein.«

»Sollen wir jetzt vielleicht alle Kühlhäuser checken?« Das war wieder Masclau.

»Nein, der Täter hatte seine anderen Opfer auch nicht tiefgefroren«, widersprach Leon. »Ich denke an schattige Orte wie Scheunen, trockene Keller, eine Gruft, Dachstühle oder Lagerräume.«

»Und das ist alles, was wir haben?«, fragte Masclau. »Na dann, viel Glück.«

»Der Täter scheint sich in der Gegend sehr gut auszukennen«, sagte Leon. »Ich vermute, dass er in der Umgebung wohnt. Er wird sein Versteck außerhalb einer bewohnten Ansiedlung haben, aber nur so weit entfernt, dass er es innerhalb von, sagen wir, fünfzehn, höchstens zwanzig Minuten erreichen kann.«

»Es gibt Tausende solcher Plätze«, sagte Masclau.

»Das Versteck ist einsam gelegen. Er will nicht gesehen werden. Und man kann es wahrscheinlich nur zu Fuß erreichen«, sagte Leon, ohne sich aus dem Konzept bringen zu lassen.

»Na klar, oder es ist alles auch ganz anders«, die Bemerkung von Masclau löste Gelächter in der Runde aus.

»Der Täter scheint ziemlich clever zu sein«, meinte Leon.

»Wie clever muss einer schon sein, um Frauen zu ermorden und sie dann irgendwo aufzuheben.«

»So intelligent, dass er fast zwanzig Jahre unentdeckt geblieben ist«, sagte Leon.

64. KAPITEL

Die Nachmittagsbrise frischte gegen vier Uhr von Osten auf und beschleunigte den Katamaran, der jetzt dichter an den Wind gesteuert wurde. Es war ein *Hobie 16*, und Lilou konnte spüren, wie die beiden Rümpfe die Wellen durchschnitten. Der Katamaran nahm noch mehr Fahrt auf, und die beiden Ruderblätter begannen zu summen. In diesem Moment hob sich der Luv-Schwimmer aus dem Wasser.

»Häng dich ins Trapez, jetzt!«, rief Lucas, der den Kat steuerte.

Lilou stemmte vorsichtig die Füße gegen die aufgeraute Außenkante des Trampolins, während Lucas das fünf Meter lange Boot mit dem Ruder auf einem Rumpf durch die harten, flachen Wellen balancierte. Das Wasser spritzte hoch, und über allem schwebte Lilou, die Füße gegen das Trampolin gestemmt und nur gehalten von dem Trapez, das über ein dünnes Drahtseil mit dem Mast verbunden war und das sie in ihre Weste eingehakt hatte. Es fühlte sich an wie Fliegen, nein, schöner noch, dachte Lilou und stieß einen Freudenschrei aus. Sie war glücklich.

»Gefällt es dir?«, rief Lucas.

»Es ist voll der Wahnsinn«, rief Lilou gegen den Wind, der die Wanten zum Singen brachte.

Lucas ließ die Großschot los, um zu wenden, und Lilou landete geschickt auf dem Trampolin, als der Kat auf beide Rümpfe zurückkippte. Sie gab Lucas einen Kuss.

»Willst du übernehmen?«, fragte der Segellehrer mit Blick auf die Ruderpinne.

»Wirklich, soll ich? Ist nicht zu viel Wind?«

»Nein, der Wind ist genau richtig«, sagte er und gab Lilou die Ruderpinne und die Schot des Großsegels in die Hand. Sie kontrollierte jetzt mit der Linken das Segel und hielt mit der Rechten die lange Pinne, die sie mit ihrer Schulter stützte, genau so, wie es Lucas ihr beigebracht hatte.

Lucas kam aus Montpellier und hatte für einen Monat den Job als Lehrer in der Segelschule von Port Bormes übernommen. Lucas war angeblich 21 Jahre alt, dass er in Wirklichkeit fünf Jahre älter war, verschwieg er aus taktischen Gründen. Durchtrainiert und braun gebrannt war er von Anfang an der Schwarm aller Mädchen, er trug meist Khaki-Shorts und T-Shirt und hatte eine wilde blonde Mähne. Er fuhr einen verbeulten offenen Land Rover, und gelegentlich nahm er auch mal Schülerinnen von der Segelschule mit zurück nach Le Lavandou. Für die jungen Mädchen war Lucas eine Art Lichtgestalt – begehrenswert, aber unerreichbar. Erstens war er deutlich älter als die meisten von ihnen, und außerdem hatte er als Segellehrer die Aufsichtspflicht und Verantwortung über seine Gruppe von rund zwanzig minderjährigen Segelschülerinnen.

Lilou hatte schnell gemerkt, dass Lucas sich für sie mehr interessierte als für ihre Mitschülerinnen. Am Anfang hatten sie sich nur zugelächelt, und Lucas hatte Lilou gelobt, wenn sie den Katamaran geschickter als die anderen wendete. Aber das war nur ein harmloser Flirt zwischen Ausbilder und Schülerin gewesen. Doch vor einer Woche hatte Lucas sie zum ersten Mal geküsst, und seitdem war alles anders. Sie trafen sich heimlich, gingen zusammen zum Eisessen oder verabredeten sich an den Vormittagen, an denen Lucas freihatte. Lilou fieberte diesen heimlichen Begegnungen sehnsüchtig entgegen. Und manchmal, wenn sie über ihren Schulaufgaben brütete, erwischte sie sich dabei, dass sie an Lucas dachte. Wie sie mit ihm Hand in Hand bei Sonnenuntergang am Strand entlanglief. Wie sie mit ihm in seinem alten abenteuerlichen Land Rover durch die Berge fuhr und der Wind ihr durch die Haare zauste, und wie Lucas sie dann in den Arm nahm und sie sich küssten. Vor den Freundinnen erwähnte Lilou die Treffen mit Lucas mit keinem Wort, obwohl sie darauf brannte, es ihnen zu erzählen. Es war ihr gemeinsames großes Geheimnis, das hatte sie Lucas hoch und heilig versprechen müssen. Trotzdem hatte Lilou das Gefühl, dass die Mädchen aus der Segelschule sie in letzter Zeit irgendwie anders ansahen als früher.

»Jetzt abfallen und dann zurück zum Strand«, riss Lucas Lilou aus ihren Träumen. »Geh vor den Wind, Groß und Fock ganz öffnen.«

Lilou wendete das Boot in Richtung Küste, die jetzt nur noch als ein schmaler, heller Strich am Horizont zu sehen war. Sie wusste, dass sie bei diesem Tempo höchstens eine halbe Stunde bis zum Steg der Segelschule brauchen würden. Dreißig kostbare Minuten mit Lucas alleine. Sie lehnte sich an ihn und wünschte sich, dass sie nie ankämen.

Später, in der Segelschule, half Lilou zusammen mit den anderen die Boote auf den Strand zu ziehen und Segel und Takelagen in den Lagerraum hinter dem Büro zu tragen, in dem auch Schwimmwesten und Surfanzüge aufgehoben wurden. Eine Dreiviertelstunde später waren die meisten Mädchen nach Hause gefahren.

»Könntest du mir noch bei dem Programm für die Regatta helfen?«, fragte Lucas seine Lieblingsschülerin. »Ich dachte, wir stellen es diesmal bei Facebook ein. Das ist einfacher, als allen wieder eine Mail zu schreiben.«

»Klar, super Idee«, meinte Lilou.

Jetzt verabschiedeten sich auch die letzten Mädchen und machten sich auf den Heimweg. Lilou folgte Lucas in das stickige Büro. Durch die große Scheibe konnte man den leeren Strand und das Meer sehen. Die Strahlen der untergehenden Sonne schickten ein letztes Licht auf die Inseln. Lucas hatte Lilou den Arm um die Schultern gelegt.

»Kommst du mit ins Segellager?«, fragte er. »Ich will dir was zeigen.«

Lilou nickte nur, und Lucas führte sie in den Schuppen, in dem es nach Holz und feuchten Segeln roch. Er legte seine Hände auf Lilous Schultern, zog sie zu sich heran und küsste sie. Lilou drängte sich an ihn.

»Komm«, sagte er sanft und setzte sich auf einen Stapel Persennings, ohne ihre Hand loszulassen. Sie folgte ihm, er lehnte sich zurück und zog sie zu sich herunter. Wie auf einem wunderschönen großen Bett, dachte Lilou, als ihr Traummann sie erneut küsste und sie seine Hände spürte.

65. KAPITEL

Um diese Jahreszeit wurde es schon früher dunkel, und gegen 19.30 Uhr stellte die Polizei ihre Suche nach Susan Winter für diesen Tag ein. Das Ergebnis war ernüchternd, und Zernas Formulierung bei der kurzen Pressekonferenz, die ersten Spuren seien vielversprechend, aber aus ermittlungstaktischen Gründen könne er nicht mehr dazu sagen, war eine glatte Lüge. Genau gesagt hatte die Polizei gar nichts Neues entdeckt. Zwei britische Studentinnen, mit denen Susan Winter bei der Weinlese geholfen hatte, waren inzwischen in ihre Heimat Brighton zurückgekehrt. Isabelle hatte sie angerufen, aber auch nichts erfahren. Niemand hatte Susan mit ihrem ominösen neuen Freund gesehen. Es war zum Verzweifeln, die Frau aus Deutschland war wie vom Erdboden verschluckt. Alle wussten, dass sich die Ermittlungen festgefahren hatten, aber keiner wagte, es laut auszusprechen.

Als Isabelle nach Hause kam, ihre Jacke an die Garderobe hängte und ihre Waffe geräuschvoll in die oberste Schublade der Kommode legte, wusste Leon sofort, dass die Suche erfolglos verlaufen war.

»Ich bin im Wohnzimmer«, rief Leon in Richtung Gang.

Einen Moment später kam Isabelle ins Zimmer. Sie ließ sich missmutig neben Leon auf dem Sofa nieder.

»*Bonsoir*, wie geht es meiner Lieblingspolizistin?«, fragte Leon freundlich.

»Vorsicht, ich bin schlechter Laune«, erwiderte Isabelle.

»Könnte ein Glas *Château de Brégançon* helfen, dein inneres Gleichgewicht wiederherzustellen?«, fragte Leon, und Isabelle zeigte ein winziges Lächeln. »Das ist doch schon mal ein Anfang.«

Leon füllte ein leeres Glas und reichte es Isabelle.

»Mein Zaubertrank zur Lösung schwieriger Fälle«, sagte Leon.

»Dann brauche ich 'ne ganze Flasche«, Isabelle nahm das Glas. »Kann ich dich was fragen?« Leon sah sie abwartend an. »Glaubst du, Ravier ist in die Sache verwickelt? Vergiss mal die Indizien, ich will deine ganz persönliche Meinung hören. Was sagt dir dein Gefühl?«

»Ravier ist ein Blender. Nach allem, was ich über ihn gehört habe, führt er ein Leben, das eine Nummer zu groß für ihn ist. Große Villa, teures Auto.«

»Und er ist verschuldet. Er hat sich mit seinem *Centre médical* total überhoben.«

»Woher weißt du das?«

»Hab ich von seiner Bank gehört«, sagte Isabelle.

»Einfach so?«, wunderte sich Leon.

»Das ist der Süden«, sagte Isabelle.

»Er hat eine Menge Probleme um die Ohren«, sagte Leon.

»Und du meinst, da bleibt ihm keine Zeit, um Frauen zu ermorden?«

»Er hat versucht, Anna Winter zu vergewaltigen. Auf der einen Seite eine Vergewaltigung und auf der anderen Seite sorgfältig geplante Morde. Das passt nicht zusammen.«

»Trotzdem spricht eine Menge gegen ihn«, sagte die Polizistin.

»Ich weiß. Aber ich stelle mir jemanden vor, der gesellschaftlich weniger integriert ist. Problematische Jugend. Früh mit dem Gesetz in Konflikt geraten. Ein Einzelgänger, vielleicht sogar behindert.«

»Wie kommst du darauf?«

»Nur so ein Gefühl«, sagte Leon. »Finde raus, ob Ravier in den neunziger Jahren in Aix an der Medizinischen Fakultät war. Vielleicht bringt dich das weiter.«

»Das lässt sich leicht herausfinden.« Isabelle trank noch einen Schluck. »Ich habe viel zu lange mit der Suche nach Susan Winter gewartet«, sagte sie nach einer Weile. »Dabei habe ich Zerna von Anfang an gesagt, dass an der Sache etwas faul ist.«

»Zerna will immer auf Nummer sicher gehen.«

»Ich hätte einfach hartnäckiger sein müssen.« Sie sah Leon an. »Manchmal vertraue ich mir nicht genug.«

»Mach dir doch keine Vorwürfe. Wie sah es denn für dich aus? Eine Studentin war mit ihrer neuen Urlaubsbekanntschaft nach Arles gefahren. Genau das haben doch alle geglaubt.« Leon wollte den Arm um Isabelles Schultern legen. Aber sie drehte sich weg und sah ihn an.

»Anna hat das nie geglaubt ... Sie hat so geweint nach der Pressekonferenz«, sagte Isabelle. »Zwillinge sollen angeblich spüren, wenn dem anderen etwas passiert ist. Glaubst du, das stimmt?«

»Wissenschaftlich gesehen ist das Unsinn. Aber in diesem Fall denke ich, dass Anna mit ihren Ahnungen richtigliegt«, sagte Leon.

Isabelle betrachtete nachdenklich den Rotwein in ihrem Glas, als könnte er die Antwort auf ihre Fragen liefern. Leon beobachtete sie. In ihrem Job mochte sie sich ja unerschrocken und entschlossen geben, aber in Wirklichkeit war sie eine sensible und verletzliche Person.

»Ist Lilou oben?«, fragte Isabelle.

»Nein«, sagte Leon. »Sie ist bei Inès.« Isabelle sah ihn fragend an. »Sie hat aus dem Segelkurs angerufen, dass sie noch bei Inès vorbeischaut.«

»Und warum hat sie mich da nicht angerufen?«

»Vielleicht hatte sie Sorge, dass du nein sagen würdest.«

»Ich möchte nicht, dass sie bei Dunkelheit noch unterwegs ist …«

»Ich weiß, Isabelle«, unterbrach Leon sie ganz ruhig. »Darum hab ich ihr gesagt, sie soll um neun wieder hier sein.« Er spürte die Unruhe, die in Isabelle aufstieg.

»Es ist aber schon gleich Viertel nach neun.« Isabelle sah auf ihre Uhr. Sie griff nach dem Handy, tippte eine Kurzwahl und hörte konzentriert in das Gerät. »Lilou, ist alles okay bei dir? Ruf mich an, Kleines. Gleich, wenn du das abhörst.« Isabelle legte auf. »Nur die Mailbox.«

»Mach dich doch nicht verrückt. Lilou würde sofort anrufen, wenn irgendwas wäre.«

»Ach ja? Du musst es ja wissen.« Isabelle tippte hektisch eine weitere Kurzwahl. Es war die Nummer von Inès, aber dort war Lilou nicht. Die beiden waren auch gar nicht verabredet gewesen, erzählte Inès freimütig.

»Sie ist nicht da …«, sagte Isabelle, und Leon hörte jetzt aufkommende Panik in ihrer Stimme. Sie hatte sich verändert, seit Lilou damals entführt worden war. Und sie hatte den Schock bis heute nicht überwunden.

»Sie kommt bestimmt gleich nach Hause, Isabelle. Du weißt doch, sie nimmt es nicht so genau mit der Zeit.«

Isabelle antwortete nicht und sah auf ihre Uhr. Dann griff sie wieder zu ihrem Handy.

»Was hast du vor?«, fragte Leon.

»Ich ruf Moma an. Er soll gleich mal am Segelclub vorbeifahren. Wahrscheinlich ist sie bei diesem Lucas.«

»Moment, warte.« Leon legte beschwichtigend die Hand auf Isabelles Arm. »Vielleicht will Lilou im Moment gar keinen Streifenwagen sehen. Vielleicht will sie auch nicht gerettet werden.«

»Was ist, ergreifst du jetzt auch noch Partei für diesen Idioten?«

»Nein, ich versuche mir nur vorzustellen, was los sein könnte.«

In diesem Moment ging die Haustür auf.

»Lilou!« Isabelles Begrüßung klang wie ein Aufschrei.

Lilou sagte gar nichts. Sie ging an Leon und Isabelle vorbei, schniefte vernehmlich und verschwand in die Küche. Es war nicht zu übersehen, dass das Mädchen geweint hatte.

»Lilou?« Isabelle stand auf und folgte ihrer Tochter in die Küche. Leon sah, wie sie zu Lilou ging, die am Kühlschrank stand und sich einen Orangensaft herausgenommen hatte. Sie nahm ihre Tochter behutsam in den Arm. »Was ist los, *ma petite*?«

»Lucas ist so ein Arsch.« Lilou schluchzte plötzlich auf.

»Ist was passiert?« Isabelle klang besorgt.

»Er hat ... er ... er ist ein echter Kackarsch.«

Leon war an der Tür stehen geblieben.

»Was genau hat er dir angetan?« Die Frage von Isabelle klang wie eine Drohung.

»Nichts, gar nichts, lass mich in Ruhe«, sagte Lilou unter Tränen und drehte sich aus der Umarmung ihrer Mutter.

Isabelle hielt ihre Tochter am Arm fest.

»Hat er mit dir geschlafen? Hat er ...«

»Er hat gelogen, es ist alles nicht wahr.« Leon sah, wie sich Lilous Augen mit Tränen füllten.

»Lilou!« Die Stimme von Isabelle klang ganz ernst und besorgt. »Habt ihr ein Kondom benutzt?«

»Lass mich!« Lilou schluchzte auf und lief an ihrer Mutter und Leon vorbei die Treppe hinauf.

»Lilou!«, rief Isabelle ihr hinterher.

»Warte, lass sie erst mal zur Ruhe kommen.« Leon war in die Küche getreten.

»Dieser Scheißkerl!«

»Isabelle, wir müssen doch erst mal ...«

»Hast du nicht gesehen, was er mit ihr gemacht hat?«, unterbrach sie ihn.

»Das wissen wir doch noch gar nicht.«

»Er hat mit ihr gevögelt. Das hat er gemacht. Schau sie dir doch an, wie verstört sie ist. Aber das lass ich nicht zu, Leon, ich erlaube diesem Arschloch nicht, dass er Lilou weh tut.«

»Was hast du vor? Willst du ihn erschießen?«

»Du bist ja so was von cool.« Isabelle sah Leon an und schüttelte den Kopf.

»Vielleicht wollte Lilou ja mit ihm schlafen. Das wäre doch auch möglich, so verliebt, wie sie die ganze Zeit war.«

»Hör auf, Leon!« Isabelle war jetzt zornig. »Sie ist minderjährig, schon vergessen? Weißt du, was diesem Lucas droht?«

»Gar nichts, wenn sie einverstanden war«, sagte Leon. »Soweit ich das französische Recht kenne.«

»Ich kann dich einfach nicht verstehen«, rief Isabelle aufgebracht. »Da kommt das Mädchen in diesem Zustand nach Hause, und dir scheint das völlig gleichgültig zu sein.«

»Das ist es überhaupt nicht, Isabelle. Und das weißt du auch.« Leon versuchte, ruhig zu bleiben. Ein Streit war das Letzte, was sie jetzt noch brauchten. »Ich würde gerne mit ihr reden. Natürlich nur, wenn du einverstanden bist.«

Isabelle nickte nur und sah ihn dabei nicht an. Einen Moment später stand Leon vor Lilous Tür und klopfte. Als er keine Antwort bekam, öffnete er die Tür.

»Darf ich reinkommen?«, fragte er vorsichtig.

»Bist doch schon drinnen«, sagte Lilou. Das Mädchen saß auf ihrem Bett, den Rücken gegen die Wand gelehnt und die Füße angezogen. Sie hatte ihre Arme um die Beine geschlungen und das Kinn auf die Knie gelegt. Ihre Haltung hatte etwas Trotziges. Irgendwie beruhigte ihr Anblick Leon.

»War der Abend so schlimm?«, fragte er. Lilou schnaufte nur. Immerhin warf sie ihn nicht raus, dachte er. Schon ein erster Schritt in die richtige Richtung.

»Hat er dir weh getan ... ich meine, hat er dich verletzt?« Leon wusste nicht, wie man so etwas eine Fünfzehnjährige angemessen fragen sollte.

»Glaubst du vielleicht, ich rede mit dir über Sex? Vergiss es gleich«, sagte Lilou empört.

»Hast recht, geht mich wirklich nichts an.« Leon versuchte, die Ablehnung nicht persönlich zu nehmen. Er zog sich den Stuhl heran und setzte sich.

»Weißt du, wie alt er ist? Fünfundzwanzig!«, sagte sie, und es klang so, als wäre Lucas aus einem Altenheim ausgebrochen. »Und mir hat er gesagt, er wäre zwanzig und auf der Uni.«

»Ist doch fair, wenn er es dir gesagt hat.«

»Hat er aber nicht. Ich hab es in seinem Personalbogen gelesen.«

»Wie bist du denn an den gekommen?«

»Nachdem wir im Segellager waren ...« Leon merkte auf. Lilou unterbrach sich. »Wenn du mich jetzt fragst, was wir da gemacht haben ...«

»Tu ich nicht.« Leon hob entschuldigend die Hände. »Ich schwör's.«

»Ich hab ihm noch bei den Namenslisten für die Regatta geholfen. Da war auch dieser Ordner mit den Personalbögen, da hab ich reingeschaut.«

»Das hast du von deiner Mutter«, sagte Leon, und zum ersten Mal zeigte Lilou den Hauch eines Lächelns.

»Hast du Lucas drauf angesprochen?«

»Nenne nie wieder seinen Namen!«, sagte Lilou zornig.

»Okay, hast du den Mann, dessen Namen wir nie wieder nennen werden, darauf angesprochen?«, fragte Leon.

»Da stand noch was auf dem Blatt«, sagte Lilou, ohne auf Leons Frage einzugehen. »Der blöde Idiot ist verheiratet, in Montpellier, und er hat ein Kind.«

»Das ist echt übel«, sagte Leon. »Selbst für einen Segellehrer.«

»Weißt du, was er gesagt hat? Er hat gesagt, seiner Frau wäre es egal, was er macht, wenn er nicht zu Hause ist ... Ich wette, das ist gelogen.«

»Das siehst du genau richtig«, bestätigte Leon.

»Und dann hat er gesagt, wir könnten doch eine supergeile Zeit zusammen haben«, Lilou brach erneut in Tränen aus. Leon reichte ihr eins der Papiertaschentücher, die auf ihrem Schreibtisch lagen. »Kannst du dir so was vorstellen?«

»Das ist wirklich ganz schön abgebrüht.« Leon konnte die Enttäuschung des Mädchens regelrecht spüren.

»Ich habe ihm gesagt ...«, Lilou musste bei der Erinnerung laut schniefen, »ich habe ihm gesagt, er könnte sich seine supergeile Zeit in den Arsch schieben.« Leon musste sich ein Lächeln verkneifen.

»Hast du gut gemacht. Aber es wäre sicher besser, wenn du ihn eine Weile nicht mehr siehst.«

»Am Wochenende ist Regatta, und danach ist er sowieso weg. Aber Leon, sag bitte niemandem was, okay?«

»Ich schwöre«, Leon hob theatralisch die rechte Hand. »Aber bitte rede mit deiner Mutter. Sie macht sich große Sorgen.«

Lilou nickte. Leon streckte ihr seine Hand entgegen, und Lilou klatschte sie ab, ohne sich vom Bett zu erheben.

66. KAPITEL

Leon hatte die Nacht alleine geschlafen. Nicht dass ihn das besonders gestört hätte, schließlich hatte er seit dem Tod von Sarah nie mehr eine ganze Nacht bei einer anderen Frau verbracht. Aber an diesem Morgen spürte er, dass sich etwas verändert hatte. Tief in seinem Inneren hatte er gehofft, dass Isabelle ihm ein Zeichen geben würde nach dem romantischen Abend in *Le Lézard.* Irgendein kleines Signal, damit er wusste, dass sie ihn erwartete. Dass er nachts zu ihr ins Zimmer kommen sollte. Aber da war nichts. Sie hatte kein Wort gesagt, es gab keine Berührung, keine Geste, nichts. Aber der vergangene Abend war sowieso überschattet gewesen von Lilous enttäuschenden Erlebnissen mit Lucas. Und noch immer stand Isabelles unausgesprochener Vorwurf im Raum, er hätte sich nicht genug engagiert in der Sache. Was natürlich völliger Unsinn war. Lilou war ihm längst ans Herz gewachsen, auch wenn er sich das vielleicht nicht immer so anmerken ließ.

Leon war in aller Frühe aus einem verwirrenden Traum aufgewacht. Er war Sarah begegnet. Und obwohl er auch in seinem Traum genau wusste, dass seine Frau tot war, hatte er sich doch gefreut, mit ihr zusammen zu sein. Sie hatte ihm eine unbekannte Wohnung gezeigt, in die er mit ihr einziehen sollte. Und er war einverstanden gewesen. Es erschien ihm ganz natürlich, wieder mit Sarah zusammenzuleben. Aber dann lief er durch das fremde Haus und konnte Sarah nicht mehr finden. In diesem Moment war er aufgewacht.

Leon hatte heiß geduscht. Er hatte die Erfahrung gemacht, dass man eine düstere Stimmung am Morgen am besten mit einer heißen Dusche vertrieb. Jetzt betrachtete er sich im Spiegel und fragte sich, ob er sich in den letzten Tagen irgendwie verändert hatte und ob nicht der kleine Leberfleck auf der Wange doch größer geworden war. Einem Freund von ihm hatten sie kürzlich ein zwei Euro großes Loch in die Haut auf der Stirn geschnitten, nur um einen winzigen Leberfleck zu entfernen, der karzinogen war. Der Freund hatte sich zum Glück schnell erholt. Leon mochte keine Arztbesuche und versuchte, Vorsorgeuntersuchungen zu vermeiden. Auf der anderen Seite wurde er von seinem schlechten Gewissen geplagt, wenn er sie zu lange aufschob. Und jedes Mal, wenn er bei einer Untersuchung gewesen war und auf die Ergebnisse wartete, hatte er tagelang düsterste Fantasien, mit welchen Worten sein Arzt ihm die schreckliche Nachricht überbringen würde.

Leon lief den Fußweg hinab in den Ort. Vorbei an den alten Gartenmauern. An weißem Plumbago, an Jasmin und Ginstersträuchern und an Bougainvilleen, die schon anfingen, ihre Blüten zu verlieren. In der *Boulangerie Lou* kaufte er das übliche Baguette und zwei Croissants mit Aprikosenmarmelade. Als er zurück ins Haus kam, saß Isabelle allein in der Küche und hatte nur für zwei gedeckt.

»Guten Morgen«, sagte Leon. »Ist Lilou schon zur Schule?«

»Hmmm«, machte Isabelle, was Leon als ein Ja auffasste.

»Ich habe uns Croissants mitgebracht.« Leon legte die Tüte neben das Baguette auf den Tisch, was ihm einen skeptischen Blick von Isabelle eintrug. »Solange Lilou uns nicht sieht, dürfen wir auch mal die Cholesterinwerte nach oben jagen.«

»Ich hab uns einen Kaffee gemacht«, sagte Isabelle.

»Gift für unsere Herzkranzgefäße, wunderbar«, sagte Leon und füllte seine Tasse.

»Tut mir leid wegen gestern Abend.« Isabelle sah Leon an. »Ich war ungerecht. Aber wenn ich Lilou so verzweifelt sehe, dann ...«, sie unterbrach sich.

»Sie kann froh sein, dass sie eine Mutter wie dich hat«, sagte er, und Isabelle lächelte.

»War wirklich lieb von dir, dass du gleich zu ihr bist.«

»Konntest du inzwischen mit ihr reden?«, fragte Leon.

Isabelle nickte. »Wenn man fünfzehn ist und einem so was passiert, dann geht immer gleich die Welt unter.«

»Wie kommt sie damit zurecht?«

»Sie hat gesagt: Sie hofft, dass Lucas bei der Regatta ertrinkt«, antwortete Isabelle mit einem Grinsen.

»Ich hab es dir immer gesagt, sie hat ein stabiles Selbstbewusstsein.«

»Ich reg mich so auf über diesen, diesen notgeilen Wichser. Er trägt schließlich Verantwortung für die Mädchen.«

»Willst du die Sache weiterverfolgen?«

»Lilou hat gesagt, sie würde niemals eine Aussage machen.«

»Schlaues Mädchen. Schließlich hat sie Lucas ja unbedingt haben wollen.«

»Fang bloß nicht wieder so an«, sagte Isabelle, bremste sich aber im nächsten Augenblick. »Entschuldige, Leon.

Ich weiß, es ist nicht leicht mit einer alleinerziehenden Mutter zusammen unter einem Dach zu wohnen.«

»Ich hab mir gedacht: Wenn schon mit einer alleinerziehenden Mutter, dann am liebsten mit dir.« Leon lächelte sie an, und sie lächelte zurück.

67. KAPITEL

Leon hatte die Karte, in der die Wasserleitungen verzeichnet waren, zusammengerollt und neben sich in den Fußraum des Peugeots gelegt. Er fuhr wie üblich über die schmale D41 nach Pierrefeu. Die Temperaturen hatten in den letzten Tagen deutlich nachgelassen, aber der Himmel war immer noch samtblau. Die Luft fühlte sich kühler an und roch morgens nach feuchter Erde. Die Weinlese war in vollem Gange. Immer wieder blockierten minutenlang große Erntemaschinen die Straße. Aber Leon genoss die kleinen Zwangspausen und wartete geduldig. Er stellte den Motor ab, beobachtete die Pflücker und roch den Duft der aufgeplatzten überreifen Trauben.

»Da ist Ihnen ein echter Coup gelungen.« Notar Lavalette hatte die Karte auf dem Besprechungstisch in seiner Kanzlei ausgebreitet und betrachtete sie mit einer Lupe, als wäre darauf eine Goldader verzeichnet. »Das ist das Weingut von Dunelle, natürlich, und hier …«, er fuhr mit der Rückseite eines Bleistifts die gestrichelte Linie entlang, »die Wasserleitung zu *Le Lézard*. Alles genau verzeichnet. Sehr gut, *Docteur* Ritter.«

»Ich kann nur hoffen, dass die Leute vom Bauamt das genauso sehen.«

»Das müssen sie, *Docteur*.« Der Notar schien eine geradezu kindliche Freude darüber zu empfinden, dass der Stadtrat mit dieser Karte eine Schlappe einstecken würde.

»Hier sind die Stempel, die letzte Aktualisierung wurde beglaubigt am … warten Sie, am 22. Juni 1955«, der Notar sah von der Karte auf, »durch das Katasteramt von Pierrefeu. Da gibt es überhaupt keinen Zweifel, das ist Ihr Haus, und es steht da weit über die geforderten vierzig Jahre.«

Der Notar hatte sich erhoben und war zu dem Beistelltisch gegangen, wo ein paar Getränke aufgebaut waren. Er griff zu einer Flasche Evian.

»Kann ich Ihnen ein Glas Wasser anbieten? Oder lieber einen Kaffee?«

»Gerne ein Wasser«, sagte Leon. Der Notar goss ein Glas ein und reichte es seinem Besucher. »Bitte, setzen wir uns doch.« Lavalette wies auf den Besucherstuhl und setzte sich hinter seinen Empire-Schreibtisch. Er hatte eine Mappe mit Unterlagen vorbereitet.

»Damit ist die Sache für mich klar«, erklärte Lavalette, »und ich bin der Notar.« Leon überlegte, ob die Bemerkung ironisch gemeint war, kam aber zu dem Ergebnis, dass Lavalette keinen Humor besaß.

Der Notar schlug die Mappe auf und nahm ein Blatt in die Hand, das den Briefkopf der Gemeinde von Bormes-les-Mimosas trug. »Hier in Frankreich fallen bei Immobilienübertragungen eine Reihe von Gebühren an.«

»Das ist in Deutschland ganz genau so.«

»Das dachte ich mir«, der Notar lächelte höflich. »Die Gebühr für meine Arbeit wurde bereits von Ihrer Tante beglichen.«

»Das hat sie mir gar nicht erzählt. Wie nett von ihr.«

»Allerdings wird bei einer solchen Überschreibung auch noch die Schenkungssteuer fällig.«

»Wenn sich in Deutschland die Steuer meldet, wird es meist teuer«, versuchte Leon einen vorsichtigen Scherz.

»Das ist leider in Frankreich nicht anders. Die Steuer bemisst sich am Grundstückswert. Da allerdings haben Sie Glück, weil die Gemeinde Ihr Land ja gerade nicht als Bauland ausweisen will.«

»Da wird Monsieur Gianelli aber wenig begeistert sein.«

»Ich würde zu gerne sein Gesicht sehen, wenn Sie ihm die Unterlagen vorlegen.«

»Ich habe gedacht, die Menschen auf dem Land halten zusammen und helfen sich«, versuchte Leon es noch einmal mit Ironie.

»Das ist ein weitverbreiteter Irrtum. Das Leben in der Kleinstadt kann die Hölle sein. Romantisch sieht es nur auf den Postkarten aus«, sagte der Notar, und es klang ganz emotionslos, eher wie eine bedauerliche Feststellung.

Leon sah zu dem Bild an der Wand, auf dem der Bussard das Kaninchen fing, und überlegte, was den Notar wohl so verbittert hatte.

»Wie groß ist das Grundstück meiner Tante?«, fragte Leon.

»Sie meinen Ihr Grundstück«, sagte der Notar. »Das Land umfasst eine Fläche von 10 000 Quadratmetern, also einen Hektar. Die Gemeinde hat dafür einen Wert von 120 000 Euro angesetzt. Was ich für realistisch halte.«

»Und wie viel Steuern fallen darauf an?«, fragte Leon besorgt.

»Die Schenkungssteuer beträgt, genau wie die Erbschaftsteuer, in Ihrem Fall zwanzig Prozent.«

»Das wären dann ... 24 000 Euro.« Leon sprach die Zahl betont langsam aus, als könnte er sie auf diese Weise dazu bringen, sich in Luft aufzulösen.

»Es ist nie billig, eine Immobilie geschenkt zu bekommen«, sagte der Notar. Leon hatte wieder zu dem unglücklichen Kaninchen auf dem Bild geschaut. »Ich sehe, Sie mögen das Bild. Es könnte angeblich ein Géricault sein. Zumindest behaupten das einige Experten, es ist nicht signiert.«

»Sprechen wir von Théodore Géricault, der das ›Floß der Medusa‹ gemalt hat?«

»Ah, Sie kennen ihn.«

»Ich war zwölf Jahre alt, als ich zum ersten Mal mit meiner Mutter im Louvre war. Vor dem ›Floß der Medusa‹ wäre ich am liebsten den ganzen Tag stehen geblieben.«

»Ich habe unten noch ein paar Gemälde aus der Zeit. Wenn Sie interessiert sind?«

»Aber natürlich, *Maître*, sehr gerne.«

Leon unterschrieb die Papiere, und dann ging er mit dem Notar die breite Treppe hinunter in die Empfangshalle. Auf dem Weg blieben sie bei einem halben Dutzend Bildern stehen, die alle Vögel zeigten. Die Gemälde waren von sehr unterschiedlicher Qualität, wie Leon fand, aber die Malerei des 19. Jahrhunderts war nicht gerade sein Spezialgebiet.

»Ich sehe schon«, sagte Leon, »die Vögel haben es Ihnen angetan.«

»Vögel sind überaus faszinierende Geschöpfe«, sagte Lavalette. »Sie sind direkte Nachfolger der Dinosaurier.« Er war vor einem Bild mit einem Kondor, der über schneebedeckten Gipfeln kreiste, stehen geblieben. »Der Anden-Kondor zum Beispiel hat eine Spannweite von dreieinhalb Metern. Er ist ein begnadeter Flieger. Er kann über viele Stunden in der Luft bleiben, ohne einen einzigen Flügelschlag zu tun.«

»Das ist wirklich erstaunlich.«

»Wissen Sie, wie er stirbt?«

»Keine Ahnung.«

»Er steigt so hoch in den Himmel, wie er kann, und dann stürzt er sich nach unten und schlägt mit Höchstgeschwindigkeit auf die Felsen.«

»Sie meinen, er begeht Selbstmord?«

»Meines Wissens gibt es kein anderes Tier auf der Welt, das so etwas tut.«

»Wollten Sie nie Ornithologie studieren?«, fragte Leon freundlich.

»Schon mein Großvater war Notar. Mein Vater ist Notar. Da hat man keine freie Wahl, wenn es ums Studium geht. Aber ich bin Mitglied der Ornithologischen Gesellschaft.«

Lavalette begleitete Leon ein paar Schritte bis zu dessen Auto. Die Weinfelder des Notars waren bereits abgeerntet. Doch die alten Produktionsgebäude des Weinguts, gleich hinter dem Haus, wirkten zwar gepflegt, aber verlassen.

»Sie keltern Ihren Wein nicht selber?«, fragte Leon erstaunt. Normalerweise legten gerade kleinere Weingüter großen Wert auf ein eigenes Label.

»Nein, nicht mehr. Ich interessiere mich nicht für den Weinanbau. Mein Vater hat sich immer darum gekümmert. Seit er nicht mehr dazu in der Lage ist, habe ich alles verpachtet.«

»Was geschieht jetzt mit dem Wein?«

»Ernte, Pressung, macht alles die *Coopérative* von Pierrefeu. Das ist sehr viel Arbeit.«

»Ich weiß. Ich habe Monsieur Dunelle nur einen Nachmittag bei der Ernte geholfen. *Mon Dieu!*« Leon öffnete die Tür seines Autos. »Seitdem weiß ich, dass mein Platz in der Rechtsmedizin ist und nicht im Weinberg.«

»Sind Sie in Ihrem Fall weitergekommen? Ich höre, man hat Doktor Ravier wieder freigelassen?« Leon hatte nur darauf gewartet, dass Lavalette sich nach dem Fall erkundigte.

»Das waren juristische Entscheidungen. Ich werde nur dann gefragt, wenn es Opfer gegeben hat«, sagte Leon.

»Nach unserem Gespräch vor der Kirche habe ich öfter an Sie denken müssen«, bemerkte Lavalette.

Leon spürte, dass da noch etwas war, das der Notar ihm erzählen wollte. »Geht es um Dr. Ravier?«, fragte er.

»Ich kenne Bernard Ravier aus Kindertagen«, erzählte der Notar. »Sein Vater hatte die Praxis in Pierrefeu, und wir, wir wohnten schon immer hier in diesem Haus.«

»Sie waren also mit Bernard Ravier befreundet?«

»Nein, Bernard ist fast fünf Jahre jünger als ich. In diesem Alter ist das eine Ewigkeit. Aber wir waren im selben Reitverein, ganz in der Nähe des Sportflughafens«, erklärte der Notar. »Eines Tages fand man im Pferdestall die Katze des Besitzers. Jemand hatte sie aufgehängt und ihr den Bauch aufgeschlitzt. Und eine Woche später wurde eine weitere Katze gefunden. Sie hing an einem Baum. Sie war ebenfalls aufgeschlitzt worden.«

»Und was hatte das mit Ravier zu tun?«

»Er geriet unter Verdacht. Man fand sein blutbeschmiertes Messer hinter der Scheune. Aber er war ja erst vierzehn Jahre alt. Die Sache wurde nie aufgeklärt.«

»Hat damals die Polizei ermittelt?«, fragte Leon.

»Nein, nicht wirklich, aber hier in der Gegend war es das Tagesgespräch.«

»Und der Junge?«

»Die Eltern haben Bernard auf ein Internat bei Grenoble geschickt, und irgendwann war die Sache vergessen. Ich dachte, das könnte vielleicht interessant für Sie sein.«

»Wie gesagt, ich bin nicht bei der Polizei«, sagte Leon,

»und über laufende Untersuchungen darf ich nicht sprechen.«

»Ich weiß, ich weiß«, sagte der Notar. »Es war mir wichtig, Ihnen das zu erzählen. Manchmal hilft es ja, eine Person besser zu verstehen, wenn man ihre Geschichte kennt.«

»Da haben Sie recht«, sagte Leon freundlich.

»Sollte es noch irgendwelche Probleme mit den Urkunden geben, Sie können mich jederzeit anrufen.«

»Danke, sehr freundlich«, sagte Leon. *»Bonne journée.«*

Als Leon auf dem Kiesweg zum Tor fuhr, konnte er den Notar im Rückspiegel sehen, der ihm kurz nachschaute, sich dann umdrehte und zum Haus zurückging. Leon schaltete das Radio ein. Auf *Radio Nostalgie* spielte man »C'est si bon«.

68. KAPITEL

Die Lagebesprechung bei Polizeichef Zerna dauerte inzwischen schon über eine Stunde. Eine vergeudete Stunde, dachte Isabelle. Aber Zerna hatte darauf bestanden, dass seine Stellvertreterin an seiner Seite saß, wenn Kommissarin Lapierre erschien, um sich über den Stand der Ermittlungen zu informieren.

Die verschiedenen Einsatzleiter waren angetreten, um Bericht zu erstatten. Aber es war genau so gekommen, wie Isabelle schon befürchtet hatte: Es gab nichts zu berichten. Zerna hatte zwar in einem TV-Interview behauptet, die Polizei hätte noch nicht alle Hinweise ausgewertet. Aber in Wirklichkeit lag das einfach nur daran, dass es keine konkreten Hinweise gab. Die *Gendarmerie nationale* hatte nichts, die Feuerwehr hatte nichts, und auch die Küstenwache hatte Strände und Klippen umsonst abgesucht. Und der Hubschrauber war eine halbe Stunde nur deshalb über den Hügeln von Pierrefeu gekreist, damit die Bürger beruhigt waren.

Zerna versuchte, bei Lapierre den Eindruck von Effizienz und Scharfsinn zu erwecken. Er hakte bei den Berichten nach und fragte nach Einzelheiten, um seine Kompetenz zu unterstreichen. Aber auch dadurch konnte er nicht verbergen, dass alle Bemühungen im Sande verliefen. Und Kommissarin Lapierre durchschaute die ganze Veranstaltung als genau das, was sie war – eine Farce.

»Vielen Dank, Commandant Zerna«, sagte die Kommissarin nach siebzig Minuten unvermittelt. »Ich muss zurück nach Toulon.« Sie schob ihre Unterlagen zusammen, steckte sie in ihre Aktentasche und stand auf.

»Ich hoffe, wir konnten Sie auf den neuesten Stand bringen, *Madame le Commissaire*«, sagte Zerna anbiedernd.

»Nun ja, danke, Commandant. Bei dieser dünnen Spurenlage werde ich Staatsanwalt Orlandy empfehlen, dass ab sofort Toulon die Leitung der Ermittlungen übernimmt.« Mit diesen Worten schritt Madame zur Tür. »*Bonne journée*«, sagte sie und verschwand.

Für einen langen Augenblick sagte Zerna gar nichts. Aber Isabelle erkannte an seiner pochenden Schläfenader, dass er innerlich kochte.

»Was für eine riesige Scheiße ist das denn?« Zerna hatte seine Unterlagen angehoben und knallte sie vor sich auf den Tisch. »Interessiert sich hier vielleicht irgendjemand für unseren Fall?«

»Wir haben noch nicht die Berichte der freiwilligen Helfer ausgewertet, *Patron*«, sagte Masclau diensteifrig.

»Und was soll das bringen? Die finden doch nicht mal ihren Arsch in der Hose ... Leute, da wird eine Frau entführt, direkt vor unserer Haustür, und auch nach 48 Stunden Großfahndung stehen wir noch immer wie die Idioten da.«

»Alle Beteiligten haben getan, was sie konnten«, mischte sich Isabelle ein. »Wir sind Dutzenden von Spuren nachgegangen, und es wurden weit über hundert Plätze kontrolliert, die als Versteck in Frage gekommen wären.«

»Dann waren das eben noch nicht genug Plätze.« Zerna ärgerte sich, dass Isabelle ihn unterbrach, aber auch, weil er wusste, dass sie natürlich recht hatte.

»Wir haben bisher etwa siebzig Prozent der Gegenden

abgeklärt, die wir auf unseren Einsatzplänen gelistet haben«, sagte Isabelle. »Und wir sind noch immer dran.«

Es war wirklich ein frustrierender Tag, dachte Isabelle. Immerhin war es ihr gelungen, Anna Winter davon zu überzeugen, Guy Pelletier wegen »Verletzung der Intimsphäre« anzuzeigen. Dabei würde der Mann aller Wahrscheinlichkeit nach mit einer Geldstrafe davonkommen. Aber es verschaffte Isabelle eine gewisse Befriedigung, sich Pelletier als Angeklagten vor Gericht vorzustellen.

In diesem Moment öffnete sich die Tür, und Moma kam herein

»Ja!?«, raunzte ihn Zerna an, was so viel heißen sollte wie: »Sind Sie verrückt, ohne anzuklopfen mein Büro zu stürmen?«

»Doktor Ravier hatte doch ein Boot«, sagte Moma und legte eine Fotografie vor Zerna auf den Schreibtisch. »Ein Motorboot.«

Moma hatte gut recherchiert. Tatsächlich hatte Dr. Ravier nie ein Boot besessen, aber er hatte sich gelegentlich eins bei der Charterfirma *Vagues Bleues* im Yachthafen ausgeliehen. So auch in der Woche, in der Nicole Savary verschwunden war.

Nachdem Dr. Ravier telefonisch nicht zu erreichen war und sich von seiner Arzthelferin entschuldigen ließ, fuhren Isabelle und Moma zum *Centre médical* in der Route des Lavandières. Das Medizinzentrum bestand aus einem Glasbau, den Ravier mit Fördermitteln der Gemeinde und des Départements gebaut hatte. Allerdings hatte er den Löwenanteil der Kosten selber tragen müssen und hatte sich leider bei der Auslastung der Anlage gründlich verkalkuliert. Die Patienten vertrauten ihre Gesundheit offenbar lieber den Kliniken von Hyères oder Toulon an. Der großzügige Parkplatz vor dem Gebäude war jedenfalls nicht einmal zu einem Drittel belegt, als Isabelle den Einsatzwagen vor dem Gebäude stoppte.

»*Docteur* Ravier befindet sich gerade in einer dringenden Behandlung«, bügelte die junge Arzthelferin am Empfang Isabelle und Kadir ab wie zwei lästige Pharmavertreter. Sie würdigte die Besucher keines zweiten Blicks und konzentrierte sich weiter auf das Sortieren der Krankenakten. »Sie können so lange im Wartezimmer Platz nehmen.«

»Madame«, Moma legte sein verbindlichstes Lächeln auf. »Sagen Sie *Docteur* Ravier einfach, die *Gendarmerie nationale* wäre hier und hätte ein paar Fragen an ihn.«

»Ich sagte Ihnen doch schon: Der Doktor will nicht gestört werden. Er hat heute sehr viel zu tun, vielleicht kommen Sie noch mal nach 18 Uhr vorbei oder besser noch: morgen in der Früh. Wir öffnen um acht Uhr«, fügte sie mit einem falschen Lächeln hinzu.

In diesem Moment schlug Isabelle ihre Hand auf die Patientenblätter, die auf dem Tresen lagen, so dass die Arzthelferin erschrocken aufsah.

»Sagen Sie dem Doktor, wir wollen ihn sprechen. Jetzt! Und wenn er nicht aus dem Behandlungszimmer kommt, dann gehen wir rein«, Isabelle hatte halblaut gesprochen und sah demonstrativ auf ihre Uhr, »und zwar in genau zwei Minuten. Haben wir uns verstanden, Mademoiselle?«

Das Mädchen schluckte und verstummte. Sie stand wortlos auf und verschwand hinter einer Tür mit der Aufschrift *TRAITEMENT*. Es dauerte keine dreißig Sekunden, bis Dr. Ravier aus dem Behandlungszimmer kam.

»Was soll dieser Aufstand?« Der Doktor wirkte empört, aber Isabelle hörte deutlich die Unsicherheit in seiner

Stimme. »Ich habe da drinnen einen zehnjährigen Patienten, der auf mich wartet.«

Zwei weitere Arzthelferinnen waren im Gang stehen geblieben, um sich nur ja kein Wort dieser interessanten Begegnung entgehen zu lassen.

»Können wir uns irgendwo ungestört unterhalten?«, fragte Lieutenant Kadir höflich.

»Ich sagte doch schon, ich habe Patienten, die warten.«

»Na schön«, unterbrach Isabelle betont deutlich. »Dann reden wir eben hier über Nicole Savary.« Jetzt waren auch zwei Patientinnen im Wartebereich hellhörig geworden.

»Gehen wir da vorne hin.« Ravier deutete in den Gang. »Da, wo die Espressomaschine steht.«

Isabelle hielt dem Doktor das Foto auf dem Boot hin, das Nicole Savary ihrem Vater vor fünf Jahren geschickt hatte.

»Es geht um dieses Boot«, sagte Isabelle, »ist das zufällig Ihr Boot?«

»Das habe ich doch schon Ihren Kollegen erklärt«, jetzt klang der Arzt wirklich verärgert. »Ich habe noch nie ein Boot besessen.«

»Sind Sie da ganz sicher?«, bohrte Moma nach.

»Boote kosten Geld und bringen nichts als Ärger.«

Isabelle zeigte ein Foto von einem offenen Motorboot, das der Bootsverleih den Beamten überlassen hatte.

»Das hier ist ein *Suncruiser 750.«*

»Bei Booten kenn ich mich nun wirklich nicht aus.«

»Bei dem hier schon.« Isabelle hielt ihm das Foto hin. »Denn diesen *Suncruiser 750* hatten Sie im Sommer 2010 bei der Charterfirma *Vagues Bleues* in der Woche vom 14. bis 21. September gemietet.«

»Ja, ja, schon möglich«, die Stimme des Arztes klang verunsichert. »Stimmt, damals hatte ich gelegentlich mal ein Boot gemietet. Aber an den genauen Typ erinnere ich mich wirklich nicht.«

Isabelle hielt dem Arzt noch einmal das Handyfoto hin. »Sie hatten genau dieses Boot gemietet. Der Verleiher hat es auf diesem Foto eindeutig identifizieren können.«

»Wollen Sie eine Kopie des Mietvertrages sehen?«, fragte Kadir.

»Mein Gott, ich bin ein paarmal mit meiner Frau und unserer Tochter zu den Inseln rüber.«

»Das hier ist aber nicht Ihre Frau.« Moma tippte auf das Handyfoto.

»Sie haben mich erwischt«, der Arzt versuchte, charmant zu wirken, und hob theatralisch die Arme hoch. »Ich habe der Studentin das Boot gezeigt. Daran habe ich überhaupt nicht mehr gedacht.«

»Sind Sie mit ihr auch zu den Inseln gefahren?«

»Nein, natürlich nicht. Ich habe Ihnen schon mal gesagt, sie war eine Patientin. Ich wollte nur freundlich sein.«

In diesem Moment kam die Arzthelferin mit einer Röntgenaufnahme. Ravier nahm ihr die durchsichtige Folie aus der Hand.

»Lassen Sie mal sehen«, sagte er und hielt die Aufnahme gegen das Licht. »Ein glatter Bruch. Müssen wir richten. Ich brauche eine Schiene und die Gipsverbände, und geben Sie dem Jungen was zur Beruhigung.«

»Dr. Ravier ...«, sagte Isabelle.

»Ich muss zu meinem Patienten«, unterbrach sie der Arzt. »Wir wollen doch nicht, dass das Kind länger leidet als notwendig.« Damit drehte er sich um und ging mit seiner Helferin in Richtung Behandlungsraum.

»*Docteur* Ravier!« Isabelle sprach den Namen des Arztes

laut und deutlich aus. Ravier blieb stehen und drehte sich um. »Wo ist Susan Winter?!«

Ravier antwortete nicht, sondern verschwand hinter der Tür zum Behandlungszimmer.

69. KAPITEL

Leon hatte die Gestalt nur für einen kurzen Moment sehen können, dann war der Mann zwischen den Büschen verschwunden – aber er hatte ihn trotzdem sofort erkannt.

»Frédéric!«, rief Leon, so laut er konnte, obgleich er wusste, dass der Junge ihn wahrscheinlich gar nicht hören konnte. Es waren mindestens dreihundert Meter bis zu der Stelle, wo der Nationalpark begann.

Leon hatte vor seinem Haus unter den Platanen geparkt, gleich hinter dem Mofa von Frédéric. Allerdings war von seinem fleißigen Helfer im Haus nichts zu sehen gewesen. Und das Licht im Flur war auch immer noch nicht angeschlossen, obwohl er Frédéric fünfzig Euro für Lampe, Schalter und Kabel schon letzte Woche in die Hand gedrückt hatte.

Leon lief los in Richtung Waldrand. Es ging ihm nicht so sehr um das Geld, er wollte Frédéric auch dazu bringen, sich seiner Verantwortung zu stellen. Seit Tagen wollte er mit dem jungen Mann reden, aber immer war Frédéric einem Gespräch ausgewichen. Leon spurtete die gemauerten Treppenstufen hinauf, die die Terrassen des Weinbergs miteinander verbanden, und spürte, wie ihm die Luft knapp wurde. Wie oft hatte er sich in den letzten Jahren vorgenommen, mehr Sport zu machen, aber immer waren seine guten Vorsätze Opfer seiner Bequemlichkeit geworden. Jetzt rächte sich die schlechte Kondition. Leon musste schnaufen wie ein Asthmapatient beim Rauchen, aber er war ehrgeizig. Er wollte es sich einfach beweisen, wenigstens bis zum Waldrand. Früher wäre für ihn dieser kleine Spurt ein Witz gewesen.

Leon zwang sich, regelmäßig zu atmen: zwei Schritte ein, fünf Schritte aus. Wenn er jetzt mit Herzinfarkt tot auf den Stufen zusammenbrechen würde, wie lange würde es wohl dauern, bis man ihn fände? Schwer schnaufend erreichte er den Waldrand. Dort, wo Frédéric verschwunden war, sah er eine Spur ins Dickicht führen. Leons Neugier war geweckt; er zwängte sich zwischen den Ginsterbüschen hindurch, und einen Augenblick später stand er auf einem kaum erkennbaren Pfad. Der Weg war eng und wurde von Büschen und Zistrosen-Sträuchern begrenzt, die sich immer wieder in Leons Kleidung verfingen. Feiner Staub wirbelte in der warmen Luft, in dem einzelne Teilchen wie winzige Silberflocken in der Sonne flirrten. Gelegentlich stießen die Kronen der niedrigen Kiefern und Ginsterbüsche über seinem Kopf zusammen, so dass grüne Tunnel entstanden, in denen es feucht und modrig roch. Als Leon schließlich an einem Felsen stehen blieb, um zu verschnaufen, fiel ihm zum ersten Mal die Stille auf, die hier herrschte. Es war nur der Gesang der Grillen zu hören, die immer wieder kurz schwiegen, um dann, wie auf ein unsichtbares Kommando hin, alle gleichzeitig wieder ihre Arbeit aufzunehmen. Er wartete einen Moment, bis sich sein Puls beruhigt hatte, dann folgte er dem Pfad weiter. Warum hatte Frédéric diesen Weg genommen?

Die Lichtung tauchte ganz plötzlich auf. Leon stand auf einmal in einer kleinen Senke. Hier wich die dichte Vegetation zurück und machte Platz für einige beeindruckend große Esskastanienbäume. Auf beiden Seiten des Pfades konnte Leon jetzt die überwucherten Mauerreste erkennen, und gleich rechts von ihm, in der strahlenden Nachmittagssonne, wuchsen etwa dreißig mannshohe Hanfpflanzen. Es sah nicht so aus, als hätten Vögel oder der Wind die Haschischpflanzen hier zufällig wachsen lassen. Leon konnte sehen, dass der Pfad noch einige Meter dem Hanffeld folgte, dann verschwand er wieder im Buschwerk. Und genau dort tauchte in diesem Moment Frédéric auf – auf seinen Armen trug er eine blonde Frau in einem hellen Sommerkleid.

Leon war so überrascht, dass er für einen Moment bewegungslos stehen blieb. Er sah, dass Frédéric mit wirrem Blick nach rechts und links schaute, wie ein verängstigtes Tier.

»Frédéric!«, rief Leon. »Was ist los, ist etwas passiert?«

Erst in diesem Moment schien Frédéric die Anwesenheit von Leon wahrzunehmen. Der junge Mann sah ihn einen Augenblick entsetzt an. Dann bückte er sich und legte die Frau behutsam auf den Pfad.

»Warte, ich helfe dir«, sagte Leon und lief auf Frédéric und die Frau zu. In diesem Augenblick stürzte der Junge davon, mitten hinein in das Dornendickicht.

»Frédéric!«, rief Leon. Aber die Vegetation hatte den Jungen bereits verschluckt.

Leon ging auf die Frau am Boden zu. Ein Blick genügte, und er wusste, wer da lag. Es war Susan Winter, und sie war definitiv tot.

»Was für eine riesige Scheiße.« Zerna trat schnaufend aus dem Dickicht auf die Lichtung. Sein Gesicht war rot vor Anstrengung und glänzte vom Schweiß. Der Polizeichef betrachtete schlecht gelaunt den Ärmel seines hellblauen

Hemdes, in dem die Dornen einen langen Riss hinterlassen hatten. Ihm folgten Lieutenant Kadir und Isabelle. Leon kam ihnen entgegen.

»Wie sind Sie nur auf die Idee gekommen, hier hinaufzuklettern?« Zerna sah sich um und klopfte sich den Staub aus Hemd und Hose.

»Sie liegt da vorne«, sagte Leon, »gleich neben der Mauer. Es sind nur noch ein paar Schritte.«

Leon ging voraus, und die anderen folgten ihm. Doch kurz bevor sie die Tote erreichten, blieben die Polizisten stehen, als wäre die Tote von einer unsichtbaren Barriere umgeben. Die Beamten der Gendarmerie hatten schon viele Leichen gesehen, aber der Anblick dieser Toten hatte etwas Verstörendes. War die Frau, die da auf dem staubigen Pfad lag, wirklich tot? Das Opfer hatte eine helle, fast makellose Haut. Auf den Wangen schien ein zartrosa Schimmer zu liegen, und der rotgeschminkte, leicht geöffnete Mund zeigte ebenmäßige weiße Zähne. Das alles gab dem Körper etwas Unberührtes, beinahe Blühendes. Konnte diese Frau wirklich tot sein? Wo waren die Fliegen, die sie zu Hunderten umschwirren müssten, wo die Maden, die sich in ihr Fleisch gruben, wo der unverkennbare Geruch des Todes, der alle Leichen umgab – ganz besonders, wenn sie im Sommer starben? Nur die Augen, die Augen waren tot. Hatten ihre Farbe in ein milchiges Weiß verwandelt.

»Was schätzen Sie, wie lange ist sie tot?«, fragte Zerna, der sich als Erster näher an das Opfer wagte. Er betrachtete die Leiche. Wie eine Puppe, die jemand ins Gras geworfen hatte, dachte Leon. Es hätte ihn nicht gewundert, wenn Zerna die Leiche mit seinem Fuß angestoßen hätte, nur um zu testen, ob sie auch echt war.

»Eine Woche«, sagte Leon, »ich vermute, dass sie unmittelbar nach ihrem Verschwinden getötet wurde.«

»So sieht sie aber gar nicht aus«, Isabelle schnüffelte, »was ist das für ein süßlicher Geruch?«

»Formalin«, sagte Leon, »du hast eine empfindliche Nase. Das Opfer wurde konserviert. Darum sind auch keine Insekten oder andere Tiere an die Leiche gegangen.«

»Sie haben am Telefon etwas von einem Versteck gesagt«, sagte Zerna. »Wo ist das?«

»Da vorne, gleich hinter den Büschen.« Leon deutete zum Ende des Pfades.

»Kadir, sehen Sie sich das mal an. Und sichern Sie alles mit Absperrband. Ich will nicht, dass uns hier irgendwelche Neugierigen die Spuren zertrampeln.«

»Geht klar, *Patron*«, sagte Kadir und verschwand zwischen den Büschen.

»Da ist eine Art Grotte in den Hügel gemauert. Dort muss sie gelegen haben, ich habe schon Proben genommen.«

»Aber warum hat der Täter sie dann wegschaffen wollen?«, fragte Isabelle.

»Das ist die Frage«, sagte Leon. »Vielleicht ist Frédéric ja gar nicht der Täter. Vielleicht wollte da ja nur jemand seine Haschischplantage schützen.«

»Unsinn«, ging Zerna dazwischen. »Sie sagen, Sie haben diesen Frédéric genau erkannt, als er die Frau auf dem Arm hatte?«

»Er war ja keine zehn Meter von mir entfernt.«

»Dann ist die Sache doch völlig klar.« Zerna wollte auf keinen Fall Leon die Schlussfolgerungen ziehen lassen. »Dieser Frédéric hat Schiss bekommen, dass wir sein Versteck finden könnten. Denn das wäre das Ende für seine perversen Spielchen gewesen. Darum wollte er die Frau woanders hinschaffen.«

»Wenn Ihre Theorie stimmt«, sagte Leon provozierend ruhig, »und Frédéric der Serienmörder ist, dann wäre er bei dem Mord an der unbekannten Frau in Aix etwa acht Jahre alt gewesen.«

»Wer sagt denn, dass es sich um denselben Täter handelt?«

»Die Untersuchungsergebnisse aus der Rechtsmedizin legen diesen Schluss zwingend nahe.«

»Die Schlussfolgerungen sollten Sie besser uns überlassen. Ich frage mich allerdings, wieso dieser Frédéric so gut über die Fahndung Bescheid wusste.«

»Was wollen Sie damit sagen?« Leons Stimme klang frostig.

»Gar nichts, aber er hat ja fast täglich bei Ihnen im Haus gearbeitet.«

In diesem Moment kam Kadir von dem oberen Ende des Pfades zurück.

»Da vorne gibt es einen alten Feuerwehrweg.« Moma hielt ein Funkgerät in der Hand. »Wenn die Spurensicherung mit den anderen da hochfährt, sind es zu Fuß keine fünfzig Meter bis hierher.«

»Na großartig«, Zerna sah Leon wütend an, »da hätten wir uns ja die Expedition durch den Urwald sparen können.«

»Die anderen sind in zwanzig Minuten hier«, sagte Kadir. »Madame Lapierre kommt auch mit.« Er erntete einen strengen Blick von Zerna. »Tut mir leid, *Patron*, aber was hätte ich denn sagen sollen?«

In diesem Moment meldete sich das Handy von Isabelle. Sie warf einen Blick auf das Display und nahm an.

»Ja. Wie sieht es aus, Didier?« Isabelle verstummte einen Moment. »Was, kannst du das wiederholen …? Gib ihn mir … verstehe. Ja, der *Docteur* ist hier oben bei uns … hallo, Didier?!« Sie sah die anderen an. »Frédéric hat Didier in seiner Gewalt.«

»Wie, was soll das heißen?«, rief Zerna.

»Didier sagt, Frédéric hält ihm ein Messer an den Hals.«

»Frédéric hat Masclau gekidnappt …?«, fragte Leon ungläubig.

»Ist doch klar«, sagte Moma. »Er ist ausgeflippt, als Didier ihn festnehmen wollte.«

»Ich will ihn sprechen. Jetzt gleich«, Zerna winkte gebieterisch nach dem Telefon, das Isabelle noch immer in der Hand hielt.

»Frédéric ist völlig fertig«, Isabelle sah Leon an. »Didier hat gesagt, dass Frédéric nur mit dir reden will.«

»Wo sind sie?«, fragte Leon.

»Im Haus von Frédérics Mutter«, antwortete Isabelle. »In Collobrières. Keine fünf Kilometer von hier.«

70. KAPITEL

Vor dem bescheidenen Haus am Dorfausgang von Collobrières stand ein verlassener Streifenwagen der *Gendarmerie nationale*, bei dem die Fahrertür offen stand und die Blaulichter auf dem Dach blinkten. Das musste der Wagen von Masclau sein, dachte Leon, als sie näher kamen. Wahrscheinlich war der Beamte mit gezogener Waffe in das Haus gestürmt. Kein Wunder, dass Frédéric die Nerven verloren hatte.

Isabelle stoppte hinter dem Streifenwagen, stieg aus und stellte bei dem Einsatzwagen das Blaulicht ab. Leon sah zu dem Haus, vor dem sich die Nachbarn versammelt hatten. Zerna wäre am liebsten auch mitgekommen, um »diesem Spinner persönlich eine reinzuhauen«, wie er gesagt hatte. Auf der anderen Seite wollte er auf keinen Fall, dass Kommissarin Lapierre alleine bei der Toten im Wald ankam. Die Entdeckung des Mordopfers wollte er unbedingt auf seinem Konto verbuchen.

»Lass mich zuerst mit ihm reden«, sagte Isabelle zu Leon, als sie auf das Haus zugingen.

»Hat er nicht gesagt, dass er nur mit mir reden will?«, sagte Leon.

»Na gut, dann bleibe ich aber direkt hinter dir. Wenn ich ›runter‹ sage, wirfst du dich auf den Boden.«

»Kommen Sie, schnell!« In der Haustür war eine etwa sechzigjährige Frau aufgetaucht. Leon sah, dass sie zitterte und so schwach war, dass sie sich am Türrahmen abstützen musste.

»*Gendarmerie nationale*«, sagte Isabelle. »Wir möchten mit Ihrem Sohn sprechen.«

»Sie sind im Keller unten«, in diesem Moment versagten der Frau die Knie. Leon war mit zwei Schritten bei ihr und konnte gerade noch verhindern, dass sie zu Boden fiel. »Kommen Sie, setzen Sie sich auf die Stufen«, sagte er.

»So was hat mein Junge noch nie gemacht, noch nie.« Die Frau saß jetzt am Boden und lehnte gegen den Türrahmen. »Der Polizist hätte ihm nicht so viel Angst machen dürfen. Frédéric ist doch noch ein Kind, nur ein großes Kind.« Sie packte Leon am Arm und hielt ihn fest, Tränen in den Augen. »Sie dürfen ihm nichts tun, bitte.«

»Wir tun ihm ganz bestimmt nichts. Wir wollen nur mit ihm reden.«

»Da runter?«, fragte Isabelle und deutete auf eine Treppe, die am Ende des Flurs nach unten führte.

»Ja, er ist unten bei seinen Tieren«, murmelte die Mutter. »Er ist so ein guter Junge.«

Leon ging voraus. Er sah, wie Isabelle unauffällig ihre Sig Sauer aus dem Halfter zog, durchlud und entsicherte. Die Treppe führte steil nach unten. Nackte Glühbirnen beleuchteten den Keller. Es gab nur eine Tür, die halb offen stand.

»Frédéric«, sagte Leon laut und deutlich. »Ich bin's, Leon. Ich komm jetzt zu euch rein, ist das in Ordnung?«

»Er wollte die Drachen kaputtmachen«, das war Frédérics Stimme, hell und schrill. »Wollte sie umbringen, die kleinen Teufel. Aber, aber das darf er nicht, nein, das darf er nicht!«

Leon drückte vorsichtig die Tür weiter auf. Da standen

die beiden Männer. Frédéric, der fast einen Kopf größer als Masclau war, hatte den Polizisten von hinten mit seinem rechten Arm um den Hals gepackt. In der Linken hielt er einen spitzen Stichel, den er Masclau an die Kehle drückte.

»Pass bloß mit dem Scheißding auf«, Didier schwitzte und verdrehte die Augen, um das Werkzeug sehen zu können, das da in seinen Hals drückte. »Sei bloß vorsichtig, Mann«, keuchte er. »Der Kerl ist verrückt.«

Neben den Männern stand ein großes Terrarium, das von einer einzelnen Neonröhre beleuchtet wurde. Zwischen den Stöcken und Steinen am Boden wimmelte ein Dutzend Eidechsen über den sandigen Boden.

Vor Masclau am Boden lag seine Dienstwaffe. Leon gab der Waffe mit dem Fuß einen kleinen Tritt, dass sie nach hinten rutschte und von Isabelle aufgehoben wurde.

»Keiner tut deinen Tieren etwas«, sagte Leon ganz ruhig. »Das verspreche ich dir.«

»Ganz großes Versprechen?«, fragte Frédéric.

»Ganz großes Versprechen«, sagte Leon ernsthaft.

»Schwörst du, bei allem, was dir heilig ist?«

»Ich schwöre. Und jetzt nimm den Stichel da weg. Der Mann wird deinen Eidechsen nichts tun.«

»Hat er aber gesagt.« Frédéric sah nervös hin und her. »Hat gesagt, dass er sie alle kaputtmacht.«

»Das hat er nicht so gemeint«, sagte Leon und hielt seine offene Hand hin.

»Nein, hab ich echt nicht so gemeint«, keuchte Masclau.

»Gib mir den Stichel, Frédéric«, sagte Leon ganz ruhig.

In diesem Moment legte Frédéric den Stichel in Leons offene Hand. Als Masclau sah, dass Leon das Werkzeug hatte, wirbelte er herum, packte Frédéric und schlug ihn mit Wucht gegen die Wand. »Ich mach dich fertig, *con débile«,* keuchte er.

Frédéric wehrte sich. Leon ging dazwischen und riss Frédéric zurück.

»Lassen Sie ihn los«, rief Leon. In diesem Moment mischte sich auch Isabelle ein.

»Aufhören, hör sofort auf damit!« Sie packte Masclau am Arm.

Die Männer standen sich gegenüber, als wollten sie jeden Augenblick erneut übereinander herfallen.

»Geh schon nach oben«, sagte Isabelle zu Didier. »Wir sehen uns draußen bei den Fahrzeugen.«

Ohne ein Wort drehte sich Masclau um und verschwand.

»Danke«, sagte Isabelle zu Leon und griff nach Frédérics Arm, den der aber sofort zurückriss.

»Ich mach das schon. Ich bring ihn«, Leon sah Isabelle an. Sie nickte. »Komm, Frédéric, wir fahren zusammen zur Polizei.«

»Ich will nicht zur Polizei. Ich will hierbleiben.«

»Die wollen nur mit dir reden, na, komm schon«, sagte Leon und stieg mit Frédéric die Kellertreppe hinauf.

71. KAPITEL

Zuletzt hatte sich Frédéric von Leon doch noch überzeugen lassen und war zu Isabelle ins Auto gestiegen und zur Polizei gefahren. Nur mit Masclau konnte man Frédéric keinen Moment alleine lassen, ohne dass er zu schreien anfing.

Wie sich während der Befragung in der Gendarmerie herausstellen sollte, war Lieutenant Masclau mit gezogener Waffe in das Haus von Frédéric gestürmt und hatte dem geistig zurückgebliebenen Jungen gedroht, er würde seine Eidechsen töten, wenn er nicht sofort gestehen würde, dass er Susan Winter entführt und ermordet hatte.

Inzwischen war es 18 Uhr, und Leon war endlich dort, wo er sich am liebsten aufhielt: in der kühlen Ruhe des Autopsieraums der Klinik *Saint-Sulpice.* Nur gelegentlich wurde Leons Konzentration gestört, wenn sein Assistent Olivier Rybaud seinen MP3-Player so laut aufdrehte, dass die Heavy-Metal-Beats aus den Kopfhörern bis zu Leon herüberdrangen. Sie einigten sich schließlich, dass Rybaud nur im Labor die Kopfhörer aufsetzen durfte. Im Autopsieraum blieb Musik tabu.

Die Tote, die da auf dem Tisch lag, faszinierte Leon. Es gab wahrscheinlich auf der ganzen Welt kein Dutzend Rechtsmediziner, die jemals eine frisch mumifizierte Leiche sezieren durften. Der Anblick dieses scheinbar so perfekten Körpers hatte aber auch etwas Beklemmendes. Das war natürlich kein lebender Mensch, der da lag, aber es war irgendwie auch keine Leiche wie all die anderen, die Leon untersucht hatte. Als hätte sich das Opfer noch nicht entscheiden können, als wollte es sich einfach nicht von den Lebenden verabschieden, obwohl der Tod es längst erreicht hatte.

Diesmal war die Autopsie einfacher. Leon wusste von Anfang an, wonach er zu suchen hatte. Die Einstichstelle der Infusionszuleitung im rechten Unterarm war überdeutlich zu erkennen, und auch die beiden Einschnitte in den Oberschenkelarterien waren dort, wo Leon sie erwartet hatte. Der Täter hatte mehrmals angesetzt, bevor er das richtige Blutgefäß gefunden hatte. Die Schnittkante war glatt und gerade. Ein Skalpell, dachte Leon, oder ein sehr scharfes Messer.

Als Leon den übrigen Körper Quadratzentimeter für Quadratzentimeter untersuchte, wusste er, dass er nichts finden würde. Es würde keine weiteren Verletzungen geben. Keine Stiche, keine Schnitte, keine Würgemale, nichts, das auf einen Mord hinwies. Nein, diese Frau hatte ein ungleich grausamerer Tod ereilt.

Die Bestätigung für seine Vermutung fand Leon, als er zusammen mit Rybaud die Körperhöhle des Opfers öffnete und die Organe begutachtete. Das junge Herz musste regelmäßig geschlagen haben, bis die Vorkammern flimmerten und der Lebensmuskel unkontrolliert zu zucken anfing. Diese Lunge hatte geatmet, bis die Lungenbläschen nicht mehr von Blut umspült wurden. Das Gehirn hatte gearbeitet, bis es vom Sauerstoff abgeschnitten wurde. Der ganze Körper hatte minutenlang verzweifelt gekämpft gegen das, was da plötzlich in seine Adern geströmt war und das Blut verdrängt hatte: Formalin. Es muss im Körper gebrannt haben wie Feuer, als das Gift durch die dicke Infusionsnadel in die Arterien lief und nach und nach die Organe versagten. Als das Blut, der Schwerkraft folgend, aus den geöffneten Beinarterien schoss und immer mehr Formalin durch den Infusionszugang nachlief. Bis sich das ganze System mit der ätzenden, zellenkonservierenden Chemikalie gefüllt hatte, aber da war die Frau längst tot. Wer immer das getan hatte, er wurde von einer unfassbaren Grausamkeit angetrieben, als er diesen Körper ausbluten ließ wie ein geschächtetes Tier.

Leon stand vor der toten Frau und betrachtete sie. Welcher Mensch würde einem anderen Menschen so etwas antun? Ihn so leiden lassen? War es eine Strafe oder das Auskosten uneingeschränkter Macht? An dieser Toten war alles anders als sonst. Es war kein Blut geflossen, als Leon den Körper geöffnet und die Organe entnommen hatte, stattdessen war eine klare Flüssigkeit ausgetreten, die einen schweren süßlichen Geruch im Autopsieraum verbreitete. Leon schaltete die Entlüftung ein. Ein leises Zischen war zu hören, als die Umwälzpumpen die Luft durch die kleinen Schlitze am Sektionstisch absaugten.

»Soll ich jetzt die Fotos machen?«, fragte Rybaud.

»Ja, ich brauche insbesondere Aufnahmen von allen Organen«, sagte Leon. »Wir müssen alles so genau wie möglich dokumentieren. Diese Aufnahmen werden demnächst in der forensischen Datenbank der Universität zu sehen sein.«

Als Leon zuletzt die Vagina des Opfers untersuchte, wusste er schon, was er finden würde. Diesmal war es eine Mauereidechse, ein männliches Tier. Eigentlich hätte Leon zufrieden sein können. Die Dinge hatten sich genau so entwickelt, wie er sie vorausgesehen hatte. Aber da war etwas, das ihn irritierte, ihm das Gefühl gab, etwas übersehen zu haben. Es war, wie wenn er morgens eilig aufbrach und wusste, dass er etwas vergessen hatte. Aber es wollte ihm partout nicht einfallen, was es war ...

72. KAPITEL

»Zerna behauptet, dass Frédéric die Morde sehr wohl begangen haben könnte.« Isabelle hatte eine kleine eiserne Pfanne auf den Gasherd geschoben.

»Du weißt, dass das Quatsch ist«, sagte Leon, der eine Flasche *L'Angueiroun* geöffnet hatte und die Köchin mit einem Glas Rosé versorgte. Isabelle hatte am Nachmittag angeboten, einen Couscous zu machen, wenn es auf der Wache nicht zu spät würde. Daraufhin war Leon an seinem Lieblings-Fischgeschäft vorbeigefahren, das den schönen Namen trug: *Aux Délices de la Marée* – Die Wonnen der Gezeiten. Dort hatte er sechs prächtige Garnelen gekauft.

»Frédéric hat alles gestanden, was sie ihm vorgeworfen haben«, sagte Isabelle und legte die Garnelen mit der Marinade in die Pfanne. Sofort erfüllte der Duft von Knoblauch und heißem Olivenöl den Raum.

»Du weißt doch, wie Frédéric ist«, sagte Leon. »Der würde auch zugeben, dass er Napoleon ermordet hat, wenn du ihm lange genug zusetzt.«

»Am Ende hat er nur noch dagesessen und geweint. Hat Moma erzählt.« Isabelle schaukelte die gusseiserne Pfanne auf der Herdflamme hin und her und drehte die Garnelen mit der Zange. »Ich habe Zerna gleich gesagt, dass Frédéric Unsinn erzählt«, sie machte eine kurze Pause. »Er hat mich rausgeschickt und das Verhör zusammen mit Masclau fortgesetzt.«

»Ausgerechnet Masclau. Wo ist Frédéric jetzt?«

»In der Psychiatrie in Hyères. Geschlossene Abteilung. Auf Anweisung des Untersuchungsrichters.«

»Das hat der arme Kerl wirklich nicht verdient.«

»Frédéric hat das Opfer immerhin weggetragen«, sagte Isabelle. »Das hast du uns selber erzählt.«

»Aber ich hab auch gesagt, dass er meiner Meinung nach nichts mit dem Mord zu tun hat.«

»Die Hanfpflanzen hat er angebaut. Das hat er als Erstes gestanden.«

»Wer ein paar Hanfstauden anpflanzt, ist noch lange kein Serienkiller.«

»Du weißt, wie sie bei der Gendarmerie darüber denken.«

»Sie hätten Frédéric nach Hause schicken sollen.«

»Solange er unter Mordverdacht steht ...?« Diesmal klang Isabelle vorwurfsvoll, als wollte sie die Kollegen in Schutz nehmen. »Immerhin hat er ein Terrarium mit Eidechsen.«

»Frédéric ist gar nicht in der Lage, ein solches Verbrechen zu begehen.« Leon begann, Teller auf den Tisch zu stellen. »Da musst du präzise planen, dich in Chemie auskennen und in der Anatomie.«

»Kannst du mal den Curry rübergeben?«, bat Isabelle. Leon reichte ihr das Schälchen mit dem goldgelben Gewürz.

»Frédéric hat nicht mal einen Führerschein. Wie hätte er sein Opfer auf den Hügel bringen sollen?«, fragte Leon.

»Jeder Junge auf dem Land kann Auto fahren. Dafür braucht er keinen Führerschein.«

»Isst Lilou auch mit?«, fragte Leon, während er Teller und Gläser auf dem Küchentisch verteilte.

»Sie ist in ihrem Zimmer, mit Jacob«, sagte Isabelle und deutete dabei kurz zur Decke.

»Mit einem Jungen? Dafür wirkst du aber sehr entspannt.«

»Er ist ein neuer Mitschüler aus ihrer Klasse«, sagte Isabelle.

»Ich bin froh, dass die Trauerphase zu Ende ist.«

»Er ist erst sechzehn, nur ein guter Freund.«

»Nur ein guter Freund, na klar«, sagte Leon mit einem provozierenden Grinsen.

»Du hast keine Ahnung von Frauen«, sagte Isabelle.

In diesem Moment kam Lilou die Treppe hinunter. Sie hatte ein seliges Lächeln im Gesicht. Ihr folgte, brav wie ein kleiner Hund, ein hübscher blonder Junge, gegen den Lilou wie seine ältere Schwester wirkte.

»Das ist Jacob aus meiner Klasse«, sagte sie zu Leon. »Seine Mutter kommt erst spät heim. Ich hab ihm gesagt, er könnte bei uns mitessen«, das ging an Isabelle.

Leon warf einen skeptischen Blick in Richtung der Garnelen. Jacob sah nicht so aus, als würde er sich mit zwei Tieren zufriedengeben.

»Aber gerne«, sagte Isabelle, und Leon strich in Gedanken die Garnelen seines Lieblingsgeschäfts von seiner inneren Speisekarte.

»Bonsoir, Monsieur le Docteur«, sagte der Junge höflich. Offensichtlich hatte Lilou ihn instruiert, dachte Leon.

»Die toten Krebse essen wir nicht«, sagte Lilou und deutete mit leicht angeekeltem Blick auf die frisch gesottenen Garnelen. »Wir nehmen nur was vom Couscous und von dem Gemüse. Jacob ist nämlich auch Vegetarier.«

»Also, nicht so direkt«, versuchte Jacob zu widersprechen. »Ich meine, es riecht ziemlich gut ...«

»Du hast mir gesagt, dass du Vegetarier bist«, Lilou klang jetzt vorwurfsvoll.

»Schon, natürlich. Bin ich ja auch, irgendwie. Aber ich dachte, du meinst mehr bei Fleisch und so was.« Jacob wirkte hungrig.

»Die kommen aus indonesischen Garnelenfarmen. Weißt du, was das heißt? Da werden sie schon als Babys mit Penicillin und anderen Drogen geimpft. Und für die Farmen werden riesige Mangrovenwälder zerstört.«

Leon dankte insgeheim den Indonesiern für ihre Unvernunft und ihre miserable Publicity. Die Kinder mussten ja nicht wissen, dass diese Garnelen aus rein biologischer Zucht stammten und fast so teuer waren wie Langusten.

»Kann ich gut verstehen«, sagte Leon scheinheilig. »Ich finde es wirklich nur konsequent, wie ihr euch verhaltet.«

Isabelle sah Leon skeptisch an, als der sich zwei der frisch gebratenen Tiere auf den Teller legte und Zitrone darüberträufelte. Jacobs Blick hatte etwas geradezu Sehnsüchtiges.

»Ich denke, Jacob sollte eine probieren«, sagte Leon und legte dem Jungen eine Garnele auf den Teller. »Man muss immer wissen, wogegen man kämpft.« Der Junge sah ihn dankbar an.

»Und du willst wirklich nichts?«, fragte Isabelle ihre Tochter.

»Soll ich mich vergiften?«, sagte Lilou verächtlich und sah Jacob an. »Du wirst dich ganz langsam von innen auflösen.«

»Ich finde deinen Couscous einfach mal wieder köstlich«, schwärmte Leon und füllte Isabelles Glas nach, während Jacob sich mit verzücktem Blick den ersten Bissen in den Mund schob.

73. KAPITEL

Alles änderte sich mit dem Anruf, der Isabelle am nächsten Morgen um 8.45 Uhr in ihrem Büro bei der *Gendarmerie nationale* erreichte. Die Zentrale Studienplatzverwaltung der Universität Aix-Marseille teilte ihr mit, dass sie die Anfrage von Capitaine Morell bestätigen könne: Ein gewisser Bernard Ravier war von 1987 bis 1992 an der Universität Aix in der Humanmedizinischen Fakultät immatrikuliert gewesen. Seine Fachgebiete waren Innere Medizin und Gefäßchirurgie. Die Anruferin hoffte, dass sie Capitaine Morell damit helfen konnte.

Isabelle bedankte sich und legte den Hörer auf. Gedanken rasten ihr durch den Kopf. War es möglich? War der verschuldete Arzt aus Le Lavandou tatsächlich der Mann, den sie so verzweifelt suchten? Der Mörder, der seine Opfer konserviert hatte, um sie immer wieder aufzusuchen, über Jahre hinweg? Der Doktor Ravier, der hier direkt vor ihr gesessen und sie angefleht hatte, an seine Frau und seine Tochter zu denken. Und sie war weich geworden und hatte ihn nach Hause geschickt.

Dabei war der Verdacht gegen den Doktor eigentlich zwingend. Ravier kannte sich aus in der fraglichen Gegend. Er war sogar in Pierrefeu geboren. Er war offenbar schon als Jugendlicher in Zusammenhang mit einem Fall von Tierquälerei aufgefallen. Er war ein Mann, der sich gerne mit Dingen umgab, die er sich nicht leisten konnte, und er hatte kaum Freunde. Aber was das Entscheidende war, Ravier hatte eine Verbindung sowohl zu Nicole Savary als auch zu Susan Winter gehabt. Eine Verbindung, die über einen normalen Arzt-Patient-Kontakt eindeutig hinausging. Und so, wie es jetzt aussah, hatte sich Ravier vor Jahren auch noch genau dort aufgehalten, wo zum ersten Mal eine junge Frau Opfer eines unfassbaren Verbrechens geworden war. Zur richtigen Zeit, am richtigen Ort, dachte Isabelle.

Es war 9.15 Uhr, als Isabelle mit Lieutenant Kadir zum zweiten Mal vor der Villa der Raviers den Einsatzwagen stoppte. Diesmal würden sie den Doktor festnehmen müssen. Der Porsche des Arztes war nirgends zu sehen. Vielleicht in der Garage, dachte Isabelle. In der Auffahrt stand nur ein blauer Van. Ein Familienauto, bei dem an der Innenseite der Heckscheibe ein pinkfarbener Affe mit Gummisaugern befestigt war. Die Haustür wurde diesmal schon nach dem ersten Läuten geöffnet. Isabelle sah sofort, dass Madame Ravier geweint hatte.

»*Bonjour*, Madame Ravier, ist Ihr Mann zu Hause?«, grüßte Isabelle. Madame Ravier schüttelte kaum merklich den Kopf.

»Wissen Sie, wo er ist?«, fragte Moma. Die Frau antwortete nicht und sah ihre Besucher teilnahmslos an.

»Dürfen wir hereinkommen?«, fragte Isabelle und betrat gleichzeitig das Haus.

Die Einrichtung war geschmacklos und teuer. Weiße Möbel, Blumendekorationen und viel Acryl. An der Wand ein paar große Fotografien vom stürmischen Meer und Yachten hart am Wind. Drucke, wie man sie in jedem Postergeschäft bekam. Auf einem Bord an der Wand stand das Modell einer Segelyacht. Die Fußböden waren aus hellem, glänzendem Stein. Das Haus strahlte eine kühle, herzlose Atmosphäre aus, als wären die Menschen, die hier wohnten, niemals angekommen.

»Wir müssen dringend mit Ihrem Mann sprechen«, sagte Isabelle.

»Er ist nicht hier. Ich weiß nicht, wo er ist«, die Stimme der Frau klang mutlos.

»Wann ist er denn weggefahren?«

Madame Ravier zuckte nur mit den Schultern.

»Madame Ravier, wann haben Sie Ihren Mann zum letzten Mal gesehen?«, sagte Isabelle eindringlich.

»Gestern Abend. Er ist gegen 19 Uhr in den Golfclub gefahren. Da war irgendein Treffen.«

»Sie meinen, Sie wissen nicht, ob Ihr Mann heute Nacht nach Hause gekommen ist?«, wollte Moma wissen.

Statt zu antworten, wischte sich Madame Ravier mit einem Papiertaschentuch ein paar Tränen aus den Augen.

»Warum setzen wir uns nicht?«, schlug Isabelle vor und führte Madame Ravier zu einem weißen Ledersessel. Sie nahm ihr gegenüber Platz. Diese Frau war völlig am Ende, und sie war verzweifelt vor Sorgen.

»Haben Sie eine Idee, wo Ihr Mann …«, wollte Kadir fragen, als ihn Isabelle mit einer Handbewegung unterbrach.

»Das war nicht das erste Mal, dass Ihr Mann nicht nach Hause gekommen ist?« Das war eigentlich keine Frage von Isabelle, sondern eher eine Feststellung.

Wieder traten Madame Ravier Tränen in die Augen. Sie griff nach dem Handy, das auf dem Tisch lag. Sie tippte auf das Display und reichte Isabelle das Gerät. Die Polizistin las die SMS, die Madame Ravier aufgerufen hatte.

»Ich habe alles falsch gemacht. Ihr sollt nicht für meine

Sünden büßen müssen. Ich liebe euch beide«, las Isabelle vor. »Wann hat er die geschickt?«

»Heute Morgen, gegen halb sechs«, sagte Madame Ravier leise und schluckte ihre Tränen herunter. »Ich war die ganze Nacht auf und habe gewartet, dass er zurückkommt.«

»Sie haben sicher versucht, ihn anzurufen?«

»Immer wieder, aber es meldet sich nur die Mailbox.«

»Soll ich eine Fahndung rausgeben?« Moma sah Isabelle an.

»Ja, aber informiere Thierry«, sagte Isabelle und wendete sich an Madame Ravier. »Wir brauchen die Handynummer Ihres Mannes und sein Autokennzeichen.«

Die Suche nach Bernard Ravier verlief zunächst ergebnislos. Weder erinnerte sich jemand im Golfclub, wann Ravier am Abend gegangen war, noch hatte er sich in seiner Praxis gemeldet. Schließlich war es Leon, der die richtige Idee hatte, wo man den Arzt finden könnte. Zusammen mit Isabelle und ihrem Team fuhr er in den Forêt Nationale. Sie entdeckten den Porsche keine dreißig Meter vom Löschteich entfernt. Der Wagen war auf dem steilen, schlammigen Feuerwehrweg abgerutscht und im Graben hängengeblieben. Der Schlüssel steckte noch. Schließlich fanden sie auch Doktor Ravier, er hing am Ast einer alten Platane.

»Warten Sie!«, rief Leon, als zwei Polizisten loslaufen wollten, um den Arzt herunterzuholen. »Der Mann ist tot. Fassen Sie ihn nicht an.«

Isabelle rief ihre Leute zurück, und Leon stand alleine bei dem Toten. Der Baum, an dem er hing, wuchs am Waldrand, nur ein paar Meter vom Ufer entfernt.

Er hat sich einen verschwiegenen Platz zum Sterben

ausgesucht, dachte Leon. Es hätten um diese Jahreszeit Tage vergehen können, bevor jemand hier oben vorbeikam. Das Seil, mit dem sich Ravier das Leben genommen hatte, war aus geflochtenen Kunstfasern, solche Taue wurden vor allem auf Booten verwendet. Es hatte sich tief in den Hals des Opfers eingeschnitten. Leon ging langsam um den Toten herum und betrachtete die Einblutungen, die durch den Druck des Seils entstanden waren. Dort, wo sich die Schlinge zugezogen hatte, waren breite Hämatome zu erkennen. Ein Zeichen dafür, dass der Tod langsam eingetreten war. Außerdem war Blut aus der Nase des Opfers ausgetreten. Auch das sprach dafür, dass der Tod nicht plötzlich gekommen war. Urin und Fäkalien hatten auf der Designer-Jeans des Mannes große dunkle Flecken hinterlassen, als der Schließmuskel des Sterbenden versagte.

Leon blieb stehen. Im Gras am Boden lag ein umgestoßener hellgrüner Plastikeimer. Der Arzt musste ihn als Podest benutzt, sich die Schlinge um den Hals gelegt und dann den Eimer weggestoßen haben. Das Seil war über den Ast geworfen und dann an dem Baum verknotet worden. Offenbar hatte Ravier sich jeden Handgriff genau überlegt und präzise Maß genommen. Merkwürdig, wie pragmatisch manche Menschen vorgehen, wenn sie sich entschieden haben, ihrem Leben ein Ende zu setzen, dachte Leon.

Neben dem Eimer lag ein teurer Lederslipper, der andere Schuh befand sich noch am Fuß des Opfers. Leon fiel auf, dass die Ferse des Mannes aufgeschürft war. Die Verletzung war frisch – merkwürdig. Und warum lag der Schuh am Boden? Hatte der Mann gestrampelt in den letzten Sekunden seines Lebens und deswegen einen Schuh verloren? Hatte er es sich im letzten Moment vielleicht anders überlegt, als das Blut in seinem Kopf dröhnte, die Lunge vergeblich versuchte, Sauerstoff zu atmen, und das Seil ihm langsam den Kehlkopf eindrückte? Wollte er zuletzt doch am Leben bleiben? Die Schlinge schien am Hals verrutscht zu sein. Vielleicht ein weiteres Anzeichen für einen verzweifelten Überlebenskampf, als es längst zu spät war.

Ravier trug ein weißes Hemd, auf dem das Blut aus seiner Nase rote Flecken hinterlassen hatte. Am Boden lag ein dunkelblaues Sakko mit goldenen Knöpfen. Das angemessene Kleidungsstück für einen abendlichen Besuch im Golfclub. Wie hatte Ravier wohl die letzte Nacht verbracht?, fragte sich Leon. War er verzweifelt am Strand entlanggelaufen? Hatte er plötzlich Reue empfunden für die Grausamkeiten, die er den jungen Frauen angetan hatte? Oder war er ganz spontan an diesen Ort gefahren, wo er den Wagen seines letzten Opfers versenkt hatte? Plötzlich kam es Leon vor, als wäre ein großer Schatten über ihn hinweggehuscht, wie von einem Raubvogel. Er sah zum Himmel, aber da war nur das blasse Blau des Südens.

»Er wollte für seine Sünden büßen.« Isabelle hatte sich neben ihn gestellt.

»Warum ausgerechnet jetzt?«, fragte Leon. »Nachdem er Jahrzehnte lang unentdeckt geblieben ist?«

»Er wusste, wie dicht wir an ihm dran waren. Er hat den Druck nicht mehr ausgehalten.«

»Auf einmal? Ganz plötzlich? Kommt mir vor wie eine Antwort aus dem Handbuch des Küchenpsychologen.«

»Er ist tot, Leon. Er hat sich hier erhängt, und wir haben belastende Indizien gegen ihn. Das musst du doch zugeben.«

»Ja, das weiß ich auch. Ich habe eben nur so ein komisches Gefühl.«

»Du bist ein unverbesserlicher Skeptiker«, sagte Isabelle. Sie sah zum Weg, auf dem ein schwarzer Van aufgetaucht war, aus dem zwei Männer eine Bahre zogen. »Die Bestatter sind da. Ich würde ihn jetzt gerne da runternehmen und in die Rechtsmedizin bringen lassen.«

»Ja, tu das«, sagte Leon. »Ich werde ihn mir dann gleich ansehen. Zerna kann die ersten Ergebnisse am Nachmittag haben.«

74. KAPITEL

Die Besprechung in der *Gendarmerie nationale* war auf 17 Uhr angesetzt. Am liebsten hätte Polizeichef Zerna das Meeting vorverlegt, denn er brannte darauf, mit der Meldung über die erfolgreiche Jagd nach dem Serienmörder an die Öffentlichkeit zu gehen. Wie üblich waren bereits erste Gerüchte durchgesickert, und *Canal+* und die anderen TV-Stationen riefen ununterbrochen bei Zerna an, um ein Interview zu bekommen.

Als Leon kurz vor fünf Uhr das Gebäude der *Gendarmerie nationale* betrat, herrschte eine Stimmung wie auf einer Geburtstagsparty. Im Gang standen Beamte zusammen und diskutierten die jüngsten Entwicklungen des Falls. Dazwischen drängten sich Journalisten der Fernsehstationen, die draußen schon ihre Sendewagen in Stellung gebracht hatten und auf ein schnelles Interview hofften. Als die Medienvertreter Kommissarin Lapierre erkannten, die unmittelbar vor Leon das Gebäude betreten hatte, drängten sie nach vorne.

»*Madame le Commissaire*, stimmt es, dass im Auto des Killers der Kopf einer weiteren Mumie gefunden wurde?«

»Ist es wahr, dass im Keller des Mörders noch mehr Opfer versteckt sind?«

Madame Lapierre blieb stehen und drehte sich zu den Pressevertretern um.

»So viel kann ich Ihnen im Augenblick schon sagen«,

Lapierre konnte ihren Stolz nur schwer verbergen. »Die Serie dieser entsetzlichen Verbrechen hat ein Ende gefunden. Wir haben den Täter.«

»Stimmt es, dass der Täter Teile seiner Opfer gegessen hat?«, rief in diesem Moment ein Journalist und hielt sein Diktiergerät der Kommissarin vor das Gesicht.

»Das ist im Moment alles, vielen Dank.« Madame Lapierre drehte sich um und ging weiter.

In diesem Moment tauchten Masclau und Moma auf und trieben die Medienmeute zurück, den Gang hinunter und vor die Eingangstür.

»Um 19 Uhr wird Commandant Zerna eine Erklärung für die Presse abgeben«, verkündete Masclau laut. »Bis dahin lassen Sie uns bitte hier unsere Arbeit tun.«

Die Medienleute murrten, aber fügten sich. Allein Madame Lapierre schien ein wenig enttäuscht. Offensichtlich hatte ihr das mediale Interesse durchaus gefallen.

Im Besprechungsraum war es eng. Neben der Kommissarin aus Toulon und einem strahlenden Commandant war auch Bürgermeister Nortier erschienen. Leon sah, dass die stickige Luft in dem kleinen Raum für den dicken Mann eine Qual war. Aber Nortier war als Bürgermeister auch Chef der Verkehrspolizei, und schon deswegen wollte er unbedingt ein Stück vom Erfolgskuchen abhaben. Außerdem war es ihm wichtig, dass die Kommissarin ihn sah. Es war immer gut, eine Fürsprecherin bei der Behörde in Toulon zu haben.

»Können wir endlich mal beginnen?« Bürgermeister Nortier zerrte mit dem Finger seinen nassgeschwitzten Kragen auf, um sich mehr Luft zu verschaffen.

Zerna räusperte sich, und das Gemurmel im Raum verstummte. Der Polizeichef würde zwar keine Überraschung verkünden, aber trotzdem wollte jeder hören, wie das erfolgreiche Ende der Jagd nach dem Serienkiller bekanntgegeben wurde.

»Heute Morgen um 10.15 Uhr haben Beamte der *Gendarmerie nationale* den gesuchten Bernard Ravier aufgespürt und damit die schlimmste Mordserie beendet, die es jemals im Var gegeben hat«, sagte Zerna und sah sich selbstgefällig im Raum um. »Bei dieser Gelegenheit möchte ich meine Stellvertreterin, Capitaine Morell, besonders loben, die diesen erfolgreichen Einsatz geleitet hat.« Dabei sah er zu Isabelle, die neben ihm saß, und es war zustimmendes Gemurmel im Raum zu hören. Einige der Kollegen applaudierten sogar.

»Wir stehen im Moment bei der Auswertung der Spuren noch ganz am Anfang. Aber ich kann Ihnen jetzt schon versichern, dass alle neuen Indizien unseren Anfangsverdacht bestätigen.«

»Mir liegt noch gar kein Bericht über neue Indizien vor«, sagte Madame Lapierre spitz.

»Von der jüngsten Spur habe ich selber erst vor einer Viertelstunde erfahren«, sagte Zerna und genoss für einen Augenblick seinen Informationsvorsprung. »Im Golfbag, der im Wagen von Doktor Ravier lag, haben wir eine Micro-SIM-Karte gefunden. Wie wir eben ermittelt haben, stammt die Karte aus dem Mobiltelefon von Susan Winter.«

»Und wo ist das Telefon?«, insistierte die Kommissarin.

»Wurde ganz offensichtlich vom Täter entsorgt«, antwortete Zerna schnell.

»Wäre es nicht auch möglich, dass jemand die Karte dem Doktor in den Golfsack gelegt hat?« Das war Isabelle.

»Was heißt ›möglich‹? Alles ist möglich«, sagte der Bürgermeister ungehalten. »Ich bin jedenfalls sehr stolz auf die hervorragende Arbeit, die unsere Polizei geleistet hat. Leider können wir ja den Mörder nicht mehr persönlich befragen, und bedauerlicherweise werden wir ihn auch nie vor Gericht stellen können. Aber ich bin ganz sicher, dass in den nächsten Tagen und Wochen alle offenen Fragen in diesem Fall von unseren Spezialisten bei der Polizei beantwortet werden können.«

»Ich möchte trotzdem noch hören, was die ersten Untersuchungen des *Médecin légiste* ergeben haben.« Lapierre sah zu Leon, der wie immer an der gegenüberliegenden Seite des Tisches saß.

Leon blätterte durch seine Unterlagen, räusperte sich und dachte kurz darüber nach, dass er keine guten Nachrichten für seine Zuhörer hatte. Er sah Isabelle mit einem Blick an, der ihr vermitteln sollte, dass sie in den nächsten Minuten seine einzige Verbündete sein würde.

»Bernard Ravier, 48 Jahre alt, Gewicht 76 Kilo, starb an akutem Sauerstoffmangel«, begann Leon. »Hervorgerufen wurde dieser Mangel durch Erdrosseln mit einem Seil. Alle Symptome weisen auf eine Selbsttötung durch Erhängen hin. Ausgeprägt ist beim Opfer die Strangfurche, also der Abdruck, den der Strick am Hals hinterlassen hat, als er das Gewicht des Opfers halten musste. Dann sind da auch noch die typischen Hämatome ober- und unterhalb dieser Quetschungen. Außerdem ist es zu Blutungen aus Nase und Ohren gekommen, was ebenfalls häufig bei Menschen vorkommt, die durch Erhängen getötet wurden.«

»Machen wir's doch kurz«, unterbrach der Bürgermeister. »Der Mörder konnte mit seiner Schuld nicht mehr leben und hat sich umgebracht. Worüber ich übrigens nicht besonders unglücklich bin.« Der Bürgermeister lächelte in die Runde und erntete zustimmendes Gemurmel.

»Genau da sehe ich ein Problem«, sagte Leon, und die Gespräche verstummten. Die Anwesenden sahen ihn an. »Es gibt ein paar Punkte, die nicht ins Bild des typischen Selbstmörders passen.«

»Ach ja, und die wären?«, fragte Zerna mit provokantem Unterton in der Stimme.

»Im Körper des Opfers konnten wir Natriumthiopental nachweisen. Diese Substanz ist Hauptbestandteil des starken Narkosemittels Thiopental.«

»Na und? Der Mann war Arzt«, sagte der Bürgermeister. »Die einen trinken sich Mut an, und er ... na ja.« Der Bürgermeister hob die Hände, als müsste jedem klar sein, wie das mit den Ärzten und ihren Drogen läuft.

»Bei der Menge, die Ravier im Blut hatte, wäre er meiner Meinung nach außerstande gewesen, noch Auto zu fahren.«

»Er ist ja auch im Graben gelandet«, das war Masclau.

»Gut, damit hätten wir das also auch geklärt«, meinte Zerna.

Leon ging nicht auf die Zwischenrufe ein und sprach weiter. »Wir haben außerdem Schürfwunden an den Fersen gefunden.«

»Was soll denn das jetzt wieder heißen?«, fragte Masclau.

»Jetzt hör doch erst mal zu.« Isabelle sah Masclau ärgerlich an.

»Diese Schürfwunden sind offenbar dadurch entstanden, dass Ravier die Strecke vom Auto bis zum Tatort über den steinigen Boden geschleift wurde, wobei er auch seine Schuhe verloren hat.« Sofort brach wieder Getuschel im Raum aus.

»Bitte, bitte«, sagte Kommissarin Lapierre, »lassen Sie den *Docteur* ausreden.«

»Danke«, sagte Leon. »Druckstellen unter den Oberarmen weisen darauf hin, dass jemand das Opfer von hinten umfasst und dann rückwärts die kurze Strecke bis zu dem Baum geschleppt hat. Der rechte Slipper ist dem Opfer ›post mortem‹ wieder angezogen worden. Darum gibt es auch kaum Blutspuren in den Schuhen. Außerdem gibt es Hinweise, dass Ravier in den letzten Sekunden um sein Leben gekämpft hat, dabei ist das Seil mehrfach an seinem Hals verrutscht. Außerdem gab es einen Blutstau in seiner rechten Hand, der so typischerweise bei einer Fesselung vorkommt. Ich vermute daher, dass die Hände gefesselt waren und diese Fessel später wieder entfernt wurde. Wahrscheinlich lebte das Opfer zu diesem Zeitpunkt noch. Wir wissen, dass bei manchen Opfern, die erhängt wurden, das Herz noch minutenlang weitergeschlagen hat.«

»Was wollen Sie uns damit sagen, *Docteur?*«, fragte die Kommissarin, und in ihrem Ton schwang eine leise Drohung mit.

»Einiges weist darauf hin, dass Bernard Ravier keinen Selbstmord begangen hat, sondern seine Selbsttötung von einer weiteren Person nur vorgetäuscht wurde.«

Einen Augenblick herrschte absolute Stille im Raum, dann meldete sich Zerna.

»Es gibt da also ein paar Details, die Sie noch nicht klären konnten, *Docteur*, richtig?« Zerna hätte Leon am liebsten auf der Stelle selber aufgehängt. Aber so leicht würde er sich von dem Gerichtsmediziner seinen Sieg über den Serienkiller nicht nehmen lassen.

»Aber Sie haben keine schlüssigen Beweise, die gegen einen Selbstmord sprechen«, fuhr Zerna fort. »Vielleicht ist Ravier ja genau deswegen von der Straße abgekommen, weil er zur Beruhigung irgendein Medikament genommen hatte. Vielleicht hat er auf dem Weg zu dem Baum in der Dunkelheit seine Schuhe verloren. Vielleicht waren die Hände nie gefesselt. Oder können Sie das alles ausschließen, *Docteur*?« Das war keine Frage, dachte Leon, sondern eine Feststellung.

»Nein«, sagte Leon, »das will ich natürlich nicht. Ich berichte nur über den Stand unserer Untersuchungen. Schlüsse zu ziehen ist Sache der Polizei.«

»Sehr gut. Ich stehe nämlich nach wie vor auf dem Standpunkt, dass wir einen gefährlichen Serienmörder zur Strecke gebracht haben«, sagte Zerna trotzig.

»So sehe ich das auch.« Madame Lapierre sah Leon an. »Ich bekomme dann noch Ihren ausführlichen Bericht.«

»In den nächsten Tagen«, sagte Leon.

75. KAPITEL

An diesem Abend blieb Leon fast zwanzig Minuten unter der Dusche. Er wollte nicht so sehr den Staub des Tages abspülen wie den Ärger über Zerna, der sich in ihm aufgestaut hatte. Der Polizeichef von Le Lavandou hatte an diesem Abend tatsächlich noch eine kurze Pressekonferenz auf den Eingangsstufen der Gendarmerie gegeben. Und er hatte keine Zweifel daran gelassen, dass seine Polizeieinheit einen vollen Erfolg zu verbuchen hatte. Natürlich müssten noch ein paar Spuren ausgewertet werden, aber der irre Killer aus den Hügeln der Provence sei tot, so viel könne er den Damen und Herren von der Presse sagen. Anschließend hatte er noch verschiedenen TV-Stationen Interviews gegeben, und Leon war gegangen.

Leon betrachtete sich im Spiegel. Natürlich war es auch möglich, dass er sich irrte. Ja, das wusste er selber, und ja, er war ein Berufsskeptiker. Aber etwas sperrte sich in ihm, das allzu Offensichtliche zu akzeptieren: Der Arzt, der seinen Selbstmord der Ehefrau per SMS ankündigt. Die SIM-Karte des letzten Opfers im Golfbag, dann der Selbstmord wie aus dem Lehrbuch. Alles passte perfekt zusammen – und nichts davon gefiel Leon. Er strich mit den Fingern die feuchten Haare aus dem Gesicht und wickelte sich das Handtuch um die Hüften. Dann ging er in sein Schlafzimmer, und da stand Isabelle.

»Oh, entschuldige, ich wusste nicht, dass du im Bad bist.«

»Ich habe dich gar nicht kommen hören.«

»Ich wollte nur fragen, ob du runterkommst. Es gibt Oliven, Käse und eine selbstgemachte Wildschweinpastete vom *Traiteur*.«

»Das nenne ich ein Angebot, das man nicht ablehnen kann«, sagte Leon mit einem Lächeln. Er schloss wie nebenbei die alte Aktentasche, die offen auf seinem Schreibtisch lag.

»Verrätst du mir etwas?«, sagte Isabelle und sah zu der Tasche. »Was für ein Geheimnis versteckst du da drin?«

»Ich bin gleich unten«, sagte Leon, ohne auf ihre Frage einzugehen, »ich zieh mir nur schnell was über.«

»Wie schade«, sagte Isabelle frech, während sie das Zimmer verließ.

Eine Viertelstunde später saß Leon am Küchentisch und redete. Sprach zum ersten Mal seit über fünf Jahren über das, was damals geschehen war. Vielleicht weil er dachte, dass Isabelle ein Recht darauf hatte, es zu erfahren, und weil er ihr vertraute, so wie er schon seit Jahren niemandem mehr vertraut hatte. Leon erzählte von Sarahs Reise mit ihrer Freundin nach Thailand. Und ihrem Abstecher mit dem Flugzeug nach Mandalay. Und wie er mitten in der Nacht den Anruf aus der Deutschen Botschaft in Bangkok bekommen hatte. Weil die Maschine in den Bergen zerschellt war, und wie sein Leben danach völlig aus den Fugen geriet. Weil er nicht wahrhaben wollte, was geschehen war. Weil die Katastrophe nichts übriggelassen hatte von Sarah und er sich plötzlich einbildete, dass sie gar nicht in dem Flugzeug gesessen hatte. Fünfmal war er in den folgenden Jahren nach Thailand geflogen und hatte seine Frau gesucht. Hatte in Hotels gefragt, bei der Polizei, in Botschaften. Hatte sich freie Tage genommen, um herumzutelefonieren. Oder er hatte unentschuldigt gefehlt, weil er unbedingt irgendeinem weiteren sinnlosen Hinweis nachgehen wollte. Bis eines Tages der Leiter der Uniklinik in Frankfurt zu ihm gekommen war und ihm sagte, dass er für die Rechtsmedizinische Abteilung untragbar sei. Da war er wieder zu sich gekommen, war aufgewacht wie aus einem tiefen Traum und hatte sich in die Arbeit gestürzt. Bis zu dem Tag, als das Angebot aus Frankreich gekommen war.

Leon war dankbar, dass Isabelle keine Fragen stellte, sondern nur zuhörte. Der Abend war warm, sie setzten sich auf die Bank auf der Terrasse und sahen über die Dächer von Le Lavandou.

»Das muss eine bittere Zeit für dich gewesen sein«, sagte Isabelle nach einer Weile.

»Am Anfang denkst du, dass du niemals darüber hinwegkommst, und irgendwann ist es dann doch Vergangenheit.«

»Man muss einen Menschen, den man geliebt hat, nicht vergessen, um einen neuen Lebensabschnitt beginnen zu können.«

»Da hast du recht. Hat lange gedauert, bis ich das begriffen habe.« Leon stand auf. »Ich hole uns noch einen Wein aus der Küche, willst du?«

»Danke«, sagte Isabelle und reichte ihm ihr Glas. »Du hast heute für eine Menge Rummel auf der Wache gesorgt.«

»Hat Zerna meine Entlassung gefordert?«, rief Leon aus der Küche.

»Glaubst du wirklich, Ravier hat keinen Selbstmord begangen?«

»Ich weiß es einfach nicht. Manchmal denke ich, ich habe etwas übersehen, aber ich finde nicht, was das sein kann.« Leon brachte die beiden Gläser, die er mit Rotwein nachgefüllt hatte. »Ich weiß nur, dass sich irgendetwas in mir dagegen sperrt, die Selbstmord-Theorie zu akzeptieren.«

»Du grübelst zu viel«, sagte Isabelle.

»Ich hasse das Gefühl, dass ich meinen Job nicht richtig gemacht haben könnte.«

76. KAPITEL

Leon war schlecht eingeschlafen. Irgendwie hatte er gehofft, dass sich die Tür öffnen würde und Isabelle in sein Zimmer käme, aber die Tür blieb zu. Vielleicht hätte er ihr nicht vom Tod seiner Frau erzählen sollen. Sie musste gemerkt haben, wie sehr ihn die Erinnerung aufgewühlt hatte. In der Nacht hatte Leon einen Alptraum. Susan Winter lag auf dem Obduktionstisch. Plötzlich setzte sie sich auf und erklärte, sie sei ihre Schwester Anna. Leon war mit einer Gänsehaut aufgewacht und hatte das Licht angeknipst, um die dunklen Schatten zu vertreiben. Er hatte noch nie von einem laufenden Fall geträumt.

Als Leon am Morgen in die Küche kam, war Isabelle schon aufgebrochen. Sie musste die Hausdurchsuchung in der Praxis von Ravier übernehmen. Lilou saß am Küchentisch. Sie wirkte bedrückt und stocherte mit der Gabel in der Marmelade herum, während sie auf einem alten Toastbrot kaute.

»Was ist los?«, fragte Leon. Lilou sah ihn nicht an. »Warte, ich mach dir ein Marmeladenbrot. Ich meine ein richtiges Marmeladenbrot.«

»Ich werde nicht mehr in die Schule gehen«, sagte Lilou.

»Ah ja?«, sagte Leon und schmierte weiter das Stück Baguette. Wenn er etwas gelernt hatte, dann war es, sich von einer Fünfzehnjährigen nicht aus der Ruhe bringen zu lassen. »Gibt es einen besonderen Grund?«

»Ich kann da nichts mehr lernen.«

»Kannst du nichts mehr lernen, oder hast du nicht genug gelernt?«

Von Lilou kam nur ein Schnaufen. Leon legte ihr das Marmeladenbrot auf den Teller.

»Nur mal so eine Frage ... Ihr schreibt nicht zufällig heute eine Schulaufgabe?«

»Weißt du überhaupt, wie scheiße schwer Trigonometrische Funktionen sind?«

»Wenn du die Schule satthast – was ich nur zu gut verstehen kann –, wie ist dann der weitere Plan?«, fragte Leon.

»Irgendwas Richtiges machen«, Lilou kaute. »Vielleicht bewerbe ich mich bei *Nouvelle Star.*«

»Coole Idee«, sagte Leon. »Da kannst du reich und berühmt werden. Partys auf weißen Yachten vor Saint-Tropez feiern und solche Dinge.«

»Shoppen in New York und Skifahren in St. Moritz«, sagte Lilou und seufzte tief. Für einen Augenblick war die Schule ganz weit weg.

»Kannst du eigentlich singen?«, fragte Leon.

»Du gönnst einem aber auch gar nichts«, klagte Lilou. »Vielleicht gehe ich ja auch nach Mali. Da bauen sie jede Menge Waisenhäuser für kleine Babys. Hab ich auf *Arte* gesehen.«

»Klar und die Typen von *Boko Haram* sind auch dort, entführen weiße Entwicklungshelferinnen und verkaufen sie auf dem Markt.«

»Ich will endlich was Richtiges machen«, sagte Lilou, »verstehst du das denn nicht?«

»Was hältst du davon: Du machst dein *Baccalauréat.* Danach bewirbst du dich bei *Nouvelle Star*, und anschließend rettest du Babys in Mali.«

»Du bist ja so ein Spießer«, stöhnte Lilou, aber es klang nicht wirklich vorwurfsvoll.

»Vielleicht hast du recht«, sagte Leon. »Soll ich dir noch eins von den Broten für die Schule machen?« Lilou nickte.

Zuletzt packte Leon ihr das Butterbrot, einen Joghurt und eine Banane ein und setzte sie auf dem Weg zur Klinik direkt vor der Schule ab. Nur um sicherzugehen.

77. KAPITEL

Die Vorhänge der Suite im Fünfsternehotel *Le Club de Cavalière* waren noch immer zugezogen. Anna wusste nicht, was sie tun sollte. Seit ihre Mutter in dem exklusiven Resort am Meer eingecheckt hatte, lag sie auf dem Bett und gab sich ihrer Migräne hin. Dabei hätte Anna so dringend Unterstützung gebraucht. Dutzende von Dingen mussten erledigt werden. Da waren Formulare bei der Polizei zu unterschreiben, und es gab wichtige Telefonate, die mit der Staatsanwaltschaft in Toulon geführt werden mussten. Die Bestimmungen zur Überführung von Susans Leiche nach Deutschland bedeuteten einen zermürbenden Kampf mit den Behörden. Und Annas Mutter hatte nichts Besseres zu tun, als auch noch den Nachmittag auf ihrem Zimmer zu verbringen.

Anna hatte von Anfang an geahnt, dass ihre Mutter von der ganzen Situation überfordert sein würde. So war das in Annas Leben immer gewesen. Wenn es irgendetwas zu entscheiden gab in der Familie, hatte sich ihre Mutter zurückgezogen, und alles war an ihr hängengeblieben. Aber Anna konnte ihrer Mutter ja nicht verbieten, nach Le Lavandou zu kommen und zu »helfen«, ihre Tochter zu beerdigen. Darüber hinaus war die Vorstellung, dass Anna sich hier unten nicht mehr allein mit den Problemen herumschlagen müsste, beruhigend gewesen. Inzwischen war Claudia Winter seit drei Tagen bei ihrer Tochter in Le

Lavandou. Aber außer für ein Abendessen und einen kurzen Besuch bei Capitaine Isabelle Morell in der *Gendarmerie nationale* hatte ihre Mutter das Hotel nicht verlassen. Wenn Anna versuchte, mit ihrer Mutter Details von Susans Überführung zu klären, brach sie in Tränen aus. Also nahm sich Anna jeden Tag eine kleine Auszeit, bei der sie ganz allein sein konnte mit ihren Gedanken.

»Ich bin mal kurz weg«, sagte Anna zu ihrer Mutter, die auf dem Bett lag, während die Klimaanlage kühle Luft in das abgedunkelte Zimmer blies.

»Ich würde ja gerne mitkommen, Kleines, aber es geht mir wirklich grauenhaft«, sagte die Mutter mit gequälter Stimme und zog dabei die Schlafmaske ein Stück herunter. »Mir ist es gar nicht recht, wenn du da draußen alleine rumläufst.«

»Und wer soll sich dann um alles kümmern?«, fragte Anna mit angespannter Stimme.

»Bitte ruf an, wenn du meine Hilfe brauchst. Ich werde dann versuchen, trotz der Schmerzen aufzustehen.«

»Ich bin höchstens zwei Stunden spazieren«, sagte Anna, »gegen 18 Uhr muss ich noch einmal zu der netten Polizistin in der Gendarmerie.«

»Bleib nicht so lange, bitte«, sagte die Mutter.

Anna schloss leise die Tür. Sie würde mit dem Auto nach La Favière fahren, wo es einen kleinen Parkplatz gab, der nur ein paar Schritte vom Meer entfernt war. Anna liebte das Meer. Sie liebte es, die Möwen zu beobachten, die ohne einen einzigen Flügelschlag minutenlang über dem Strand im Wind schwebten, als wären sie an unsichtbaren Fäden aufgehängt. Es war beruhigend, einfach nur am Strand entlangzulaufen und für eine Weile alle Probleme und sogar die Trauer zu vergessen. Die Spaziergänge und der weite Blick über das Wasser hatten ihr auch geholfen, den letzten schweren Gang zu überstehen.

Ihre Mutter hatte sich geweigert, mit in die Gerichtsmedizin zu kommen, um Susan zu identifizieren. Also war Anna allein in die Klinik gefahren. Der Anblick ihrer toten Zwillingsschwester war ein Schock für sie gewesen. Es war ihr vorgekommen, als sehe sie sich dort selber liegen. Anna hatte die Tote nur ein paar Sekunden angesehen, aber danach hatte sie zwei Nächte nicht mehr geschlafen. Sie konnte den Anblick der Schwester nicht mehr vergessen. Wie sie dagelegen hatte – wie eine Puppe in einem Horrorfilm.

Anna entriegelte die Tür ihres kleinen Peugeots und stieg ein. Als sie aus dem Tor des Hotels fuhr, achtete sie nicht auf den Mann in dem Kombi, der auf der gegenüberliegenden Straßenseite gewartet hatte und ihr jetzt in sicherem Abstand folgte.

78. KAPITEL

Die Haut war der perfekte Schutzanzug des menschlichen Körpers. Nur wenige Millimeter dick, war sie nicht nur Schutz vor Wärme und Kälte, sondern auch vor Krankheitserregern und Strahlung. Sie schützte dabei nicht nur Muskeln, Sehnen, Adern und Organe, sondern war auch das größte Sinnesorgan des menschlichen Körpers. Jeder Mensch hatte den natürlichen Instinkt, diese Schutzhülle nicht zu verletzen. Es kostete Überwindung, mit einer scharfen Klinge die Haut eines Menschen zu zerstören. Manche Mörder zögerten, andere versuchten, es schnell hinter sich zu bringen, und wieder andere gerieten dabei in einen Blutrausch und folgten nur noch ihrer Wut. Leon war aufgefallen, dass jeder Täter dabei auf seine ganz eigene Art das Messer geführt, die Klinge angesetzt und bewegt hatte. Auf diese Weise hinterließen Täter so etwas wie ihre Unterschrift auf ihren Opfern, eine Signatur des Todes.

Leon hatte sich noch einmal die beiden toten Frauen, die in der Kühlkammer des Instituts lagen, angesehen. Denn auch der Mörder von Nicole Savary und Susan Winter hatte ein Messer benutzt, wahrscheinlich ein Skalpell. Aber während die Schnitte beim ersten Opfer gerade und präzise verliefen, waren sie bei Susan Winter ungenau. Sie sahen aus, als hätte der Täter unter Zeitdruck gearbeitet. Als wäre er nervös gewesen und hätte mehrfach ansetzen müssen, bevor er die Beinarterie traf. Entweder der Täter hatte diesmal unter großem Stress gestanden, oder es war nicht derselbe Täter gewesen.

Zerna und die Staatsanwaltschaft hatten sich inzwischen auf Bernard Ravier als Täter festgelegt. Für sie schienen nur noch Indizien zu zählen, die ihren Verdacht untermauerten. Leon musste zugeben, dass viele der Spuren geradezu zwingend für Ravier als Täter sprachen. Einschließlich der DNA-Spuren am Kleid Susan Winters, die das Labor ebenfalls Ravier zuordnen konnte. Aber es gab auch noch ungeklärte DNA. Und eine DNA-Spur war dabei, die sich auf beiden Leichen fand.

»Sagen Sie mir, wessen DNA das ist, und wir nehmen ihn fest«, hatte Zerna am Telefon geantwortet, als Leon ihn über die Spur unterrichtet hatte. Vielleicht hatte der Polizeichef ja recht, und die DNA stammte tatsächlich von einem der Polizisten oder einem Leichenbestatter, der mit beiden Toten in Berührung gekommen war. Das abzuklären würde Wochen dauern.

Leon diktierte den Autopsiebericht über Bernard Ravier. Die Obduktion hatte nichts Neues ergeben. Keine Spuren eines Kampfes. Nur den Einstich einer Spritze am Gesäßmuskel. Gut möglich, dass sich Ravier den Tranquilizer selber gespritzt hatte. Es gab viele Ärzte, die gelegentlich zu Betäubungsmitteln griffen, wenn sie unter Stress standen. Trotzdem sträubte sich etwas in Leon, den Arzt als Täter zu sehen. Hätte ein geübter Mediziner so dilettantisch das Skalpell geführt, selbst wenn er unter Stress und Drogen stand?

Leon verließ gegen 13 Uhr die Klinik und fuhr zurück nach Le Lavandou. Er wollte im Feinkostladen von Monsieur Painlevé einen besonderen Wein für Notar Lavalette besorgen. Eine Anerkennung für die Hilfe und die guten

Ratschläge, mit denen der Jurist ihm geholfen hatte. Leon wählte einen *Enkhelis* des Weingutes *L'Angueiroun*. Von diesem Rosé wurden vom Winzer jedes Jahr nur knapp zweitausend Flaschen abgefüllt. Der Wein wurde ausschließlich aus Trauben der Grenache-Reben gekeltert, bei denen die Stöcke über siebzig Jahre alt waren. Anschließend wurde der Wein zehn Monate in Barriquefässern aus französischer Eiche ausgebaut. Was sich dabei entwickelte, war ein großartiger runder Rosé mit einem leichten Geschmack von Honig und Vanille. Und er hatte eine Farbe, blass wie der Himmel über dem Mittelmeer kurz vor Sonnenaufgang.

Vor dem Weinladen traf Leon auf Véronique, die gerade ihren uralten 2CV eingeparkt hatte. Sie nahm die obligatorische Zigarette aus dem Mund, und Leon bekam einen Begrüßungskuss auf jede Wange. »Wie sieht's aus, *Docteur*? Auf eine Runde *Pétanque*?« Sie hielt das Netz mit den Kugeln in der Hand.

»Liebend gerne.« Leon hob die Flasche hoch, die er gerade gekauft hatte. »Aber ich habe noch einen Termin bei meinem Notar.«

»*Oh là là*«, sagte Véronique beim Anblick des Etiketts. »Du musst Anwälte kurzhalten, sonst werden sie faul. Hast du das nicht gewusst?« Véronique lachte, was bei ihr aber mehr wie ein Husten klang.

»Maître Lavalette hat mir wirklich sehr geholfen bei meiner Grundstückssache.«

»Alexandre Lavalette, aus Pierrefeu?«, fragte Véronique, »der Katzenfreund?«

»Wieso Katzenfreund?«

»So haben wir ihn früher genannt, weil er angeblich Katzen gequält hat.«

»Im Ernst?«, fragte Leon. Er war neugierig geworden.

»Ich habe in Pierrefeu gelebt, bis ich meinen Louis geheiratet habe. Ich kenne Alexandre, da war er noch ein kleiner Junge. Ist er immer noch so still?«

»Was war mit den Katzen?«, fragte Leon nach.

»Ich geh runter ins *Miou*, begleitest du eine alte Frau?«

»Mit Vergnügen«, sagte Leon, und Véronique, die ihm kaum bis zur Schulter reichte, hängte sich bei ihm ein. Es war ein ungleiches Paar, das da die Treppe zur Avenue Général de Gaulle hinabstieg. Wenig später saßen er und Véronique im *Miou* und tranken einen Café crème. Natürlich rauchte Véronique auch im Lokal ihre Gauloise, was verboten war, woran sich hier aber niemand störte. Schließlich standen die Glastüren weit offen, und der Übergang zwischen draußen und drinnen war fließend.

»Das muss, so Anfang der siebziger Jahre gewesen sein«, erinnerte sich Véronique. »Jedenfalls gab es damals Fälle von Tierquälerei. Auf einem Reiterhof.«

»Was war mit den Katzen ...?«, fragte Leon noch einmal und musste an das denken, was ihm Lavalette vor wenigen Tagen erzählt hatte.

»Jemand hatte sie aufgehängt und aufgeschlitzt. Scheußlich.«

»Und das war Alexandre Lavalette?«, vergewisserte sich Leon.

»Sie haben damals auf dem Reiterhof ein blutiges Messer gefunden. Ein teures Laguiole. Genau so eins hatte Alexandre zum vierzehnten Geburtstag bekommen.«

»Und niemand hat Anzeige erstattet?«

»Gegen Alexandre? Es gab ja keine Beweise, dass er es war. Und bei seiner Vorgeschichte ...«

»Welche Vorgeschichte?«

»Klar, kannst du ja nicht wissen«, sagte Véronique und nahm einen tiefen Zug aus ihrer filterlosen Zigarette, den sie mit dem nächsten Satz in kleinen Rauchwolken wieder ausstieß. »Ist schon so lange her, wirklich grässlich. Alexandres Mutter Denise litt unter diesen Krämpfen, du weißt schon.«

»Epilepsie ...?«, fragte Leon.

»Genau, Epilepsie. Als Étienne Lavalette sie damals heiratete, war sie schon 32. Das war Anfang der sechziger Jahre ziemlich alt für eine Braut. Sie kam aus einfachen Verhältnissen. Einen Mann wie Étienne Lavalette zu heiraten, das war wie ein Lottogewinn. Ihre Krankheit hat sie verschwiegen. Kaum neun Monate später wurde der kleine Alexandre geboren. Das muss im Sommer 1962 gewesen sein. Danach fing es bei ihr im Kopf an.«

»Was fing bei ihr an?«

»Die Spinnereien. Sie war manchmal nicht ganz klar hier oben.« Véronique tippte sich bedeutungsvoll an die Stirn. »Ich hab damals bei den Lavalettes im Haus geputzt. Da bekommst du 'ne Menge mit. Denise hat Selbstgespräche geführt und ganze Tage allein im dunklen Zimmer gesessen. Angeblich hat sie dabei Stimmen gehört. Lauter verrücktes Zeug eben.«

Leon hörte aufmerksam zu. Es war seit einigen Jahren bekannt, dass Epileptiker häufig auch Schizophrenien entwickelten. Allerdings war der Zusammenhang zwischen den beiden Krankheiten noch nicht genau erforscht. Die Gewitter, welche die epileptischen Anfälle im Gehirn auslösten, schienen gelegentlich auch für schizophrene Schübe zu sorgen. Die Wissenschaft vermutete, dass für beide Erkrankungen eine Mischung aus genetischen Faktoren und Außeneinflüssen verantwortlich war.

»Hat ihr Mann denn nichts unternommen? Es gibt schließlich Ärzte.«

»Étienne? Der war völlig überfordert. Wusste nicht, was er machen sollte. Hat wohl gedacht, das Beste wäre es zu schweigen.« Sie machte eine Pause und schüttelte den Kopf. »Das arme Kind.«

»Was ist passiert?«

»Die Lavalettes hatten damals noch ihr kleines Wochenendhaus auf Porquerolles, auf der Insel. Gleich am Strand. Da ist Denise öfter mit dem kleinen Alexandre hin. Wenn sie mal wieder ein paar Tage alleine sein wollte. Hat ja nur gestritten mit ihrem Mann«, sie unterbrach sich und sah aufs Meer. Leon wartete. »Keiner weiß, was damals in ihrem verrückten Kopf passiert ist. Jedenfalls bekam sie mal wieder einen Anfall, und aus war's. Hat drei Tage gedauert, bis jemand am Haus vorbeikam und sie entdeckt hat.«

»Und der Junge?«

»Den Jungen hatte sie gefesselt. Kann man sich so was vorstellen? ... Hatte ihrem Kind nur eine Schale Wasser hingestellt, wie einem Hund. Der kleine Alexandre war halb verdurstet, als man ihn gefunden hat. Der Himmel allein weiß, was damals in ihrem Kopf vorging. Der Kleine war doch noch nicht mal drei Jahre alt.«

»Hat er mitbekommen, was passiert ist?«, fragte Leon erschrocken.

»Ob er es mitbekommen hat? Natürlich, er lag ja im gleichen Raum. Hat zuschauen müssen, wie seine tote Mutter langsam verwest ist.«

»Mein Gott ...«, sagte Leon.

»Der Vater hat später noch einmal geheiratet«, erzählte Véronique, »aber da hab ich schon nicht mehr bei den Lavalettes geputzt.«

»Wie ist die Sache mit den Katzen ausgegangen?«

»Der Vater schickte Alexandre ins Internat. Und nach 'ner Weile hat niemand mehr drüber gesprochen. Du weißt doch, wie die Leute sind«, sie trank einen Schluck Kaffee.

»Bekam der Junge denn keine psychologische Hilfe?«

»Sein Sohn bei einem Psychodoktor? Da kennst du den alten Lavalette aber schlecht. Schweigen und vertuschen war das Motto der Familie ... War schon ein eigenartiger Junge, der kleine Alexandre. Man wusste nie, was er dachte.«

»Kinder hat Lavalette keine, oder?«

»Alexandre? Den hab ich nie mit einer Frau gesehen. Der lebt nur für seinen Job und seinen Chor.«

79. KAPITEL

Nach dem ersten Wochenende im Oktober wurde es ruhig in Le Lavandou, die allerletzten Touristen waren nach Hause gefahren. Anna lief den kilometerlangen Sandstrand bis zum Ende, dorthin, wo die Felsen begannen. Hier machte sie eine Pause, setzte sich in den Sand, der noch warm war von der Herbstsonne. Ein paar Segelboote kreuzten in der Bucht und nutzten die Abendbrise, die jetzt jeden Tag früher einsetzte und vom Meer ins Land hineinwehte.

Anna versuchte, sich auf die Inseln am Horizont zu konzentrieren, aber sie spürte, wie die Erinnerung an ihre Schwester in ihr hochkroch. Es war immer die gleiche Frage, die sie quälte. Warum war sie nicht zusammen mit Susan nach Le Lavandou gefahren? Warum hatte sie unbedingt noch ihre Freunde in Orange besuchen und Susan alleinlassen müssen? Das Bild ihrer toten Schwester tauchte aus ihrer Erinnerung auf, wie sie so dalag, im kühlen, beklemmenden Raum der Gerichtsmedizin. Anna begann zu weinen. Das Gefühl der absoluten Einsamkeit überrollte sie wie eine dunkle Welle. Die Tränen kamen, ohne dass sie sie zurückhalten konnte.

Es dauerte ein paar Minuten, dann wurde Anna wieder ruhiger. Sie würde nicht aufgeben. Sie würde dafür sorgen, dass ihre Schwester nach Hause überführt wurde, und sie würde sich um ihre Mutter kümmern, so wie sie es immer getan hatte. Anna sah sich um. Der Strand war menschenleer. Sie stand auf und klopfte sich den Sand von den Jeans. Dann streifte sie ihre Sandalen über und ging zurück zu ihrem Auto, das auf dem Parkplatz, gleich hinter der dichten Zistrosen-Hecke, stand. Anna fröstelte. Der Wind war frischer geworden, die Sonne würde schon bald hinter den Hügeln versinken.

Anna hatte den kleinen Peugeot 208 ganz am Rand des Parkplatzes abgestellt. Jetzt war der Platz fast leer. Nur am entgegengesetzten Ende sah sie einen Touristen seine Badesachen in einen Kombi laden. Noch so ein einsamer Strandläufer, dachte sie. Also war sie doch nicht ganz alleine hier draußen. In dem Moment, als sie einsteigen wollte, entdeckte sie das Malheur. Der vordere linke Reifen war platt. Ausgerechnet jetzt, ausgerechnet hier draußen. Aber das war typisch für ihr Pech. Wenn es einen einzigen Nagel auf diesem Parkplatz gab, am Ende würde er garantiert in ihrem Reifen stecken.

Anna öffnete die Heckklappe des Mietwagens und hob die Abdeckung über der Wanne für das Ersatzrad hoch. Aber da war kein Rad. Da lag nichts als ein schmutziger Lappen und eine zerfledderte Betriebsanleitung. Warum hatte sie auch keinen Wagen bei einem der großen Verleiher gemietet? Nur um ein paar Euro zu sparen, war sie zu einem Billiganbieter gegangen. Es war zum Verzweifeln. In diesem Moment hörte Anna einen Wagen näher kommen. Sie sah auf und winkte. Es war der Mann mit dem Kombi.

»Hallo!«, rief Anna. Der Kombi bremste und setzte zurück, bis er sich auf ihrer Höhe befand. Der Fahrer ließ die Scheibe herunter.

»Kann ich Ihnen helfen?«, fragte der Mann höflich.

»Ich habe einen Platten«, sagte Anna. »Und es gibt in diesem Auto keinen Reservereifen.«

»Ist das ein Leihwagen?«, fragte der Mann. Anna nickte. »Die hauen einen doch immer übers Ohr.«

»Wo soll ich denn jetzt noch einen Reifen herbekommen?«

»Ich könnte Ihnen helfen, das Rad abzuschrauben. Und dann fahre ich Sie zur TOTAL-Tankstelle. Die haben lange offen.«

»Wirklich, das wäre wirklich sehr freundlich von Ihnen.«

»Schon gut«, sagte der Mann und öffnete seine Tür. »Dann wollen wir mal loslegen, bevor es dunkel wird.«

80. KAPITEL

Isabelle hatte den ganzen Nachmittag damit verbracht, die Unterlagen auszuwerten, die die Polizei bei Ravier gefunden hatte. Nichts davon ergab einen Hinweis auf die Morde an Nicole Savary oder Susan Winter. Wenn man mal davon absah, dass so ziemlich jedes medizinische Instrument, das sich in einer Praxis finden ließ, auch zur Ausübung eines Gewaltverbrechens benutzt werden konnte. Aber es gab nicht den geringsten Hinweis, an dem man hätte ansetzen können, und langsam überkamen Isabelle ernsthafte Zweifel an Raviers Schuld.

Noch verdrängte Isabelle diese Gedanken. Denn wenn sie Ravier von der Liste der Verdächtigen strich, wer wäre dann noch übrig? Guy Pelletier war zwar ein unangenehmer Mistkerl, gegen den vieles sprach, aber die Beweislage gegen ihn war mehr als dünn. Und wenn Leon mit seiner Vermutung richtiglag und tatsächlich der gleiche Täter für alle drei Morde verantwortlich war, fehlte im Fall Pelletier die Verbindung nach Aix. Das war auch die Überzeugung vom Haftrichter in Toulon, und darum hatte er Pelletier wieder auf freien Fuß gesetzt. Und Frédéric? Der hatte den Verstand eines Kindes. Ein Mensch mit solchen geistigen Einschränkungen konnte eigentlich keinen sorgfältig geplanten Mord begehen. Da war sie mit Leon einer Meinung. Also blieb im Augenblick nur Dr. Ravier.

Vielleicht gab es ja irgendwo ein Versteck, das der Doktor angemietet hatte, um ungestört seine blutigen Taten zu begehen. Und wenn dem so war, dann würde Isabelle in den Papieren eine Spur finden. Sie wuchtete den Karton mit den Steuerunterlagen des Doktors auf ihren Schreibtisch. In diesem Moment klopfte es, und Moma öffnete die Tür.

»Da ist Madame Winter. Sie sagt, es wäre dringend. Es geht um ihre Tochter.«

»Wieso, was ist denn los?« Isabelles Stimme klang alarmiert.

»Woher soll ich das wissen? Sie will mit dir reden.«

»Schick sie rein«, sagte Isabelle.

Einen Augenblick später betrat eine gepflegte, aber blasse Madame Winter das stickige Büro von Capitaine Morell. Isabelle war Annas Mutter erst einmal begegnet, aber da hatte die Tochter das Wort geführt. Jetzt schien die Frau hilflos und verängstigt zu sein. Aber sie sprach immerhin so viel Französisch, dass Isabelle sie auch ohne Übersetzer verstand.

»Meine Tochter ist verschwunden«, sagte Madame Winter so leise, dass sich Isabelle an ihrem Schreibtisch vorbeugen musste, um sie zu verstehen.

»Was meinen Sie damit, Madame Winter? Seit wann vermissen Sie Ihre Tochter?«

»Sie wollte nur einen Spaziergang machen«, sagte die Frau. »Sie macht immer Spaziergänge. Jeden Tag am Strand. Aber sie müsste seit Stunden zurück sein.«

»Vielleicht ist sie noch aufgehalten worden.«

»Nein, heute ist sie nicht mehr zurückgekommen.«

Den letzten Satz hatte Madame Winter mit brüchiger Stimme und tieftraurig gesagt. Dabei hatte sie vor sich hin gestarrt, als würde sie in eine andere Welt schauen. Isabelle spürte, wie ihr ein Schauer über den Rücken lief. Sie drückte eine Taste an ihrem Telefon, und Moma meldete sich.

»Moma, kommst du mal, wir geben eine Fahndung raus.« Sie wendete sich an die Mutter. »Und jetzt erzählen Sie mir bitte ganz genau, wo Ihre Tochter spazieren gegangen ist.«

81. KAPITEL

Der Abend war warm und mild. Leon saß in einem bequemen Korbstuhl und sah von der Terrasse des *Manoir* der Lavalettes zum Himmel hinauf, wo bereits die ersten Sterne erschienen.

»Der Himmel ist unglaublich um diese Jahreszeit«, sagte Leon.

»Und trotzdem sind wir nur ein Staubkorn im Universum«, antwortete der Maître. »Unsere Werte, unsere Religion, unsere Moral bedeuten gar nichts. Alles zerfällt eines Tages wieder zu Sternenstaub.« Lavalette sagte das ohne jede Emotion. Eher wie jemand, der eine große Lüge durchschaut hatte.

»Und ich dachte immer, ein Notar grübelt nur über Paragraphen und Gesetze«, sagte Leon und lächelte.

Nach dem Kaffee mit Véronique war Leon nach Pierrefeu gefahren. Es war vielleicht übertrieben, aber er hatte trotzdem vom Auto aus mit Moma telefoniert, damit der sich im Studentenwerk von Aix erkundigte. Die Antwort kam schon zehn Minuten später: Lavalette hatte niemals in Aix studiert. Danach fühlte Leon sich irgendwie erleichtert.

»Noch einen Espresso?«, fragte der Notar. Es war kühl auf der Terrasse geworden.

Lavalette griff nach seiner Tasse, und Leon sah, wie die Finger der rechten Hand vergeblich versuchten, den kleinen Porzellanhenkel der Tasse zu fassen. Sie verkrampften sich und sahen jetzt aus wie die Klaue eines Vogels. Und in diesem Moment begriff Leon. Für den Bruchteil eines Augenblicks tauchten Bilder vor seinem inneren Auge auf. Der Slipper am Fuß des toten Arztes, der Schatten des Raubvogels und die Schnitte in der Haut von Susan Winter.

Leon starrte die Hand des Maître an. Ja, es waren die Schnitte, die ihn die ganze Zeit so beschäftigt hatten. Jemand hatte das Skalpell geführt, der es nicht mehr richtig halten konnte. Jemand, dessen Hand zitterte und verkrampfte, weil er einen kleinen Anfall bekommen hatte. Jemand, der unter Epilepsie litt. Einer Krankheit, die oft weitervererbt wurde. Die Leute glaubten immer, dass Epileptiker mit Krämpfen zusammenbrechen müssten, wenn sie einen Anfall bekamen. Doch die Krankheit konnte zunächst auch weitaus unspektakulärer zuschlagen. Mit kleinen Verkrampfungen, die sich verschlimmerten, je älter die Patienten wurden, und die sich nicht aufhalten ließ.

Der Maître zog rasch die Hand zurück und griff mit der Linken zu.

»Ja, gerne, ein kleiner Espresso für die Heimfahrt. Das wäre sehr nett«, sagte Leon schnell und hoffte, dass Lavalette seine Überraschung nicht bemerkt hatte.

»Es dauert einen Moment«, sagte Lavalette in der geschäftsmäßigen Art, in der er immer sprach. »Um diese Zeit ist meine Mitarbeiterin nicht mehr im Haus.«

»Machen Sie sich bitte wegen mir keine Umstände, Maître«, sagte Leon.

»Wir haben eine Espressomaschine. Ich drücke nur auf einen Knopf. Ich bin gleich wieder da.« Damit verschwand Lavalette durch die Terrassentür im Inneren des Hauses.

Leon saß einen Moment da wie betäubt. War es möglich, dass der Notar der Mann war, den sie suchten? Getrieben von den Gespenstern seiner frühesten Kindheit. War es die DNA von Lavalette, die er an beiden toten Frauen gefunden hatte? Er brauchte Gewissheit. Jetzt. Leon beugte sich vor und nahm die Papierserviette, die Lavalette benutzt hatte, und ließ sie in seiner Tasche verschwinden.

»Der Kaffee ist leider aus«, sagte in diesem Moment Lavalette, der geräuschlos wie ein Geist zurück auf die Terrasse gekommen war und jetzt hinter ihm stand.

»Oh, das macht nichts«, antwortete Leon schnell, ohne sich umzudrehen. Hatte Lavalette ihn beobachtet? Leon stand auf. »Ich muss sowieso zurück nach Le Lavandou«, sagte er.

In diesem Moment spürte Leon einen Stich in seinem Oberschenkel. Er wollte an sein Bein greifen, aber etwas schien seine Bewegung zu bremsen. Alles um ihn herum verlangsamte sich plötzlich. Als hätte jemand die Zeit gedehnt. Leon sah zu Lavalette, der etwas in der Hand hielt. War das eine Spritze? Leon wollte etwas sagen, aber er konnte die richtigen Worte nicht finden. Er spürte, wie seine Knie weich wurden. Alles um ihn herum schien sich aufzulösen. Und dann war der Notar neben ihm und griff ihm unter die Arme.

»Kommen Sie«, sagte eine Stimme, die so klang, als würde jemand den Ton verlangsamen. »Gehen wir ein paar Schritte, dann geht es Ihnen gleich wieder besser.«

Leon spürte, wie das Handy in seiner Tasche vibrierte. Da müsste er drangehen. Er wollte nicht mit dem Notar gehen, aber er konnte sich nicht wehren. Er war völlig willenlos in einem Körper, der ihm nicht mehr gehorchte.

82. KAPITEL

Isabelle versuchte seit über einer Stunde, Leon auf dem Handy zu erreichen, aber jedes Mal meldete sich nur die Mailbox. Die *Gendarmerie nationale* brauchte dringend die Hilfe ihres *Médecin légiste*. Ein Streifenwagen hatte den Leihwagen von Anna Winter entdeckt. Er stand unabgeschlossen auf einem Parkplatz am Strand, aufgebockt mit einem Wagenheber und ohne linkes Vorderrad. Aber bei keiner Werkstatt oder Tankstelle in der Gegend war eine junge Frau aufgetaucht, die ihren Reifen reparieren lassen wollte. Isabelle fiel sofort der Wagen von Susan Winter ein, den sie aus dem Teich gezogen hatten. Da hatte auch ein platter Reifen im Kofferraum gelegen. Das konnte kein Zufall sein.

Die *Gendarmerie nationale* suchte mit allen zur Verfügung stehenden Einsatzfahrzeugen nach Anna Winter. Der Mietwagen musste dringend auf DNA-Spuren untersucht werden. Und ausgerechnet jetzt war Doktor Ritter nicht erreichbar. Dabei hatte Isabelle mit Leon verabredet, dass er nach dem Besuch beim Notar in ihrem Büro vorbeikommen sollte. Sie wollten zusammen essen gehen. Er war schon seit zwei Stunden überfällig.

Isabelle fing an, sich Sorgen zu machen, als ihr Telefon klingelte. Es war eine Mitarbeiterin der Universität in Aix. Sie entschuldigte sich bei Isabelle für den späten Anruf, aber sie hatte heute Nachmittag einem Lieutenant Kadir eine falsche Auskunft gegeben. Ein gewisser Alexandre Lavalette war zwar nie Student an der Uni gewesen, aber er hatte dort als Dozent gearbeitet, und zwar in den Jahren 1988 bis 1991. Das wollte sie unbedingt richtigstellen.

Isabelle bedankte sich und rief bei Notar Lavalette an, aber auch dort meldete sich niemand. Isabelle fühlte eine Unruhe in sich aufsteigen. Wo war Leon? Sie stand auf und zog die Schublade ihres Schreibtischs auf, da lag ihre Dienstwaffe. Isabelle zögerte einen Moment, dann griff sie nach der Sig Sauer, schob sie in ihr Gürtelhalfter und verließ das Büro.

83. KAPITEL

Leon war entsetzlich übel. Das Gefühl, sich gleich übergeben zu müssen, hatte ihn geweckt. Er öffnete die Augen und sah, dass er auf einem Stuhl saß. Der Stuhl war aus Holz, hart und abgenutzt. Leon konnte sich nicht bewegen. Etwas stimmte hier nicht. Er musste würgen und wollte aufstehen, aber er konnte nicht. Jemand hatte seine Hände am Stuhl festgebunden. Wo war er? Vor ihm war diese helle Neonleuchte. Warum machte niemand die verdammte Lampe aus? Leon hob den Kopf. Nur eine kleine Bewegung, aber sie schien ewig zu dauern. Dann sah er die Frau.

Sie war nackt und rücklings auf einem stabilen Tisch mit einer dicken Resopalplatte fixiert. Die Frau sah Leon direkt ins Gesicht. Sie wirkte so traurig, dachte Leon. Traurig und ohne jede Hoffnung. Mit ihren weit geöffneten Augen schien sie durch ihn hindurchzusehen. Leon versuchte, sich zu konzentrieren. Er war dieser Frau schon einmal begegnet. In der Klinik. Richtig, sie war verletzt worden – Anna Winter. Jetzt sah er, dass am rechten Arm der Frau ein Infusionsschlauch angeschlossen war, der in einer großen braunen Plastikflasche endete, die an einem verchromten Ständer hing. Noch war das kleine Ventil im Schlauch geschlossen. Aber nur eine halbe Drehung, und die Flüssigkeit würde in die Vene der Frau fließen. Leon kannte diese rollbaren Infusionshalter aus der Klinik. Aber das hier war nicht die Klinik. Was war das für ein Ort, der so grau und totenstill war? Erst jetzt fiel Leon der Mann auf, der da an einer Ablage mit medizinischen Geräten hantierte. Als der Mann sich umwandte, erkannte er ihn sofort: Lavalette. Er trug eine lange Gummischürze, und in der Hand hielt er eine Spritze.

»Thiopental«, sagte Lavalette. »Ich muss Ihnen ja nicht erklären, was es bewirkt.«

Leon wollte etwas sagen, wie: »Lassen Sie uns doch reden.« Aber er konnte nicht sprechen, nur ein paar kehlige Laute drangen aus seinem Mund, der keine Worte mehr bilden wollte.

»Sie haben jetzt die einmalige Chance, Zeuge eines ungeheuren Ereignisses zu werden, oder Sie sagen nein und bekommen noch eine Spritze«, sagte Lavalette. »Sie entscheiden.«

Nein, um Himmels willen, nein, dachte Leon. Hier passieren entsetzliche Dinge. Nein, wollte er schreien. Aber alles, was er herausbrachte, war ein Keuchen.

»Ich interpretiere das als Zustimmung«, sagte Lavalette und legte die Spritze in das kleine Regal zurück. »Eine kluge Entscheidung, obwohl ...«, er drehte sich zu Leon herum, »... Sie werden gleich verstehen, dass unser Geheimnis niemals diesen Raum verlassen darf. Aber seien Sie unbesorgt. Ich werde mich darum kümmern.«

Leon keuchte.

»In jedem Menschen wohnt ein Tier«, sagte Lavalette. »Ein böses, zerstörerisches Tier, das nur seinen dunkelsten Trieben folgt. Blut und Lust. Aber der Mensch ist in seinem tiefen Inneren gut. Alles, was man tun muss, ist, diesen Körper zu reinigen, damit das Gute aus der Hölle in uns emporsteigt wie das klare Wasser in einer Quelle.«

Der Mann hatte sich Gummihandschuhe übergezogen und nahm ein schmales Skalpell aus einer Plastikhülle. Leon konnte seinen zufriedenen Blick sehen, als er die Klinge betrachtete.

»Der Weg durch die Hölle ist mit Glut und Flammen gepflastert. Aber nur wer diesen Weg geht, wird Reinigung erfahren«, sagte Lavalette.

Leon spürte, wie ganz langsam seine Kraft zurückkehrte. Er konnte nicht sprechen, aber er konnte seine Handgelenke bewegen und an seinen Fesseln zerren.

»Sie werden etwas erleben, das nur ganz wenigen Menschen auf dieser Welt zuteil wird. Die totale Metamorphose. Die Veränderung vom sündigen Tier zum perfekten Menschen, zur ewigen Lichtgestalt, zur Unsterblichkeit.«

Leon wusste nicht, ob der Notar inzwischen zu ihm oder zu der verzweifelten jungen Frau sprach. Leon wusste nur, dass er diesen Wahnsinn irgendwie aufhalten musste.

»Formalin ist eine wunderbare Substanz. Sie reinigt und sie erhält. Sie kann den Lauf der Zeit anhalten – ist das zu fassen?« Lavalette stellte sich vor die Frau und betrachtete sie.

»Du kannst dich glücklich schätzen, denn ich habe dich gefunden«, sagte der Notar. »Denn du wirst für immer an meiner Seite stehen, leuchten in einer Welt der Dunkelheit. Einer Welt voller Schmerzen, Schmutz und Elend.«

Leon spürte, wie allmählich die Wirkung des Betäubungsmittels nachließ. Ihm wurde klar, wie alles ablaufen würde und dass ihm nur noch Sekunden blieben, dann würde dieser Mann vor seinen Augen seinem Opfer die Beinarterien aufschneiden. Und er würde die Infusion öffnen, und das Formalin würde diese Frau innerlich verätzen, während sie gleichzeitig verblutete. Leon bewegte verzweifelt und mit aller Kraft seine rechte Hand – und spürte wie die Fessel nachgab.

»Polizei«, nuschelte Leon. Der Mann sah ihn mit Verachtung an. »Auf dem Weg ... hierher.« Leon kam sich vor wie betrunken.

»Sie sind ein schlechter Lügner«, sagte der Notar mitleidig.

In diesem Moment tat Lavalette den ersten Schnitt. Aber er konnte das Skalpell nicht richtig halten. Seine Hand zitterte und verkrampfte. Das Messer rutschte ihm aus der Hand, als er versuchte, die Arterie im Oberschenkel der Frau zu treffen. Der Körper der Frau bäumte sich gegen die Fesseln auf. Lavalette setzte erneut an und schnitt diesmal tief in Haut und Muskeln. Anna sah Leon unverwandt an. Jetzt traten ihr Tränen aus den Augen, aber sie gab keinen Laut von sich. Der Notar hatte die Beinschlagader wieder nicht richtig erwischt, trotzdem quoll jetzt Blut aus der Wunde. Er versuchte es erneut.

In diesem Moment hörte Leon das Läuten einer elektrischen Türglocke. Jemand drückte wieder und wieder. Die Glocke schrillte in einem nervtötenden Alarm.

Lavalette warf einen wütenden Blick auf Leon und die Frau, dann lief er aus dem Raum.

Isabelle stand auf den Eingangsstufen des *Manoir*. Bei ihr war Didier.

»Da ist keiner«, sagte Didier. »Hab ich dir gleich gesagt. Lass uns gehen.«

»Und was ist mit dem Wagen?« Isabelle deutete in Richtung des dunklen Kombis, der am Ende der Einfahrt unter einer mächtigen Pinie geparkt war. »Vielleicht können wir ja hinten herum reingehen.«

»Und was willst du Lavalette sagen, wenn wir ihn finden?«, fragte Didier.

»Jetzt komm schon.« Isabelle ging um das Gebäude herum. Im parkähnlichen Garten war es dunkel. Nur aus der geöffneten Terrassentür fiel Licht nach draußen. Die Terrasse war leer.

»Da kommt jemand«, sagte Didier und deutete in Richtung der alten Gebäude, die man etwa vierzig Meter entfernt in der Dunkelheit erahnen konnte.

»Monsieur Lavalette!?«, rief Isabelle. Der Notar hob die Hand, als er näher kam. Er trug noch immer die lange Gummischürze, nur die Gummihandschuhe hatte er ausgezogen.

»Entschuldigen Sie, wenn wir Sie so unangemeldet überfallen«, sagte Isabelle.

»Was wollen Sie?«, fragte der Notar schroff.

»Wir sind auf der Suche nach Doktor Ritter.«

»Und warum kommen Sie da zu mir?«

»Ich weiß, dass er Sie besuchen wollte«, sagte Isabelle. »Er geht nicht an sein Telefon. Und wir brauchen dringend seine Hilfe.«

»Und bei Ihnen hat sich auch niemand gemeldet«, meinte Didier.

»Ich war im Garten.« Er drehte die Hände zu seinen Besuchern und wies wie zum Beweis auf seine Gummischürze.

»Im Dunkeln ...?«, fragte Didier.

»*Docteur* Ritter hat unseren Termin abgesagt.« Der Notar ging nicht auf Masclaus Bemerkung ein. »Soweit ich ihn verstanden habe, wollte er etwas in seinem neuen Haus erledigen.«

»Er war also gar nicht hier?«, fragte Isabelle erstaunt.

»Das habe ich doch gerade erklärt. Und jetzt würde ich Sie bitten.« Er machte eine Handbewegung in Richtung Terrassentür. »Sie können durch das Wohnzimmer gehen, das ist kürzer.«

In diesem Moment sah Isabelle das bunte Bändchen, das sich an der Lehne eines Korbstuhls verfangen hatte, der im Licht der Tür stand. Es war ein grün-orange-farbenes Freundschaftsbändchen.

Isabelle hielt das kleine Band zwischen den Fingern und zeigte es Didier. »Das gehört Leon. Lilou hat es ihm geschenkt.«

»In Ordnung, Monsieur Lavalette«, sagte Didier im geschäftsmäßigen Polizeiton. »Wo sind Sie eben hergekommen? Was ist dahinten?« Er deutete in Richtung der Wirtschaftsgebäude.

»Ohne Durchsuchungsbefehl werden Sie hier gar nichts unternehmen«, antwortete Lavalette. »Und jetzt gehen Sie.«

Isabelle zog eine kleine Lampe aus ihrer Uniformtasche und knipste sie an. »Didier, pass auf den Maître auf. Ich sehe mich mal um«, sagte sie.

In diesem Moment lief Lavalette los. Mit einem Schritt stand er auf der Umfassung der Terrasse, dann sprang er hinunter in den Garten, wo die Dunkelheit ihn augenblicklich verschluckte.

»Er muss von da vorne gekommen sein«, rief Isabelle und lief los. Im Lichtstrahl ihrer Taschenlampe war in der Entfernung schemenhaft die Wand eines der Wirtschaftsgebäude zu erkennen.

Leon bewegte mit aller Kraft seinen rechten Arm. Immer wieder wurde ihm schwarz vor Augen. Wellen von Übelkeit stiegen in ihm auf, aber er spürte, wie die Fessel nachgab. Und plötzlich war die Hand frei. Er konzentrierte sich. Du musst von diesem verdammten Stuhl loskommen, du musst die Blutung am Bein der Frau stoppen, sagte er sich immer wieder.

So schnell er konnte, löste er die Fessel der linken Hand, und einen Moment später waren auch seine Füße frei. Das Blut, das aus der Wunde an Annas Oberschenkel quoll, hatte bereits eine Pfütze am Boden gebildet.

Leon konzentrierte sich. Seine Notarztausbildung lag Jahrzehnte zurück. Was hatte der Seminarleiter immer gepredigt? Gliedmaßen niemals abbinden, das hat man nur im Krieg gemacht, wenn keine andere Hilfe zu erwarten war. Drücken Sie nur fest auf die Wunde, und unterbrechen Sie die Blutung.

Leon ballte die rechte Hand zur Faust und drückte sie in die blutende Wunde, direkt auf die große Schlagader. Er konnte den pulsierenden daumendicken Strang fühlen. Mit der Linken unterstützte er den Druck auf seiner Faust, und endlich versiegte der Blutstrom.

»Keine Angst, das schaffen wir schon«, versuchte er zu sagen. Er wusste nicht, ob Anna ihn verstand. Ihre Haut hatte inzwischen eine Farbe wie helles Wachs, und ihr Blick war leer. »Können Sie mich hören?«, versuchte Leon, sie anzusprechen. Sie durfte jetzt nicht ohnmächtig werden.

Leon hörte Schritte näher kommen und konnte nichts tun. Im nächsten Augenblick stand Lavalette im Raum.

»Was tun Sie da?«, rief er wütend. »Lassen Sie sie los, augenblicklich.«

»Das werde ich nicht tun«, sagte Leon ganz ruhig. Er merkte, wie seine Stimme wiederkam, aber der Schwindel wollte nicht weggehen. Er musste irgendwie Zeit gewinnen. »Es ist der falsche Zeitpunkt. Glauben Sie mir.« Noch spürte Leon den Pulsschlag unter seiner Faust. »Sie müssen warten, bis ihr Kreislauf sich stabilisiert hat.«

»Unsinn«, sagte Lavalette. Er griff nach dem Ventil der Infusion und drehte es auf. Sofort strömte das Formalin in den Infusionsschlauch. Leon wusste: Jetzt blieben Anna keine fünf Sekunden mehr. In diesem Moment nahm Leon die Faust von der Wunde. Das aufgestaute Blut schoss aus der Arterie und spritzte in den Raum. Leon riss den Infusionsschlauch aus dem Zugang in der Armvene. Das Formalin strömte auf den Boden und mischte sich mit dem Blut.

Lavalette sah Leon fassungslos an. Er sah aus wie ein Mensch, dem man soeben seinen Traum zerstört hatte. Der Notar griff zum Skalpell, das noch immer im Regal lag. Leon dachte den Bruchteil einer Sekunde darüber nach, wie er sich gegen den wahnsinnigen Mann verteidigen könnte, dann drehte er sich zu Anna um und drückte ihr wieder die Faust auf die blutende Beinwunde.

»Lassen Sie das Messer fallen!«, rief in diesem Moment Isabelle, die in den Raum gelaufen kam. Direkt hinter ihr folgte Didier. Beide hielten ihre Waffen in den Händen.

»Weg mit dem Messer. Und bleib stehen, verdammt!«, schrie Didier den Notar an, der sich mit dem Skalpell in der Hand langsam auf Leon zubewegte.

»Du sollst stehen bleiben!« Didiers Stimme überschlug sich jetzt. Er hatte die Waffe auf Lavalettes Kopf gerichtet. Die beiden standen keine drei Meter voneinander entfernt. »Stehen bleiben, oder ich schieße.«

»Nicht Didier«, rief Isabelle, »das will er doch nur.«

In diesem Moment hob Lavalette das Skalpell und machte einen aggressiven Schritt auf den Polizisten zu.

Didier drückte dreimal ab. Es war wie ein Reflex. Das erste der Neun-Millimeter-Geschosse traf den Angreifer in die Stirn und riss dem Notar den Kopf nach hinten. Die zweite Kugel zerschmetterte ihm den Kehlkopf. Die dritte Kugel verfehlte ihr Ziel und zerschlug einige Kacheln an der gegenüberliegenden Wand.

Lavalette ging in die Knie wie ein waidwund geschossenes Tier. So verharrte er zwei Sekunden und sah Leon stumm an. Dann stürzte er nach vorn und schlug mit dem Gesicht auf dem Boden auf, dort, wo das Blut eine dunkle Pfütze gebildet hatte.

Didier bückte sich und legte die Finger an die Halsschlagader des Mannes. Dann sah er Isabelle an und schüttelte den Kopf.

»Leon ...«, Isabelle steckte die Waffe in das Holster zurück und lief los. Ohne die Hand von der Wunde zu nehmen, sah Leon Isabelle an.

»Krankenwagen, schnell!«, war alles, was er herausbrachte.

84. KAPITEL

Leon setzte noch einmal die Schaufel an und vergrößerte das Loch, das er zwischen die Weinstöcke vor seinem Haus gegraben hatte. Jetzt war es tief genug, dachte er.

Feiner Dunst lag wie dünne Seide über den abgeernteten Weinfeldern, und unten in der Ebene, neben der Straße, konnte er ein paar Artischockenfelder sehen, die der Bauer stehen gelassen hatte und die jetzt wie ein Meer von zartem Lila blühten.

Leon war noch angeschlagen von den Erlebnissen der Nacht im Keller von Lavalette. Und es würde eine ganze Weile dauern, bis er die Bilder vergessen könnte. Aber das Wichtigste war, dass Anna die Tortur überlebt hatte. Seit ihrer Einlieferung in die Klinik in jener Nacht waren zwei Tage vergangen. Heute war sie von der Intensivstation auf ein Krankenzimmer verlegt worden. Leon hatte sie schon zweimal besucht, zum Glück konnte sie sich an nichts mehr erinnern. Sie wusste nur noch, dass sie einen Platten gehabt hatte, danach verschwammen ihre Erinnerungen. Ihre Mutter hatte Anna nur einmal kurz auf der Intensivstation besucht. Seitdem hatte Claudia Winter ihr Hotelzimmer nicht mehr verlassen. Sie schluckte Beruhigungsmittel und litt unter einem neuen Migräneanfall.

Isabelle und Didier waren vom Innenministerium in Paris belobigt worden. Didier hatte sich bei den Kollegen zum Lebensretter hochstilisiert und galt fortan in jedem

Bistro von Le Lavandou als der Mann, der den Serienkiller zur Strecke gebracht hatte. Ein Umstand, der ihm Gratisdrinks für die nächsten Monate sichern würde. Neidisch auf Didiers Erfolg war vor allem Zerna, der sich dafür verfluchte, dass nicht er es gewesen war, der Isabelle in jener Nacht zum Notar begleitet hatte.

Inzwischen war die Polizei dabei, das Haus und das Weingut der Lavalettes auf den Kopf zu stellen. Der Staatsanwalt rechnete damit, weitere Tote zu finden. Und die Medien spekulierten bereits genüsslich über Lavalette als vielleicht einen der »größten Massenmörder Frankreichs«, wofür es aber in Wahrheit nicht den geringsten Hinweis gab. Leon bezweifelte sogar, dass man weitere Tote entdecken würde. Wenn der Notar wirklich noch mehr Frauen getötet haben sollte, dann hatte er deren Leichen so gut versteckt, dass sie wahrscheinlich nie gefunden würden.

Leon fühlte sich nach dem Horror jener Nacht verändert. Es kam ihm so vor, als hätten ihm die Erlebnisse einen neuen, klareren Blick auf die Welt und auf sich selber verschafft. Es war an der Zeit, sein Leben neu zu ordnen. Darum hatte er das Loch zwischen die Weinstöcke gegraben.

Leon griff nach seiner alten Aktenmappe, die neben ihm lag. Er hatte die Tasche sorgfältig verschlossen und die Lederschnalle festgezurrt. Für einen Augenblick hielt er die Tasche in der Hand und dachte an all die Unterlagen und die falschen Hoffnungen, die darin steckten und die ihn einmal um ein Haar seinen Seelenfrieden gekostet hätten. Dann legte er die Tasche in das Loch und schaufelte es wieder zu. Am Schluss legte er einen Stein auf die frisch aufgeworfene Erde. Dann ging er zurück zu seinem Wagen, den er unter der Platane vorm Haus geparkt hatte, und fuhr zurück nach Le Lavandou.

Als er das Haus betrat, war Isabelle in der Küche damit beschäftigt, den Salat fürs Abendessen vorzubereiten.

»*Bonsoir*«, sagte Leon. »Ich hätte den Salat schon gemacht.«

»Ich wusste nicht, ob du es zum Abendessen schaffen würdest. Ich konnte dich nicht erreichen.«

»Ich war auf einer Beerdigung«, sagte Leon.

»So? Davon hast du gar nichts erzählt«, entgegnete Isabelle überrascht.

»Ich habe die alte Aktentasche beerdigt«, erklärte Leon. Isabelle sah ihn an und lächelte.

»Ich geh schnell hoch, wasch mir die Hände und zieh ein frisches Hemd an.«

»Warte, da muss ich dir noch was sagen«, Isabelle unterbrach sich.

»Merk's dir, bin gleich wieder da.«

Leon lief die Treppe hinauf. Als er in sein Zimmer kam, blieb er stehen. Das Bett war abgezogen, und über der Matratze lag eine Tagesdecke. Im Badezimmer war sein Waschzeug von der Ablage unter dem Spiegel verschwunden. Nur seine Hemden und Hosen befanden sich noch im Schrank, ansonsten sah das Zimmer so unbewohnt aus wie an dem Tag, als er eingezogen war. Leon wusch sich die Hände, wechselte das Hemd und ging wieder runter in die Küche.

»Ich habe dir das Zimmer gekündigt«, sagte Isabelle mit ihrem charmantesten Lächeln.

»Aber ...?« Leon wusste nicht, was er sagen sollte.

»Wenn du deinen Schlafanzug suchst«, sagte Isabelle und ging zu Leon, »den habe ich in mein Bett gelegt. Ich meine natürlich nur, wenn dir das recht ist.«

Leon nahm Isabelle in die Arme und küsste sie.